## *Sur l'auteure*

Joyce Maynard est l'auteure de plusieurs romans, parmi lesquels *Long week-end*, *L'Homme de la montagne*, *Où vivaient les gens heureux* (Grand Prix de littérature américaine 2021 et Grand Prix de l'héroïne *Madame Figaro* 2021), ainsi que d'une remarquable autobiographie, *Et devant moi, le monde*. Elle partage son temps entre le New Hampshire et le Guatemala.

*De la même auteure*
*aux Éditions 10/18*

LONG WEEK-END, n° 4411
ET DEVANT MOI, LE MONDE, n° 4512
LES FILLES DE L'OURAGAN, n° 4678
UNE ADOLESCENCE AMÉRICAINE, n° 4826
BABY LOVE, n° 4827
L'HOMME DE LA MONTAGNE, n° 4967
PRÊTE À TOUT, n° 5078
LES RÈGLES D'USAGE, n° 5238
UN JOUR, TU RACONTERAS CETTE HISTOIRE, n° 5335
DE SI BONS AMIS, n° 5510
OÙ VIVAIENT LES GENS HEUREUX, n° 5792
L'HÔTEL DES OISEAUX, n° 5985

# JOYCE MAYNARD

# L'HÔTEL DES OISEAUX

Traduit de l'anglais (États-Unis)
par Florence Lévy-Paoloni

10/18

PHILIPPE REY

*Le pays où se déroule cette histoire, s'il évoque par certains aspects différents lieux d'Amérique centrale, est une invention de l'auteure. C'est également le cas du lac, du volcan, de l'hôtel, des habitants du village, de l'herbe magique, des lucioles qui n'apparaissent qu'une fois par an, une nuit seulement. De nombreuses espèces d'oiseaux décrites dans ces pages n'existent pas réellement. Cette histoire peut être qualifiée de chimère ou simplement de rêve. La partie sur le pouvoir de l'amour – et la capacité de ceux qui en vivent les effets à accomplir l'impossible – est réelle et authentique.*

Titre original :
*The Bird Hotel*


ISBN 978-2-264-08218-3
Dépôt légal : août 2024

*Pour Jenny Allsopp et Xiren Wang qui ont écouté cette histoire tous les soirs sous les étoiles, sur les rives d'un lac entouré de volcans quelque part en Amérique centrale, et qui, tous les matins, me pressaient de leur raconter la suite. Avec mon éternelle amitié.*

*Dos besos llevo en el alma, Llorona,*
*que no se apartan de mí.*
*Dos besos llevo en el alma, Llorona,*
*que no se apartan de mí.*
*El último de mi madre, Llorona,*
*y el primero que te di.*
*El último de mi madre, Llorona,*
*y el primero que te di.*

Je porte deux baisers dans mon cœur, Llorona,
qui jamais ne me quitteront.
Je porte deux baisers dans mon cœur, Llorona,
qui jamais ne me quitteront.
Le dernier que m'a donné ma mère, Llorona,
et le premier que je t'ai donné.
Le dernier que m'a donné ma mère, Llorona,
et le premier que je t'ai donné.

« La Llorona » (« La femme qui pleure »), chanson traditionnelle mexicaine sur une mère qui arpente la terre en pleurant la mort de ses enfants.

« Considérer l'amour comme un état de grâce qui n'était pas un moyen mais [...] une fin en soi. »

Gabriel García Márquez, *L'Amour aux temps du choléra*, traduction d'Annie Morvan, Grasset, 2009.

## Une chose sur les temps difficiles

J'avais vingt-sept ans quand j'ai décidé de sauter du Golden Gate Bridge. L'après-midi j'avais une vie merveilleuse et, une demi-heure plus tard, je ne voulais plus que mourir.

J'ai pris un taxi. Je suis arrivée près du pont juste après le coucher du soleil. Il se dressait dans le brouillard avec cette magnifique teinte rouge que j'adorais, quand je m'intéressais encore à la couleur des choses et des ponts, lorsque je les traversais. À l'époque où je m'intéressais à tant de choses qui me semblaient à présent dénuées de sens.

Avant de quitter pour la dernière fois mon appartement, j'avais fourré un billet de cent dollars dans ma poche. Je l'ai donné au chauffeur. Attendre la monnaie était inutile.

Il y avait des touristes, bien sûr. Des voitures circulant dans les deux sens. Des parents avec leurs enfants dans des poussettes. J'avais été comme eux.

Un bateau passait sous le pont. De là où je me trouvais, me préparant à sauter, je l'ai regardé s'engager entre les piles. Des hommes lavaient le pont du bateau. Plus rien n'avait de sens.

J'avais vaguement conscience qu'un homme âgé

m'observait. Peut-être chercherait-il à m'arrêter. J'ai attendu qu'il s'en aille, ce qui s'est produit quelques minutes plus tard.

Sauf que j'étais incapable de faire le dernier pas, de monter sur le garde-fou, de passer par-dessus.

Lenny avait dit, un jour que le chèque de notre loyer avait été rejeté, la semaine où Arlo avait été renvoyé du jardin d'enfants parce qu'il avait des poux, que j'avais attrapé une mononucléose et qu'une canalisation avait éclaté dans l'appartement, détruisant une pile de dessins sur lesquels je travaillais depuis six mois : « Une chose sur les temps difficiles : quand on a atteint le fond, on ne peut que remonter. »

Debout sur le pont, tandis que je contemplais l'eau sombre et ses remous, je crois que j'ai compris autre chose. Même si ce que je vivais était affreux, une petite partie de moi ne pouvait pas abandonner le monde. Pleurer un deuil immense, comme je le faisais, devait servir d'une certaine façon à me rappeler que la vie était précieuse. Même la mienne. Même à ce moment-là.

Je me suis éloignée du garde-fou.

Je ne pouvais pas le faire. Mais je ne pouvais pas non plus rentrer chez moi. Je n'avais plus de chez-moi.

C'est ainsi que je me suis retrouvée à l'hôtel des Oiseaux.

# 1

## 1970
## À partir d'aujourd'hui, tu t'appelles Amelia

Nous avons entendu l'information à la télévision, deux semaines avant mon septième anniversaire. Ma mère était morte. Le lendemain matin, ma grand-mère m'annonça qu'il nous fallait changer mon nom.

J'étais assise à la table de la cuisine – Formica jaune parsemé d'éclats en forme de diamants, éternel paquet de Marlboro Light de ma grand-mère, mes crayons de couleur disposés dans leur boîte en fer. Le téléphone n'arrêtait pas de sonner, mais ma grand-mère ne décrochait pas.

« Ils peuvent tous aller au diable », maugréait-elle. Elle avait l'air en colère, mais pas contre moi.

Bizarre, les souvenirs. Je m'accrochais à mon crayon. Tout juste taillé. Bleu. Le téléphone sonnait sans arrêt. J'ai fait le geste de décrocher, mais Grammy m'a dit non.

« Les gens vont nous poursuivre. Ils auront tout un tas d'opinions. Il vaut mieux qu'ils ne fassent pas le rapport », m'expliqua ma grand-mère en prenant une cigarette.

Opinions sur quoi ? Rapport ? Quels gens ?

« On ne peut laisser personne découvrir qui nous

sommes. Tu ne peux plus t'appeler Joan », décréta Grammy.

À vrai dire, j'avais toujours voulu un autre prénom que celui que ma mère m'avait donné, celui de sa chanteuse préférée. (Baez, pas Joni Mitchell. Même si elle les adorait toutes les deux.) Je lui demandais souvent de m'appeler autrement. (Liesl, comme l'une des enfants de *La Mélodie du bonheur*. Skipper, comme la petite sœur de Barbie. Tabitha, comme dans *Ma sorcière bien-aimée*.)

« Je peux m'appeler Pamela ? » demandai-je.

C'était le prénom d'une fille de l'école qui avait des cheveux magnifiques. J'adorais sa queue-de-cheval.

Grammy répondit que ça ne marchait pas comme ça. Elle avait déjà choisi mon nouveau prénom. Amelia.

Alice, une amie de Grammy au club de bridge, avait une petite-fille de mon âge. Je ne l'avais vue qu'une seule fois. *Amelia*. Elle était morte quelque temps auparavant. (D'un cancer, j'imagine, mais on ne prononçait pas ce mot à l'époque.) Après quoi, Alice avait cessé de venir au club de bridge.

Ma grand-mère raconta quelque chose que je ne compris pas au sujet d'un papier nécessaire avec mon nom dessus pour aller à l'école et prouver que j'existais.

« J'existe.

— C'est trop compliqué à expliquer », dit-elle. Il fallait qu'on déménage tout de suite. J'irais dans une autre école. On ne me laisserait pas entrer au cours préparatoire sans les papiers. Elle savait comment s'y prendre. Elle l'avait vu dans un épisode de *Columbo*.

L'après-midi même, nous sommes allées en bus jusqu'à un immeuble où ma grand-mère a rempli plein de papiers. J'étais assise par terre et je dessinais. Quand nous sommes parties, nous avions mon nouveau certificat de naissance. « C'est officiel. Maintenant, tu es Amelia », m'apprit-elle.

J'avais aussi un nouvel anniversaire, le même que celui d'Amelia qui était morte. Il me manquait maintenant deux mois avant mes sept ans. Ce n'était que l'un des nombreux événements qui se produisirent les jours suivants et qui me perturbèrent. « Ne pose pas autant de questions », répétait Grammy.

Ma grand-mère aussi changea de nom. Esther devint Renata. Pour moi elle était toujours Grammy, alors c'était facile. Il me fallut un certain temps pour me rappeler que j'étais Amelia et pas Joan. J'étais en train d'apprendre les majuscules. Je maîtrisais bien le « J », mais je devais tout recommencer avec le « A ».

Un carton arriva avec, à l'intérieur, des vinyles. Je les reconnus tout de suite : ceux de ma mère. L'écriture sur le carton était la sienne.

Quelques jours plus tard, les déménageurs vinrent. Ma grand-mère avait emballé toutes nos possessions, peu nombreuses en fait. Quand ils eurent emporté le dernier carton – ma poupée Tiny Tears, quelques livres, ma collection d'animaux en porcelaine, le ukulélé que ma mère m'avait offert pour mes six ans et dont je ne savais pas jouer, mes crayons de couleur –, je regardai par la fenêtre les hommes charger le camion. Personne n'avait dit où nous allions. *On partait*, voilà tout.

« Tu vois cet homme avec l'appareil photo ? demanda ma grand-mère en le montrant du doigt. Voilà pourquoi nous devons partir. On ne nous laissera plus jamais tranquilles. »

Qui ?

*Les paparazzi*. « Ceux-là mêmes qui ont rendu la vie impossible à Jackie Kennedy, au point qu'elle a été obligée d'épouser ce vieux bonhomme affreux avec son yacht. »

Je ne comprenais rien du tout. Le week-end suivant, nous défaisions les cartons dans notre nouvelle maison, un appartement avec une seule chambre à Poughkeepsie, dans l'État de New York, où vivait mon oncle Mack, le frère de Grammy. Il l'appelait toujours Esther, mais comme il ne m'avait vue que deux fois, ça ne lui a pas été difficile de m'appeler Amelia. Le premier soir, il nous commanda des plats à emporter chinois. Je lui tendis le petit papier plié dans mon biscuit.

« Une tasse est utile quand elle est vide », lut-il.

Il y avait une ombrelle en papier sur la table. *Ouverte fermée, ouverte fermée.*

Grammy trouva du travail dans un magasin de tissu. Comme ma mère ne s'était jamais occupée de me faire entrer à l'école maternelle, l'année précédente, elle m'inscrivit au cours préparatoire à l'école élémentaire Clara Barton. Par la suite, je n'ai posé qu'une seule fois des questions sur ma mère. J'avais l'impression que je n'étais pas censée parler d'elle et je ne le faisais pas.

Il n'y avait pas eu d'obsèques. Personne ne vint nous dire combien ils étaient navrés de ce qui était arrivé. Si Grammy possédait des photos de ma mère, elle les gardait dans un endroit qui m'était inconnu. En l'absence d'une image d'elle, j'en dessinai une que je glissai sous mon oreiller. Joues roses, yeux bleus, bouche en bouton de rose. Longs cheveux bouclés comme une princesse.

Quand, à l'école, les enfants me demandaient pourquoi je vivais avec ma grand-mère et pourquoi ma mère n'était jamais là, je répondais qu'elle était une chanteuse célèbre, mais que je n'avais pas le droit de dire laquelle. Elle était en tournée avec son groupe et répétait pour un spectacle au *Hootenanny*.

« Ça ne passe plus à la télé, dit un certain Richie qui fichait toujours la pagaille.

— Je voulais dire *The Johnny Cash Show*. Je les confonds toujours. »

Au bout d'un moment, il y eut moins de questions, mais de temps en temps un enfant demandait encore quand elle allait rentrer, si j'allais partir à Hollywood et si je pouvais leur donner un autographe.

Je répondais qu'elle s'était cassé la main. La main gauche, mais elle était gauchère. Je trouvais que cela rendait le mensonge plus convaincant.

« Je parie que ta mère n'est pas vraiment célèbre. Je parie qu'elle est bête, comme la grand-mère dans *Beverly Hillbillies*, dit Richie.

— Ma mère est très belle », assurai-je. Ça au moins, c'était vrai.

Les cheveux noirs et brillants de ma mère lui arrivaient à la taille et j'adorais les brosser. Elle avait de longs doigts élégants (mais des ongles sales) et elle était si mince que quand nous étions allongées toutes les deux sur un matelas pneumatique, dans l'un des campings où nous vivions toujours à l'époque, je pouvais suivre ses côtes du doigt. Je me souvenais surtout de sa voix, un pur soprano sans faiblesse. Elle avait une si bonne oreille (son talent pour la musique était bien meilleur que son talent pour choisir les hommes) qu'elle pouvait chanter une mélodie complexe en mode mineur sans le soutien d'une guitare, même si elle n'éprouvait apparemment aucune difficulté à trouver un beau guitariste folk barbu pour l'accompagner.

On la comparait à Joan Baez, mais son petit ami, Daniel – celui avec qui elle était le plus souvent (par intermittence) durant mes six premières années jusqu'au mois précédant l'accident –, prétendait que non, elle ressemblait davantage à la sœur cadette de Joan, Mimi Fariña. La plus jolie, avec la voix plus douce.

Elle chantait tout le temps pour moi, dans la voiture tard le soir ou quand nous nous apprêtions à dormir sous notre tente dans le sac de couchage que nous partagions. Elle connaissait toutes les vieilles ballades anglaises – des chansons sur des hommes jaloux qui jettent la femme qu'ils aiment dans la rivière parce qu'elle ne veut pas les épouser, sur des femmes au cœur pur promises à un noble, qui lui préfèrent un humble roturier et s'aperçoivent qu'il est le plus riche du pays.

Elle chantait pour m'endormir tous les soirs. Les chansons faisaient office d'histoires.

*Twas in the merry month of May, when green buds all were swellin'... Sweet William on his death bed lay. For love of Barbara Allen*[1].

« Est-ce qu'on peut vraiment mourir parce qu'on aime trop quelqu'un ? lui demandais-je.

— Seulement si on est un vrai romantique, répondait-elle.

— Est-ce que tu es une vraie romantique ?

— Oui. »

Certaines chansons de ma mère risquaient plus de me tenir éveillée que de m'endormir.

*I'm going away to leave you, love. I'm going away*

1. « C'était le joyeux mois de mai, quand tous les bourgeons gonflaient… Le tendre William était couché sur son lit de mort. À cause de son amour pour Barbara Allen. » *(Toutes les notes sont de la traductrice.)*

*for a while. But I'll return to you some time. If I go ten thousand miles*[1].

Quand elle chantait « Je vais partir », j'étais inquiète. C'était mieux quand elle chantait « Je reviendrai », peu importait comment. « Ce n'est qu'une chanson », m'expliquait-elle.

Mais l'une de ces vieilles ballades me faisait une peur bleue, « Long Black Veil ». J'étais couchée et je serrais dans mes bras la girafe que Daniel avait gagnée pour moi un jour dans une fête foraine en faisant exploser cinq ballons de suite avec des fléchettes. Même si j'avais entendu ma mère chanter cent fois cette chanson, j'en redoutais la fin.

*Late at night when the north wind blows… In a long black veil she cries o'er my bones*[2].

Drôle de choix pour une chanson censée m'endormir, mais ma mère était ainsi.

« Arrête ! » criais-je de mon lit – ou du matelas, quel qu'il soit, sur lequel elle m'avait couchée – chaque fois qu'elle chantait « Long Black Veil » et qu'elle en arrivait là. Elle se taisait et je la suppliais de continuer. J'aimais tellement sa voix ! Même quand les paroles me donnaient des cauchemars.

Ma mère voulait que je l'appelle Diana. Elle disait que m'entendre l'appeler Maman lui donnait l'impression d'être vieille, comme un personnage d'une série télé qui portait un tablier. Ou comme ma grand-mère, ce qui était pire.

Elle avait fait ses études à Berkeley. Elle avait

1. « Je vais partir et te laisser, mon amour. Je vais partir un long moment. Mais je reviendrai un jour. Si je parcours dix mille miles. »

2. « Tard dans la nuit quand souffle le vent du nord… Vêtue d'un long voile noir elle pleure sur mon cadavre. »

rencontré mon père lors d'un sit-in contre la guerre au Viêtnam à People's Park. Elle ne le savait pas encore, bien sûr, mais quand ils retraversèrent le pont, elle était enceinte.

Mon père reçut son ordre d'incorporation à l'automne. Il devait se présenter à peu près au moment de ma naissance. Il partit pour le Canada. Il écrivait à Diana tous les jours, parfois deux fois par jour, pour la supplier de le rejoindre, mais elle s'était alors mise avec un joueur de banjo qui s'appelait Phil et qui lui rappelait Pete Seeger, en plus sexy. Je pense que Diana était plus amoureuse des chagrins d'amour, dans la vie ou dans les chansons, qu'elle ne l'avait jamais été de mon père. Puis Phil et elle rompirent, et elle chanta beaucoup de chansons tristes. Enfin, c'était toujours le cas.

Elle rencontra Daniel le jour de son accouchement. C'était tout elle. Il lui fallait un homme à ses côtés et elle n'avait jamais de mal à en trouver un.

Daniel était sa sage-femme en salle d'accouchement, chose rare à l'époque pour un homme, mais Daniel adorait les bébés et, comme il me le dit un jour, il aimait aider les femmes à mettre un enfant au monde. Il avait assisté Diana durant trente-deux heures de contractions, suivies de six heures à pousser. L'histoire raconte que, quand je suis née, tous deux étaient tombés amoureux.

Mes souvenirs de ce que je qualifie comme les « Années Daniel », avec l'apparition fréquente de divers « invités », se concentrent surtout sur la musique que nous écoutions, un disque de Burl Ives que Daniel m'avait acheté. Burl Ives ressemblait tout à fait au grand-père qu'on aurait aimé avoir, si on avait eu un grand-père. Il m'avait aussi acheté un album de chansons pour enfants de Woody Guthrie. Contrairement à Burl Ives, Woody Guthrie paraissait un peu dingue, mais ses chansons étaient bien plus drôles. Je demandais à Diana et à Daniel de passer le disque de Woody Guthrie une douzaine de fois par jour. La chanson que je préférais évoquait une promenade en voiture et s'accompagnait de drôles de bruits qu'il fallait faire avec la bouche. La façon qu'avait Daniel de se tapoter les lèvres pour imiter le bruit du pot d'échappement des très vieux véhicules, qui correspondait parfaitement au pot d'échappement de notre très vieux véhicule, constitue l'un des souvenirs les plus vivaces que je garde de lui. Je croyais que toutes les voitures faisaient ce genre de bruit.

Nous passions beaucoup de temps en voiture – une voiture après l'autre. En général ces vieilles guimbardes problématiques rendaient l'âme sur une route nationale alors que nous allions à une manifestation pour la paix, à un concert, ou que nous rentrions à la maison quand nous en avions une, au motel, au camping ou, à défaut, à l'appartement d'un guitariste ami de ma mère. Diana et moi passions des heures sur le bord de la route pendant que Daniel ou un autre copain bricolait la voiture. La plupart d'entre eux se mélangent dans mon esprit – cheveux longs, drôle d'odeur, jeans traînant dans la poussière –, mais l'un d'eux, Indigo, se détache des autres. Il m'appelait Gamine et s'amusait à me chatouiller même après que je lui avais dit que je détestais les chatouilles. Un jour que nous avions une chambre dans un motel avec piscine, il m'a jetée à l'eau.

« Joanie ne sait pas nager ! » cria Diana. Indigo se contenta de rire. Je sentais que je coulais au fond de la piscine. J'ouvris la bouche. Pas d'air. J'agitais les bras, mais je n'avais rien à quoi m'accrocher.

Enfin, Diana fut là. Elle avait sauté dans la piscine vêtue de sa jupe en jean. Elle me tirait vers la surface. Je me suis mise à tousser et à chercher mon souffle, en me vidant de toute l'eau avalée. Ce fut la dernière fois que je m'aventurai dans une piscine.

Ma mère et ses copains m'emmenèrent à de nombreux concerts. Mes principaux souvenirs de l'époque concernent l'odeur des toilettes portables Porta Potti où j'avais toujours peur de tomber, celle de marijuana et de musc, ainsi que le bien-être que je ressentais quand ma mère entrait dans la tente avec moi et son petit ami du moment, tard le soir. Ensuite, je les entendais chuchoter et rire doucement d'une manière que j'interprète maintenant comme faisant partie de leurs jeux amoureux, quand ils me croyaient endormie. À l'époque, c'était simplement la bande son de ma vie, pas différente des vieilles ballades et de « Kumbaya ».

Les discours continuaient souvent dehors, transmis par une sono qui grésillait. Mes nuits préférées étaient celles où Diana chantait pour moi tandis que les papillons de nuit tournaient autour de nos têtes à la lumière de notre lampe Coleman. Lorsqu'elle et Daniel vivaient ensemble, il s'asseyait devant la tente avec sa lampe de poche et lisait le manuel préparant à l'examen qu'il allait passer pour obtenir un niveau supérieur dans son métier de sage-femme, fumait un joint ou taillait le bout de bois que je le voyais travailler aussi loin que remontaient mes souvenirs. Il ne ressemblait à rien de reconnaissable, ce bout de bois, mais il était si doux que j'aimais le tenir contre ma joue. J'imaginais que la main de ma mère me caressait de cette façon, mais elle était souvent occupée ailleurs.

Nous avons un moment vécu tous les trois à San Francisco. Nous habitions même dans un appartement, avec un canapé et un vrai lit pour moi. La sœur de Daniel lui avait envoyé une souche de levain. Durant quelque temps, une odeur de pain plana dans notre appartement et je crus vraiment que, pour une fois, nous allions y rester. Mais, à l'été 1969, j'avais alors six ans, ma mère et Daniel décidèrent de traverser le pays pour assister au festival de musique de Woodstock. Son idée à elle, sans doute, mais Daniel était d'accord.

Ils chargèrent la voiture, une Renault couleur argent cet été-là, avec tout ce que nous possédions, c'est-à-dire pas grand-chose : quelques chemises teintes au nœud, quelques jeans, et comme toujours ma boîte de crayons de couleur, ma girafe, un édredon en patchwork que nous avait fait ma grand-mère, les bottes de ma mère avec des roses gravées sur les côtés, auxquelles elle tenait beaucoup, et les manuels de l'école de sage-femme de Daniel. Une caisse contenant la précieuse collection de vinyles de Diana était rangée dans le coffre. Quand nous nous trouvions dans une région chaude comme l'Arizona, elle avait peur qu'ils ne fondent. Un jour, elle acheta une glacière et y mit de la glace pour qu'ils soient en sécurité. À l'époque, il ne m'est pas venu à l'idée qu'elle prenait davantage soin de ses disques que de moi.

Nous campions la plupart du temps, mais pas dans les parcs nationaux parce qu'ils étaient trop chers. Une semaine avant le début du festival, notre voiture commença à émettre des bruits comme dans la chanson de Woody Guthrie et nous ne sommes jamais arrivés à Woodstock. Nous avons échoué à un festival dans une petite ville près de la frontière canadienne. Diana dansa avec un homme qui faisait un trip d'acide et qui lui donna les clés de sa Coccinelle orange. Nous avons quitté le concert et pris la route avant qu'il soit suffisamment redescendu de son trip pour changer d'avis.

Trois jours plus tard, peut-être parce que Diana avait dansé avec le type de Hare Krishna, ma mère et Daniel se sont disputés, comme souvent, sur une aire de repos dans le New Jersey. Ce fut la dernière fois. Je n'ai qu'un vague souvenir de ce qui se passa ensuite. Diana et moi étions assises à l'avant de la voiture pendant que Daniel fourrait ses affaires dans son sac, ainsi que quelques albums dont ma mère ne voulait plus parce qu'ils lui rappelaient Daniel (Burl Ives en faisait partie et aussi Woody Guthrie) et la souche de levain qu'il avait mise dans un bocal. Le bout de bois sur lequel il travaillait fut la dernière chose qu'il plaça dans le sac.

« Tu es une super petite fille », me dit-il, juste avant de sortir du parking de l'aire de repos. Nous l'avons dépassé quelques minutes plus tard, debout sur le côté de la route, le pouce levé. Il avait l'air de pleurer, mais ma mère prétendit que ce n'était sans doute qu'une allergie. Moi aussi, j'avais envie de pleurer. De tous les gens que j'avais connus au cours de ces années, Daniel semblait le seul fiable.

En remplissant le réservoir de la voiture, sans faire le plein, Diana engagea la conversation avec un certain Charlie qui appartenait à un groupe appelé The Weather Underground[1]. Je retins ce nom parce que l'idée me semblait déroutante : quel temps pouvait-il faire sous

1. Le Temps sous terre.

terre ? Pour moi, il devait toujours être à peu près le même.

Charlie nous invita à venir avec lui et un groupe d'amis, dans une maison de l'Upper East Side sur la 84e Rue Est qui appartenait aux parents de l'une d'eux. Peu après, nous traversions un pont et arrivions à New York.

C'était une maison de brique avec un pot de géranium sur le perron qu'apparemment personne n'avait arrosé depuis un bon moment. Charlie et ses amis passaient de nombreux disques dont j'étudiais les pochettes, car je n'avais pas de livres : Jefferson Airplane, Led Zeppelin, Cream. Ma mère avait toujours la plupart de nos albums dans la caisse, bien sûr, mais personne n'avait envie de les écouter. Des chansons comme « Silver Dagger » et « Wildwood Flower » semblaient déplacées dans la maison des parents de l'amie de Charlie.

Je savais, même à l'époque, que Joan Baez et ma grand-mère n'auraient pas aimé cet endroit, elles auraient désapprouvé ce qui s'y passait. La musique que Charlie et ses amis écoutaient était différente – bruyante, pleine de cris, et les guitares avaient l'air de pleurer. Nous mangions beaucoup de beurre de cacahuète, de Cocoa Puffs et parfois des glaces pour le dîner, ce qui aurait pu paraître super mais ne l'était pas. La belle-fille de l'amie de Charlie vint un jour. Elle avait deux ans de plus que moi et elle rangeait sa poupée Barbie dans une boîte spéciale. Je connaissais suffisamment les opinions de ma mère pour ne pas réclamer une Barbie, mais la fille me laissa lui enfiler tous ses vêtements et j'étais ravie.

Lors de ce dernier voyage à travers le pays, Daniel m'avait lu tous les soirs un chapitre de *La Toile de Charlotte* dans la chambre d'un motel, sous la tente ou là où nous nous étions arrêtés. Il avait dû emporter le livre en partant alors qu'il nous restait trois chapitres avant la fin. Je ne savais pas ce qui arrivait à Fern, Wilbur le cochon et Charlotte, et je me faisais du souci pour eux. Je ne comprenais pas pourquoi tous les amis de ma mère détestaient les cochons[1]. Si Wilbur était un exemple typique, les cochons paraissaient vraiment super.

Je ne comprenais pas grand-chose aux conversations de Charlie et de ses amis, sinon que la guerre au Viêtnam prenait une place importante. Je ne savais pas, bien sûr, ce qu'était cette guerre ni où elle se déroulait. J'avais compris qu'ils construisaient au sous-sol un truc qui nécessitait beaucoup de clous. Un jour, je suis descendue voir et tout le monde s'est mis en colère, surtout Charlie, qui m'a traitée de sale gosse.

Après quoi, ma mère décida qu'il valait mieux que je ne reste pas dans la maison de l'Upper East Side et elle m'emmena chez ma grand-mère dans le Queens. « Charlie n'est pas mon genre. Je ne vais pas rester là-bas », dit-elle. Elle irait prendre ses disques et reviendrait me chercher quelques jours plus tard. Nous nous installerions dans une jolie petite maison quelque part à la campagne et nous aurions un jardin. Elle trouverait quelqu'un qui m'apprendrait à jouer du ukulélé (il y avait gros à parier que ce serait un homme). Elle voulait enregistrer un album. Un type qui avait un jour rencontré Buffy Sainte-Marie lui avait donné sa carte.

1. *Pigs* : « cochons », mais aussi « flics ».

# 2

## Apparemment, aucun survivant

Ma grand-mère préparait des sandwichs au fromage fondu, les informations en fond sonore, quand nous avons appris l'explosion. Le présentateur ne cessait de parler d'un endroit qu'il appelait la maison du Weather Underground sur la 84e Rue Est. « Complètement détruite », disait-il. Deux personnes dans la rue à l'extérieur du bâtiment avaient été tuées lors de l'explosion, dont un policier qui n'était pas en service, père de trois filles et d'un garçon de dix ans.

Il ne restait rien de la maison, mais on montra une photo de ce qu'elle avait été et je reconnus les marches et la porte d'entrée rouge. « Apparemment, aucun survivant », ajouta le présentateur.

Dans la rue, au milieu des décombres, un reporter interviewait une passante. « Une bande de meurtriers. Bon débarras », dit-elle.

Après avoir coupé les informations, ma grand-mère me mit au lit, mais je l'entendais à travers le mur qui séparait le salon où je dormais et sa chambre. Ce fut la seule fois que j'entendis Grammy pleurer.

On ne révéla que le lendemain les noms de ceux qui avaient été tués en fabriquant la bombe, mais nous avions compris. Si ma grand-mère ne m'en dit rien, j'entendis le reportage à la radio et une seule image s'imposa à mon esprit : des Cocoa Puffs fusant dans toutes les directions. J'avais en tête la pochette de l'album des Beatles qui tenaient sur leurs genoux des poupées ensanglantées, ainsi que la pochette de King Crimson qui me donnait des cauchemars, même avant l'explosion : le visage d'un homme vu de si près qu'on distinguait l'intérieur de ses narines et ses yeux écarquillés comme s'il était en train de hurler. J'imaginais des bouts de vinyles éparpillés dans la rue devant la maison et les bottes de Diana avec les roses gravées sur les côtés qu'elle emportait chaque fois que nous déménagions, même quand nous ne prenions presque rien d'autre. (Ma collection d'animaux en verre, par exemple. Je les avais tous laissés dans la maison qui avait explosé. Je me représentais mes animaux, un par un, qui volaient à travers la pièce et se retrouvaient projetés dans la rue. *Cheval. Singe. Souris. Licorne.* J'avais pris si grand soin d'eux jusqu'alors.)

À dire vrai, il ne restait rien de reconnaissable, même si un reporter de la télé indiqua que la police avait trouvé un bout de doigt. En l'entendant, Grammy éteignit le poste.

« Comment est-ce que le doigt est parti de la main de la personne ? Ils en ont fait quoi quand ils l'ont trouvé ? » ai-je demandé à ma grand-mère.

Dans l'un des bulletins d'informations qui passa à l'antenne dans les jours suivant l'explosion, une photo de ma mère tirée de son annuaire du lycée apparut à l'écran. Elle était beaucoup plus jolie en vrai que sur la photo qu'ils montrèrent. Un reporter colla un micro devant une femme qui se révéla être l'épouse du policier décédé.

« J'espère qu'elle brûle en enfer comme les autres », dit-elle.

C'est à ce moment-là que nous avons changé de nom et sommes devenues Renata et Amelia.

Ensuite, j'ai vécu avec ma grand-mère, d'abord à Poughkeepsie, puis en Caroline du Nord, en Floride et de nouveau à Poughkeepsie et encore en Floride. Je n'ai jamais rencontré mon père, Ray, mais environ un an après notre premier déménagement ou peut-être notre deuxième, ma grand-mère l'a recherché. Au cas où il n'aurait pas entendu ce qui était arrivé à ma mère, elle pensait qu'il devait l'apprendre. Elle lui fit promettre de ne jamais révéler à qui que ce soit nos nouveaux noms ni où nous vivions.

Ray habitait sur une île de la Colombie-Britannique avec sa femme, qui avait récemment donné naissance à des jumeaux. Il dit à ma grand-mère que j'étais la bienvenue si jamais nous passions dans le coin.

« Je me rappellerai toujours que nous étions assis dans le parc cet été-là et que nous chantions toutes ces vieilles chansons idiotes. On peut dire ce qu'on veut sur Diana, mais elle avait une très belle voix », écrivit-il.

Je devais être en CE2 quand Daniel sonna à notre appartement en Floride. Il avait sans doute réussi l'examen pour monter en grade, car il roulait dans une voiture normale. Il travaillait dans un hôpital de Sarasota. Ray avait à l'évidence rompu sa promesse de garder notre secret.

« Ta mère était l'amour de ma vie », me dit Daniel. Il se mit à pleurer. Je croyais qu'il venait pour me réconforter, mais finalement, ce fut moi qui le consolai. « Je pense qu'elle n'a jamais voulu faire de mal à personne. Elle n'a sans doute pas compris ce que préparaient les autres. Tout ce qui lui importait, c'était de chanter », me dit-il.

Et moi ? avais-je envie de lui demander.

« Diana n'aurait sans doute pas été d'accord, mais je t'ai apporté une poupée. » C'était une Barbie et il avait bien sûr raison. Ma mère ne m'aurait jamais permis d'avoir une Barbie, pas même celle qui était noire.

Ma grand-mère et moi avons raccompagné Daniel dans la rue pour lui dire au revoir. Il a ouvert le coffre. J'ai compris à la manière dont il a soulevé le carton que ce qu'il contenait lui était très précieux et qu'il lui était difficile de s'en séparer. C'était une pile d'albums, ceux que ma mère l'avait laissé emporter le jour où nous l'avions abandonné sur l'aire de repos : Woody Guthrie, Burl Ives, le premier disque de Joan Baez, très rayé. Je connaissais encore les paroles de toutes les chansons : « Mary Hamilton », « House of the Rising Sun », « Wildwood Flower ». Toutes les vieilles chansons que nous chantions ensemble dans la voiture.

« Je suis le premier à t'avoir vue. J'ai coupé le cordon », dit Daniel en s'asseyant sur le siège du conducteur. Il me fallut une minute pour comprendre de quoi il parlait. Dans la salle d'accouchement, ce jour-là, il était de service.

« J'aurais adoré être ton père.

— Ça aurait sans doute été bien », répondis-je.

Hormis Daniel – et Ray, mon père, à qui ma grand-mère avait fait jurer de garder le secret, comme à moi –, aucun de ceux que nous connaissions ne nous retrouva après l'explosion. Malgré tout Grammy vivait dans la peur d'être découverte. Les années passèrent et je ne compris jamais pourquoi cela lui semblait si important, mais pas une semaine ne s'écoulait sans qu'elle me rappelle ma promesse de ne jamais raconter à personne ce qui était arrivé et qui nous étions auparavant.

« C'est notre secret. Nous l'emporterons dans la tombe », disait-elle. Cela me faisait penser à la mort et me rappelait la chanson du long voile noir, « Long Black Veil », qui me donnait toujours des frissons.

*L'emporter dans la tombe*. Quel sens avaient ces mots pour une fillette de dix ans ? C'était le mantra de mon enfance. *Jamais personne ne doit savoir qui tu es. Tu dois me le promettre. Tu l'emporteras dans la tombe.*

Je faisais des cauchemars sur ce qui arriverait si quelqu'un découvrait qui nous étions.

Ma grand-mère passa d'un emploi à l'autre durant ces années. Ne pas avoir de carte de sécurité sociale posait un problème. Il lui fallait connaître quelqu'un personnellement pour être embauchée, ou faire du baby-sitting pour lequel on ne lui demandait rien.

J'avais dix-huit ans, je venais de terminer le lycée, quand ma grand-mère reçut le diagnostic. Cancer du poumon stade quatre. Les Marlboro avaient eu raison d'elle.

Je me suis occupée d'elle tout l'été. La dernière semaine, alors qu'elle était en soins palliatifs, elle m'a fait promettre, encore une fois, de garder le secret sur ma mère.

« Je n'en ai jamais parlé à personne, Grammy. Mais même si je le faisais, ça n'aurait plus d'importance. » Je comprenais beaucoup mieux à présent ce qui s'était produit et ce que faisaient Charlie et les autres dans le sous-sol de la maison de l'Upper East Side ce jour-là. À seize ans, j'étais devenue curieuse et j'avais passé une journée entière à la bibliothèque à faire des recherches sur le Weather Underground. Je n'avais sans doute jamais voulu savoir auparavant comment ma mère était morte, mais en lisant les articles je ne réussis pas à m'ôter les images de l'esprit. Du verre brisé dans toute la rue. Un bout de doigt. Celui d'une femme.

« Promets-moi. N'en parle jamais. Ça risque d'entraîner des ennuis que tu ne peux pas comprendre », répéta Grammy.

Elle suivait un traitement lourd et, à part ces mots, ce qu'elle disait n'avait guère de sens, mais elle se mit à marmonner quelque chose à propos du FBI et de nouveaux examens devenus possibles pour retrouver des gens, réalisés à partir d'une simple trace de salive sur une tasse de café ou quelques cheveux sur une brosse.

« Si jamais quelqu'un te pose des questions sur Diana Landers, tu n'as jamais entendu parler d'elle », chuchota-t-elle.

## 3

## Un homme côté soleil

Il ne fallut pas longtemps pour débarrasser l'appartement de ma grand-mère, qui possédait si peu de choses. Elle avait voulu être incinérée et que ses cendres soient dispersées au pied de l'Unisphere de la Foire internationale de 1964 où elle m'avait emmenée quand j'étais bébé. Ses économies, quand j'eus payé sa dernière facture, s'élevaient à un peu plus de mille huit cents dollars. Mon héritage. Je m'en servis pour prendre un studio et acheter un tourne-disque afin d'écouter mes albums.

Il faut vivre d'une manière très différente quand vous gardez un secret, surtout un secret gros comme la façon dont votre mère est morte, et que le nom qu'on vous donne n'est pas celui de votre naissance.

Si on détient un secret, il est plus facile de n'être proche de personne et, longtemps, c'est ce que je fis. Durant toutes mes années de lycée et d'école d'art, je n'eus jamais de petit ami ni d'amie proche. À l'exception de mes cours et de mon travail de serveuse dans un modeste restaurant de Mission, j'étais isolée.

Je dessinais tout le temps. Je punaisai une photo de Tim Buckley au mur, en partie parce que je le trouvais beau, mais aussi parce qu'il était mort jeune et de façon tragique, comme ma mère. Je passais si souvent « Once I Was » que je dus racheter l'album. Chaque fois que j'avais envie de me retrouver d'une humeur particulièrement sombre, il me suffisait de mettre cette chanson.

Et puis j'ai rencontré Lenny, un homme étranger à toute forme de tragédie. Si je voulais décrire Lenny en une phrase, ce serait celle-ci : *Il marchait côté soleil*. Je veux dire que c'était la dernière personne de qui je me serais imaginé tomber amoureuse, la dernière personne susceptible de tomber amoureuse de moi. Sauf que ce fut ce qui nous arriva.

Peu après mon diplôme de l'école d'art, j'avais été sélectionnée pour participer à une exposition à San Francisco, dans une petite galerie coopérative de Mission. Les artistes s'y relayaient et proposaient des assiettes de crackers saupoudrés de fromage en boîte quand quelqu'un entrait jeter un coup d'œil, ce qui n'arrivait pas très souvent.

La plupart des œuvres de l'exposition étaient abstraites ou conceptuelles. L'une d'elles consistait en un morceau de viande posé au milieu de la pièce. Le deuxième jour, les mouches tournaient autour, et le quatrième jour on sentait l'odeur de la viande pourrie dans toute la galerie. « Je crois que tu devrais l'enlever », dis-je à son auteur quand il arriva pour distribuer à son tour les crackers. « Pas de problème », répondit-il. Il avait apporté un autre bout de viande. Un morceau moins cher.

Mon travail était accroché dans un coin. À la différence de presque tous les artistes exposant leurs œuvres dans la galerie, mes dessins au crayon étaient très réalistes, inspirés par la nature. Dessiner m'intéressait depuis que j'étais toute petite, avant même de venir habiter avec ma grand-mère, mais cela devint une obsession probablement après la disparition de ma mère. Quand je sortais mes crayons, plus rien d'autre n'existait.

Au cours des années, il m'était arrivé de passer mes journées dans les bois ou, quand c'était impossible, au parc, à dessiner toute sorte de champignons ou à soulever des branches pourries pour observer le fourmillement des insectes qu'elles cachaient et les reproduire. Au printemps suivant le décès de ma grand-mère, j'étais partie dans la Sierra Nevada une quinzaine de jours. J'avais marché, dormi dans ma vieille tente et rempli mon carnet de croquis de dessins des fleurs sauvages que je trouvais. Ce carnet de croquis m'avait valu une bourse à l'école d'art.

À l'époque de l'exposition à la galerie, mes dessins représentaient surtout des oiseaux. Les croquis affichés au mur montraient une espèce de perroquets connus sous le nom de conures, qui avaient élu domicile en ville.

On disait que, vers le milieu des années quatre-vingt, deux ou trois conures rares et magnifiques s'étaient échappées d'un magasin d'oiseaux exotiques dans le sud de la Californie pour remonter vers le nord et arriver finalement à San Francisco, où elles s'étaient accouplées avec un étonnant succès. Bientôt, une volée d'oiseaux de couleurs vives était perchée dans les arbres de Telegraph Hill.

Dans une ville où la population d'oiseaux était majoritairement constituée de pigeons, de moineaux et de geais, on ne pouvait que remarquer le plumage rouge, bleu et jaune des perroquets de Telegraph Hill. Par la fenêtre de mon petit studio de Vallejo Street, debout avec ma tasse de café, je les regardais descendre en piqué au-dessus des marches de Filbert en direction de Coit Tower. Mes photos de ces oiseaux exotiques, si inattendus dans la brume de la Bay Area, punaisées sur le mur au-dessus de ma table à dessin, devinrent le point de départ de la série de dessins que j'exposais à la galerie le jour où Lenny y entra.

Cet homme de taille et de carrure moyennes devait avoir à peu près mon âge. Son apparence n'avait rien de particulièrement remarquable, sinon son regard très doux et l'allure de quelqu'un bien dans sa peau. J'en fus sans doute frappée parce que je n'aurais pas pu en dire autant de moi. Il portait une veste des San Francisco Giants si usée que la plupart des gens l'auraient trouvée bonne à jeter. J'en conclus qu'il était soit totalement fauché, soit extrêmement attaché à son équipe. Les deux étaient vrais, mais Lenny aimait les Giants presque autant qu'il m'aima, au bout du compte.

Il passa sans s'arrêter devant les autres œuvres exposées – un œil géant sculpté avec les mots « BIG BROTHER » en travers de la pupille, un tableau représentant un jeune homme tenant un revolver contre sa tempe qui, je le savais (contrairement à d'autres), ressemblait beaucoup à l'artiste. Il était dans mon cours de dessin d'observation et souffrait de dépression. Quand le moment vint pour l'auteur du tableau au revolver d'accueillir les visiteurs à la galerie et de proposer les crackers, il déclara qu'il ne pouvait pas. Il n'arrivait pas à sortir de son lit.

On comprenait, au premier coup d'œil, que Lenny avait une attitude extrêmement positive dans la vie. Il ne prêta aucune attention au flanchet de bœuf qui pourrissait par terre. Il se dirigea droit vers mes conures de Telegraph Hill.

« Elles sont magnifiques », dit-il devant le dessin

d'une paire de conures perchées sur une branche. Il avait un cracker dans la bouche, deux autres dans les mains et il souriait. J'appris plus tard qu'il était entré dans la galerie avec l'espoir de trouver à manger gratuitement. Ce qui finit par arriver fut un bonus inattendu.

« C'est moi qui les ai dessinées, dis-je.

— Quand j'étais petit, nous avions un perroquet dans la famille. Jake. Je lui avais appris à dire "Téléportation, Scotty[1]" et "Vas-y, fais-moi plaisir[2]". »

C'était Lenny tout craché. Ses attachements à une chanson, un tableau ou un lieu étaient fondés sur de plaisantes associations avec une vie jusqu'alors singulièrement heureuse. Outre le perroquet, il avait deux sœurs qui l'adoraient (une aînée, une cadette) et un chien, ainsi que des oncles, des tantes, des cousins, des amis de colonies de vacances qu'il voyait encore régulièrement, des parents toujours mariés et toujours amoureux. À sa bar mitzvah, sa famille l'avait porté sur une chaise à travers la pièce en chantant. Il faisait partie d'une équipe de bowling, possédait ses propres chaussures de bowling et une chemise avec son nom brodé sur la poche. C'était sa première année d'enseignement dans un quartier difficile et il entraînait une équipe de T-ball le week-end. Pour quelqu'un comme moi, c'était un vrai Martien.

« J'admire vraiment les artistes. Je suis incapable de tracer une ligne droite.

— Tu as sans doute plein d'autres talents. Des trucs pour lesquels je suis complètement nulle. » Une remarque pas très maligne, mais pour moi, ces quelques

1. Référence à la série *Star Trek*.
2. Référence à *Dirty Harry* de Clint Eastwood.

mots adressés à un homme – pas un canon de beauté, mais attirant, à peu près de mon âge – étaient tout à fait inhabituels. Après les avoir prononcés, j'eus peur qu'ils apparaissent comme pleins de sous-entendus sexuels, ce qu'il me confirma plus tard.

« Tu sais lancer une balle de base-ball ?

— Devine.

— Je vais t'emmener à un match, déclara-t-il, comme ça.

— Où ?

— Ne me dis pas que tu n'as jamais été à Candlestick Park ?

— Alors, je ne te le dirai pas. »

Ensuite, nous ne nous sommes plus quittés. Pendant le match – mon premier événement sportif professionnel –, il prit le temps de m'expliquer le tableau des scores, le point produit et l'erreur forcée. Vers la fin, lors d'un tour de batte, l'un des Giants exécuta un coup sûr qui vola au-dessus de la tête du lanceur. Je me tournai vers lui et dis quelque chose du genre : « Super ! »

« On appelle ça une chandelle. Ce n'est pas une bonne chose », m'expliqua-t-il gentiment. Puis il m'embrassa sur la bouche. Un baiser fabuleux. Ce soir-là, de retour dans mon appartement (le mien, parce que Lenny était en colocation), nous avons fait l'amour pour la première fois. Pour moi, la toute première fois.

J'avais vingt-deux ans, j'avais terminé l'école d'art depuis six mois. J'étais illustratrice médicale à temps partiel, ce qui expliquait les crayons alignés par couleurs sur la table de la cuisine de mon appartement de Vallejo Street, ainsi que les photos des principaux organes et les dessins des appareils reproducteurs, circulatoires, lymphatiques, digestifs et squelettiques affichés au mur. Quelques années auparavant, pendant mes études, j'avais punaisé, à côté de mes schémas d'anatomie, une carte postale d'un tableau de Chagall que j'adorais – un homme et une femme, dans un petit appartement quelque part en Russie, avec sur la table un gâteau et un bol rempli d'une sorte de baies, une rangée de maisons proprettes et identiques, visibles par la fenêtre, une chaise avec un coussin brodé, un unique tabouret.

Le tableau représente les amoureux qui occupent la pièce. La femme porte une modeste robe noire à col ruché, des chaussures noires à hauts talons à ses pieds incroyablement petits et elle tient un bouquet. L'homme et la femme s'embrassent et leurs pieds sont comme en apesanteur. Seules leurs lèvres sont en contact, en fait, même si cela exige une gymnastique étonnante de la part de l'homme. Pour réaliser ce baiser, il tourne la tête à 180 degrés, ce que la tête d'aucun être humain ne peut accomplir, comme me le rappelaient mes graphiques d'anatomie. Sans parler du fait que les personnages ne touchent pas terre. Seul l'amour permet à deux êtres de prendre ainsi leur envol.

Quelque chose d'incroyablement tendre et innocent, mais en même temps érotique, émane des deux amoureux du tableau. Ils n'ont besoin que du contact de leurs lèvres pour s'élever.

Le lendemain du match de base-ball, Lenny m'apporta une carte postale identique à celle accrochée au mur. Il la glissa sous la porte avec un mot : *Je crois que je suis amoureux.*

Quand il vint me chercher pour dîner le même soir,

avec un bouquet de roses, il ressemblait à un type qui avait gagné le gros lot au jeu télévisé préféré de ma grand-mère, *Jeopardy !*. Si des mortels avaient pu prendre leur envol ce jour-là, ç'aurait été nous deux. Je n'aurais sans doute pas encore dit que j'aimais cet homme, mais je savais que je le ferais très vite. Lenny et moi ressemblions aux personnages du tableau. Comme si nous avions inventé l'amour.

Il enseignait en CE1 à l'école élémentaire Cesar-Chavez. Il adorait ses élèves. Tous les soirs, au dîner, il me racontait ce qui s'était passé en classe, quel élève avait eu une journée difficile, quel autre avait fini par comprendre la soustraction. J'en vins à connaître leur nom à tous.

Il fut tout de suite romantique. Durant la brève période précédant son emménagement chez moi, et par la suite, il n'arrivait jamais sans un bouquet de fleurs, une barre de chocolat ou un cadeau idiot, par exemple un yo-yo. Il copiait des poèmes dans des livres et me les lisait tout haut. Il aimait des chansons comme « I Think I Love You », « Feelings », « You Light Up My Life », parce qu'elles exprimaient parfaitement ce qu'il ressentait pour moi. Si une chanson qu'il aimait passait à la radio quand nous étions en voiture, il montait le son et chantait en même temps. Un jour, il apporta un album des Kinks. Il voulait me faire écouter une chanson qui lui évoquait notre relation : « Waterloo Sunset ».

Pour moi, les meilleurs moments avec Lenny, ceux auxquels je penserais après, n'étaient pas ceux-là. J'étais davantage touchée par des choses très ordinaires que Lenny considérait comme évidentes : alors que j'avais attrapé un rhume, il courut m'acheter des médicaments contre la toux, une autre fois il rentra chez nous avec une paire de lacets (pas des roses, des lacets) parce qu'il avait remarqué que les miens étaient si effilochés que j'avais du mal à les passer dans les œillets de mes baskets. Il ne faisait jamais très froid à San Francisco, mais quand il pleuvait, il chauffait la voiture pour moi, et un jour, sachant que j'empruntais sa Subaru pour traverser le pont et me rendre à un rendez-vous chez le dentiste, il vérifia la pression des pneus la veille. Une autre fois, lors d'une escapade d'un week-end à Calistoga, il resta assis deux heures à côté de moi sur le bord de la piscine de l'hôtel en essayant de m'aider à surmonter ma peur de l'eau. « Je ne te quitterai jamais », disait-il. Sans doute sa seule déclaration qui se révéla fausse.

Alors que nous essayions de faire un bébé (décision prise environ une semaine après notre rencontre), il prépara un tableau qu'il posa sur le réfrigérateur pour noter ma température tous les matins et savoir quand j'ovulais, à côté d'une boîte où il vérifiait chaque jour que j'avais pris mon comprimé d'acide folique.

Nous n'étions à peu près jamais en désaccord, même si ça ne s'était pas très bien passé quand, pour plaisanter, j'avais déclaré que, étant née dans le Queens, j'aurais probablement dû être supportrice des Yankees. « On va y remédier », répondit-il.

Pratiquement notre seul sujet de tension concernait mon peu d'envie de voir sa famille. Pour lui, qui était juif, Noël n'était pas un problème, mais il y avait toutes les autres fêtes : Thanksgiving, l'anniversaire de Lenny, celui de sa mère, de sa grand-mère, de sa tante, de son oncle Miltie. Il n'était pas religieux, mais il jeûnait à Yom Kippour en l'honneur de son grand-père, mort quelques années avant notre rencontre. Lenny aimait beaucoup son grand-père, comme à peu près tous les membres de sa nombreuse famille, et gardait de merveilleux souvenirs d'être allé au stade de baseball avec lui quand il était enfant.

D'une part, j'aimais bien entendre les anecdotes de Lenny sur son enfance heureuse, sa vie heureuse. Mais d'autre part, parfois, les histoires de sa vie côté soleil – le côté de Lenny – semblaient me séparer de l'homme que j'aimais, comme si nous ne parlions pas la même langue. En dehors du fait que nous étions dingues l'un de l'autre, il m'apparaissait toujours comme une sorte de voyageur étranger me rendant visite depuis son pays d'origine, et il devait ressentir la même chose à mon égard. Malgré tout ce que nous partagions, ce fossé existait entre nous. Son expérience du monde lui donnait un sentiment d'espoir et de sécurité, alors que je repérais facilement les problèmes et anticipais les malheurs avant même qu'ils ne se produisent.

Les parents de Lenny vivaient à El Cerrito, de l'autre côté du pont. La première année de notre vie commune, il pensait que je viendrais avec lui au seder de Pessah dans sa famille. Je trouvai une excuse, une obligation en rapport avec mon cours de peinture, mais il ne fut pas dupe.

« C'est difficile pour moi de me trouver dans une famille », lui expliquai-je.

Il avait posé des questions sur la mienne, naturellement. Je ne lui avais parlé que de l'essentiel : je ne connaissais pas mon père et ma mère était morte quand j'étais toute petite, ma grand-mère m'avait élevée et, depuis sa mort quatre ans plus tôt, il n'y avait plus personne.

Lenny étant Lenny, il voulait en savoir plus : comment ma mère était morte, comment j'avais vécu sa disparition. « Nous devrions aller sur sa tombe », dit-il. Il voulait connaître la date de son décès pour allumer une veilleuse le jour anniversaire.

Je ne pouvais pas lui dire qu'il n'y avait pas de tombe. Comment enterrer un bout de doigt ?

« Je ne veux pas en parler. C'est mieux comme ça. » Il était ma famille à présent, tout ce dont j'avais besoin.

Puis arriva quelqu'un d'autre. Notre fils.

Arlo naquit juste un an après notre rencontre. C'était le soir de la Série mondiale, une rencontre entre les Mets et les Red Sox qui ne laissait d'autre choix à Lenny que d'encourager Boston. Mais ce soir-là, il ne pensait qu'à notre bébé et à moi. Ni la casquette portée à l'envers par les Mets à partir d'un déficit de deux points dans la dixième manche pour gagner le match ni, finalement, le championnat ne réussirent à détourner Lenny une seule minute de sa place à mes côtés durant les vingt-trois heures qu'il fallut à Arlo pour venir au monde. « C'est incroyable, non ? Nous avons fait un bébé », s'émerveilla-t-il quand la sage-femme plaça notre fils dans mes bras.

*Je suis papa.* Il ne cessait de répéter ces mots.

Je disais souvent qu'il n'y avait pas de meilleur papa ni de meilleur mari. Il m'apportait le café au lit, rentrait à la maison avec des cadeaux bizarres et drôles : un stylo plume, une paire de chaussettes aux couleurs des Giants, un diadème en faux diamants. Il emmenait Arlo aux bébés nageurs tous les samedis. Il était le seul père dans un bassin rempli de mères, leurs bébés dans les bras, tandis que j'étais assise au bord, car j'avais gardé une phobie de l'eau depuis le jour où Indigo, le copain de ma mère, m'avait jetée dans la piscine du motel. Quand Arlo pleurait la nuit, Lenny était toujours le premier à sauter du lit pour me l'amener. Il le baignait et le changeait chaque fois qu'il le pouvait. Jusqu'alors, il adorait son métier d'enseignant, mais maintenant il détestait partir travailler. « Je ne veux rien rater », disait-il.

La famille de Lenny, ses parents en particulier, restait un sujet délicat. J'avais accepté de rendre visite de temps en temps à Rose et Ed, mais pas aussi souvent qu'ils l'auraient souhaité avec leur premier petit-fils, ni comme Lenny l'aurait voulu pour eux.

Rose et Ed étaient des gens merveilleux, ce qui n'était en rien surprenant compte tenu de l'attitude de Lenny dans la vie. De tout temps, j'avais rêvé de faire partie d'une grande famille aimante, mais maintenant que j'y étais accueillie, je me sentais inadaptée. Quand nous nous trouvions dans la famille de Lenny, tout le monde parlait sans arrêt et fort. On s'interrompait, on donnait son opinion, on exprimait librement ses sentiments. On riait toujours beaucoup.

Je participais peu à ces échanges, mais c'était sans importance car la discussion allait bon train. J'étais assise sur le canapé, je nourrissais Arlo et acceptais les offrandes comestibles qui se succédaient. J'emportais parfois un carnet à dessin et faisais des croquis de tout le monde. Ma belle-mère m'appelait « le Michel-Ange de notre famille ». (*Notre famille*, disait-elle. Pour Rose, sinon pour moi, je faisais partie de leur cercle bienheureux.) Elle et mon beau-père avaient encadré tous les dessins que j'avais réalisés chez eux. Ils étaient accrochés à côté des photos de tous les membres de la famille, moi y compris. Ma photo n'avait jusqu'alors jamais figuré sur le mur de personne.

« Alors, quand allez-vous faire le deuxième ? » me

demanda Rose, le jour du premier anniversaire d'Arlo. Je n'avais pas l'habitude de ce genre de question. J'avais appris très jeune à ne pas dévoiler mes intentions.

Dans la voiture ce jour-là, en quittant El Cerrito pour rentrer chez nous, Lenny était plus silencieux qu'à l'ordinaire.

« Ne fais pas attention à ma mère. Elle est comme ça. Elle t'adore, dit-il.

— Je ne savais pas quoi répondre.

— Je sais que c'est difficile pour toi. Peut-être qu'un jour tu pourras essayer de m'expliquer pourquoi. »

C'était impossible. J'avais fait une promesse à ma grand-mère.

Nous nous sommes mariés quelques semaines après le premier anniversaire d'Arlo, au sommet du mont Tamalpais, dans un gîte de randonnée extraordinaire et sans électricité, la West Point Inn. Rachel, la sœur de Lenny, joua du piano sur le vieil instrument de la pièce principale – des airs de comédies musicales, de l'American Songbook, des Beatles –, accompagnée par quelques membres de la famille aux bongos, au tambourin, et à l'accordéon par l'oncle Miltie. La mère de Lenny et ses sœurs avaient passé les jours précédents à faire des gâteaux. On avait tout hissé, y compris la chaise haute d'Arlo, par le sentier forestier. Arlo venait de faire ses premiers pas. Il courait en rond, rayonnant.

Dans les dernières semaines, Lenny n'avait cessé de revenir sur la question des invités de mon côté. Pour lui, il était inconcevable que personne n'ait envie d'être là quand quelqu'un qu'il considérait comme adorable prononcerait ses vœux.

À l'école d'art, j'avais entretenu des relations occasionnelles avec les autres étudiants, mais rien de sérieux. Même si je ne pouvais pas l'expliquer à mon futur époux, le vieux fléau du secret – l'impossibilité de dire qui j'étais vraiment – m'empêchait d'être proche de qui que ce soit, à part de Lenny.

« Et des oncles, des tantes, des cousins ? Il doit bien y avoir quelqu'un. »

Dans un moment de faiblesse, j'avais révélé que la dernière fois que j'avais entendu parler de mon père biologique, c'est-à-dire presque vingt ans auparavant, il vivait sur une toute petite île de la Colombie-Britannique. Cela suffit à Lenny.

« Je ne l'ai jamais vu, avais-je rappelé à Lenny. Je sais juste qu'il s'appelle Ray et qu'il est le père de jumeaux. »

Mon futur époux rechercha Ray. J'étais dans la pièce quand il lui téléphona.

« Vous ne me connaissez pas, mais je suis amoureux de votre fille, dit Lenny. Nous allons nous marier le mois prochain dans le comté de Marin, en Californie. Cela nous ferait un immense plaisir si vous assistiez au mariage. »

Des années auparavant, le gouvernement des États-Unis avait annoncé une politique d'amnistie pour les réfractaires à la guerre du Viêtnam qui avaient fui au Canada. Ray ne courait aucun danger d'être appréhendé à la frontière s'il venait à la cérémonie. Mais d'après la moitié de la conversation que j'entendais, celle de Lenny, il était évident qu'assister à mon mariage intéressait à peu près autant mon père biologique que participer à un contrôle fiscal.

En parlant à l'homme qui allait devenir son beau-père, la voix de mon futur époux demeura amicale, sans trace d'accusation ni de tentative de culpabilisation.

« Je sais que c'est un long voyage, dit Lenny, une main tenant le combiné, l'autre sur mon épaule. Je serais ravi de vous offrir le billet d'avion. Mes parents peuvent vous loger. Amelia serait vraiment touchée. »

Bien des années plus tôt, ma grand-mère avait informé Ray de mon changement de nom. De toute façon, il ne m'avait jamais appelée par mon prénom d'origine.

« Je vois », dit Lenny d'une voix très calme à présent. Je savais qu'il essayait de toutes ses forces de ne pas se mettre en colère. « Je comprends. Vous y réfléchirez peut-être. »

Ses derniers mots avant la fin de la conversation furent : « Vous avez une fille magnifique, Ray. Si vous la rencontrez un jour, vous l'adorerez. »

Je devinai à l'expression de Lenny que Ray avait alors raccroché.

# 4

# Une façon de trouver sa famille

J'étais heureuse, sans doute pour la première fois de ma vie. Mais le secret était toujours là – la peur que ma grand-mère m'avait léguée, en plus de ses figurines Hummel et son livre de cuisine de Betty Crocker, qu'un jour quelqu'un trouverait de qui j'étais la fille et s'en prendrait à moi.

Cet automne-là, j'étais pelotonnée sur le canapé et je regardais la télévision avec Lenny après avoir couché Arlo quand, dans un magazine d'information, survint un sujet sur les nouvelles technologies qui aidaient à résoudre les crimes. Le cas exposé était celui de deux adolescentes violées et tuées en Angleterre. Un garçon du village avait été accusé du crime, mais innocenté grâce à un test ADN. Le même test avait finalement permis d'identifier le véritable coupable après que la police locale avait mis en place des points de collecte d'échantillons de sang ouverts à tous les hommes volontaires de la région. Un seul avait refusé, mais un autre qui répugnait à se faire tester avait persuadé son ami de le faire sous son nom. Quand la police finit par obtenir l'échantillon, l'ADN de cet homme correspondait à celui du violeur. L'émission que nous regardions racontait sa mise en accusation et sa condamnation à la prison à vie.

Lenny aimait la science autant que les énigmes policières. La nuit, dans notre lit, il continua à parler de cette histoire. Lui pour qui la famille comptait tellement était tout excité à l'idée que je pourrais peut-être, grâce à un test ADN, trouver des parents dont j'ignorais l'existence – autres que Ray, mon père biologique, qui n'avait montré aucune envie de faire ma connaissance.

« Même s'ils sont parfois un peu agaçants, c'est si important pour moi d'avoir mes parents, mes sœurs, mon oncle Miltie et tous les autres. Je voudrais que tu connaisses ce genre de liens.

— Je vous ai, toi et Arlo. »

Mon mari n'était pas prêt à abandonner.

« Cette histoire d'ADN est formidable. Je n'arrive pas à croire que quelques mèches de cheveux ou tout autre indice enfermé pendant trente ans dans un labo permette de résoudre une affaire. »

Comme un bout de doigt, pensai-je, mais je n'en dis rien. À mon avis, cela ne m'apprendrait rien de plus sur ce qui était arrivé à ma mère presque vingt ans plus tôt. Cette histoire était close. Je ne voulais plus y penser.

Puis quelque chose se produisit qui m'y replongea. Marcy, ma professeure de dessin de l'école d'art, me téléphona : « Ça paraît dingue, mais j'ai reçu un appel d'une sorte de détective qui posait des questions à votre sujet. Il parlait d'activités terroristes à New York et d'un policier tué. Son discours n'avait aucun sens. À la date où a eu lieu l'événement, quel qu'il soit, vous étiez une petite fille. Je lui ai dit qu'il devait faire erreur.

« Il se trompait même sur votre nom. Il vous appelait Joan », poursuivit Marcy.

Je sentais la transpiration sur la paume qui tenait le combiné. Depuis l'explosion, dix-neuf ans plus tôt, j'avais tenu la promesse faite à ma grand-mère de garder pour moi ce qui était arrivé et la manière dont j'y étais liée. Seules deux personnes avaient appris où nous nous trouvions : mon père biologique, Ray, et Daniel.

Daniel n'aurait jamais parlé. Ray, c'était une autre histoire.

« Le détective vous a-t-il dit où il avait trouvé cette prétendue information à mon sujet ? » demandai-je à ma professeure. C'était certainement le FBI. Il me recherchait.

« Tout ça, c'était dingue. Il a évoqué un voyage qu'il avait fait en Colombie-Britannique. Un réfractaire à la conscription pendant la guerre du Viêtnam.

— Ils ont dû me confondre avec quelqu'un d'autre », affirmai-je à mon amie.

Durant quelques jours, je m'attendis à voir un agent fédéral sonner à notre porte, mais personne ne se montra. Je savais pourtant qu'il était temps de raconter la vérité à Lenny.

Je m'y préparais. Mais on était en octobre et les Giants étaient parvenus en Série mondiale, contre les Oakland Athletics. Lenny était sur un petit nuage. Je me suis dit que rien ne devait venir contrarier son enchantement. Je lui avouerais ce que j'avais toujours caché quand les matchs seraient terminés.

# 5

## Un ballon orange et noir

Les Giants contre les Athletics. Le rêve de mon mari. En l'honneur du troisième anniversaire d'Arlo, les sœurs de Lenny s'étaient cotisées et nous avaient offert des billets pour le troisième match. L'idée était qu'Ed et Rose gardent Arlo pendant que Lenny et moi allions au stade.

La veille, tandis qu'Oakland menait la série, Lenny prit une décision.

« Mon père est supporter des Giants depuis encore plus longtemps que moi. Voir le match à Candlestick lui ferait un immense plaisir. Donnons nos billets à mes parents. De toute façon, je n'ai pas vraiment envie d'y aller sans Arlo. »

Nous sommes donc restés chez nous, ce qui me convenait parfaitement. Nous allions regarder le match à la télé. Je n'avais pas besoin d'être avec cinquante mille personnes. Deux me suffisaient, du moment que c'étaient ces deux-là.

Une demi-heure avant le début du match, Lenny décida qu'il nous fallait des cacahuètes, comme au stade. Nous avons couru tous les trois au bout de la rue pour en acheter, ainsi qu'un pack de bière. « Allez, les Giants », dit Marie, la caissière, à Lenny en lui rendant la monnaie. Tout le voisinage connaissait mon mari et savait qu'il soutenait l'équipe.

Arlo avait repéré dans le magasin un ballon gonflé à l'hélium. Aux couleurs des Giants, orange et noir. Marie le lui donna.

Je me suis repassé un millier de fois les huit minutes qui suivirent, comme la séquence de l'explosion du Hindenburg, le nuage atomique sur Hiroshima, l'assassinat de Kennedy.

Arlo voulait tenir le ballon, mais Lenny dit que ce n'était pas une bonne idée. « Tu risques de le perdre, mon chéri. On va enrouler la ficelle à ton poignet pour l'empêcher de s'échapper. »

Arlo demanda une cacahuète. « Attendons d'être rentrés », dis-je. Il remarqua le papier brillant d'un paquet de cigarettes sur le trottoir et le ramassa. Une femme passa avec son chien. Arlo voulut le caresser.

Lenny parlait du match, bien sûr. Les Athletics avaient remporté les deux premiers matchs de la série, mais Don Robinson était au lancer cette fois. Mon mari avait bon espoir que notre équipe reviendrait au score.

« Rappelle-toi ce qui est arrivé en 86 (j'en étais incapable). Les Mets étaient menés par deux matchs et, en définitive, ils ont gagné le championnat. »

Nous étions à mi-chemin. Lenny essayait (doucement) de faire accélérer Arlo afin de rentrer à temps pour le coup d'envoi. Je me suis baissée pour le prendre dans les bras, mais il a secoué la tête. « Non, Maman. » Notre fils voulait marcher tout seul.

Nous lui tenions tous deux la main et il sautillait entre nous. Le ballon planait au-dessus de nos têtes comme une bulle de bande dessinée. Arlo chantait une chanson de mon vieil album de Burl Ives que je lui avais apprise : « Little White Duck ». Il avait une jolie voix haut perchée et chantait déjà juste, ce qui me faisait penser, même si je n'en parlais pas à Lenny, qu'il devait tenir cela de ma mère. Cet aspect du moins.

*Little white duck, sitting in the water.*
*Little white duck, doing what he oughter...*

« J'imagine mes parents au stade en ce moment. Mon père porte probablement l'affreux pantalon orange que ma mère lui a offert pour son anniversaire.

— C'est vraiment gentil de leur avoir donné ces billets.

— C'est vraiment gentil de la part de mes sœurs de les avoir achetés. »

Ça, c'était une famille. Sa famille en tout cas.

La mienne aussi, aux yeux de Lenny du moins. Je me souviens qu'à cet instant je me suis dit que tout était parfait. J'avais épousé un homme merveilleux, nous avions un enfant ravissant qui sautait sur le trottoir entre nous et nous rentrions à la maison pour regarder un match de base-ball. Un ballon rond et orange planait au-dessus de nos têtes comme si le soleil lui-même brillait pour nous trois.

Nous venions d'atteindre le bord du trottoir, tout près de l'appartement, quand la ficelle enroulée au poignet de mon fils se détacha. Avant que l'un de nous ne puisse l'attraper, le ballon d'Arlo commença à dériver. Ce n'était qu'un ballon, mais aux yeux d'Arlo, en cet instant, il n'y avait rien de plus important.

Il poussa un cri perçant. « Reviens ! » Pour un enfant de trois ans, l'idée qu'un ballon à l'hélium change de direction et revienne vers lui ne paraissait pas impossible.

Un coup de vent dut s'emparer du ballon et nous avons

cru une seconde pouvoir le récupérer. Il plongea, juste devant nous, mais il se dirigea vers la chaussée. Arlo, voyant cela, se libéra de nos mains. Il voulait son ballon.

Le feu passa au vert. Un minivan tourna vers nous, arborant des fanions des Giants attachés de chaque côté. Le conducteur allait vite sans doute à cause du match qui allait commencer. Comme nous, il voulait rentrer chez lui. Mon fils ne pensait qu'au ballon. Il se précipita sur la chaussée.

À l'instant, Lenny se jeta devant la voiture, comme propulsé par un canon.

J'entends encore une voix de femme hurler – la mienne. Mon mari plongeant au secours de notre enfant. Le crissement des freins.

Et Lenny se retrouva par terre. Comme notre fils.

Des cris venant de toutes les directions… seul muet, notre fils, allongé sur le sol, inerte. Lenny couché à côté de lui. Du sang s'échappait de son corps.

« Je suis tellement désolé. Je n'ai pas pu… » Et puis plus rien.

Je vois encore mon mari étendu là. Je reconnus l'expression de son visage semblable à celle, vue sur une photo, d'un habitant de Pompéi, figé dans le temps et pétrifié dans l'instant d'une incommensurable horreur : bouche ouverte, yeux écarquillés, tandis que les scories du Vésuve se déversaient sur lui comme si c'était la fin du monde.

## 6

## La terre s'ouvre

J'appris plus tard qu'un tremblement de terre de magnitude 6,9 sur l'échelle de Richter avait frappé la ville de San Francisco ce même jour. On l'appela Loma Prieta. Une partie du Bay Bridge s'était effondrée, ainsi qu'un segment de la route Cypress Freeway. Soixante-trois personnes avaient trouvé la mort. Le troisième match de la série avait été annulé et reporté dix jours plus tard.

Je n'ai plus jamais regardé de match de base-ball, mais j'ai entendu dire à un moment que l'Oakland Athletics avait remporté le championnat. Lenny aurait été effondré s'il avait vécu pour l'apprendre. Tout cela n'avait plus d'importance pour moi. En un instant, tout ce que j'aimais s'était évanoui – les deux personnes de ce monde qui remplissaient mon cœur.

J'aurais pu trouver du réconfort auprès des parents de Lenny, comme le font les familles dans ces moments-là. J'aurais pu aller à El Cerrito, m'asseoir au salon avec Rose, Ed et les sœurs de Lenny. Ils m'appelèrent à de nombreuses reprises et sa sœur Miriam vint sonner chez moi, mais je ne pouvais plus rien pour eux. J'aurais aimé qu'il en soit autrement, mais ils ne pouvaient rien pour moi. Je savais évidemment que la famille se réunirait et ferait Shiv'ah pour mon mari et notre fils. Les gens apporteraient de quoi manger. Si elle en avait l'occasion, Rose me prendrait dans ses bras et nous pleurerions ensemble sur le canapé. Mais je ne savais pas du tout comment me comporter, moi qui faisais partie de cette famille. J'avais vécu seule mes deux grands deuils, celui de ma mère, puis celui de ma grand-mère, sans paroles de consolation ni étreintes. Je ne savais qu'une chose de la mort, la garder secrète. Et persévérer malgré tout.

J'ai certainement heurté ces braves gens, Ed et Rose, ainsi que les sœurs de Lenny, Rachel et Miriam, en ne venant pas chez eux pendant ces jours terribles. La Bay Area était encore ébranlée par le tremblement de terre, naturellement, mais mon absence avait d'autres causes que la traversée difficile pour me rendre dans ma belle-famille. Quelle différence cela faisait-il au regard d'un deuil aussi terrible que le leur, si le personnage secondaire que j'étais venait ou non chez eux ? La terre s'était ouverte ce jour-là et avait englouti tout ce qui comptait. Si j'avais pu, je me serais aussi laissé engloutir. Le pire était d'être encore là.

Six mois après l'accident, au printemps d'une nouvelle année, je pris une décision. Elle s'imposa un après-midi dans notre petit appartement de Vallejo Street qui m'était devenu insupportable. Comme si souvent, j'observais par la fenêtre les conures perchées sur une branche voisine, une en particulier. J'avais l'impression qu'elle me regardait droit dans les yeux et qu'elle me disait quelque chose. *Envole-toi. Pars.*

Je pouvais passer le restant de mes jours à regarder par la fenêtre, ou imiter cet oiseau exotique rare et m'échapper. Comme la femme de Chagall sur ma carte postale, mes pieds pouvaient quitter le sol et mon corps prendre son envol. Sans la promesse d'un baiser. Seulement avec celle de me libérer de mon incurable chagrin.

J'ai emballé mes crayons. J'ai vidé dans un sac-poubelle le contenu des tiroirs de mon bureau, puis j'en ai rempli un autre avec mes sous-vêtements, pensant que certains objets ne devaient pas tomber entre les mains d'un inconnu, et j'ai aussi jeté tout mon tiroir de vieux slips et de soutiens-gorge.

Mes albums vinyle avaient beaucoup compté pour moi. Je les ai mis dans une caisse que j'ai sortie sur le trottoir. Le temps de rentrer dans l'appartement, j'ai vu par la fenêtre un jeune qui fouillait déjà dedans. Attendons qu'il arrive à *The Freewheelin'* de Bob Dylan, à la pochette originale de *Yesterday and Today* des Beatles avec les poupons sanguinolents. Sera-t-il assez malin pour reconnaître le disque de Woody Guthrie comme le trésor qu'il est ? J'en doutais.

J'ai décroché les dessins punaisés au mur, j'en ai fait une boule et les ai fourrés dans un autre sac, ainsi que les cartes postales de Lenny. Le réfrigérateur était déjà vide, à part quelques carottes et une boîte de thon entamée. Je les ai aussi sortis sur le trottoir. En les y déposant, j'ai éprouvé un calme surprenant.

Il m'a été plus difficile de jeter les jouets d'Arlo : sa couverture, sa collection de Hot Wheels, ma vieille girafe de fête foraine datant des années Daniel avec laquelle mon fils dormait. Puis les cartes de base-ball de Lenny. Son gant. La balle signée par Willie Mays. Je les ai mis sur le trottoir à côté du reste.

Je suis remontée une dernière fois pour éteindre la lumière. Je me suis dit que je devais emporter de quoi m'identifier, pour plus tard, et j'ai glissé mon passeport dans ma poche. J'ai posé les clés sur la table. Tiré la porte derrière moi.

Deux heures après avoir croisé le regard de la conure, j'étais dehors et je hélais un taxi. Le soleil venait de se coucher quand j'atteignis le Golden Gate.

J'ai baissé la tête. Si je grimpais sur le garde-fou, tout serait terminé en moins d'une minute.

Je me suis demandé qui serait consterné par la nouvelle. Il y aurait peut-être un bref article dans le *Chronicle*, et si un journaliste ouvrait l'œil, il pourrait faire le lien avec la mort tragique d'un jeune père de famille et de son fils de trois ans dans un accident en octobre sur Vallejo Street, le jour du tremblement de terre de Loma Prieta.

En dehors de la famille de Lenny, qui se consumait de chagrin, j'avais du mal à penser que la nouvelle gâcherait la journée de quiconque. Mon suicide briserait moins de cœurs que la plupart. Je n'avais pas trente ans, mais je pensais que ma vie avait atteint son terme.

Je revoyais le premier soir où Lenny m'avait emmenée à un match de base-ball. Nous étions assis dans le bus qui nous conduisait au stade, Coit Tower scintillait à l'horizon et, au-delà, l'océan, les voiliers un peu partout dans la baie, l'air parfaitement clair.

Sur le siège derrière nous, quelqu'un écoutait à la radio une chanson que Lenny et moi aimions : « I Will Always Love You » de Dolly Parton. Si nous ne nous étions pas trouvés dans un lieu public, Lenny aurait chanté à tue-tête les paroles.

« C'est notre chanson, avait-il dit.

— Que fais-tu des mots "souvenirs doux-amers" et du passage où elle dit "Je sais que je ne suis pas celle qu'il te faut" ?

— Quand je chanterai cette chanson à notre mariage, je sauterai ce passage. Je trouverai des paroles plus appropriées. » Lenny était un homme si farouchement optimiste qu'il était incapable de comprendre les paroles déchirantes qu'il entendait.

« Pourtant toute la chanson tourne autour de ça. L'idée que cette femme aime tant cet homme, mais qu'elle sait qu'elle ne peut plus être avec lui, lui expliquai-je.

— C'est idiot. On n'a jamais entendu dire que deux personnes aussi amoureuses ne puissent pas trouver une solution. On peut toujours trouver une solution. »

Lenny était ainsi. Un perpétuel optimiste. Pas seulement quand les Giants étaient menés six à zéro dans le huitième tour de batte et qu'il continuait à les voir revenir au score et gagner. Dans la vie aussi, comme au base-ball. Quel que soit le problème – bien qu'il n'ait jamais été confronté à rien d'aussi terrible –, il était convaincu qu'on pouvait améliorer les choses. Si je ne partageais pas son point de vue, il me parut soudain non seulement mal, mais encore déloyal à l'égard de mon cher mari et de notre fils adoré d'attenter à ma vie parce qu'ils avaient perdu la leur.

Je me suis écartée du garde-fou.

Je ne suis pas retournée à notre appartement. Ce chapitre était clos. Je ne savais pas où j'allais. Je marchais, voilà tout : jusqu'au pied du pont et au-delà, dans Lombard Street et encore au-delà, le long de la marina de North Beach, devant les restaurants italiens où des couples (j'en avais fait partie) étaient installés en terrasse sur le trottoir avec un plat de pâtes, devant la librairie City Lights où une affiche annonçait la lecture d'un poète des années soixante. J'ai traversé Broadway sous les néons des boîtes de strip-tease, puis Chinatown où de vieilles femmes poussaient des charrettes remplies de légumes, où du linge pendait aux fenêtres, où l'air sentait les légumes pourris et le poisson. Le monde que j'avais connu. J'étais stupéfaite que rien n'ait changé quand tout était différent.

« J'errais solitaire comme un nuage. » Les mots d'un poème de Wordsworth que j'avais appris à l'école. Malgré toutes les années où j'avais vécu dans cette ville, j'étais perdue, les rues ne m'étaient plus familières. Je suis passée devant une femme endormie sous un porche, enveloppée dans une couverture avec pour motifs des princesses de Disney, un chien et un Caddie rempli de petits pains rassis à côté d'elle. Un homme au milieu de la rue jonglait et deux garçons d'à peine treize ans faisaient du skate-board sur les marches d'une église. J'étais incapable de regarder les enfants. C'était aussi difficile avec les adolescents et avec les supporters des Giants.

Devant un bar, j'ai entendu un vieil air de jazz et la voix d'une femme lançant par-dessus la musique : « Quelqu'un a-t-il jamais entendu ici une chanson gaie ? » Lenny disait à peu près la même chose quand je mettais mes vieux disques de ballades anglaises mélancoliques. Il avait toujours été attiré par le mode majeur.

Je me suis ensuite retrouvée dans une petite rue que je ne connaissais pas et qui montait en pente raide, au point que j'étais essoufflée, sans doute parce que je n'avais pas marché autant depuis longtemps. De plus, je ne portais pas les bonnes chaussures. Ma seule intention avait été de sauter.

Il faisait nuit. Là où je me trouvais, les passants étaient rares et les voitures étonnamment peu nombreuses. Mais mon œil fut attiré en haut de la rue par un bus à l'air déglingué et des gens, certains jeunes, d'autres moins, qui faisaient la queue et se préparaient apparemment à y monter. Quelqu'un, le chauffeur peut-être, même s'il ne portait pas d'uniforme, juste une chemise teinte au nœud et un jean retenu par des bretelles, chargeait un tas de sacs à dos et de sacs de voyage dans le compartiment à bagages.

J'ai regardé les passagers hétéroclites monter dans le bus. Il était peint en vert pour ressembler à une tortue.

« Tu viens avec nous ? » a demandé le chauffeur. Il portait un chapeau rayé, un peu comme celui du Dr Seuss, des Converse et, quand il a ouvert la bouche pour sourire, je me suis aperçu qu'il lui manquait plusieurs dents.

À ce moment-là, la perspective de monter dans un bus conduit par un homme à l'air défoncé, vêtu d'une chemise teinte au nœud, ne m'a pas paru une idée pire qu'une autre et cela me permettrait autant qu'il était possible de disparaître.

« Rappelle-moi où on va, demandai-je.

— T'as pris de l'avance sur la beuh, hein ? dit-il en souriant.

— Arizona. Texas. Mexique », énuméra une femme. Une petite fille d'environ cinq ans s'accrochait aux franges de son sac en macramé – raison suffisante pour ne pas monter dans le bus – et il me semblait bien que cette femme était enceinte.

« Là où il fait chaud, c'est tout ce qui m'importe, dit-elle.

— Tu devrais venir. » Le chauffeur s'approcha de la porte. Le dernier passager venait de monter. Les portes allaient se fermer.

« Je n'ai pas de billet », dis-je. Ni d'argent. Ni même de vêtements de rechange.

« Pas de problème. Tu as l'air de quelqu'un qui a besoin de vacances. »

Il s'appelait Gary. L'autre chauffeur, Roman, faisait un somme dans le porte-bagages, en préparation de la conduite de nuit.

Je suis montée dans le bus.

# 7

# À bord de la Tortue verte

Il n'y avait pas de sièges dans le bus. Le sol était couvert de matelas et les porte-bagages avaient été convertis en couchettes. Ils étaient déjà occupés quand je suis montée. J'ai pris la seule place restante, sur le matelas à côté de la femme enceinte – celle que je n'aurais jamais choisie. Elle avait étalé une couverture pour elle et sa fille dont j'appris qu'elle s'appelait Everest. La petite y était déjà blottie avec un cochon en peluche et une bouteille de jus de fruits. À côté de nous, un homme jouait un air de Bob Marley à la guitare et, de l'autre côté, un homme avec une longue barbe rousse lisait *Siddhartha* à la lumière d'une torche. Dans ce véhicule qui avançait en cahotant et semblait n'avoir guère d'amortisseurs, je n'aurais même pas imaginé lire sans être malade et c'est effectivement ce qui se produisit. Nous n'étions pas encore sortis de San Francisco qu'il fouilla dans son sac à dos et en sortit un sac en plastique.

« Mon fidèle sac à gerber. Je ne pars jamais en voyage sans lui », dit-il.

J'avais passé une grande partie de ma petite enfance ainsi, à l'arrière d'un quelconque vieux véhicule, à regarder dehors pendant des heures dans un nuage de fumée et au son permanent d'un autoradio qui grésillait. Au fil des années avec Diana et Daniel (Indigo, Julio, Ocean, Charlie…), j'avais pris l'habitude de ces heures sans fin sur la route. Les jours et les mois qui suivirent l'accident, j'avais retrouvé le don de laisser les heures s'écouler sans penser à rien – ce qui m'était utile dans le bus vert. J'apercevais par les vitres les voitures qui nous dépassaient sur la nationale, même si on ne voyait pas grand-chose à cause de tous ceux qui dormaient dans les porte-bagages. Je lisais les noms sur les bretelles de sortie. Je distinguais de temps en temps les lumières d'une ville, de moins en moins fréquentes à mesure que nous roulions vers le sud.

Lors d'un long voyage comme celui-là, certains sont peut-être impatients d'arriver à destination. Mais je n'allais nulle part en particulier. Quand on n'a pas de but, on n'est pas pressé de descendre du bus.

Une nuit passa. Mes compagnons de voyage ne prêtaient guère attention au rythme de la journée, au lever et au coucher du soleil. L'un jouait de la guitare ou de l'harmonica, un autre dormait, un autre encore fumait, dissertait sur l'astrologie, la culture hydroponique de la marijuana ou les messages cachés qu'on devinait en passant à l'envers l'album *The Wall* de Pink Floyd.

Il n'y avait pas de toilettes à bord du bus. Tant mieux, car il aurait été très difficile de se frayer un chemin pour s'y rendre au milieu des matelas tous occupés. Gary ou Roman, selon celui qui conduisait à ce moment-là, s'arrêtait de temps en temps, parfois à une station-service, mais quand c'était possible dans un endroit pittoresque où ceux qui le voulaient descendaient faire quelques salutations au soleil, prendre une photo, acheter un sandwich, faire un tour aux toilettes avant de remonter dans le bus. Mes compagnons parurent vite comprendre que je n'avais pas envie de parler. Ils m'appelèrent la Penseuse, mais j'étais exactement le contraire. Je ne voulais penser à rien.

Le fait que je n'aie pas d'argent ne se révéla pas un problème comme on aurait pu le croire. Quelqu'un était toujours prêt à partager un paquet de chips, une demi-banane ou une poignée de cacahuètes. Je n'avais pas très faim.

Une nuit que je dormais sur mon bout de matelas, je sentis quelque chose de chaud sur ma jambe. Une main. Puis une autre main sur mon ventre. Un souffle contre mon oreille. Puis une langue.

En me retournant, je me trouvai face à Artie, l'un de ceux qui jouaient de la guitare. « Hé, ma belle, tu te sens romantique ? »

En d'autres circonstances, j'aurais eu beaucoup à dire sur l'absence totale de romantisme dans le fait qu'un homme se mette à tripoter une femme au milieu de la nuit dans un bus bondé sans air conditionné, quelque part dans le désert de l'Arizona. J'aurais pu le signaler au chauffeur, Gary, si Roman n'avait pas été en train de faire à peu près la même chose avec une autre femme.

Je me contentai alors de le regarder. Je m'imaginais dans la peau d'une conure fondant sur lui, l'œil rond. Ce fut suffisant.

Nous avons traversé Tucson. Puis des kilomètres et des kilomètres de route sans rien d'autre que des cactus et de la poussière à perte de vue, de temps en temps une voiture brûlée et, une fois, un kiosque effondré au bord de la route portant comme enseigne « Viande fraîche de bœuf séchée ». S'il y avait eu quelqu'un avec qui j'aurais eu envie de partager mes pensées, j'aurais fait remarquer que la formule me semblait contradictoire, mais aucun des passagers endormis ou défoncés n'aurait compris.

Ma principale compagne de voyage était celle que je voulais éviter à tout prix : Everest, la fillette de Charlayne, la femme enceinte. (« Je l'ai appelée comme ça parce que je planais quand j'ai attrapé le ballon. Blague pour initiés », m'expliqua-t-elle.) Charlayne dormait plus que la plupart des gens du bus, contrairement à sa fille, qui ne fermait presque jamais les yeux. Everest posait beaucoup de questions. J'étais apparemment la seule à être disposée à y répondre.

Elle voulait savoir si Gary était notre chef ou si c'était Roman. « Personne n'est le chef », répondis-je. Personne n'était responsable, c'était certain.

Elle voulait savoir s'il y aurait des chatons au Mexique, ou des lapins, ses deux animaux préférés. Elle voulait savoir s'il y aurait d'autres enfants là où nous allions. Elle voulait connaître ma couleur préférée. La plupart des filles aiment le rose, me dit-elle. Mais elle préférait le jaune.

« Je vais avoir une baby-sitter. Le copain de ma maman n'était pas trop d'accord. Mais il n'est plus avec nous. »

Elle voulait savoir si j'avais des enfants. Je secouai la tête.

« Tu n'aimes pas les enfants ?

— Je t'aime bien, toi.

— Si tu avais un enfant, je suis sûre que tu l'aimerais.

— Tu as sans doute raison.

— Alors pourquoi tu n'as pas d'enfant ? »

Pas de réponse.

« Tu as peut-être peur que ça fasse mal d'avoir

un bébé. Tu as peut-être seulement besoin d'un peu de temps pour réfléchir. »

Ça faisait mal, mais pas au sens où Everest l'entendait.

Elle paraissait si décidée à continuer sur le sujet que, si j'avais pu, je serais allée m'installer ailleurs dans le bus, mais il n'y avait pas d'autre place sur les matelas. On était serrés comme des sardines dans une boîte.

« Peut-être que tu changeras d'avis un jour. Tu pourrais vraiment aimer être maman. On ne sait jamais. »

Mais je savais. Je savais depuis le jour de l'accident que je ne serais plus jamais la mère d'un enfant.

# 8

# Un bus pour nulle part

Quelque part en Arizona, le bus se mit à faire des bruits bizarres, à grincer. D'abord un peu, puis plus fort. Roman, qui conduisait, s'arrêta sur le bas-côté.

« Écoutez tous. Je crois bien qu'on va faire une pause. » Il sauta du bus et inspecta le moteur. Pour une raison inconnue, Gary partit à pied le long de la nationale.

Roman travailla quelques heures sur le moteur, vision étrangement familière qui raviva des souvenirs très anciens du long voyage à travers le pays, vers Woodstock, avec ma mère. C'était le moment le plus chaud de la journée. Quelques-uns trouvèrent un peu d'ombre sous un cactus. La plupart s'installèrent dans la poussière. Everest ôta sa robe et s'exerça à sauter à la corde. Il me fallut détourner le regard. Arlo voulait sauter à la corde, mais ne comprenait pas comment faire. « Quand tu auras quatre ans, tu y arriveras », lui avais-je promis.

Roman réussit à réparer le moteur en fin d'après-midi. Juste à ce moment, Gary reparut. Il avait trouvé un casino sur la route et avait tenté sa chance au bandit manchot.

Il avait décroché le jackpot. Cinq mille dollars

en pièces de vingt-cinq cents, qu'il avait changées pour des billets. Tandis que nous regagnions nos places sur les matelas, il passa entre nous et entreprit de les distribuer.

Quand ce fut mon tour, il se baissa et me murmura à l'oreille :

« Ne le dis à personne, mais je voulais que tu en aies un peu plus. J'ai l'impression que tu en auras besoin. »

Avant que j'aie pu lui répondre, il avait glissé une liasse de billets dans la poche de mon jean. Des heures plus tard, près de la frontière mexicaine, je sortis les billets. Roman conduisait de nouveau, presque tout le monde dormait, la petite main chaude d'Everest était posée sur ma poitrine. Notre chauffeur m'avait fait cadeau de mille cinq cents dollars.

Le jour où j'étais partie vers le pont, j'avais pris mon passeport pour une unique raison : qu'on puisse identifier mon corps. À présent, j'étais contente de l'avoir en arrivant à la frontière. L'un des passagers, Chuck, avait oublié qu'il lui fallait des papiers pour le voyage. Nous avons dû le laisser à Nuevo Laredo.

Puis ce fut Casas Grandes. Chihuahua. Jiménez. Torreón. Querétaro. Tlaxcala. Les noms se mêlaient les uns aux autres.

Nous avions dû passer près d'une semaine dans le bus quand nous sommes arrivés à Tapachula. Tout le monde est descendu.

Charlayne avait entendu parler d'une communauté pas loin où des sages-femmes aidaient à mettre les bébés au monde et où on pouvait s'installer dans une yourte si en échange on travaillait au jardin. L'un des guitaristes, Artie, partit en stop. Roman, le chauffeur de nuit, décida qu'il en avait assez des bus et alla en ville à la recherche d'une moto.

J'étais debout dans la poussière sans savoir où aller et sans m'en soucier vraiment.

En face de l'endroit où nous avait laissés la Tortue verte, il y avait une *taquería* et une bodega, et un peu plus loin une autre *taquería* et un hôtel, Hotel California, qui louait des chambres à l'heure. Une boutique vendait des robes, une autre des piñatas et des robes de *quinceañera*. Je me dis que j'allais continuer à marcher.

J'avais sans doute parcouru environ deux kilomètres quand je suis arrivée à l'aéroport. On ne pouvait pas exactement l'appeler ainsi. Il ressemblait davantage à une gare routière avec une seule piste et un avion à hélice garé à chaque extrémité, tous deux loin d'être de première jeunesse. Un panneau sur le toit du bâtiment en parpaings annonçait AEROPUERTO. Je suis entrée.

Un avion partait dix minutes plus tard. Destination obscure. Parfait pour moi.

Mon espagnol était limité. J'ai posé sur le comptoir un des billets que Gary m'avait donnés.

Le vol vers San Felipe fut agité. L'avion volait assez bas pour offrir une bonne vue sur la campagne, apparemment très peu habitée, à l'exception d'un tout petit village ici et là et de quelques chemins étroits serpentant dans les montagnes. Nous avons survolé un volcan, puis un autre. Une ville est apparue. Pas de hauts immeubles, mais il me semblait distinguer des maisons à l'allure provisoire, aux toits en feuilles de plastique ondulé, serrées les unes contre les autres, peintes de couleurs vives et disséminées sur le flanc de la montagne. Même si les habitants étaient pauvres, cela ne voulait pas dire qu'ils ne pouvaient pas peindre leurs maisons en orange, vert ou violet. Au contraire.

Nous avons commencé à descendre suffisamment bas pour que j'aperçoive le linge accroché dans les cours en terre, les hommes qui s'occupaient des récoltes, les enfants qui ramassaient des brindilles et les femmes qui faisaient la lessive dans des bacs avant de la mettre à sécher.

Si je n'avais pas eu l'intention de me suicider une semaine plus tôt, j'aurais probablement été terrifiée par la façon dont le pilote géra l'atterrissage, mais en réalité j'étais curieusement détachée. *Peut-être est-ce ainsi que tout va finir. Dans ce cas, tant mieux*, me dis-je. Une minute plus tard nous roulions jusqu'à l'arrêt. Je suis arrivée dans un aéroport à peine plus grand que celui d'où nous avions décollé et nous avons été accueillis par un groupe qui jouait du marimba et des femmes qui proposaient des chapeaux, des sacs, des colliers, des chewing-gums.

Je me suis dirigée vers la douane, seule Nord-Américaine dans la file, puis je suis sortie sur un trottoir poussiéreux où un mendiant cul-de-jatte a essayé de me vendre un porte-clés. Des jeunes gens blancs en costume et bonnets bizarrement démodés serraient leur bible contre eux. Une vieille femme en tablier pleurait à la vue d'un homme, son fils sans aucun doute, coiffé d'un chapeau de cow-boy et vêtu d'un sweat-shirt des Oakland Raiders, rentrant au pays après ce qui paraissait une très longue absence.

J'étais toujours émue dans les aéroports à la vue des retrouvailles de deux personnes dont une descendait d'un avion. Bien sûr, la majorité s'effleurait à peine avant de se diriger vers le tapis roulant, ou se donnait une petite tape dans le dos et posait cette question qui me paraissait toujours stupide : « Tu as fait bon voyage ? »

Mais, de temps en temps, on remarque un voyageur qui lui-même vient de repérer la personne venue l'attendre impatiemment (fils, fille, mari, épouse), et tous deux tournent presque de l'œil, tant ils sont heureux. Pour moi au moins, assister à ce genre de retrouvailles, c'était comme voir le plus beau des films, parce que c'était la réalité. Durant les vingt-deux premières années de ma vie, quand je regardais les membres d'une famille se retrouver dans un aéroport ou une gare routière, c'était ce que j'éprouvais, moi qui n'avais pas de famille. J'avais vécu ces instants, trop brièvement, ceux où on a quelqu'un dans sa vie (deux personnes) dont le visage s'illumine chaque fois qu'il pose les yeux sur vous. Lenny et moi n'avons jamais été séparés plus d'une nuit, dès l'instant où nous nous sommes connus, mais le voir franchir la porte après une journée de travail (et pareil pour lui, me concernant) suffisait à nous jeter dans les bras l'un de l'autre, comme le font certaines personnes heureuses dans les aéroports. C'était ce qui se produisait cet après-midi-là, tandis que j'observais la mère et son fils. Tous deux se tinrent enlacés trois bonnes minutes. J'ai dû rester à les regarder tout aussi longtemps.

J'avais fait un voyage de cinq mille kilomètres. Je n'avais pas pris de douche ni dormi dans un lit depuis une semaine. Personne n'était venu m'accueillir et personne dans ce pays ne connaissait mon nom. Tandis que j'écartais d'un geste les propositions des chauffeurs de taxi de me conduire à un hôtel et les petits garçons qui vendaient des stylos à pompons, il me vint à l'esprit que, si je mourais là, personne ne le saurait, et quand bien même quelqu'un l'apprendrait, que ferait-il ?

Un bus s'est arrêté. À l'avant, on lisait : JESÚS ES

El Señor ! Pour la troisième fois en huit jours et sans autre raison que sa seule présence, je me suis laissé transporter sans plus de volonté qu'une brindille flottant sur une rivière ou une graine de pissenlit emportée par le vent.

Je me suis assise à côté d'une femme vêtue d'un tablier et d'un *huipil* brodé[1], qui tenait un carton de poulet frit. Elle m'a fait un signe de tête. Je me suis dit qu'elle gardait le poulet pour le partager avec sa famille quand nous arriverions à notre destination, dont le nom apparaissait sur un bandeau lumineux à l'avant du bus : *Lago La Paz*. Lac de la Paix.

La première heure, nous avons traversé la ville où l'air était saturé par l'odeur du diesel. Chaque fois que le bus s'arrêtait à un feu, une foule de gens tendait les mains vers les vitres pour vendre dans des sacs en plastique des boissons diverses, de la couenne de porc, des chewing-gums Chiclets ou des tranches de fruits. Le temps que le feu passe au vert, un homme a pris une longue gorgée de kérosène, sans doute, a gratté une allumette devant sa bouche et les flammes ont jailli. Une seule personne dans le bus lui a donné quelques pièces.

Nous avons fini par sortir de la ville et atteindre la campagne – champs de choux et de brocolis, oignons et pommes de terre –, et au-delà les montagnes parsemées de minuscules villages où des chiens efflanqués fouillaient dans des sacs en plastique abandonnés et des enfants pieds nus et tremblants s'alignaient le long de la route avec des bouquets d'arums et des pots en céramique à vendre. Nous sommes passés devant un

1. *Huipil* : tunique traditionnelle.

camion renversé qui semblait là depuis longtemps et de nombreuses croix blanches sur lesquelles étaient gravés des noms espagnols. *Emilio. Santos. Maria.*

À un arrêt pour faire le plein, un garçon d'environ quatre ans avait aligné des rangées de petits moutons, faits de laine enroulée autour de brindilles. Malgré mon souhait d'éviter les enfants, je me suis accroupie. Je n'avais que des dollars et lui ai donc offert un chapeau que j'avais acheté quelques villages en amont. Il était trop grand pour lui, évidemment, mais il l'a mis sur sa tête.

Ensuite, nous sommes montés plus haut dans les montagnes. Notre bus donnait de la bande dans les virages en épingle à cheveux que tout ingénieur en travaux publics américain aurait jugés dangereux et inacceptables. D'autres enfants se trouvaient au bord de la route et la Vierge en plastique de notre chauffeur suspendue au rétroviseur se balançait furieusement. Un autre bus arrivait en sens inverse, tentant de dépasser une camionnette chargée d'une douzaine de passagers et d'une masse de carottes.

Personne d'autre que moi ne semblait y prêter attention. À la radio, un homme chantait son *corazón*. Si Arlo avait été dans le bus, il aurait demandé si on était bientôt arrivés et sinon pourquoi. Nous aurions emporté une cassette de Wee Sing avec les chansons qu'il aimait, une pile d'albums illustrés pour l'occuper, un bagel ou un collier de Cheerios autour du cou pour grignoter et, même ainsi, il n'aurait cessé de s'agiter.

Pas un des bébés dans le bus n'a émis le moindre bruit durant le voyage. On n'aurait pas remarqué leur présence sans la bosse formée par leur tête. Ils étaient enveloppés dans des châles contre la poitrine de leur mère. Dans ce pays, les enfants ne se plaignaient pas.

Quatre heures plus tard – le poulet dans la boîte de ma voisine toujours intact, la Vierge se balançant plus que jamais –, le bus entama la descente la plus raide du voyage. Dans un virage, une voiture était suspendue aux branches d'un arbre. Les lianes étaient si denses qu'elles la maintenaient en équilibre au-dessus du canyon. À côté du véhicule, j'ai repéré un autre groupe de croix blanches et, au-delà, j'ai aperçu une vaste étendue d'eau turquoise. Le lac.

Le bus s'est arrêté près d'un long embarcadère en bois. La femme à la boîte de poulet avait l'air de fortement m'inciter à descendre. Je m'exécutai.

Pour la première fois de mon long périple, il m'est venu à l'esprit de demander où je devais aller. La femme n'a pas hésité une seconde.

Elle a dit avec une surprenante fermeté : « La Esperanza », l'espoir.

## 9

## Un guide de six ans

Lago La Paz s'étendait dans toutes les directions aussi loin que portait le regard – des kilomètres d'eau claire et turquoise sur les bords de laquelle je distinguais quelques villages et pas plus d'une poignée de petits bateaux de pêche. Le rivage était vert.

Certains auraient probablement été désorientés en arrivant dans un tel endroit. Tout semblait étranger. Moi, j'éprouvai une sorte de réconfort. À l'exception des garçons ou des couples qui marchaient main dans la main, très peu de choses me rappelaient d'où je venais.

Un aspect du paysage en particulier ne ressemblait en rien à ce que je connaissais.

De toute part le volcan dominait, présence sombre et silencieuse, ni menaçante ni accueillante. Il s'imposait, avec ses flancs profondément striés sans doute par quelques milliers d'années d'érosion, son sommet obscurci par un nuage unique à la forme parfaite.

Face aux changements – le temps, les saisons, les enfants qui grandissent, les vieux qui meurent, ou ma propre tragédie que je ne supportais pas de nommer –, il demeurait constant. Le voir ainsi me coupait le souffle, moi qui n'avais jamais vécu à l'ombre d'un volcan. Mais pour les habitants des rives de Lago La Paz, qui n'avaient jamais vécu sans le volcan se profilant au-dessus d'eux, de l'autre côté du lac, il faisait autant partie de la vie que la pluie, les arbres, les champs de blé, l'air.

« *El Fuego. Nuestro volcán* », dit un homme.

« Notre volcan. » Il prononça ces mots comme si tout le monde en possédait un.

Aux États-Unis ou dans tout autre pays dit industrialisé, un lac de cette taille serait bordé de grands hôtels et d'attractions touristiques, des parasols seraient alignés sur ses plages, tandis que de gros bateaux à moteur et des jet-skis y passeraient bruyamment. Mais là, rien de tout cela. Juste le ciel, l'eau et le volcan.

Avec une demi-douzaine d'autres voyageurs formant un groupe disparate d'adeptes de la contre-culture, quelques hippies vieillissants et un couple d'âge mûr abasourdi qui semblait prendre conscience qu'un voyage à Hawaï aurait mieux valu, nous nous sommes dirigés vers un unique bateau sans toit arrimé au quai. Un homme m'a fait signe d'embarquer.

Comme j'en avais pris l'habitude, je n'ai posé aucune question. Je me suis contentée de lui tendre l'un de mes plus petits billets américains, d'indiquer le village où ma compagne de voyage m'avait dit de me rendre – La Esperanza –, et je suis montée dans le bateau.

Il était tard et le soleil se couchait sur le volcan. Un vol d'oiseaux fondit au-dessus de nous et un homme passa en pagayant vers le rivage, debout dans sa petite barque en bois. J'entendis un bébé téter, tout au fond du châle de la femme assise à côté de moi.

Nous sommes arrivés à un village, une famille avec

un panier de poissons est descendue tandis qu'une autre avec un panier d'œufs a embarqué. Puis trois autres arrêts : le premier à un petit hôtel où les Allemands nous ont quittés, un autre à une sorte de cabane sur un ponton branlant où le vieil Américain a débarqué. Une odeur aigre de bière et de sueur d'une semaine m'est montée au nez quand il est passé devant moi.

Le *lanchero* m'avait fait comprendre que mon arrêt était le dernier. En arrivant au village de La Esperanza, j'étais seule dans le bateau. C'était le terminus.

Sur l'embarcadère, dans la lumière déclinante – ciel rose à présent derrière le volcan –, une demi-douzaine de garçons maigres, pieds nus pour la plupart, m'ont entourée, rivalisant pour me servir de guide. L'un se tenait un peu en retrait et je l'ai choisi pour cette raison.

« Je cherche un endroit où dormir », annonçai-je. En dépit des limites de mon vocabulaire, vestiges de deux ans d'espagnol au lycée, il comprit.

Il chercha des yeux une valise. Je secouai la tête.

Il s'appelait Walter. Il dit qu'il avait six ans, mais il en paraissait quatre. Sa voix, quand il parlait – et il s'avéra qu'il avait beaucoup à dire –, possédait un timbre viril surprenant, non seulement parce qu'elle était plus grave qu'on n'aurait pu s'y attendre, mais aussi parce qu'il s'exprimait d'un ton assuré. Il me prit la main, pas à la manière dont l'aurait fait mon fils pour être guidé, rassuré, réconforté. Davantage comme le faisait mon mari, comme un geste protecteur. Pour moi qui avais récemment fait le vœu de me tenir à l'écart des enfants, je ne respectais guère ma promesse.

Walter connaissait quelques mots d'anglais, appris sans doute en aidant les touristes. Il parlait en mélangeant les langues, plus d'espagnol que d'anglais, et par gestes pour remplir les blancs.

« Fais attention à lui, prévint Walter en désignant un homme endormi dans la cour d'une maison particulièrement délabrée. Il dit qu'il t'emmène faire une promenade au volcan, mais il te vole ton argent. C'est un *borracho.* » D'après ce que je voyais, je compris que cela signifiait « ivrogne ».

« Bons *tamales* », dit-il en passant devant une échoppe que je n'aurais probablement pas fréquentée. Il les regardait avec envie. Je lui en achetai un.

Nous avons emprunté un chemin pierreux, à peine assez large pour deux personnes qui n'auraient pas mangé grand-chose au cours des dernières années. Nous avons esquivé une bande de chiens aussi mal nourris que mon nouveau guide, même si deux d'entre eux semblaient être des femelles allaitantes. Nous avons dépassé une fillette de trois ou quatre ans assise toute seule. (Mais comment savoir ? Elle pouvait en avoir six et être simplement petite comme tout le monde ici.) Pas trace d'un parent qui la surveillait. Elle portait un assortiment de bandeaux et essaya de m'en vendre un. Je me suis baissée et lui ai donné une banane.

Walter et moi sommes arrivés à ce qui devait être le centre du village, si je me fiais au terrain de basket, à l'église et à la charrette que j'apercevais, d'où émanait une odeur de poulet frit et d'huile rance. Deux tuk-tuks attendaient des passagers, mais Walter les congédia d'un geste. Il avait sans doute peur de gagner moins d'argent si nous rejoignions notre destination autrement qu'à pied. Je suivis mon jeune guide sur le chemin de terre en comprenant une bonne partie de ce qu'il me disait, mais pas tout.

Le soleil était bas sur l'horizon et disparaissait derrière le volcan. Ne sachant pas jusqu'où nous devions aller et le ciel s'obscurcissant, j'ai marqué un temps d'arrêt. Nous avancions sur un chemin caillouteux. J'ai réalisé qu'à peine quelques jours plus tôt je voulais mettre fin à mes jours, mais qu'à présent l'idée de me tordre la cheville m'inquiétait.

« Je t'emmène à l'endroit le plus beau du village », me dit Walter.

## 10

## Œuf de pierre

Cinq minutes plus tard, nous nous trouvions devant un grand portail en bois. Au-dessus, je lus sur une enseigne taillée à la main : « La Llorona ». Sur un montant à côté de la porte, un vieil interphone.

Le portail s'ouvrit. Une femme apparut. Elle n'était pas inamicale, mais elle ne souriait pas. Elle parla brièvement à Walter, lui donna quelques pièces et lui signifia qu'il avait terminé son service.

J'avais pensé lui demander si elle avait une chambre, et dans ce cas à quel prix, mais cet échange entre nous n'eut pas lieu. Elle chercha une valise, et ne manifesta aucune surprise en n'en voyant pas.

« Il faut descendre avant qu'il n'y ait plus de lumière », me dit-elle.

Les marches étaient en pierre. Une centaine, au moins.

« Je m'appelle Leila. » Elle était américaine, à l'évidence.

« Amelia », répondis-je. Un fol instant, Joan, mon ancien nom, m'était venu à l'esprit. Celui que je ne dévoilais jamais.

Difficile de deviner l'âge de Leila. Soixante ans, peut-être. Mais elle aurait aussi pu en avoir soixante-quinze. Très mince, les cheveux parfaitement blancs. Ses mains évoquaient des décennies de durs travaux, mais son visage, bien que ridé, possédait un tel éclat que je me demandai si une plante magique ne poussait pas dans son jardin, un ingrédient secret dont le sérum inverserait le processus du vieillissement.

Leila ne montra aucune difficulté à négocier la longue descente jusqu'à la maison, qui pour moi présentait un défi. Le sentier était envahi par la végétation, des plantes que je ne connaissais pas, que je n'avais vues que dans des livres ou dans un jardin botanique.

J'avais quitté mon appartement de San Francisco sans espoir d'un futur et je n'avais donc pas emporté mes crayons. Je m'aperçus avec surprise qu'ils me manquaient. Si j'avais pu, j'aurais volontiers dessiné ce fantastique jardin sauvage.

Tout semblait pousser à une autre échelle. Les plantes grimpantes pendaient au-dessus de nos têtes, ainsi que des bananes ; des orchidées s'accrochaient aux arbres. Nous avons dépassé un bosquet de bambous, puis la sculpture d'un singe grandeur nature. Ailleurs, une réalisation encore plus imposante, en pierre : un œuf géant, sujet surprenant pour une œuvre d'art.

« Un homme du village, Otto, sculpte la pierre. Je lui ai acheté beaucoup d'œuvres pour ma propriété au fil des ans. Un jour, il est venu chez moi avec cet œuf qui doit peser au moins cent kilos. Il l'avait porté tout le long du chemin depuis le village.

— Il voulait vous le vendre ?

— Il voulait savoir si je lui prêterais l'argent d'un billet de bus pour San Felipe où il espérait trouver quelqu'un qui achèterait sa création. Trente *garza* aller et retour. Huit heures de route au total.

Je lui ai demandé combien il pensait vendre son œuf. Cent *garza*, me dit-il. Environ dix dollars.

— Alors vous l'avez acheté. »

Leila parlait de façon brusque, prosaïque, avec une absence frappante de sentiment et même de douceur. « Seulement pour lui épargner le long voyage. »

Presque en bas de la longue volée de marches, la maison est apparue. Nous n'avions pas encore fini de descendre mais je distinguais le toit de chaume, de la lumière à une fenêtre et, au-delà, le lac, scintillant dans les derniers reflets du jour.

« Maria va vous préparer à dîner. » Leila parlait de la cuisinière, bien entendu. « J'espère que vous aimez le dourado. » Pablito, un pêcheur du coin, l'avait attrapé au harpon le matin dans le lac.

« Les autres clients se joindront-ils à nous ?

— Il n'y a pas d'autres clients. Il n'y a que vous. »

Nous avions atteint la porte de la maison – bleue, ornée d'oiseaux sculptés et d'une poignée en bois en forme de poisson.

Leila l'ouvrit.

Comment décrire La Llorona telle qu'elle m'apparut ce jour-là ? Une vision du paradis à la période la plus noire de ma vie.

L'hôtel ressemblait à la maison d'un conte de fées. Partout où je posais le regard, je découvrais un détail extraordinaire, sans doute une création de Leila ou des gens du village : pas seulement les pierres transformées en singes, jaguars ou œufs, mais les plantes grimpantes qui formaient des tonnelles ruisselaient de fleurs épanouies évoquant les hallucinations les plus folles d'un trip au LSD, les cours d'eau artificiels serpentaient dans les jardins, butaient sur des pierres lisses et rondes – quelques-unes vertes, sous une certaine lumière en tout cas, d'autres presque bleues. Un banc de pierre était creusé à flanc de colline. Il y avait aussi une méridienne qui semblait faite d'un seul tronc d'arbre. Un vieux bateau de pêche en bois, sur lequel s'empilaient des coussins, était suspendu à un arbre. De son tronc jaillissaient une demi-douzaine de variétés d'orchidées et une chouette taillée elle-même dans une loupe de bois.

Les arbres fruitiers du verger produisaient des citrons, des grenades, des papayes. Les grands plants de gingembre semblables à des épées aux fleurs d'un rouge étincelant, les oiseaux de paradis, les bougainvilliers, les jasmins, les gardénias, les belles-de-nuit parfumaient si puissamment l'air qu'on savait les yeux fermés où, à cet instant, on se trouvait dans le jardin. Je n'avais jamais vu d'endroit aussi beau et témoignant d'autant d'amour de la part de son créateur.

Mais la propriété était en mauvais état. Sous la beauté, la décrépitude était partout visible. Les murs de pierre s'effondraient, les marches empruntées pour arriver à la maison étaient instables, la rampe pourrie à une douzaine d'endroits. Les mauvaises herbes envahissantes étouffaient les rosiers, le bassin des poissons était rempli d'algues et, quand le vent soufflait, la puanteur des fruits gâtés s'élevait du compost. Une montagne de bouteilles de vin vides s'élevait dans une cabane derrière la maison, tout près d'une pile d'assiettes cassées, d'outils, de chaises aux barreaux manquants qu'on avait dû mettre de côté pour les réparer, sans jamais s'y atteler. La peinture de la porte s'écaillait, et quand Leila ouvrit le battant, il émit un grincement. La lampe fixée à côté pour accueillir les pensionnaires était constituée de morceaux de verre colorés, provenant sans doute de vieilles bouteilles de vin et de bière, mélangés à des cailloux, des coquillages, des perles et des bouts d'assiettes cassées. Elle aurait produit sur le seuil de magnifiques motifs aux couleurs de l'arc-en-ciel si elle avait fonctionné. Mais l'ampoule était grillée et je devinais que ça ne datait pas d'hier.

« Nous avons un peu de retard sur les réparations en ce moment, dit Leila en me faisant entrer. Quand j'étais plus jeune, j'entretenais mieux la propriété. »

Sous le haut plafond, les vitres des fenêtres, qui occupaient presque tout le mur et donnaient sur le lac, avaient besoin d'être nettoyées, ainsi que tout le reste. Au centre de la pièce était suspendue une roue de charrette géante éclairée par une douzaine de petites ampoules dont les filaments luisaient comme à l'époque de Thomas Edison. La plupart ne fonctionnaient pas.

Un canapé creusé lui aussi dans un unique tronc d'arbre massif était installé contre le mur du fond, face à la vue (difficile d'imaginer comment il avait pu passer la porte). Des coussins dont les housses avaient apparemment été tissées à la main longtemps auparavant s'y empilaient. Ils me rappelaient celui, brodé, de la carte postale de Chagall que j'avais punaisée au mur de mon appartement à San Francisco. Des trous dans les tapis tissés à la main et couverts eux aussi de représentations d'oiseaux et d'animaux de la jungle laissaient apparaître le plancher par endroits.

Une table faite d'une longue planche reposait sur des pieds en lianes épaisses et tordues. Il y avait partout des piles de livres, et un feu rougeoyait dans la cheminée au fond de la pièce. (S'il avait fait chaud dans la journée, une certaine fraîcheur était tombée le soir.) Des tableaux de femmes, d'aruls et d'oiseaux étaient accrochés aux murs. Une très grande toile semblait décrire toutes les catastrophes possibles. Je m'approchai pour l'observer et distinguai dans un coin un groupe de personnages en partie submergés par les eaux bouillonnantes d'une inondation ; ailleurs, un volcan en éruption déversait sa lave incandescente sur quelques villageois désespérés portant les vêtements brodés indigènes que j'avais vus l'après-midi pendant le trajet en bateau sur le lac. Dans un autre coin du tableau était figuré un tremblement de terre ; on voyait le sol s'ouvrir, des femmes et des enfants tomber dans une crevasse sans fond, un essaim d'abeilles, une meute de chiens enragés, un accident de tuk-tuk, la flèche d'une église qui s'effondrait sous une pluie diluvienne, un pêcheur éjecté de son bateau qui se noyait, un cheval lancé au galop qui franchissait le bord d'une falaise et son cavalier en chute libre.

J'aurais pu rester des heures à étudier le tableau, mais Leila me faisait signe d'avancer dans un vaste couloir, le long duquel s'ouvraient des portes, chacune marquée d'un symbole maya sculpté.

La mienne était la dernière au bout du couloir.

« Voici votre chambre. » Je mis la main sur la poignée, un jaguar sculpté dans un bois très lisse et sombre qui avait dû connaître un grand nombre de mains avant la mienne. En la touchant, je revis Daniel tailler au couteau son bout de bois devant notre tente.

La porte n'était pas facile à ouvrir. Le bois pesait lourd. Elle grinça, comme si personne ne s'était aventuré dans la pièce depuis longtemps.

Il y avait à l'intérieur un petit lit recouvert d'un tissage blanc. Comme tout le reste, le couvre-lit montrait des signes d'usure au point que, dessous, la couverture transparaissait à certains endroits.

Là aussi, on avait allumé un feu dans la cheminée. (Comment mon hôtesse avait-elle su que j'arrivais ?) Une rangée de bougies brûlait sur le manteau. L'air était presque saturé par l'odeur d'une fleur qui m'était inconnue et qui me donnait l'envie à la fois de la humer et de sortir de la pièce. Par une grande fenêtre ouverte et sans rideaux, j'entendais le clapotement du lac. L'eau léchait les fondations en pierre d'un long et large patio sous un treillis de plantes grimpantes d'où pendaient une multitude de fleurs brillantes, couleur jade, formant un rideau épais, quasi fluorescent dans l'obscurité qui nous enveloppait.

« Vous voulez sans doute vous changer avant de dîner », dit Leila. Elle comprit peut-être que c'était là un problème, vu mon absence de bagages. « Attendez une minute. » Elle disparut dans le couloir obscur.

Elle revint, apportant une robe longue drapée sur son bras, du bleu que je préférais quand ces choses-là m'intéressaient encore, et un châle de même couleur.

« Je vous retrouve au dîner », dit-elle avant de disparaître dans le long couloir.

J'ôtai mon jean et mon T-shirt, détachai la barrette qui retenait mes cheveux et me regardai dans le miroir. *Retiens cela. Avant que ce soit fini – mais qui savait à quoi ressemblerait « la fin » ? –, tu ne seras peut-être plus la même.*

Ce n'était pas une mauvaise nouvelle.

J'ouvris le robinet de la douche et restai longtemps sous l'eau qui me lavait de toute la crasse.

# 11

## Seul le volcan demeure

Une heure plus tard, au moment du dîner, nous nous sommes retrouvées dans le patio à la lumière des bougies. Un plat en céramique bleu trônait au milieu d'une nappe parsemée de pétales de rose.

« Notre ami Pablito nous a apporté le dîner ce matin. Un poisson pêché au harpon dans le lac n'a pas du tout le même goût qu'un poisson pêché au filet. Dans un filet, il met longtemps à mourir et la chair durcit. S'il est touché au cœur, il meurt sur le coup. C'est pour ça qu'il fond dans la bouche. »

Leila me présenta ses employés : Luis, le contremaître de la propriété, et sa femme Maria, la cheffe. Elle désigna un jeune homme d'à peine seize ans qui nettoyait à la brosse un bassin miroir dans le jardin : Elmer, le fils du couple. « Elmer travaille pour nous depuis ses huit ans. Il est celui qui se rapproche le plus d'un petit-fils pour moi. Et voilà Mirabel. » Elle fit un signe à l'intention de la jeune femme qui posait un plat de légumes fumants devant nous.

À peu près du même âge qu'Elmer, elle avait un visage en forme de cœur, des cheveux noirs brillants rassemblés en une natte épaisse, de grands yeux noirs, une peau mate magnifique, le port d'une reine.

Elle était vêtue d'un *huipil* brodé, une ceinture autour de la taille, enveloppée dans sa longue jupe. Sa beauté semblait rayonner de l'intérieur. Elle disparut brièvement dans la cuisine et revint avec un plat de poisson qu'elle posa sur un linge blanc au centre de la longue table.

« *Buen provecho*, dit Leila. *Salud. Dinero. Amor.* » Santé. Argent. Amour. Je portai la fourchette à mes lèvres. C'était le premier repas depuis plus d'une semaine que je ne mangeais pas en inhalant les vapeurs de diesel dans un bus en marche.

La chair se détachait de l'arête, moelleuse, comme si le poisson avait été sorti du lac le matin même, ce qui était le cas. Leila saisit une carafe en cristal. « Presque tout le vin d'ici vient du Chili. Mais celui-ci est français. Alors, qu'est-ce qui vous amène à La Esperanza ? me demanda-t-elle.

— Je suis venue sur un coup de tête », répondis-je. Je ne mentionnai pas le bus vert, l'avion à hélice qui allait décoller au moment même où je me trouvais sur la courte piste d'atterrissage en terre. Je ne dis rien de San Francisco. Du pont. De mon mari. De mon fils.

« Je ne fais pas de publicité pour La Llorona. Les gens dont le destin est de venir ici trouvent le chemin. »

J'avais peut-être peur qu'elle ne me pose des questions personnelles. Je fis rapidement dévier la conversation.

« Vous devez rencontrer des gens intéressants en étant… hors des sentiers battus. »

Leila prit un air rêveur, comme si quelques personnes lui revenaient en mémoire – quelques décennies de visiteurs, quelques centaines d'histoires.

Je lui demandai si elle avait toujours dirigé seule l'hôtel, mais pas si elle avait été mariée. Je me posais bien sûr la question. Entretenir cette grande propriété exigeait beaucoup, même avec l'équipe qu'elle m'avait présentée. Beaucoup pour une femme seule.

« Les hommes vont et viennent, dit-elle, comme si elle avait lu dans mon esprit. Seul le volcan demeure. Et même le volcan… » Elle se tut.

Le récit de sa vie commença ce soir-là. Je ne m'en rendais pas compte, mais il y avait chez Leila une sorte d'urgence à me le confier, à moi, une inconnue arrivée à l'improviste à peine deux heures plus tôt.

Elle me parla d'un spécialiste de la culture maya venu quelques années auparavant. Son voyage au lac représentait l'apogée de décennies d'études sur les anciennes pratiques chamaniques et les cérémonies mayas.

« Benjamin était brillant, romantique, mystérieux. J'ai compris dès le départ qu'il était hanté par ses deuils. Il était venu ici, comme beaucoup, pour se confronter à ses vieux démons. J'en avais moi-même quelques-uns, à n'en pas douter. »

Pourquoi me racontait-elle cette histoire ? La mienne se lisait-elle sur mon visage ?

« Un jour, il a fait l'ascension du volcan avec Luis et Elmer. » Elle but une gorgée de vin. « Puis il leur a demandé de le laisser. On se croirait sur le toit du monde là-haut. Il voulait rester seul. Nous n'avons plus eu de nouvelles de Benjamin pendant longtemps. Un jour, six mois après sa disparition, une cliente qui était montée au volcan me rapporta qu'elle l'y avait aperçu en prière. Personne ne le revit, mais on pense qu'il a sauté dans le cratère. La vie sur terre était trop dure pour lui. Vous comprenez peut-être. »

Mieux qu'elle ne le pensait. Ou peut-être en avait-elle l'intuition.

« Le volcan est actif ? demandai-je.

— Oh oui. La nuit on le voit parfois rougeoyer et de temps en temps de la fumée s'en échappe. Mais il n'y a pas eu d'éruption depuis des centaines d'années. Ça se produira un jour, inévitablement. J'aime à croire que vivre ainsi, à l'ombre d'un volcan actif, me permet de me rappeler quotidiennement combien mes jours sont précieux. Je finirai par disparaître. Comme nous tous. Pourquoi s'en soucier ? En attendant, apprécions le poisson cuit à point et le vin français que nous buvons. »

## 12

## Manger. Je m'en souviens

Au cours des semaines, puis des mois qui suivirent l'accident, je faisais sans cesse des cauchemars. Je me repassais mentalement le moment où le minivan avait surgi au coin de la rue, où mon fils m'avait lâché la main. Parfois je voyais des scènes qui n'avaient pas existé, mais qui, dans le noir, paraissaient tout aussi réelles. Une nuit, Lenny était venu à moi. « Je dois partir. Je ne peux plus vivre ici avec toi », avait-il dit.

*I'm going away to leave you, love. I'm going away for a while*. Les paroles de la chanson que ma mère me chantait le soir au camping me revenaient à l'esprit.

Dans mon rêve, Arlo était dans un petit bateau, seul sur l'océan, et me criait de venir le chercher, mais le courant me ramenait sans cesse vers le rivage. J'entendais sa voix. *Maman, j'ai besoin de toi.*

*Je vais te sauver !* lui criais-je. Mais j'en étais incapable.

La première nuit à La Llorona, je dormis d'une traite pour la première fois depuis six mois. Je me levai avec le soleil, réveillée par la lumière qui entrait à flots par la fenêtre, mais plus encore par les oiseaux. Au milieu des lianes et des branches, des palmiers et des cascades de fleurs aux couleurs que je n'aurais su nommer, des oiseaux de paradis et des plants de gingembre, un chœur d'oiseaux se mit à chanter à l'instant où la première lueur du jour apparut derrière le volcan. Couchée dans mon lit, je regardais le ciel par la fenêtre et le volcan parfaitement au centre. Je distinguais le chant d'au moins six espèces d'oiseaux. Certains semblaient se répondre. L'un, perché sur sa branche, en appelait un autre ailleurs sur un arbre et celui-ci répliquait par un chant différent.

J'entendais l'eau ainsi qu'une *lancha* emmenant les ouvriers à leur travail et les touristes à leur hôtel. Je distinguais des voix dans la cuisine, mais pas les mots. Le ciel passa du rose au rouge, puis à l'orange.

Le jour où j'avais perdu ma famille, le monde avait viré au noir et blanc. Ma peau était devenue insensible. J'avais eu l'impression de perdre le goût et l'odorat. Et maintenant, dans ce lieu hors du monde, un parfum étrange et merveilleux emplissait l'air. Il émanait d'une fleur épanouie que je ne reconnaissais pas, dans le vase à côté de mon lit. Une autre odeur me parvenait de la terrasse. Celle du café tout juste moulu. Une cloche tinta, annonçant que le petit déjeuner était servi.

L'idée d'avoir vraiment envie d'un repas, comme maintenant, me surprit, tel un très ancien souvenir ravivé, même si quelques mois seulement s'étaient écoulés depuis mon tremblement de terre personnel. *Oh oui. Manger. Maintenant je m'en souviens.*

Leila avait mis pour moi une robe sur un cintre, mais j'en choisis une autre des trois qu'elle m'avait laissées, verte celle-ci, et me dirigeai vers le patio où la table était dressée. Une assiette de fruits tout juste cueillis – j'en connaissais certains, mais la plupart pas du tout, dont un en forme d'étoile – était posée sur une nappe tissée à côté d'un pot de bon café bien fort.

Des tortillas au maïs bleu, encore chaudes, s'empilaient sous une serviette, au creux d'un panier placé sur un plat en céramique peint à la main. Fromage local, haricots noirs et *plátanos* frits, verre de jus d'orange pressée. Maria avait attendu que je m'installe pour cuire les œufs. Je les entendais grésiller dans la poêle.

En m'asseyant à table ce premier matin, j'avais cherché des yeux mon hôtesse, mais Leila n'était visible nulle part. Plus loin dans la propriété, quelqu'un arrosait le jardin, car c'était la saison sèche. Sur le lac, quelques pêcheurs étaient assis dans leurs petites barques en bois, presque immobiles, sauf aux rares moments où l'un d'eux se penchait sur l'eau et en sortait quelque chose. Un poisson sans doute. Un crabe, peut-être.

Mirabel m'expliqua que Leila prenait toujours son petit déjeuner dans sa chambre. Elle n'émergeait jamais avant le milieu de la matinée.

Un colibri apparut, voleta devant une fleur en forme de trompette que je ne reconnus pas, grande comme deux fois ma main et qui ressemblait à un tableau de Georgia O'Keeffe. Rouge foncé à l'extérieur, rose à l'intérieur. Couches de pétales s'imbriquant.

Je mangeai comme si j'étais affamée depuis longtemps. Je me sentais coupable d'apprécier autant ce repas, mais je n'avais jamais goûté d'œufs brouillés aussi délicieux – les jaunes avaient une couleur dorée comme je n'en avais jamais vu –, bu un jus d'orange pressée aussi sucré et un café aussi parfumé. J'aurais pu tartiner le beurre et la confiture de jocote sur mes doigts et les lécher. Comment une femme qui avait perdu son mari et son enfant pouvait-elle dévorer un tel repas avec autant de plaisir ?

J'allai ensuite explorer les jardins de Leila. Il faudrait

des jours, peut-être des semaines pour découvrir tous les recoins secrets qu'elle avait conçus : petits autels et bassins miroirs, mosaïques et animaux en céramique incrustés dans les murs, plantes grimpantes courbées en forme de cœurs ou de croissants de lune, cactus étranges et tordus qui ressemblaient presque à une nouvelle espèce humanoïde se dressant derrière une restanque.

Comme je contemplais l'un de ces aménagements, j'entendis une voix derrière moi. Leila.

« Quand j'ai acheté cette propriété, il n'y avait que des mauvaises herbes et des broussailles. Nous avons apporté sur cette terre toutes les plantes que vous voyez. »

Autrefois, Lenny et moi visitions souvent le jardin japonais du parc du Golden Gate et un jour, pour mon anniversaire, il m'avait emmenée à l'exposition florale de San Francisco. Mais je n'y avais jamais rien vu de comparable. La sauvagerie, la luxuriance de ces plantes, la façon dont elles explosaient littéralement les unes sur les autres.

« Votre jardin est une œuvre d'art, dis-je.

— Pendant longtemps, je n'allais nulle part sans une paire de ciseaux dans mon sac. Si je voyais sur le bas-côté de la route une plante que nous n'avions pas, je m'arrêtais et en prenais une bouture. Tout pousse si facilement ici. Il suffit d'enfoncer une branche ou une brindille dans le sol fertile et de l'arroser. »

À part les orchidées, qu'il fallait déterrer. Elles poussaient dans les montagnes.

« J'ai eu un amant, Pascal, un botaniste belge. Nous disparaissions tous les deux une semaine entière et revenions avec un sac rempli de plantes que personne n'avait jamais vues. »

J'aurais pu demander ce qui était arrivé à Pascal, mais il semblait évident qu'il était parti depuis un moment. « Les jardins durent plus longtemps que la plupart des histoires d'amour. Il est plus sûr de parier sur les orchidées que sur les hommes. »

Je lui demandai si elle allait encore chercher des plantes dans les montagnes. Elle secoua la tête.

« J'ai un petit problème de santé. Un vilain caillot se promène dans mes artères et personne ne le trouve. Un peu comme un agresseur qui se cache dans l'ombre. On ne sait jamais quand il vous sautera dessus. En attendant, les exercices pénibles ne sont pas recommandés. »

Je connaissais vaguement le syndrome que Leila décrivait, depuis l'époque où je faisais des illustrations d'anatomie. Je pensais qu'elle devait parler d'une MAV – malformation artério-veineuse. J'avais réalisé une série de dessins pour un manuel sur ce sujet. Je me rappelais encore les deux images : l'une montrait le réseau normal des artères, l'autre un amas enchevêtré qui rendait la circulation du sang difficile et parfois impossible. Je me souvenais des conséquences éventuelles : attaques, crises cardiaques. Ou mort.

« Ce n'est pas bien grave. J'ai passé beaucoup de temps dans les montagnes. »

J'étais allongée dans un hamac. Je n'avais pas de projets, aucun besoin de m'engager dans les aventures touristiques habituelles ou de chercher des babioles à rapporter à la maison. Je n'avais pas de maison et aucun désir, si ce n'est pour ce que je ne pourrais jamais retrouver. Étendue là à contempler le ciel et le volcan, je dus m'endormir.

Je fus réveillée quelques heures plus tard par la voix

de Leila. Elle se tenait à côté de moi, une truelle et un seau d'enduit à la main. Elle avait passé la matinée à poser des carreaux devant le sauna, me dit-elle. Elle m'en tendit un, un cercle de poissons bleu vif et verni.

« Vous pouvez venir au marché avec moi si vous voulez. Nous n'avons presque plus d'avocats, et aujourd'hui l'un de mes pêcheurs préférés vient de la côte avec des *camarones*.

— Je vais mettre mes chaussures », dis-je.

## 13

## Des crevettes grosses comme la main

Il fallait marcher dix minutes sur la route en terre pour arriver au marché où les gens du coin proposaient des produits frais : jeunes aubergines et poivrons superbes, paniers débordant de tomates, blettes, pommes de terre tout juste déterrées, bouquets d'herbes aromatiques.

Je suivais Leila en silence. J'avais beaucoup de questions à lui poser, mais je me retenais.

Un homme s'approcha de moi avec une couverture à vendre. Je fis l'erreur de m'arrêter et de l'examiner sans raison particulière. « Je vous fais un bon prix. » Il me suivait, m'interpellait, me la proposait toujours moins cher.

Un autre homme, plus jeune, d'une beauté saisissante mais avec quelque chose de dérangeant, me parla d'astrologie maya en anglais. Une interprétation. Mon énergie. Mon avenir. Mon âme.

« Ne vous arrêtez pas. C'est Andres. Il ne faut pas avoir affaire à lui », me dit Leila.

Il y avait des chiens, naturellement. Et des bébés partout. Là, étonnamment, ma poitrine ne se contractait pas comme chez moi à la vue des enfants, même des petits garçons, que j'avais pris un soin particulier à éviter. Je me trouvais dans un monde complètement différent où aucune des règles habituelles ne s'appliquait, pas même le calendrier du deuil, si cela existait.

Ce type de destination avait peu de chances d'être choisi par des Américains aisés ayant deux semaines de vacances, les Américains de la classe moyenne s'attendant à des margaritas et à des chansons de Jimmy Buffett. En passant devant un bar à tacos fréquenté par quelques voyageurs hippies, je perçus les accords d'une chanson de Bob Marley, mais la plupart des étrangers d'ici préféraient leurs propres percussions et leurs guitares, ou une musique de danse extatique, floue et sans rythme, jouée en marchant sur le chemin, les yeux dans le vague avec leurs pendants d'oreilles en plumes, leurs piercings dans le nez et les chiots qu'ils avaient adoptés la veille (et abandonneraient trois semaines plus tard, me dit Leila), ou en gambadant, en s'étreignant et en se distribuant des tranches de pastèque.

Nous avons trouvé le vendeur de *camarones*. Je n'avais jamais vu de crevettes aussi grosses. Elles étaient arrivées de la côte tôt le matin dans un vieux pick-up aux pneus si usés qu'ils auraient pu rouler sur la boue sans laisser de traces. Des *camarones* gros comme la main.

Nous les avons mangés le soir même, dans le patio, comme tous les soirs. Des cierges à l'effigie de la Vierge de Guadalupe étaient disposés au milieu de la nappe ainsi que de beaux verres en cristal. Leila prit place en tête de table, comme à son habitude. Elle portait une blouse tissée main, couverte d'oiseaux brodés très élaborés et fantasques. Ses longs cheveux blancs étaient rassemblés au sommet de sa tête et maintenus par un peigne de nacre. Elle me regardait dans les yeux d'une façon qui me rappelait la conure devant ma fenêtre de Telegraph Hill.

« Alors, que s'est-il passé ? demanda-t-elle en remplissant mon verre à vin. Qu'est-ce qui vous a amenée devant ma porte ? »

J'observais le visage profondément ridé de mon hôtesse, jadis de toute beauté. Ses yeux laissaient deviner qu'elle avait connu plus de peines et de joies que le commun des mortels. Le clair de lune permettait de discerner les minuscules gemmes du collier entourant son cou long et élégant. Ses bracelets d'argent – certains épais, certains très minces – produisaient un son pareil à celui d'un carillon éolien. Ses poignets étaient incroyablement fins.

« Personne ne vient ici sans une histoire. Et elle est rarement facile, ajouta-t-elle.

— Je ne peux pas en parler. »

Une bonté surprenante se peignit sur son visage. « Vous n'avez pas besoin d'en dire plus. Peu importe ce qui s'est passé. Ce qui compte, c'est ce que vous faites maintenant. »

Le passé était cependant important. Le passé était tout ce que je possédais. « Certains malheurs ne vous quittent jamais », répondis-je.

Une bombe dans un sous-sol, par exemple. Ma mère explosée en mille morceaux (dont un doigt). Des ongles fusant dans toutes les directions, des bouts de verre cassé et de métal volant dans la 84e Rue Est, dont un allant se loger dans le cerveau d'un policier en repos.

*Un ballon orange s'échappant de la main d'un enfant. Un minivan avec des fanions des Giants de*

*San Francisco attachés aux rétroviseurs. Un paquet de cacahuètes répandu dans la rue.*

« Vous vous demandez sans doute ce qui m'a amenée ici », dit Leila. Je crois qu'elle avait changé le cours de la conversation par gentillesse. À travers la table, elle lança la tête d'une crevette particulièrement grosse dans le lac, tout en portant le corps à ses lèvres et en suçant la chair moelleuse, enduite d'ail.

« J'ai aussi mon histoire, bien sûr », me dit-elle.

## 14

## Comment faire des macarons

Leila était née dans le Nebraska. « Là d'où je viens, c'est si plat qu'on peut parcourir cent cinquante kilomètres tout droit, sans tourner ni à gauche ni à droite et sans gravir la moindre colline. » Nous étions assises sur des chaises bien rembourrées dans le patio, le soleil allait disparaître derrière le volcan de sorte que le ciel avait adopté une teinte orange extrêmement brillante.

Elle avait grandi dans un village du nom d'Assumption. Son père faisait pousser du maïs de semence, activité occupant une période très réduite. Quand la récolte était bonne, l'argent gagné les faisait vivre jusqu'à l'année suivante. Quand ce n'était pas le cas, ils empruntaient. Sa mère travaillait à la poste. Il n'y avait qu'une chambre dans la maison. Elle partageait le salon avec sa grande sœur, ainsi que sa grand-mère qui dormait dans un petit lit, avec un paravent pour plus d'intimité.

« Grandma avait un chapeau de paille avec des fleurs en soie que sa tante célibataire lui avait donné pour son voyage de fin d'études secondaires au capitole de l'État à Lincoln. Il était posé sur son bureau dans un coin du salon et, au-dessus, elle avait affiché une reproduction d'un tableau de Degas. Pour moi, le chapeau et le tableau des ballerines représentaient l'opposé de tout notre quotidien à la ferme. J'aspirais à une vie où je pourrais porter un chapeau fleuri et assister à un ballet. » Même si elle n'atteignit pas ces deux objectifs, elle quitta le Nebraska et c'était ce qui comptait.

C'était l'essentiel.

Son oncle Timmy était soldat en France pendant la Seconde Guerre mondiale. Leila aimait beaucoup Timmy, un type dégingandé qui lui avait appris le morse, faisait des tours de magie, découpait des bandes dessinées dans le journal et les lui envoyait de la base militaire pour qu'elle les colorie.

En permission à Paris, il rencontra une jeune femme, Noémie. Peu importait si son français se limitait à « Comment allez-vous ? » et si l'anglais de Noémie était à peu près du même niveau. Ils tombèrent amoureux, ou pensèrent l'être, et à la fin de la permission de huit jours de Timmy ils s'étaient mariés. Il avait vingt et un an. Elle, dix-huit.

Oncle Timmy leur avait envoyé une photo de lui en uniforme de l'armée et de Noémie à ses côtés en robe à pois et ceinture vernie rouge autour de sa taille fine. Timmy se tenait bien droit face à l'appareil photo, l'air de ne pas réussir à croire qu'il avait persuadé cette déesse de l'épouser. Noémie posait comme une star de cinéma. Ils se tenaient sur les berges d'une rivière qu'enjambait un pont.

« Il m'a suffi de regarder cette photo pour avoir envie d'être Noémie sur ce pont. Je voulais porter une robe à pois et vivre à Paris. »

L'armée avait envoyé oncle Timmy en Angleterre pour une mission d'entraînement top secrète, en préparation de ce qui allait devenir le Débarquement. Timmy faisait partie d'un peloton de soldats sélectionnés pour participer à l'opération Tigre, une formation d'une semaine qui devait se dérouler à Slapton Sands dans le Devon. Cet endroit avait été choisi pour ses similitudes avec les plages de Normandie, destination du débarquement prévu quelques semaines plus tard.

Les troupes alliées, bien qu'arrivées la nuit, avaient été repérées par neuf vedettes allemandes. Un autre bateau, appartenant celui-ci à la Royal Navy, s'était aperçu de la présence ennemie et avait averti l'officier commandant les troupes alliées, mais l'alerte avait été brouillée à cause d'une erreur typographique. Les soldats de l'opération Tigre ne surent pas qu'ils étaient repérés. Quand les Allemands attaquèrent, les Alliés furent pris totalement au dépourvu. Sept cent cinquante-neuf soldats moururent cette nuit-là. Oncle Timmy en faisait partie.

Quand la nouvelle parvint à la petite ferme du Nebraska où vivaient Leila et sa famille, la mère de Leila fut si bouleversée qu'elle garda deux mois le lit. Sa grand-mère, malgré son chagrin d'avoir perdu son fils, s'occupa de la maison, fit la cuisine et aida le père en trayant leurs huit vaches. Roxanne, la sœur de Leila, s'occupait en faisant ses devoirs. Leila passait ses journées à la bibliothèque et lisait tout ce qu'elle trouvait sur Paris. *Fuir*.

Un jour, une jeune femme se présenta à la porte. Elle avait fait le trajet en bus de la gare de Chicago jusqu'à leur petite ville, après avoir pris l'avion depuis la France. C'était Noémie, l'épouse et veuve d'oncle Timmy. Elle n'avait qu'une valise et portait la robe à pois de la photo de mariage. Elle leur dit qu'elle était enceinte de quatre mois.

Noémie avait toujours vécu dans un petit village non loin de Paris et elle n'avait pas vraiment de famille, personne pour l'héberger et pas d'argent en dehors de l'allocation de l'armée américaine versée aux veuves qui lui avait tout juste permis d'acheter son billet d'avion pour l'Amérique.

Parmi les effets personnels qu'on lui avait envoyés à la suite de la mort de Timmy figuraient les lettres de sa mère et de sa sœur, ainsi que celles de Leila. Noémie avait ainsi appris l'adresse de la famille au Nebraska, une région dont elle ignorait tout. En montant dans l'avion à l'aéroport d'Orly, elle croyait partir pour une grande ville américaine comme New York ou peut-être Hollywood. Elle ne s'attendait certainement pas à débarquer dans un trou comme Assumption, Nebraska, population neuf cent vingt-quatre habitants, dont pas un ne parlait français.

La famille la recueillit. Elle ne pouvait pas faire moins pour honorer la mémoire de Timmy. Leila et Roxanne dormaient déjà dans le salon, comme Grandma de l'autre côté du paravent, et on ajouta un petit lit pour Noémie. Le père de Leila trouva un livre comportant des expressions utiles en français et pour réconforter la jeune veuve Leila dessina, d'après ses recherches en bibliothèque, la tour Eiffel et l'Arc de triomphe qu'elle punaisa sur le mur au-dessus de la cheminée, à côté de la reproduction du tableau de Degas découpée dans un magazine. Sa mère passait encore presque tout son temps au lit, mais elle leur rappela l'importance de bien se nourrir quand on est enceinte. Ils firent donc provision de Spam[1].

L'ajout à la famille de leur nouvelle tante française

1. Jambon en boîte.

et du bébé à venir ne provoquait pas le moindre enthousiasme chez Roxanne. À part son unique suggestion concernant la nutrition, la mère de Leila était trop déprimée pour se consacrer davantage à Noémie. Sa grand-mère et son père étaient bien trop occupés à longueur de temps. Mais Leila se lia d'amitié avec Noémie.

Chaque jour, elles s'installaient toutes les deux à la table de la cuisine pour un cours d'anglais. (D'anglais et de français. Les leçons se faisaient dans les deux sens.) Leila apprenait à Noémie le nom des États, des présidents et certains faits historiques majeurs en rapport avec le Nebraska. Elle lui raconta en particulier que le territoire qui formait à présent l'État avait autrefois appartenu à la France jusqu'à ce qu'il fasse partie de ce qu'on appelle la vente de la Louisiane. Et pas seulement : le Kool-Aid avait été inventé au Nebraska, en 1927, dans la ville de Hastings.

« *Qu'est-ce que c'est, Kool-Aid**[1] *?* » lui demanda Noémie.

Une boisson.

« *Comme du vin* ?* »

Non.

« Noémie cherchait toujours à élargir son horizon, poursuivit Leila. Elle suivait tous les cours pour adultes proposés au lycée : comment donner aux serviettes de table des formes amusantes, comment fabriquer une Southern belle, une jupe à cerceaux, pour cacher les rouleaux de papier hygiénique.

La seule amie de Noémie à Assumption était Leila pour de multiples raisons, dont le fait qu'elle ne parlait

1. En français dans le texte, ainsi que les mots et expressions en italique, suivis d'un astérisque.

pas anglais. Toutes deux passaient beaucoup de temps ensemble. La mort de Timmy attristait Noémie, naturellement, mais pas autant que la mère de Leila l'aurait voulu. Leila, bien qu'ayant adoré son oncle, pardonnait à Noémie de ne pas mieux jouer la veuve éplorée. Quand Timmy était parti pour l'Angleterre, ils ne se connaissaient que depuis huit jours. Leila suggéra toutefois à Noémie qu'il était sans doute préférable de ne pas scotcher dans les toilettes une photo de Jimmy Stewart découpée dans un magazine. Malgré le peu de français de Leila à l'époque, Noémie comprit et l'enleva.

Noémie avait aimé oncle Timmy, mais elle n'avait que dix-neuf ans et un grand appétit de vivre. En plus d'apprendre à Leila les paroles des chansons d'Édith Piaf, elle décora les placards et confectionna quelques Southern belles qu'elle proposa à la vente de charité de l'église. Elle dépensa les quelques pièces gagnées pour acheter de temps en temps au supermarché A & P d'Assumption une marque de fromage qui lui rappelait de loin le camembert, seul article ressemblant vaguement à un produit français. Le soir, à la maison, elle roulait le tapis à franges du salon, mettait sa robe à pois du mariage tant qu'elle put l'enfiler et apprenait à Leila à danser comme aux Folies-Bergère.

Quand Noémie arriva à la ferme familiale du Nebraska, elle était enceinte de seize semaines (décompte facile à faire, compte tenu du peu de jours qu'elle et Timmy avaient vécus ensemble).

À mesure que les semaines passaient et que son corps changeait, il devint évident qu'il fallait à Noémie de nouveaux vêtements. Le père de Leila lui proposa une de ses salopettes, mais Noémie était tout de même parisienne. Pauvre ou pas, elle ne considérait pas la salopette comme une tenue appropriée, même pour se rendre au drugstore d'Assumption.

Leila acheta finalement du tissu et un patron, et toutes deux confectionnèrent trois robes droites suffisamment larges pour être portées jusqu'à la fin de sa grossesse. (Une femme ne devrait jamais avoir moins de trois robes dans son placard, me dit Leila. Le nombre de robes qu'elle m'avait données à mon arrivée à La Llorona.)

Environ deux mois après l'arrivée de Noémie, le père de Leila les fit toutes asseoir pour leur parler de la situation financière. La récolte avait été l'une des pires qu'ils aient connues et nourrir une bouche supplémentaire (bientôt deux) posait un gros problème.

« Je ne te demande pas de trouver un travail à temps plein, dit-il à Noémie. (Leila qui ne parlait que quelques mots de français servait d'interprète.) Mais Evelyn (la mère de Leila) et moi pensions que ce serait bien si tu pouvais, je ne sais pas… donner un petit coup de main. Apporter quelques dollars pour les courses.

— Coup de main ? » demanda Noémie. Elle regarda Leila qui ne sut pas traduire.

« Tu as peut-être un talent caché. Quelque chose qui pourrait rapporter un peu d'argent », dit le père de Leila.

C'était le cas. Elle n'en avait jamais parlé, mais le moment était venu. Noémie faisait des macarons.

« Pardon ? Macaroons ? Maquereaux ? interrogea la grand-mère de Leila.

— Macarons.

— *Je pourrais les vendre**. »

L'après-midi, Leila et Noémie allèrent à l'épicerie.

Pour un projet devant générer un revenu, les ingrédients se révélèrent coûteux, mais toutes deux promirent au père de Leila qu'une fois la production de macarons en route, l'argent rentrerait à flots. Ces macarons se vendraient comme des petits pains.

Le lendemain était un samedi. Pas d'école pour Leila. Noémie dormait généralement tard (l'une de ses nombreuses habitudes qui tapaient sur les nerfs de la famille), mais elle se leva de bonne heure pour se mettre au travail et préparer les ingrédients. Beurre, farine, crème, colorants alimentaires, sucre glace, œufs.

La mère de Noémie avait été célèbre pour ses macarons. Noémie n'avait que neuf ans à la mort de sa mère, mais celle-ci lui avait appris comment faire la crème au beurre la plus soyeuse, les biscuits les plus légers. À une époque, les gens venaient de tout Paris les acheter. Maintenant, qui sait s'ils ne viendraient pas de tout le Nebraska ?

À 15 h 30, elles avaient confectionné dix douzaines de macarons roses, bleus, verts, violets et jaunes. Noémie avait attendu l'assemblage du dernier macaron avant d'en manger un. Elle commença par fermer les yeux pour bien goûter le biscuit – la couche extérieure croquante, le centre crémeux et lisse. Elle commença à mâcher et des larmes apparurent dans ses yeux. Elles roulèrent lentement sur ses joues.

D'accord, c'était un bon biscuit, mais il y avait autre chose. En mastiquant, Noémie goûtait Paris, sa jeunesse sans contrainte, le bon fromage, le souvenir de sa robe à pois qui lui allait comme un gant. Elle était de retour en France. Elle était chez elle.

Elle aurait pu rester longtemps assise là à pleurer – peut-être sur Timmy, plus vraisemblablement sur tout le reste –, mais elles avaient du travail. Ce biscuit était meilleur frais.

N'ayant pas de barquettes pour les macarons, Leila et Noémie les avaient mis dans des boîtes à chaussures où la grand-mère de Leila rangeait des bons de réduction, qu'elles fourrèrent dans un sac en papier. Elles se mirent en route avec l'idée de vendre les macarons au porte-à-porte.

Noémie avait suggéré le prix de trois dollars cinquante la douzaine, selon la théorie que ces macarons étaient non seulement délicieux, mais les seuls de tout l'État et peut-être même de tout le Middle West. Leila avait proposé un prix nettement plus bas en prenant le coût d'un paquet d'Oreos ou de Fig Newtons, tous deux à moins de cinquante cents, comme base de comparaison.

Des Oreos ? Des Fig Newtons ? Leila n'avait rien compris, lui dit Noémie. Il s'agissait de *macarons*. Un gâteau capable de vous faire traverser l'océan jusqu'aux berges de la Seine n'avait pas de prix ! À condition, bien sûr, que vous ayez envie de vous y trouver transporté. Pour tous les habitants d'Assumption (à l'exception de Leila, toutefois), la réponse était sans doute négative.

Toutes deux – la paire improbable formée par une fillette de neuf ans et sa tante française de dix-neuf ans enceinte – passèrent les trois heures suivantes à arpenter les rues de leur petite ville du Nebraska et à frapper aux portes, leur panier rempli de biscuits pour gourmets à la main. Elles en vendirent une demi-douzaine à une femme qui était allée à Paris en voyage de noces avec son mari mort depuis longtemps. Deux ou trois personnes demandèrent un échantillon gratuit.

Le soir, quand Leila et Noémie rentrèrent à la ferme,

elles avaient un dollar cinquante et neuf douzaines et demie de *macarons** superbes aux couleurs pastel.

Ce fut la fin de l'expérience macarons de Leila et Noémie. Mais pas la fin des macarons de Leila. Parfois, si son père était de bonne humeur et sa grand-mère pas occupée à la cuisine par des plats plus raisonnables tels qu'un ragoût de thon ou du riz sauté au Spam, toutes deux préparaient en vitesse une fournée de macarons rien que pour elles.

« Un jour, on ira à Paris ensemble. Je t'emmènerai dans ma *pâtisserie** préférée, on commandera un expresso et une assiette de macarons », dit Noémie à Leila lors d'un de leurs après-midi à la cuisine. C'était l'hiver et le ventre énorme de Noémie gonflait la plus large des robes qu'elles avaient cousues pour sa grossesse. Dans ces rêves d'avenir, il n'était jamais question du bébé de Noémie.

Elles iraient à la tour Eiffel, au Louvre voir le tableau de la ballerine que la grand-mère de Leila aimait tant. Leila parlerait français ; elle avait fait beaucoup de progrès. Elles se promèneraient à vélo le long du canal Saint-Martin.

Le bébé naquit en janvier, par un jour si froid que la mère de Leila fourra quelques pommes de terre chaudes dans le manteau de Noémie pour le trajet en voiture jusqu'à l'hôpital. Tout le monde s'attendait à ce qu'elle l'appelle Timothy mais elle préféra James, à cause de Jimmy Stewart.

À la fin de l'été suivant, Noémie fit la connaissance d'un homme très gentil (Marvin, qui vendait des bibles) à un cours de photographie (elle ne possédait pas d'appareil, mais peu importait ; c'était le meilleur cours du programme pour adultes où rencontrer un homme). Deux mois plus tard ils étaient fiancés et ils se marièrent encore deux mois après. Marvin adopta James et tous trois déménagèrent à Wichita, pas avant toutefois que Noémie n'ait donné à Leila sa ceinture en cuir verni et n'ait écrit en français la recette des macarons, au cas où elle l'oublierait, ce qui n'arriva jamais.

Au printemps suivant, le club de 4-H organisa un concours de pâtisserie et les macarons de Leila remportèrent le premier prix. Son groupe de jeunes chrétiens organisa un dîner de collecte de fonds contre la polio dont le thème était Gay Paree, et Leila fut de nouveau désignée pour préparer des macarons.

À dix-huit ans, son diplôme du lycée en poche, Leila n'avait pas de réels projets d'avenir. Sa mère vit dans le journal l'annonce d'un concours, le Pillsbury Bake-off. Les finalistes prendraient l'avion pour New York où ils seraient logés au Waldorf Astoria et concourraient au niveau national pour gagner le grand prix de cinq mille dollars.

Les macarons de Leila l'emmenèrent à New York. Elle monta en haut de l'Empire State Building et prit le métro. Ce n'était pas Paris, mais ça valait le coup.

Elle ne gagna pas le premier prix, sans doute parce que la farine Pillsbury n'était qu'un pâle substitut à la farine d'amande de la recette de Noémie, ce que Leila n'aurait jamais dit à l'époque. Elle arriva deuxième et gagna de la farine Pillsbury à vie ainsi que sept cent cinquante dollars. La farine ne l'intéressait pas trop, contrairement à sa mère et sa grand-mère. Avec l'argent, elle acheta un billet pour Paris.

Arrivées à ce point de l'histoire de Leila, nous avions mangé les *camarones*, le riz et les parfaits à la mangue que Maria nous avait servis. J'attendais encore d'apprendre comment tout cela allait amener Leila à Lago La Paz et, plus que tout, j'étais reconnaissante à Leila de m'avoir permis de me détourner de Lenny et Arlo pour m'intéresser à des gens qui ne risquaient pas de me briser le cœur.

Leila ne connaissait personne en France. (Noémie, qui avait donné naissance à deux autres garçons, vivait au Kansas avec Marvin.) Elle trouva un meublé sur la rive gauche. Le lendemain matin, juste après avoir marché le long de la Seine et repéré le pont où avait été prise la photo de son oncle Timmy et de sa nouvelle épouse – photo qu'elle conservait dans son portefeuille –, elle chercha un travail dans une pâtisserie. Elle mentionna sa spécialité, les macarons, mais personne ne prit au sérieux cette Américaine. Finalement, elle acheta les ingrédients nécessaires et, tard le soir, dans la cuisine du meublé, elle fit une fournée en appliquant, bien sûr, les conseils de Noémie. Le lendemain, elle retourna à la première des pâtisseries où on l'avait refusée. Le propriétaire l'engagea sur-le-champ.

Elle travaillait habituellement à l'arrière du magasin. Elle déposait la pâte sur les plaques de cuisson au moyen d'une poche à douille, fouettait la crème au beurre, tournait la pâte colorée. Mais ce jour-là, alors que Leila vivait à Paris depuis deux ans, sa collègue Anny ne vint pas travailler et son patron posta Leila derrière le comptoir.

Un client entra. Il voulait deux macarons à la pistache. Un aux noisettes. Un au citron. Il tenait sous le bras un exemplaire usé des poèmes de Rimbaud, traduits en anglais.

Toute la matinée, il resta assis à l'unique table du magasin, dans un coin. Il buvait du café, fumait et mangeait des macarons. Il accepta trois fois le café et les macarons que Leila lui proposait. À la vue du livre qu'il lisait, elle savait qu'elle aurait pu lui parler anglais, mais elle préféra le français.

Il termina son café, se leva pour partir et s'approcha du comptoir. « Voulez-vous boire un verre plus tard ? » demanda-t-il. Elle expliqua qu'elle ne finissait son travail que dans trois heures. Il dit qu'il attendrait. Il s'assit dans le coin et continua à lire Rimbaud.

Sa collègue Arlette parut prête à s'évanouir en émergeant de l'arrière-boutique.

« Tu l'as vu ? demanda-t-elle.

— Qui ?

— Dans le coin. Avec le livre. Marlon Brando. »

Leila, qui n'allait guère au cinéma, ne l'avait pas reconnu.

Il l'emmena au café du coin, à une table du fond pour qu'on ne le remarque pas, mais rien n'y fit. Il s'avéra que, comme elle, il avait grandi dans le Nebraska. Ensuite, ils marchèrent presque toute la nuit dans les rues de Paris. Puis ils rentrèrent à son hôtel – un endroit très différent du meublé où elle vivait. Room service. Champagne.

Il plut toute la semaine. En dépit de tous les verres de vin rouge qu'ils buvaient, ils avaient tout le temps froid, sauf quand ils se serraient l'un contre l'autre, ce qu'ils faisaient pendant des heures.

Leila connaissait Marlon Brando depuis exactement six jours quand il lui dit qu'il pensait acheter un terrain là où on le laisserait tranquille. Un homme qu'il avait rencontré sur un plateau de cinéma lui avait parlé d'un lac avec un volcan en surplomb qu'il avait un jour visité, quelque part au sud de l'équateur. Il voulait aller voir. Il partait le lendemain, en fait, à bord de son jet privé.

« Si je reste à Paris plus longtemps, je vais grossir à cause de tes gâteaux. Viens avec moi. »

Elle pensa à Noémie qui vivait au Kansas avec son mari représentant et une corde à linge couverte de couches. Noémie et sa pile de magazines de cinéma à côté de son lit, qui envoyait une carte d'anniversaire à Jimmy Stewart tous les 20 mai. Si Marlon Brando avait invité Noémie à s'envoler avec lui n'importe où, elle aurait sauté dans l'avion sans un regard en arrière.

Mais Leila hésitait. Elle adorait Paris. Elle venait d'acheter un matelas, une théière bleue et une tasse jaune. Elle avait son travail et même un béret – toutefois, dans les heures qui suivirent cet achat, elle s'aperçut que seuls les touristes en portaient un.

Finalement, elle accepta de partir avec son amant star du cinéma. Elle prit un sac de voyage, quelques livres qu'elle aimait et ses trois robes. Quelque part au-dessus de l'océan, Marlon Brando lui offrit une énorme bague en diamant.

Tout se termina le week-end suivant. « Marlon avait un certain charme, mais ce n'était pas l'amour de ma vie », m'expliqua Leila.

À l'instant où leur avion atterrit sur un des rares terrains plats, un champ de maïs près de La Esperanza, Leila se sentit étrangement chez elle. Elle aurait pensé qu'on ne trouvait la teinte turquoise du lac qu'au fond d'une piscine, mais elle était réelle. Le parfum des jasmins et des gardénias saturait l'air. Les oiseaux chantaient comme si elle se trouvait dans un dessin animé de Walt Disney. Les enfants coururent vers elle (je le savais bien, les voir me fendait le cœur), lui proposant du chocolat à la cardamome, des sacs tissés et des colliers. Personne ne reconnut son amant, mais des petits garçons leur coururent après en riant, en criant et en faisant la roue.

Et puis il y avait le volcan. « Si je vis cent ans, dit Leila avec l'air de savoir que cela ne se produirait pas, je ne me lasserai jamais de le voir se dresser au-dessus du lac avec ce drôle de petit nuage perché au sommet. »

Deux jours après leur atterrissage à Lago La Paz, Marlon Brando décida qu'il voulait en réalité vivre sur une île en Polynésie française. Il supposait que Leila l'accompagnerait. Elle refusa.

« J'étais tombée amoureuse, mais pas d'un homme. J'étais tombée amoureuse d'un volcan, d'un lac et d'un village. »

À l'époque, les seuls habitants de La Esperanza étaient des fermiers mayas indigènes, quelques tisserands, quelques missionnaires, quelques religieuses américaines. Après avoir dit au revoir à Marlon Brando, elle loua une chambre à un dollar la nuit. Le troisième jour au village, alors qu'elle nageait dans le lac, elle remarqua un terrain magnifique et inexploité, sans rien d'autre qu'une toute petite cabane en adobe au bord de l'eau et un panneau « À vendre ». Elle voyait des oiseaux partout où se portait son regard.

Leila avait vingt-huit ans. Il lui restait cinq cent vingt-cinq dollars de son prix de Pillsbury. Un hectare de terre au bord du lac coûtait cinq cents dollars.

Dès la signature des papiers, quand le terrain fut à elle, elle se mit à façonner son jardin.

« Le plus drôle, c'est que je ne suis jamais retournée à Paris », me dit-elle.

# 15

## Pas d'adresse de retour

Au matin de mon troisième jour à La Llorona, je me réveillai en pensant à Rose, Ed et aux deux sœurs de Lenny, Rachel et Miriam. J'avais beau avoir résisté, ils m'avaient accueillie dans leur famille. Peut-être même m'aimaient-ils.

Comme moi, Rose et Ed avaient perdu leur fils. Ainsi que leur petit-fils. Et si ma disparition de leur vie était mineure sur l'échelle de leur deuil, je m'en voulais de ne pas leur avoir dit au revoir.

Assise au petit bureau en bois d'avocatier de ma chambre avec vue sur le lac, j'écrivis aux parents de Lenny.

La lettre tenait en une page. Je voulais les remercier de tout ce qu'ils avaient fait pour moi – et pour Arlo, bien sûr. Je voulais leur dire qu'ils avaient été des parents merveilleux pour Lenny, à quel point il les aimait.

« Je suis désolée de ne pas vous avoir dit au revoir. Je ne savais pas comment faire. Je devais échapper à tout ce qui me rappelait Lenny et Arlo. Je ne voulais surtout pas vous blesser », écrivis-je.

Moi-même, j'avais connu l'impression qu'on

éprouve quand quelqu'un qu'on aime part sans un au revoir. Je ne voulais pas leur imposer cela.

Je n'en dis pas plus. Je ne leur parlai pas du bus, de l'avion, du bateau et de l'endroit où je vivais, sur les rives d'un lac turquoise dominé par un volcan, pas non plus de l'oiseau-mouche qui voletait au-dessus d'une fleur de thunbergia devant ma fenêtre, du sentiment de vide qui ne me quittait jamais.

Rose et Ed verraient un timbre étranger sur l'enveloppe, mais je ne mentionnai pas d'adresse de retour.

Je n'écrivis pas « Nous nous reverrons », car ç'aurait été un mensonge. Je leur affirmai que je serais toujours reconnaissante de l'amour de leur fils et de l'enfant que nous avions élevé si peu de temps ensemble. Je terminai par : « J'espère que vous me pardonnerez. » Rien de plus.

## 16

## Une ceinture de perles cousues main

Maria et Luis avaient commencé à travailler pour Leila peu après qu'elle avait acheté le terrain. Ils étaient tous jeunes à l'époque. À présent, ils étaient vieux.

Luis faisait encore de longues journées physiquement éprouvantes : il réparait les murs, transportait du bois, préparait du ciment, montait sur une vieille échelle pour tailler les branches du jocote, s'occupait du jardin. Mais ses gestes trahissaient des douleurs au dos. Maria se chargeait des repas et, si ses plats étaient toujours délicieux, elle se déplaçait lentement, restait de longues minutes à éplucher une mangue ou à hacher une tête d'ail.

Elmer, le fils du couple, donnait un coup de main partout où il le fallait, mais il était encore adolescent et facilement distrait, surtout par Mirabel, la jeune femme qui aidait Maria. Elle faisait les chambres, la lessive et chaque jour, au coucher du soleil, elle me préparait au mixeur une boisson composée de fruits frais, de lait de coco et d'un mystérieux assortiment d'épices (cardamome, peut-être, et gingembre ?) devenue sa spécialité à La Llorona. Au fil des années, de nombreux clients l'avaient suppliée de leur donner sa recette, proposant de la payer, mais Mirabel se contentait de sourire et de secouer la tête. « C'est chaque fois différent. Il n'y a pas de recette. Ça dépend de l'inspiration du jour. »

Comme Elmer, Mirabel travaillait à l'hôtel depuis l'enfance. À la mort de sa mère survenue quand elle avait neuf ou dix ans, elle s'était présentée à la porte de Leila et avait demandé du travail. À seize ans, elle était d'une beauté presque surnaturelle : peau couleur miel, immenses yeux bruns, mais on la remarquait surtout pour la grande intelligence qui transparaissait dans son regard.

Un ruban (d'une couleur chaque jour différente) était entrelacé dans la longue natte de Mirabel qui lui descendait dans le dos. Elle portait la jupe traditionnelle des femmes du village : une longueur d'étoffe tissée main enroulée autour de son corps et maintenue par une ceinture. La ceinture traditionnelle de la plupart des filles était unie ou ornée d'un simple motif brodé, mais celle qui entourait la taille menue de Mirabel était incrustée de motifs représentant des lis callas, des orchidées et des oiseaux-mouches en perles minuscules qui prenaient la lumière selon ses mouvements. Je la complimentai sur sa ceinture et elle me révéla qu'elle avait mis plus d'un an à la confectionner.

En la regardant travailler – rapide, efficace, mais sans précipitation et prenant grand soin de tout ce qu'elle faisait –, je comprenais pourquoi elle avait un tel effet sur les clients. De tous ceux qui remarquaient Mirabel, aucun n'était pétrifié par sa présence autant qu'Elmer. Chaque fois qu'il l'apercevait – quand elle enlevait les draps, étendait le linge, battait les tapis avec un balai pour les dépoussiérer –, il se figeait, quelle que soit la tâche en cours, pour la contempler. Il parlait peu mais parfois, quand elle passait devant lui à la cuisine ou au jardin, j'entendais Elmer pousser un long soupir avant de reprendre ses outils et de se remettre au travail.

J'étais la seule cliente de l'hôtel, et continuer à employer quatre salariés paraissait fou – faire les chambres où personne ne dormait, servir des repas délicieux pour nous six seulement. Mais je compris dès mes premiers jours à La Llorona que Leila n'accordait pas une grande attention à l'équilibre des comptes. En revanche, la loyauté envers ses employés lui tenait à cœur.

Il m'arrivait une chose étrange à l'hôtel de Leila. Je ne m'étais pas débarrassée de ma profonde tristesse, mais je revenais modestement à la vie. Mon corps engourdi retrouvait des sensations. Le soleil sur ma peau, les bons plats, tout simplement l'odeur du jus d'orange pressée que Mirabel posait devant moi chaque matin et l'élixir au coucher du soleil que j'attendais à présent avec impatience en fin d'après-midi, tout en regardant le soleil plonger derrière le volcan, suivi tous les soirs par un merveilleux repas.

Durant nos dîners dans le patio, Leila me racontait les histoires de ses clients sur plusieurs dizaines d'années. Pour des raisons que je ne comprenais pas, elle semblait souhaiter que je sache ce dont elle avait été témoin. Plus encore, ce qu'elle avait appris.

« Un jour… » commençait-elle devant notre plat de *tamales*, de *pepián* de poulet ou une soupière de ragoût de poisson, assaisonné avec des aromates que je ne connaissais pas. Et elle se lançait dans une nouvelle histoire.

« Les étrangers cherchent souvent à gagner de

l'argent avec cette culture. Certains réussissent, mais la vraie beauté se perd au cours du transfert. »

Un soir, elle me parla d'une femme, Ariadne, venue au lac dans le but de trouver des textiles anciens. Pendant son séjour à l'hôtel, Ariadne faisait le tour du village à la recherche de broderies particulièrement belles. Quand elle remarquait un *huipil* qui lui plaisait, elle proposait de l'acheter immédiatement à la femme qui le portait. L'argent qu'elle donnait – une somme ridicule dans le monde d'où elle venait – paraissait une fortune aux femmes du village. Ariadne leur avait fait part de son projet de revenir au village au printemps suivant avec des tissus et du fil à broder. Elle louerait un atelier et paierait largement le travail des femmes.

Ariadne rapporta à New York une pleine malle de *huipiles* cousus par les femmes de la région et créa une ligne de vêtements. Elle gagna certainement beaucoup d'argent. L'hiver suivant parurent dans *Vogue* six pages consacrées aux vêtements d'Ariadne intégrant les broderies traditionnelles portés par des femmes magnifiques, grandes et minces, qui faisaient la moue devant le photographe. Les femmes du village qui avaient vendu à Ariadne leurs réalisations se rassemblèrent pour étudier les photos. Elles montraient du doigt les broderies qu'elles avaient créées, maintenant présentées dans le magazine. Elles riaient et s'étreignaient, heureuses de leur bonne fortune. Elles espéraient développer une relation durable avec Ariadne et lui vendre leurs créations les années suivantes. Mais un an plus tard, elle était passée à autre chose.

Pendant que Leila me racontait cette histoire, Mirabel apparut dans le patio, vêtue d'un très beau *huipil* confectionné par ses soins. Elle débarrassa nos assiettes, remplit nos verres. Je la regardai disparaître dans la cuisine. Elle posa un gâteau à l'orange devant nous. Elle retourna dans la cuisine d'un pas de danseuse, tandis qu'Elmer qui alimentait la cheminée extérieure restait muet en l'observant. Je me rappelai son expression. Je l'avais connue il n'y avait pas si longtemps, même si le souvenir me semblait remonter à plus de cent ans.

*L'amour.*

## 17

## Quêtes spirituelles

Tous les soirs, je m'asseyais dans le patio avec Leila. Tous les soirs, en tête de table, elle me racontait d'autres anecdotes de La Llorona. Il ne s'agissait pas seulement pour elle de me distraire. Je sentais une urgence dans ses propos.

J'avais l'impression qu'elle avait besoin de partager son histoire avec quelqu'un. J'étais apparemment cette personne.

« Je vais vous parler de Fred, commença un soir Leila. Il venait d'un coin du Middle West. Il vendait des assurances. À part un voyage au Canada, il n'était jamais sorti des États-Unis. Il avait lu un article sur les propriétés potentiellement psychotropes du cacao et avait eu envie d'en faire l'expérience. »

Les Mayas organisaient des cérémonies du cacao depuis des siècles, mais Fred y voyait un moyen de faire du profit.

« Je ne voulais pas être impliquée dans ce projet. Quand j'ai appris ce que Fred manigançait, je l'ai chassé de l'hôtel. Mais quelqu'un du village l'a envoyé sur la côte se procurer du cacao. À son retour, avec quelques centaines de kilos, il a monté son affaire. Il a créé une boisson au cacao en piquant une recette traditionnelle maya, censée posséder le pouvoir d'élargir la conscience. Il s'est fait appeler Federico et se prétendait chaman. Il a inventé pour les voyageurs des cérémonies qui coûtaient une coquette somme. Très vite, les Américains sont venus en masse goûter son breuvage.

— Des touristes, pas des gens d'ici, j'imagine ? »

Elle rit. « À votre avis ? Beaucoup de gens en quête spirituelle viennent ici. Ceux qui fuient leur vie d'avant. Ceux qui cherchent des réponses, sans forcément réfléchir aux questions. *Prenez une boisson et découvrez le secret de l'univers.* »

Federico, le chaman du cacao, avait trouvé une audience auprès des jeunes hippies qui arrivaient nombreux au village tous les hivers. Il avait construit son Temple du Cacao où des gens d'un peu partout venaient participer aux cérémonies et ingurgiter la boisson au cacao du chaman Federico, dont il gardait la recette top secrète. « On aurait pu croire que la communauté indigène serait offensée qu'un Nord-Américain s'approprie leurs anciennes traditions et aussi par la façon dont il les avait altérées pour répondre aux intérêts d'une bande de gringos, mais la plupart des gens du village en étaient simplement amusés. »

Leila prit une bouchée de poisson. « Ceux qui sont nés dans cette culture seront encore là bien après le départ de Federico. Aux dernières nouvelles, il avait acheté un bateau à moteur et apprenait à piloter un avion. »

Les anecdotes de Leila n'étaient pas toutes inquiétantes. Un autre soir, elle me raconta l'histoire d'un bûcheron de la prairie canadienne. Quarante ans, jamais marié, Arthur avait presque toujours vécu dans un camp de bûcherons. Il avait rêvé qu'il trouverait l'amour de sa vie près d'un volcan. Il arriva un jour à La Llorona avec l'espoir que son rêve se réaliserait.

« La semaine de son arrivée, une jeune veuve du village passa vendre du pain à la banane. Cette femme de trente ans vivait dans la maison où elle avait grandi, et s'occupait de ses trois fils et de sa mère. Entre elle et le bûcheron, ce fut le coup de foudre. À présent, ils gèrent une boutique de produits bio de l'autre côté du lac. Ils ont eu quatre autres enfants. Tout le monde est heureux. »

Leila contemplait le lac. Il faisait nuit noire. Je n'avais jamais vu autant d'étoiles.

« Beaucoup d'histoires se sont déroulées à cet endroit. Certaines heureuses, d'autres à vous briser le cœur. Tous ceux que j'ai rencontrés venaient ici poussés par une quête ou une autre. Ils n'ont pas toujours trouvé ce qu'ils cherchaient, mais ils ont en général trouvé ce dont ils avaient besoin. »

Le nom qu'elle avait choisi, La Llorona, était un hommage à une vieille légende d'Amérique centrale. Une femme, qui avait vu son mari dans les bras d'une autre, avait fui, aveuglée par la colère, et avait noyé ses enfants dans la rivière. Regrettant immédiatement son geste, elle s'était elle aussi jetée dans la rivière, mais n'avait pas réussi à les sauver. Depuis, elle vivait au purgatoire, parcourait le monde à la recherche de ses enfants et pleurait toutes les nuits. On l'appelait *La Llorona* – la femme qui pleure.

« Vous pensez peut-être que c'est un drôle de nom pour une destination de vacances, mais je dois être quelqu'un de bizarre », dit Leila.

À cet instant, un bruit semblable à un hurlement s'éleva du lac. « Un héron. Oiseau magnifique, voix épouvantable, expliqua Leila.

— Je n'avais jamais vu autant d'oiseaux que sur la *lancha* en traversant le lac. Des oiseaux dans les arbres, des oiseaux descendant en piqué sur l'eau, plongeant pour attraper des poissons. Des oiseaux partout », dis-je.

(Pas de conures, étrangement. Mais une centaine d'autres espèces, aux couleurs aussi vives que celles que je voyais de ma fenêtre chez moi. Ce qui avait été chez moi.)

« Attendez un peu le matin, quand le chœur démarre. Parfois je me dis que j'aurais dû appeler cette propriété l'hôtel des Oiseaux. »

Les anecdotes de Leila m'occupaient l'esprit. À moi qui fuyais ma propre histoire, elles procuraient un soulagement bienvenu. Tant que Leila parlait et que je l'écoutais, assise près d'elle dans le patio, je parvenais à laisser un moment mon chagrin de côté.

Le même soir, je pendis la robe bleue dans l'armoire artisanale en bois. Le vent était tombé. Le bruit de l'eau léchant les rochers s'était apaisé. La lune éclairait la chambre. Quelques braises rougeoyaient encore dans la cheminée.

« Tous ceux qui viennent ici sont poussés par une quête, m'avait affirmé Leila dans le patio. Vous n'en êtes peut-être pas consciente, mais c'est aussi vrai pour vous.

— Je ne cherche rien en particulier. Je crois que je connais déjà très bien mon histoire.

— Une histoire peut-être. Vous en vivrez d'autres. »

À l'époque, il m'était impossible de l'imaginer, ou de croire que quelque chose pourrait changer la vérité immuable de mes deuils indicibles, quoi que je fasse, où que j'aille, où que je vive. En montant dans le bus vert j'aurais affirmé que je ne voulais qu'une chose, partir. L'idée d'aller ailleurs, là où la vie serait peut-être meilleure ou simplement différente, ne m'était pas venue à l'esprit.

# 18

## Un bon endroit pour disparaître

Outre le décès de mon mari et de mon fils, une autre raison m'avait amenée à croire que je devais disparaître, en sautant d'un pont ou en prenant un bus, et finalement dans un lieu où je me disais que personne ne me retrouverait.

Seule dans mon lit, il m'arrivait pourtant de penser au coup de téléphone que j'avais reçu, dans une autre vie, de ma professeure d'art. Elle m'avait informée que quelqu'un me cherchait et posait des questions. Le FBI peut-être, ou la police. Quand je m'imaginais être convoquée dans un bureau fédéral pour répondre à des questions sur ma mère – et aux nouvelles histoires qui en découleraient, ainsi que tout le reste –, j'avais du mal à respirer. Si Lenny avait été encore en vie, il m'aurait prise dans ses bras. Si Lenny avait été encore en vie, je lui aurais dit la vérité à mon sujet. J'avais raté ma chance.

Je pensais que personne ne me retrouverait là où j'étais maintenant. En montant dans le bus vert, je n'avais révélé à personne qui j'étais ni où j'allais. Je ne le savais pas moi-même.

« On peut recommencer de zéro ici, m'avait dit Leila le premier soir. Pour quelqu'un qui cherche à échapper à sa vie, il n'existe pas de meilleur hôtel que celui-ci. »

# 19

# Est-ce que tu as déjà vu Spiderman ?

Depuis mes six ans, je savais que je ne devais parler à personne de ce qui était arrivé à ma mère. Jusqu'à ma rencontre avec Lenny, j'y parvenais en évitant les amitiés trop proches. Avec Lenny, je vivais au présent. Notre façon de nous parler était vraie, sincère et intime. Je coupais juste tout lien avec le passé et si, au début de notre relation, mon mari tenta de m'en faire dire davantage, il vit bien mon malaise chaque fois qu'il abordait le sujet. Au bout de quelque temps, il laissa tomber.

Maintenant, dans ce lieu déconnecté de tout ce que j'avais connu et de tous ceux qui m'avaient connue, j'éprouvais étonnamment l'envie de parler de mon vécu. Tandis que, dans le patio, Leila me régalait avec l'histoire de sa vie, j'imaginais ce que je ressentirais en racontant la mienne ; pas seulement la partie concernant Lenny et Arlo, mais aussi celle du jour où j'avais appris la mort de ma mère à la télé et tout le reste. Si j'avais grandi avec une mère, plutôt qu'avec une grand-mère qui m'avait répété de ne jamais révéler ce qui s'était passé, j'aurais peut-être connu le sentiment qu'on éprouve en se confiant.

« *Il faut que je vous apprenne quelque chose,*

*aurais-je déclaré à Leila. J'avais un mari, Lenny. Nous avions un fils, Arlo. Ils représentaient tout pour moi. Ils sont morts.*

*— Et le reste de votre famille ? aurait-elle demandé. Votre mère ?* »

Même Leila, une dure à cuire, peu sentimentale et peu disposée à un grand étalage d'émotions, aurait de la peine pour moi. Je ne supporterais pas sa compassion. Pire encore, sa pitié. Mais quelque chose avait changé en moi. Après toutes ces années où je n'avais rien voulu dévoiler, j'aspirais à raconter la vérité à quelqu'un.

Walter, le petit garçon qui m'avait accueillie sur l'embarcadère à mon arrivée, apparut au portail. Est-ce que j'avais entendu parler de la cascade sur la crête ? Est-ce que j'avais envie qu'il m'y emmène ? Je ne la trouverais jamais toute seule, mais pour quelques *garza* et peut-être un taco, il me servirait de guide.

Pendant cette promenade magnifique, Walter, bien que petit pour son âge, se révéla un excellent guide. Il me montra toute sorte de plantes et d'insectes. À un moment, il m'indiqua deux jeunes hommes d'à peine plus de vingt ans, qui brandissaient des machettes. « Très dangereux, dit-il en espagnol d'une voix encore plus grave que d'habitude. Mais ils ne t'embêteront pas tant que je suis là. »

Quand nous fûmes arrivés à la cascade, il me fit explorer une grotte peuplée de chauves-souris. Puis il m'emmena chez une femme qui fabriquait de beaux paniers en roseau, chez un homme aveugle qui taillait dans du bois des lance-pierres en forme de singes et d'iguanes, chez un autre qui préparait une boisson ressemblant à un alcool de contrebande. (Je préférai ne pas y goûter.) En passant devant une *tienda* qui vendait du soda à l'orange, j'en achetai une bouteille pour Walter. Il repéra un caillou particulièrement intéressant et me le donna aussi cérémonieusement que si ç'avait été un bijou.

Mon petit guide ne possédait que quelques mots d'anglais, mais il savait s'en servir. Il me raconta qu'un jour il serait riche. Il épouserait une très belle femme. Ils vivraient dans une maison avec un réfrigérateur et des toilettes à chasse d'eau. Il conduirait une voiture de sport comme dans *Miami Vice*, qu'il avait vu à la télévision dans un bar à gringos au village.

Un curieux rituel s'établit entre Walter et moi. Il me parlait en espagnol. Je répondais en anglais. Je ne comprenais que dix pour cent de ce qu'il me disait, mais je laissais les mots couler en moi. J'imaginais que Walter comprenait encore moins ce que je répondais. Mais je trouvais un réconfort bizarre à parler avec lui. Il me vint une pensée à l'esprit : qu'il n'ait aucune idée de ce que je racontais la plupart du temps constituait plus un avantage qu'un problème.

« Tu as déjà mangé à Pollo Campero ? » me demanda-t-il, en espagnol comme toujours. Pour beaucoup de gens au village, un repas de cette chaîne de fast-foods (je me souvenais du nom à cause de la boîte de ma voisine dans le bus qui m'avait conduite au lac) était considéré comme un festin.

« Je préfère le poisson », répondis-je en anglais. Il comprit que je parlais de *pescado*.

« La capitale du Massachusetts, c'est Augusta, oui ? » me demanda-t-il. Il s'exerçait à nommer les capitales des États.

« C'est celle du Maine. La capitale du Massachusetts est Boston », répondis-je.

« C'est qui ton footballeur préféré ? » me demanda-t-il un jour que nous marchions.

Je tentai de trouver un nom. Je connaissais des joueurs de base-ball, grâce à Lenny bien sûr. Des footballeurs, beaucoup moins.

« Pelé ? » dis-je. Le seul nom que j'avais retenu dans le monde du football.

« Quand tu étais en Amérique, tu as vu Spiderman ? »

J'avouai que non.

Le silence se fit pendant que nous marchions. Je voyais sur son visage qu'il s'efforçait de trouver un nouveau sujet de conversation.

« Pourrais-tu être aimée ? » En anglais cette fois. Je fus tout d'abord décontenancée. Puis je compris qu'il avait entendu ces mots dans la chanson de Bob Marley. « *Don't let them change you or even rearrange you*[1] », poursuivit-il, toujours en anglais. Dans sa bouche, cela ressemblait plutôt à *done lettemchangoo orevenrearangoo.*

*Could you be loved and be loved*[2] *?* Il ne savait probablement pas ce que cela signifiait. Il aimait simplement la chanson.

« Là d'où tu viens, ils sont comment tes volcans ? »

Comment expliquer qu'il n'y en avait pas ? J'aurais tout aussi bien pu lui dire qu'il n'y avait pas de ciel, pas d'air.

1. « Ne les laisse pas te changer ou même te réarranger. »
2. « Pourrais-tu être aimée et être aimée ? »

Avec Walter, je ne ressentais jamais la nécessité de combler le silence en parlant de tout ou de rien. Nous suivions la route en terre menant au village – j'avais promis à Maria d'acheter des légumes au marché – et j'éprouvais le besoin de dire quelque chose de réel et de vrai. De toute façon, Walter ne comprendrait pas. Sa présence offrait le confort d'un confessionnal.

« J'étais si triste avant de venir ici que je voulais mourir. » La route était poussiéreuse. Les abeilles nous tournaient autour, butinaient les fleurs sauvages. Walter ne quittait pas la route des yeux, cherchant à repérer les banditos contre qui il était prêt à me défendre si nécessaire.

« J'étais sur le point de sauter d'un pont », dis-je à voix basse. Pourtant, personne ne pouvait m'entendre. Pourtant, personne ne comprendrait. « Je suis contente de ne pas l'avoir fait. »

Walter ne dit rien. Il avait trouvé un emballage de barre chocolatée par terre. Il ramassa la partie brillante et la fourra dans la poche de son pantalon trop grand. Personne ne parla pendant une minute.

« Tu connais la multiplication ? » demanda-t-il. Son peu d'assiduité à l'école, à cause de ses responsabilités de guide, ne l'avait guère aidé à comprendre l'arithmétique. « Je ne sais pas comment faire.

— Asseyons-nous. Je vais t'aider. »

Nous avons fait une pile de petits cailloux. Je l'ai divisée en trois groupes de trois.

« Trois fois trois, ai-je dit en rassemblant les petits groupes. Compte-les maintenant. »

*Uno. Dos. Tres. Cuatro...*

« C'est ça la multiplication. Mon fils Arlo était en train d'apprendre à compter.

— Arlo », répéta Walter. Si loin de chez moi, si

longtemps que je n'avais pas tenu mon fils dans mes bras. Cela faisait du bien de prononcer son nom.

« *Dónde está Arlo ?* me demanda Walter.

— *Muerte.* » Je le dis en espagnol. Walter changea d'expression.

Il me prit la main.

Nous marchions tous deux sur le chemin. La petite silhouette de Walter bondissait dans la poussière. Il coupait les broussailles basses pour nettoyer la route devant moi. Son pantalon était retenu par un bout de corde et sa chemise déchirée. Il marchait pieds nus. Je lui avais acheté des baskets, mais il me dit qu'il les avait mises de côté pour ne pas les salir.

Je pourrais aimer cet enfant. Mais je ne me le permettrai pas.

## 20

## Données démographiques improbables

Quand Leila était arrivée à La Esperanza, directement de Paris en compagnie d'une star de cinéma, avec ce qu'il lui restait de son prix du Pillsbury Bake-off, le village ne comptait guère plus qu'une *tienda*, une église catholique, quelques champs de café et de petites parcelles familiales de maïs éparpillées à flanc de colline. Il y avait aussi un hôtel d'une seule chambre au matelas affaissé, avec salle de bains dans le couloir, et un coq qui se mettait à chanter tous les matins devant la fenêtre juste avant 5 heures. Elle y avait brièvement séjourné avec Marlon Brando.

Elle n'avait pas eu le cœur brisé quand la star de cinéma en question s'était envolée pour une île du Pacifique Sud trois jours plus tard. Ces trois jours avaient suffi à Leila : elle était certaine de vouloir acheter un terrain là, elle était certaine qu'elle allait y passer sa vie.

Elle avait vendu la bague en diamant de Marlon Brando chez un prêteur sur gages de San Felipe, peu après son arrivée. Le prix qu'elle en avait obtenu devait être bien inférieur à sa valeur réelle, mais l'argent lui avait permis d'acheter un peu plus d'un hectare de terrain exceptionnel au bord du lac, en face du volcan, mais aussi de faire construire une maison en adobe très simple avec une chambre pour elle, une autre pour Maria et Luis, le couple qu'elle avait engagé, et deux supplémentaires qu'elle louait aux voyageurs. En une année, le revenu de ces chambres lui avait permis d'agrandir la propriété.

Cinq ans plus tard, avec l'aide d'hommes du village supervisés par Luis, elle avait construit un bâtiment plus grand et bien plus beau qui était devenu l'hôtel. En même temps, Luis et son équipe avaient monté des murets et des marches en pierre qui serpentaient dans la propriété, tandis que Leila remplissait les jardins de boutures prises dans d'autres jardins. Puis il y avait eu les tonnelles garnies de roses, le bassin aux nénuphars, le sauna, la cascade. Et les clients étaient arrivés.

Durant ses premières années à La Esperanza, Leila faisait partie d'une poignée d'étrangers vivant autour du lac. À l'époque, le village ne comptait pas plus de quelques centaines de familles indigènes qui conservaient fièrement les anciennes traditions mayas, y compris une langue différente de l'espagnol, une économie en grande partie agricole associée à un peu de pêche, et des liens familiaux si étroits que les parents passaient toute leur vie avec leurs enfants et plus tard leurs petits-enfants, souvent dans une construction en adobe de deux pièces, sans électricité ni eau courante.

Les habitants de La Esperanza vivaient de peu. Ils ne considéraient pas leur existence en termes de réussite sociale ou de richesse matérielle, mais en fonction du bien-être de leur famille – les enfants, les anciens. Ils se demandaient rarement, voire jamais, s'ils étaient heureux. Des questions plus importantes se posaient à eux. La récolte serait-elle bonne ? Les ouragans les épargneraient-ils ? Parviendraient-ils à nourrir leur famille ? Dieu leur accorderait-Il de vivre encore une année et, si oui, une année de plus ?

Leila avait choisi ce monde. Mais il avait changé, à cause des étrangers débarqués avec leur argent et leurs ambitions, leurs projets de construction et de commerces destinés à faire venir encore plus d'étrangers : bars à smoothies, pizzas cuites au feu de bois, centres de soins, retraites de yoga.

Quelques années après Leila, d'autres commencèrent à affluer des États-Unis, de France, d'Allemagne, de Suisse, d'Amérique du Sud, des Pays-Bas, d'Angleterre, du Canada. Ils étaient jeunes ou d'âge mûr, certains étaient mariés, la plupart non, aucun n'était riche, même si de rares personnes l'avaient été avant d'avoir tout perdu. Chacun arrivait indépendamment des autres, chacun avec son histoire, mais toutes avaient pour thème le désir de laisser derrière soi le passé et de tout recommencer de zéro. Tous tombaient amoureux de la beauté du village. Et dès qu'ils étaient installés, ils s'attelaient à le transformer.

Ils créaient des commerces – restaurants, auberges – qui dépendaient de la présence de voyageurs, en particulier des jeunes hippies dont le nombre se multipliait de façon spectaculaire.

En montant leur affaire, ils étaient persuadés qu'ils trouveraient une clientèle. Les voyageurs commencèrent à arriver. Le mot se répandit dans le circuit hippie, la route empruntée chaque année par quelques milliers de jeunes gens, à la recherche de régions peu chères où il faisait beau, avec un accès facile à la musique et à la drogue, et où ils rencontreraient d'autres jeunes comme eux. On trouvait tout cela à

La Esperanza. Une autre vague déferla, composée d'individus en quête de sagesse new age.

Le village s'agrandit rapidement. D'autres gringos affluèrent. La communauté indigène – les jeunes du moins, nouvellement exposés à la façon de vivre de ces arrivants, à leur besoin d'endroits où dormir et où manger, à leur désir d'acheter, et nouvellement exposés à des versions revisitées de leurs coutumes anciennes pour les touristes – s'adapta pour les servir.

En même temps, la vieille garde des gringos, dont Leila faisait partie, restait en retrait avec nostalgie et résignation, et observait ce qu'était devenu leur petit paradis en quelques années. Ils n'étaient plus jeunes : la quarantaine, la cinquantaine ou, comme Leila, plus âgés. Les nouveaux expatriés colonisateurs étaient apparus telle une bouffée de fumée, aussi insensibles qu'une nuée de sauterelles, sans tenir compte de l'endroit ni des gens qui y vivaient depuis des siècles. Quelques-uns repartaient assez vite. D'autres restaient et accrochaient leurs enseignes de guérisseurs, bijoutiers, fabricants de flûtes, de tambours et de vêtements teints au nœud pour la nouvelle vague de touristes qui descendait du bateau. Peu d'entre eux se donnaient la peine d'apprendre l'espagnol.

En dépit de la variété d'histoires, on retrouvait facilement un élément commun dans cet assortiment improbable et hétéroclite d'étrangers ayant choisi de faire de La Esperanza leur résidence au début de ce que je considérais comme l'Invasion des Gringos – hommes et femmes, plus tout jeunes, venus de France et d'Allemagne, de Suisse, de République tchèque, du Brésil et bien sûr des États-Unis. À quelques rares exceptions près, tous fuyaient leur passé et tentaient d'écrire un nouveau chapitre de leur vie. La plupart ne disaient pas grand-chose, sinon rien, de qui ils étaient ou de ce qu'ils avaient fait dans leur pays d'origine. Ce qui avait eu lieu auparavant n'avait plus d'importance.

La femme la plus puissante de la vieille garde, Andromeda, avait fondé un centre de méditation. Elle proposait une formation d'un mois, « Sanacion Espiritual », censée changer la vie, laquelle avait été suivie au cours des années par quelques milliers de voyageurs en quête d'eux-mêmes. Le centre occupait une large surface, qui s'étendait du lac jusqu'à la moitié du chemin menant au cœur du village.

La maison d'Andromeda, située à l'extrémité du terrain avec vue sur le lac, était entourée de deux douzaines de petites structures pyramidales, juste assez grandes pour accueillir un matelas et une bougie, juste assez hautes pour qu'une personne se tienne debout en son milieu et nulle part ailleurs. Elles hébergeaient les participants aux formations proposées par le centre. Ceux-ci se réunissaient surtout dans le parc, qui abritait un jardin de plantes aromatiques et un temple de méditation. Le défi consistant à fournir des repas était significativement atténué, car la plupart des participants jeûnaient ou se limitaient à des fruits secs et des tranches de papaye.

Katerina faisait partie des anciens colons. À l'époque où elle vivait en Californie, elle s'appelait Kathy, mais comme beaucoup de ceux qui s'étaient installés à La Esperanza elle avait choisi un nouveau nom, plus conforme à sa vie dans cet endroit.

Kathy était arrivée au village pendant les années soixante-dix. À presque soixante ans maintenant – longues nattes grises, sandales aux pieds –, elle était restée fidèle aux opinions politiques de sa jeunesse, passée sur les bancs de l'université.

Katerina avait monté une petite affaire qui exportait des sacs tissés aux États-Unis. Ils s'étaient très bien vendus aux concerts des Grateful Dead, à leurs heures de gloire.

Katerina gérait son affaire d'export sans but lucratif. Les recettes finançaient une cuisine au village qui proposait des repas gratuits à ceux qui en avaient besoin. À côté, elle écrivait des chansons qu'elle jouait à la guitare et dont les paroles (en anglais ou en espagnol rudimentaire) portaient en général sur la destruction de l'environnement, la noblesse et les souffrances du peuple maya, l'importance de l'amour et l'horreur de la guerre. Une chanson sur l'Equal Rights Amendment et une autre sur Leonard Peltier figuraient encore à son répertoire.

Et puis il y avait Wade. Le bruit courait que, dans sa vie d'avant, Wade avait été un avocat de Chicago très bien payé, jusqu'à ce qu'il ait des ennuis avec la loi.

Wade avait construit un bâtiment sur un chemin en pente raide à quelque huit cents mètres du village. La construction ressemblait à un grand temple avec à l'avant une fontaine et une statue de femme nue qui à l'évidence n'avait pas été récupérée dans une église ou une cathédrale du XVIe siècle.

Au restaurant de Wade, El Buffo, on mangeait du lapin rôti. Les lapins n'étaient pas seulement sur le menu, ils constituaient le principal élément décoratif de la salle. Sur les quatre murs s'alignaient de petites cages en bois, abritant chacune un lapin. Certains, très gros, allaient passer à la casserole prochainement. D'autres étaient encore petits, mais leur avenir aussi semblait sans équivoque.

Même pour quelqu'un qui n'était pas végétarien comme Katerina, c'était un spectacle dérangeant.

Une soirée à El Buffo obligeait les clients à se retrouver face au lien entre décor et dîner.

Il y avait aussi Il Piacere, dont la propriétaire, Rosella, possédait le style et le don – qui manquaient au patron d'El Buffo – de créer un cadre magique pour un repas.

Rosella devait être la plus belle femme parmi les gringos du village. Elle était arrivée après avoir mis fin à un mauvais mariage en Italie.

Si on avait dépouillé le restaurant de Rosella de toutes ses touches décoratives, il aurait semblé quelconque, mais grâce à elle c'était un joyau. Rosella avait rempli le jardin de statues religieuses sauvées des églises détruites par le tremblement de terre de 1978 et auparavant, ainsi que de lampes à gaz et de tables basses en bois nichées dans une forêt de fougères géantes. De petites ampoules blanches et des clochettes encore plus petites étaient accrochées aux arbres. Au milieu du jardin, un feu de bois rougeoyait dans un ancien poêle en fer forgé.

Rosella adorait l'opéra italien et ne passait dans son restaurant que des enregistrements de Franco Corelli, Enrico Caruso, Leontyne Price et de sa préférée, Maria Callas. Sa sélection musicale avait dû décourager les jeunes hippies de fréquenter l'endroit. C'était très probablement ce que Rosella avait en tête.

## 21

## Ce n'est que de l'argent

En dépit de tout ce que Leila me racontait au cours de nos soirées dans le patio, elle restait vague sur la façon dont elle payait les dépenses. Chaque fois que je soulevais la question de ce que je lui devais pour ma chambre, elle faisait un geste de la main et ses bracelets d'argent cliquetaient. « Ce n'est pas le moment d'en parler. On verra plus tard », me répondait-elle.

À une époque, La Llorona était un hôtel florissant. L'auteure d'un guide de voyages en Amérique centrale lui avait consacré une pleine page. « Expérience inoubliable. Cinq étoiles », avait-elle écrit.

Quelques années après son ouverture, les chambres de l'hôtel étaient réservées des mois à l'avance. Leila consacrait surtout son énergie au jardin et à l'acquisition d'objets et de textiles magnifiques pour décorer la maison : reliques anciennes de saints et vierges provenant de vieilles églises, sculptures en bois et en pierre, dessins, calebasses montées en lustres, fauteuil à bascule en rotin, marimba. Maria régnait sur la cuisine, préparait des repas qu'elle disposait comme des œuvres d'art sur les assiettes en céramique peintes à la main de Leila.

Lors des soirées dans le patio ou quand nous allions

ensemble au marché les après-midi, Leila me parlait de cette époque : les tables miroitaient à la lumière des bougies tandis que les convives conversaient et trinquaient sous les étoiles en admirant les feux d'artifice que les villageois tiraient à la naissance d'un bébé, de l'autre côté du lac. Un soir, un couple de clients, danseurs de tango, s'était produit sur le ponton. Une autre fois, un violoniste et sa femme flûtiste avaient dormi à l'hôtel et joué pour les clients en guise de paiement de leur chambre. La musique s'était envolée sur l'eau. À la fin, on avait entendu des applaudissements et des acclamations en provenance des maisons voisines autour du lac.

« Si le paradis a jamais existé, j'ai l'impression que nous l'avions créé ici, me dit Leila.

— Qu'est-ce qui a changé ?

— Oh, eh bien, je n'aime pas m'attarder là-dessus. Un homme – un étranger, pas quelqu'un d'ici – travaillait beaucoup pour moi. Je lui faisais confiance. On peut penser que j'étais idiote, et on n'aurait pas tort. Je n'ai jamais fait très attention au grand livre de comptes. Il s'avéra qu'il m'escroquait. Je n'en ai jamais parlé à Maria et Luis, sinon Luis l'aurait certainement attaqué avec sa machette.

« Mon mauvais jugement m'a laissé une montagne de dettes. C'est alors que tout a commencé à dégringoler.

« Mais ce n'est que de l'argent. »

Leila avançait l'hypothèse qu'elle s'était laissé flouer ainsi parce qu'elle se sentait coupable de posséder une si belle et si grande propriété, tellement plus prestigieuse que toute autre au village. Elle comprenait les contradictions et l'équilibre fragile entre bienfaisance et exploitation. Elle était riche dans un village où les habitants avaient du mal à nourrir leur famille et, si elle donnait du travail à beaucoup d'entre eux, elle avait conscience qu'aux yeux de certains le monde qu'elle avait construit entre les murs de La Llorona paraissait complètement hors de portée.

La présence de gringos, si elle avait créé une industrie touristique, avait également déséquilibré la culture locale. Des Américains achetaient des terrains à des prix qui semblaient astronomiques à la communauté indigène. Une fois l'argent dépensé, la réalité de la vente d'une propriété dans la famille depuis des générations se faisait sentir. La génération suivante n'héritait plus d'une terre où construire une maison pour sa famille et cultiver.

« Je m'efforce de faire plus de bien que de mal, dit Leila. Mais l'idée ne m'a pas échappé que les habitants de La Esperanza auraient été moins pauvres si aucun de nous ne s'était établi ici. »

Mirabel apparut, une cruche en verre soufflé à la main, remplie d'une boisson de papaye mixée avec du gingembre, de la menthe, des citrons verts et de la citronnelle. Un peu plus loin, Elmer arrosait les rosiers. Il se redressa, comme chaque fois qu'il apercevait Mirabel. Il resta immobile, tandis que l'eau coulait du tuyau et formait une mare à ses pieds, une expression de pure adoration dans les yeux.

Leila, me voyant l'observer, hocha la tête. « Ce gamin est amoureux de Mirabel depuis qu'il a commencé à travailler ici. Il a tout de suite dit à ses parents qu'il l'épouserait un jour. »

Leila continuait à employer Mirabel dans un hôtel où ne séjournait qu'une seule cliente, et cela ne rimait à rien. Mais, d'un point de vue strictement financier, une grande partie des agissements de Leila n'avaient guère de sens.

« Comment pourrais-je me séparer de Mirabel ? » dit Leila, comme si elle lisait dans mon esprit. Elle but la dernière goutte de son verre et en lécha le bord. « Elle subvient aux besoins de ses jeunes frères et sœurs. Elle compte sur ce travail. Sans oublier que cette fille est une enchanteresse. »

Une chose était sûre : Mirabel envoûtait Elmer. Lorsqu'elle passait cueillir des herbes aromatiques ou des fleurs pour la table et qu'il travaillait au jardin, il paraissait tout oublier sauf elle.

## 22

## Les banquiers viennent frapper à la porte

À la fin de ma deuxième semaine à La Llorona, j'avais compris deux choses. D'abord que je me trouvais dans un endroit d'une extraordinaire beauté – une beauté déchirante, pourrait-on dire. Déchirante parce que l'ensemble se détériorait inexorablement. Partout où je posais le regard, j'étais frappée par sa magie. Et sa décrépitude. Cette décrépitude me permettait de m'y sentir à l'aise. Sans l'impression que des événements pénibles s'étaient produits là, que les choses étaient loin d'être faciles, je n'aurais pas pu envisager y avoir ma place.

Même si je ne parlais jamais de mes deuils, je savais par mes conversations avec Leila – et, autant que le permettait mon espagnol, avec Maria – que rares étaient les gens d'ici qui n'avaient pas perdu un enfant ou un compagnon. Ils les pleuraient tous autant que moi, mais différemment. À La Esperanza, la mort faisait partie de la vie. Quand les clients disaient « À bientôt » à Maria ou Luis en quittant l'hôtel, ceux-ci répondaient toujours : « *Si Dios me concede un otro año de vida.* » Si Dieu m'accorde encore une année de vie. Un bébé en bonne santé un jour pouvait mourir d'une infection une semaine plus tard. Un rocher pouvait se détacher de la montagne et vous écraser. Une rafale de vent pouvait renverser le *cayuco* d'un pêcheur et l'envoyer au fond du lac. Même les plus jeunes du village ne tenaient rien pour acquis.

La seconde chose que je remarquai au cours des premiers jours suivant mon arrivée à La Llorona était plus dure. Malgré sa grande énergie apparente – sa façon de monter et descendre les marches en pierre éboulées sans ralentir l'allure, son choix minutieux du meilleur poisson au marché, ses arrangements parfaits de fleurs, de pierres, de carillons, de bougies –, Leila était fatiguée. En dehors de l'argent nécessaire à l'entretien d'une telle propriété, argent que Leila n'avait pas, cette tâche nécessitait de grandes réserves d'énergie, de force et de dévouement. Si le dévouement de mon hôtesse pour ce lieu était évident, son énergie et sa force n'étaient plus ce qu'elles avaient été.

« Luis et Maria vieillissent aussi. Et Elmer et Mirabel sont encore si jeunes. Nous ne pouvons plus tout entretenir. »

Un jour, dans la cuisine, je vis Leila penchée sur le plan de travail, la tête baissée, une main sur les yeux, comme si la perspective d'écouter une personne de plus l'interroger sur la randonnée jusqu'au volcan ou lui demander s'il était possible de manger sans risque les tomates d'ici était plus qu'elle n'en pouvait supporter. Parfois, et elle ne s'en rendait pas compte, je l'apercevais enfoncée dans son fauteuil, yeux clos, mâchoire pendante, soudain elle avait l'air d'une vieille femme.

Et puis se posait le problème de l'argent. La semaine de mon arrivée, j'étais la seule cliente de l'hôtel, ainsi que la semaine suivante. Selon mes constatations, c'était le taux d'occupation standard à La Llorona.

Mirabel ne cessait de laver les draps et de les étendre, mais à part moi personne ne dormait dedans. Luis continuait à allumer un feu au salon et Maria à servir des repas délicieux sur une table mise à la perfection par Mirabel et éclairée aux bougies, mais nous étions les seules à les consommer.

Un jour que j'étais dans le patio, j'entendis Maria et Luis parler dans la cuisine. « Le type de la banque s'est encore présenté devant le portail, dit Maria. C'est la troisième fois cette semaine. Je lui ai dit que la señora n'était pas là.

— Il va revenir, déclara Luis.

— On le renverra de nouveau. »

# 23

## Des problèmes de santé et un sac pour les pommes de terre

Plus d'une fois, quand Leila faisait une pause pour reprendre son souffle au milieu d'une tâche – à la cuisine, au jardin ou en montant les marches jusqu'au portail –, je remarquai l'air inquiet de Maria.

« Je me fais du souci pour Leila, lui confiai-je.

— Luis et moi avons souvent essayé de convaincre la señora de voir un médecin. Elle ne veut pas. »

Tous les après-midi, j'accompagnais Leila au marché du village pour chercher les légumes du dîner. Lors d'une de ces promenades, j'achetai un sac fait au crochet à un vieil homme, installé tous les jours sur une pierre sous le ceiba géant de la place, qui travaillait à son crochet. Mon sac m'avait coûté quelques centaines de *garza*, plus que ce que demandaient certains marchands pour un petit tapis tissé ou une jupe faite main, mais il m'avait paru insolite et plus encore l'homme qui me le vendit.

« Vous avez fait un bon choix », me dit Leila en palpant le travail au crochet.

Chaque fois que nous nous rendions au village, Leila prenait soin de m'instruire. On appelait ces sacs des *morales*, m'expliqua-t-elle. Ils étaient réalisés en fibre d'agave, un art en voie de disparition.

« Tant de choses que j'aime ici se perdent », dit-elle en secouant la tête.

Seuls les vieux du village savaient encore faire un *morale* selon les règles. Un processus long et lent. Mais il en valait la peine.

Israel, le vendeur du sac en agave, était l'un des derniers à connaître cet art. On le voyait dehors près des rochers, au bord du lac, presque tous les matins. D'abord, il coupait une feuille d'agave, une feuille longue comme un sabre et presque aussi tranchante. Il la posait sur un rocher et, avec une grosse pierre, il l'écrasait de sorte que lentement, très lentement, les fibres de la plante se détachaient de la pulpe, et il obtenait un écheveau de fibres très longues et très résistantes, plus résistantes que n'importe quelle ficelle achetée en magasin.

Le vieil homme n'avait pas encore terminé. Il devait laisser tremper les fibres d'agave dans l'eau du lac au moins une semaine. Puis les sécher. Puis les tresser pour les réunir. Alors seulement il pouvait commencer à fabriquer un sac comme celui dont je me servais maintenant pour transporter mes achats quotidiens : fait au crochet avec une large bandoulière en cuir. J'y mettais surtout des légumes et parfois une bouteille de vin chilien bon marché, même si Leila ne pensait pas grand bien de ce qu'on vendait aux étals du village. J'aurais pu porter des pierres dans ce sac, les fibres tissées n'auraient pas cédé.

« Vous pourrez rapporter des pommes de terre du marché dans ce sac pendant cinquante ans », m'affirma Leila.

## 24

## Un serpent au jardin

Un phénomène se produisait invariablement quand on se rendait à Lago La Paz la première fois. « Comme les premiers jours d'une histoire d'amour. On ne remarque que la beauté. Les oiseaux, les fleurs, les insectes », m'expliqua Leila.

Je ressentais moi-même ce phénomène, tel un sort magique jeté sur la propriété, aussi enivrant qu'une fleur qui éclot la nuit. Et pas seulement sur la propriété où était situé l'hôtel, mais dans tout le village de La Esperanza : le rire des enfants le long du chemin, les petites filles qui ramassaient du bois pour le fourneau familial, les garçons qui faisaient rouler leur cerceau comme au siècle précédent. Les visages ridés des vieilles femmes qui vendaient du pain à la banane et les jeunes femmes en *traje* brodé de couleurs vives et sandales en plastique (même sur le terrain de basket), leur ceinture en perles serrée autour de leur taille étroite, leurs cheveux aussi brillants que du cuir verni. Et les bébés, bien sûr. Toujours eux. Une fille portait sa ceinture bien ajustée et l'année suivante plus lâche, un châle enroulé autour d'elle (devant si elle allaitait, derrière pour marcher), et on n'apercevait qu'une touffe de cheveux ou même rien du tout. Les bébés que mettaient au monde les jeunes femmes du village étaient les plus irrésistibles de tous.

De tous, sauf celui à qui j'avais donné naissance.

« Tout est tellement beau. Au début », reprit Leila.

Plus tard, ajouta-t-elle, les coutures semblaient se relâcher. Tout ce qui vous avait fait tomber amoureux de cet endroit était réel, mais vous commenciez à remarquer le reste. Quand vous en arriviez là – et cela aussi ressemblait à une histoire d'amour –, vous étiez trop engagé pour faire demi-tour.

À peine quelques jours après mon arrivée à La Esperanza, j'étais moi-même dans la phase amoureuse. Je ne m'y étais pas attendue. Je n'avais pas envisagé, en montant dans le bus à San Francisco, que je pourrais encore m'intéresser véritablement à ce qui m'arrivait, j'avais cru faire simplement une pause.

Tant de choses méritaient mon amour. Pas seulement les oiseaux devant ma fenêtre tous les matins et, de nouveau, au coucher du soleil, quand des vols entiers s'élançaient à la surface de l'eau pour rejoindre l'endroit où ils nichaient la nuit. Il y avait le lever du jour et, tout aussi magnifique, le coucher du soleil suivi d'un ciel étoilé, la première bouchée d'une mangue cueillie sur l'arbre, le murmure des voix des pêcheurs dans leur *cayuco* aux premières lueurs, les feuilles de *tul* enroulées autour des crabes encore vivants pour les empêcher de s'échapper ou de pincer. Il existait même un mot dans la langue d'ici pour désigner ce moment particulier, juste après le premier rayon du soleil au-dessus du volcan, mais avant que la lumière ne se répande sur la terre. *Madrugada*. Trouvait-on un autre endroit sur terre où les habitants avaient nommé un angle particulier de la lumière matinale ?

« Je n'aurais jamais pensé qu'il existait un tel lieu. Aussi paisible. Aussi sûr », dis-je à Leila.

Pour la première fois depuis la mort de mon mari et de mon fils, je dormais d'une traite. Les rêves où Arlo m'appelait ne hantaient plus mes nuits.

« J'adore cette vie simple », poursuivis-je. Elle leva la tête vers le ciel nocturne, comme si elle réfléchissait à une réponse.

« Je suis heureuse que vous ayez trouvé un peu de répit, dit-elle. Mais la vie à La Esperanza n'est sans doute pas aussi simple que vous le pensez. Il vaut mieux que vous le sachiez dès le début.

« Vous vous souvenez de l'histoire du jardin d'Eden ? Tout paradis a ses serpents. »

# 25

# Scorpions

Le soir, au cours d'un dîner de poulet à la sauce *mole* et de légumes poêlés, Leila me parla du plus récent visiteur de l'hôtel, un certain Carl Edgar, de Dallas.

« J'aurais dû me rendre compte tout de suite en entendant son nom qu'il n'était pas mon genre de client. Il avait fait retenir une chambre par sa secrétaire et il voulait arriver en voiture particulière. »

Leila avait une idée bien arrêtée sur la façon dont on devait se rendre à La Esperanza. En bateau. À la grande époque, les *lancheros* déposaient les clients sur un ponton devant l'hôtel. Les pieux qui soutenaient ce ponton avaient fini par pourrir au point que Luis dut le démolir. Il fallait maintenant faire descendre les gens qui venaient à La Llorona à l'embarcadère du village, où de jeunes garçons, dont mon ami Walter, le plus enthousiaste de tous, les accompagnaient à pied en portant leurs valises jusqu'à l'hôtel. Ce système leur permettait de gagner quelques sous, ce qui était sans doute ce que souhaitait Leila.

Carl Edgar arriva en Land Rover noire. Quand Leila le reçut devant le portail, il portait un costume et un attaché-case. Il avait sorti son appareil et prenait des photos, mais pas des plantes, des arbres ou des oiseaux. Il était apparemment intéressé par le chemin et les lignes électriques. Sa première question fut : « Est-ce que vous recevez la télévision ? »

Leila n'était pas encore au bas des marches qu'elle regrettait d'avoir accepté la réservation de Carl Edgar. Peu importait qu'à son arrivée l'hôtel n'ait hébergé aucun autre client ou qu'il n'y eût aucune réservation depuis cinq semaines. Leila ne voulait pas de Carl Edgar dans sa propriété. Elle ne voulait pas le voir manger les repas de Maria. Elle ne voulait pas qu'il dorme dans la chambre du Jaguar ni dans aucune autre chambre de La Llorona. Leila ne voulait pas respirer le même air que Carl Edgar.

« Vous avez un sacré domaine. L'entretenir ne doit pas être facile pour une femme seule », dit-il.

Elle lui montra sa chambre. Elle espérait que leurs relations s'arrêteraient là, mais Carl Edgar voulait aborder un sujet avec elle. « Je suis venu vous faire une proposition. Je pense qu'elle vous paraîtra très intéressante. »

Carl Edgar n'intéressait nullement Leila et elle doutait beaucoup de changer d'opinion au cours d'une éventuelle discussion. Mais elle s'assit avec lui sur la terrasse, tout comme j'étais assise avec elle tandis qu'elle me racontait cette histoire. Elle remplit de nouveau mon verre de vin avant de commencer. À cet instant, un vol de colombes se rassembla en demi-cercle autour de nous, comme si elles voulaient aussi écouter.

Carl Edgar désirait acheter la propriété. Avec l'instinct d'un vautour, il avait reniflé l'odeur des problèmes. Pour lui, la beauté créée partout par Leila n'avait aucune importance. Il ne voyait qu'un hôtel en mauvaise posture, des comptes qui allaient bientôt mener sa propriétaire à la faillite. Le moment était venu d'attaquer.

Leila comprit tout de suite, bien sûr. Elle n'avait pas l'intention de laisser ce type détruire ce qu'elle avait passé quatre décennies à créer.

Tous deux s'assirent exactement à l'heure que Leila considérait comme la plus belle de la journée, quand le soleil déclinait sur l'horizon, que le lac brillait d'un éclat doré et que les pêcheurs ramaient vers le rivage avec leurs prises du jour. Carl Edgar ne semblait rien remarquer, même s'il avait repris son appareil et photographiait le toit qui, comme tout le reste de la propriété, avait besoin de réparations. Le chaume cédait à de nombreux endroits et il fallait placer des seaux dessous pendant la saison des pluies.

« Je représente une importante société hôtelière du Texas. » (Il donna son nom qu'elle préféra oublier aussi vite qu'il l'avait prononcé. Je l'appellerai G. B., pour Gros Bonnets.)

Depuis dix-huit mois, la société pour laquelle il travaillait en tant que cadre avait mené une étude approfondie sur Lago La Paz et en particulier sur le village de La Esperanza.

Pour le dire en termes profanes, sa société mettait en valeur de nouvelles destinations pour un marché touristique haut de gamme afin de répondre aux besoins d'une population qui n'avait pas encore l'âge de la retraite mais commençait à y songer. À cette fin, G. B. cherchait à acheter un terrain qui deviendrait le site d'un lotissement luxueux pour riches retraités à la recherche d'une propriété exclusive et prestigieuse.

« Il y a bien Cancún et Acapulco, poursuivit-il. Le Costa Rica, naturellement. Les Caraïbes. Le problème, c'est que ces destinations sont complètement saturées.

On ne trouve plus de bons terrains, même pour notre clientèle, les gens qui ont les moyens. Si un couple fortuné veut faire construire au Costa Rica de nos jours, il devra se rabattre sur du deuxième, voire du troisième choix.

« Mais le pire, c'est la bureaucratie. Le gouvernement nous tient par les *cojones* – passez-moi l'expression. Il y a cinq ans, au Costa Rica, nous avons tenté de construire un petit lotissement de cinquante unités et, permettez-moi de vous dire, après tout ce temps, avec cinq avocats sur l'affaire, que nous sommes encore complètement coincés par l'obtention de permis et les exigences environnementales. Une hémorragie financière. *Une hémorragie.*

« Ce site possède tout ce qu'il faut : une vue superbe, zéro exploitation existante. Pas de résistance organisée. Réglementations gouvernementales minimales et rien qui ne puisse être résolu par quelques pots-de-vin dans les bonnes mains.

« Pas de golf, malheureusement. Le terrain est un peu accidenté. Quelques bulldozers et nous arrangerons ça.

— Qu'est-ce que vous dites ? lui demanda Leila.

— Nous sommes prêts à faire une offre très généreuse pour votre propriété. J'ai les documents dans mon attaché-case. » Il le tapota, comme certaines personnes pas spécialement intéressées par les enfants ou les animaux tapoteraient un bébé ou un chien.

« Mon hôtel n'est pas à vendre », répondit Leila.

Leila me raconta qu'à ce moment-là le sourire de Carl Edgar disparut. Il se mit à ressembler à un iguane. « L'affaire n'est peut-être pas entre vos mains. Il y a le problème de l'emprunt à la banque. Il semblerait que vos remboursements présentent un retard significatif. »

J'étais étonnée d'entendre Leila, que je connaissais depuis peu, me raconter les problèmes financiers liés à sa propriété. Peut-être était-ce le vin qui l'y poussait. Ou alors elle avait besoin d'en parler à quelqu'un et qui d'autre y avait-il ? Bien que séjournant à l'hôtel depuis quelques semaines seulement, j'avais compris qu'elle avait choisi de faire de moi une sorte de confidente et la dépositaire de toutes sortes d'informations sur le lieu.

C'était vrai, dit-elle. Quelques années auparavant, à un moment de grande tension financière, elle avait contracté un emprunt hypothécaire important sur sa propriété. Elle était si désespérée qu'elle n'avait pas réellement prêté attention aux conditions, mais le taux d'intérêt s'était révélé astronomique. La banque se réservait le droit de saisir le bien à tout moment et l'en avait menacée. Comme par hasard, la société de Carl Edgar était actionnaire de la banque.

« Je ne veux ruiner la vie de personne. Demain à cette heure-ci, vous pouvez avoir réglé vos dettes et posséder assez d'argent pour vous acheter un joli petit appartement quelque part. Détendez-vous. »

Il continua à parler, mais elle ne l'écoutait pas vraiment. Projet d'un aérodrome privé, une seule piste pour commencer, jusqu'au passage à la Phase Deux : le club de tennis. Par la suite, une clinique de chirurgie esthétique à des prix bien au-dessous de ceux qui se pratiquaient plus au nord. La société lorgnait sur d'autres propriétés attenantes, suffisamment éloignées du village pour éviter à la clientèle la promiscuité des indigènes, mais cet endroit – il fit de nouveau un geste du bras, cette fois encore plus ample –, cet endroit était au centre du projet.

Il lui fallait poser la question, même si elle connaissait

la réponse. Qu'est-ce que Carl Edgar proposait de faire de la structure existante de son hôtel ? La terrasse. Les jardins. Les orchidées. Le verger d'agrumes. Et des employés qui travaillaient pour elle ?

Il afficha un air peiné, un court instant seulement. « Écoutez. Il va sans dire que vous vous êtes aménagé un petit coin fabuleux. Mais afin d'accroître l'empreinte d'équipements de pointe et maximiser les recettes, nous envisageons d'installer une structure plus grande sur la propriété.

— Vous voulez démolir mon hôtel ?

— Certaines améliorations seront nécessaires.

— Et les gens qui travaillent pour moi ? Maria. Luis. Leur fils, Elmer. Mirabel. Ils comptent tous sur leur salaire.

— Malheureusement, nous devrons engager un personnel anglophone dans le nouveau complexe, des gens qui pourront communiquer avec nos clients. Tout en conservant l'intégrité du concept d'origine, naturellement. Une oasis, si vous voulez. Le jardin d'Eden, pratiquement. » En fait, nommer la propriété « Eden » était une des suggestions du directeur général.

Carl Edgar sortit alors un cigare de son attaché-case. Un Montecristo, long et épais.

« Je ne veux surtout pas vous heurter, ajouta Carl Edgar. Mais nos recherches montrent que vous avez huit mois de retard dans vos paiements et, sans vouloir vous offenser, votre domaine nécessite de sérieuses réparations. »

Leila quitta la table. Elle disparut quelques instants. À son retour, elle tenait un cigare. Un meilleur. Roulé à la main. Elle trouva son coupe-cigare en argent dans un coffret en cuir. Elle prit son temps avant de l'allumer, et plus de temps encore pour exhaler la fumée.

Lentement, pensivement, dans la direction opposée à Carl Edgar.

« Vous aimeriez peut-être passer plus qu'une seule nuit à la propriété avant de vous engager à reprendre mon hôtel. Je ne voudrais pas que vous preniez trop rapidement une décision de cette importance », dit Leila.

Ce ne serait pas nécessaire, lui répondit-il. Il avait vu tout ce qu'il voulait. Son équipe avait déjà effectué une évaluation soigneuse des points négatifs comme du potentiel du lieu. « Compte tenu de l'état de votre construction actuelle, nous avons basé notre prix sur celui d'un terrain nu », reprit-il en affectant de nouveau un comportement peiné, comme un médecin révélant le diagnostic d'un cancer.

Leila porta le cigare à ses lèvres et l'y maintint un moment. Un petit rond de fumée parfait dériva au-dessus de la table.

« Je dois vous avertir. Nous avons un problème avec les insectes ici, à l'hôtel.

— Nos experts sont prêts à se charger de leur éradication, affirma Carl Edgar. Si vous aviez vu certains endroits où nous sommes entrés ! Grouillants de bestioles. Une fois qu'on aura terminé, vous ne trouverez même plus une mouche du vinaigre sur la propriété.

— Vous connaissez peut-être mal les scorpions. Nous avons ici une variété insensible à tous les produits chimiques connus. Même si vous construisez un immeuble de dix étages, les scorpions s'y glisseront. Et puis, bien sûr, il y a les serpents.

— Je ne pense pas qu'un scorpion par-ci, par-là puisse annuler l'opération. »

Elle rit. « Nous avons vraiment de drôles de scorpions. Très bizarres. »

Il lui dit qu'il ne dînerait pas. Il avait acheté un sandwich au Pollo Campero de San Felipe. Il était dans son attaché-case et lui permettrait de tenir jusqu'au lendemain matin. Étant donné tous les papiers qu'il devait remplir, il mangerait devant le bureau du hall. Il devait passer quelques coups de fil au siège.

« Dommage, dit Leila. La nuit va être claire, les étoiles extraordinaires.

— Je les admirerai un autre jour. »

Arrivée à ce moment de son récit, Leila but une grande gorgée.

« Il faut que je vous explique un peu le contexte. Comme vous l'avez sans doute remarqué, le toit doit être réparé. Au moment de la visite de Carl Edgar, Luis et Elmer changeaient une partie du chaume sur le toit de l'hôtel. »

Leila m'expliqua que ce n'était jamais facile, surtout parce que enlever le vieux chaume provoquait toujours un exode massif de colonies d'insectes installées dans les feuilles de palmier. Des scorpions en particulier. Par nids entiers. Les hommes devaient les jeter loin de l'hôtel. L'après-midi, ils avaient fait un énorme tas de vieux chaume avec le projet de le brûler le lendemain matin.

Leila retourna elle-même le matelas dans la chambre de Carl Edgar, tâche généralement dévolue à Maria, mais elle lui avait dit qu'elle s'en occupait. Quand elle eut terminé, elle alla se coucher et dormit particulièrement bien.

Elle fut réveillée, tout comme Maria et Luis qui accoururent, par un hurlement étonnamment aigu provenant de la chambre du Jaguar. Carl Edgar était dans le couloir, en pyjama.

« Mon lit grouille de bestioles avec de vilaines petites pinces. J'en avais partout sur le corps. »

Leila lui présenta ses excuses, naturellement. « C'est vraiment dommage, lui dit-elle en secouant la tête. Nous avons tout essayé pour nous en débarrasser. On n'a pas encore inventé le pesticide qui les tuerait. Quoi que nous fassions, ces fichus scorpions finissent toujours par revenir.

— Je ne sais pas comment vous faites pour rester en activité ici. Cet endroit est impossible.

— Je sais, dit Leila en faisant mine d'être désolée. Je voulais vous dire que je suis vraiment soulagée que vous ayez déjà des enfants. Un des aspects fâcheux des piqûres de cette espèce particulière de scorpions, c'est qu'elles ont souvent pour conséquence une stérilité chez les hommes. Un dysfonctionnement de l'érection peut aussi se produire, mais il n'est presque jamais permanent. »

Carl Edgar passa le reste de la nuit dans le patio, entièrement vêtu, muni d'une feuille d'aloès donnée par Maria pour frotter ses blessures. Dès le lever du soleil, il grimpa les marches jusqu'à la route où l'attendait son chauffeur privé.

Nous sirotions un gin tonic sur la terrasse en regardant le coucher de soleil. Lorsque Leila en vint aux piqûres de scorpion, nous avons éclaté de rire, son que j'avais du mal à reconnaître venant de moi. Dans la cuisine, Maria, censée ne pas comprendre l'anglais, se contenta de sourire.

Mais je perçus, dans le récit de Leila, une vérité plus amère et pas drôle du tout.

La société immobilière de Carl Edgar ne ferait peut-être pas d'offre d'achat, finalement, mais les problèmes financiers de Leila étaient graves. Elle devait beaucoup d'argent à la banque et les intérêts s'accumulaient jour après jour. Ce n'était qu'une question de temps avant qu'on vienne réclamer le paiement. Tôt ou tard, et sans doute bientôt, Leila n'aurait guère d'autre choix que de signer l'acte de cession de La Llorona. Avec de la chance, elle trouverait un acheteur plus disposé à préserver ce qu'elle avait créé que ne l'était Carl Edgar. Difficile d'imaginer qui pourrait être cette personne.

Le soir où Leila me raconta la tentative de Carl Edgar de racheter l'hôtel et détruire tout ce qu'elle avait construit, je restai éveillée dans la chambre du Jaguar. La menace pesant sur l'hôtel de Leila me touchait plus que je n'aurais cru. Je compris pourquoi dans la nuit.

J'avais l'impression que La Llorona était pour Leila ce qui se rapprochait le plus d'un enfant : une création magnifique à laquelle elle avait consacré sa vie. Leila souhaitait qu'elle lui survive, mais elle était en danger. Comme je ne le savais que trop bien, aucune femme ne veut survivre à son enfant.

## 26

## Acheter un crayon

Je séjournais à l'hôtel depuis trois semaines et je n'étais même pas sûre du prix de ma chambre, mais chaque fois que je parlais à Leila de payer ma note, elle me répondait qu'on verrait ça plus tard. La Llorona n'était pas de ces hôtels où les prix sont affichés sur la porte, mais quand je finis par tenter d'estimer ce que je devais à mon hôtesse, le montant approchait ce qu'il me restait du cadeau de Roman après ses gains au casino. Je savais que je devais avoir une conversation avec Leila à ce sujet, mais chaque fois que j'abordais la question – combien coûtaient ma chambre, mes repas, les verres de vin que nous buvions ensemble le soir –, elle haussait les épaules.

« Ce n'est pas important. Tout s'arrangera comme il se doit. »

Je continuais à être la seule cliente de l'hôtel, ce qui ne semblait ni surprendre ni troubler Leila. Les soirées passées à discuter dans le patio me faisaient l'effet d'un cadeau. Mon hôtesse avait l'air de savoir sans que je le lui dise que j'avais besoin d'un refuge. Peu importait la présence occasionnelle d'un scorpion (dont la piqûre, bien que désagréable, ne provoquait aucun des effets secondaires qu'elle avait décrits à son récent client, le promoteur immobilier), je ne pouvais imaginer me sentir plus en sécurité ailleurs pour l'instant.

Par une chance inouïe, j'avais atterri dans un hôtel décrépit, situé au bord d'un lac entouré de volcans, dans un pays dont j'ignorais presque l'existence avant que la Tortue verte ne m'y ait déposée. Une chose très étrange s'était alors produite. À La Llorona, une matinée entière pouvait s'écouler durant laquelle j'avais presque l'impression d'être une personne normale. Pour la première fois depuis l'accident, mon intérêt était éveillé par l'histoire de Leila, le jardin, ce qui se passait au village, mes conversations avec Walter, la cuisine de Maria, les oiseaux. Je décidai de rester à l'hôtel jusqu'à ce que je n'aie plus d'argent, quel que soit le moment où cela se produirait.

J'entrevoyais de nouveau un avenir, même s'il ne dépassait pas un horizon d'un ou deux mois. Je m'inscrivis à des cours d'espagnol auprès d'une femme du village, et commençai à aider Walter en maths ainsi qu'à lui donner des leçons d'anglais. À une période de ma vie où je ne pensais plus être capable d'ouvrir mon cœur, je m'étais fait un ami, plusieurs en fait.

L'idée m'était venue que dessiner me plairait peut-être et j'avais acheté un crayon numéro deux et une gomme dans une petite boutique du village.

Si être vivant signifie en partie se soucier des autres et de ce qu'il leur arrive, je revenais à la vie. Je m'inquiétais de plus en plus pour Leila et l'avenir de son hôtel. Au lit, la nuit, dans la chambre du Jaguar, j'essayais de trouver une solution pour sauver La Llorona.

## 27

## Une fille perdue depuis longtemps. Une boîte de couleurs

Un après-midi que je me promenais dans les jardins de Leila, mon regard se posa sur un oiseau-mouche particulièrement beau, aux plumes d'un violet irides-cent et à la poitrine jaune. J'aurais aimé avoir mes crayons de couleur.

« Un instant », dit Leila en se levant de table. Elle revint avec une boîte plate en fer dans une main et des pinceaux dans l'autre. De très beaux pinceaux, en fait. À San Francisco j'en avais admiré de cette sorte dans les magasins de fournitures pour artistes, mais n'avais jamais pu me permettre la dépense.

C'était une boîte de couleurs. Une belle boîte d'aquarelles anglaises, d'une marque que je connais-sais. D'après le logo, je compris qu'elle datait d'au moins vingt ans, voire plus.

« Je l'ai achetée pour ma fille », dit-elle.

*Un enfant mort.* Ce fut ma conclusion, naturelle-ment. Je ne voulais pas poser de questions. Mais Leila poursuivit.

« Elle s'appelle Charlotte. Son père était un client de l'hôtel au tout début, quand nous étions encore en train d'aménager la propriété et que nous n'avions qu'une seule chambre. Il était espagnol, ornithologue. Venu étudier les oiseaux. Ce fut une brève idylle, rien de plus. »

Je ne dis rien. J'attendais la suite.

« J'étais jeune. Quand je me suis aperçue que j'étais enceinte, je n'ai pas su quoi faire. À la naissance de notre fille, ma relation avec son père était terminée. Je ne pensais pas savoir comment m'occuper d'elle. Javier m'a proposé de ramener Charlotte avec lui en Espagne. Sa mère l'élèverait. »

À peine quelques mois plus tard, Leila comprit qu'elle avait fait une erreur. Elle écrivit à Javier. Elle n'aurait jamais dû abandonner sa fille. Il lui suffirait de la voir de temps en temps. Elle allait déménager à Barcelone. Tous deux partageraient la responsabilité de son éducation.

« Javier était tombé amoureux d'une autre femme. Ils s'étaient mariés alors que Charlotte avait à peine un an. Elle n'a jamais connu d'autre mère que Sofia. »

Javier écrivit à Leila que Charlotte était heureuse en Espagne. Elle adorait sa grand-mère, ses oncles, leur chat. Toute une famille l'aimait, un petit frère allait naître. « Si tu veux le bonheur de Charlotte, renonce à elle. »

Que pouvait-elle faire ?

Les années suivantes, Leila supplia Javier et Sofia de venir avec l'enfant dont ils parlaient comme de la leur. Finalement, quand Charlotte eut huit ans, ils l'amenèrent au lac.

« J'avais promis de ne pas lui dire qui j'étais. J'étais juste la directrice de l'hôtel où ils séjournaient. Mais elle m'aimait bien. Elle voulait tout le temps être avec moi. Ça rendait folle Sofia. »

Charlotte ressemblait beaucoup à Leila. Un soir,

sous les étoiles, Leila avait appris à la petite fille à danser comme Noémie le lui avait appris des années plus tôt dans le Nebraska. Comme aux Folies-Bergère. Sofia, en les voyant ensemble toutes les deux, annonça qu'ils partaient plus tôt que prévu. Le lendemain matin, ils prirent le premier bateau.

Après cette visite, Leila écrivit de nombreuses lettres, d'abord à Javier, puis à Charlotte, aux bons soins de Javier. Qui sait si elle les vit ?

« Avoir renoncé à ma fille est mon plus grand regret. Je pense toujours à elle. Parfois je rêve qu'un jour elle va sonner au portail. Elle aura bientôt quarante ans.

« Cette boîte était pour elle. Je n'ai jamais eu l'occasion de la lui donner », dit Leila en me la mettant dans les mains.

Et à propos de Charlotte, Leila n'avait-elle jamais fait le voyage jusqu'en Espagne, repris contact avec Javier, tenté de la retrouver ? demandai-je.

« C'est une histoire terminée, dit-elle en me laissant les peintures. Faites-en bon usage. »

## 28

## Six cent soixante-douze variétés d'oiseaux. Sans parler des lucioles

Au début de ma quatrième semaine à La Llorona, j'avais établi une sorte de routine. Je me levais très tôt, avec les oiseaux, puis j'allais dans le patio prendre le petit déjeuner que Maria avait préparé pour moi, servi chaque jour sur une nappe tissée, dans les assiettes en céramique de Leila ornées d'oiseaux encore plus extravagants que ceux de son jardin.

Leila ne se joignait jamais à moi à cette heure matinale, mais un jour elle m'avait laissé un livre, à lire en buvant mon café, sur les cérémonies mayas, les instruments anciens, et une coupure de presse jaunie sur la visite à La Esperanza d'un guitariste espagnol célèbre qui avait composé une chanson à propos du lac.

Pour des études plus approfondies, elle m'avait prêté un très bel ouvrage des années soixante avec des photos colorisées à la main des oiseaux de la région. D'après le livre que Leila gardait en permanence sur la table du salon, six cent soixante-douze variétés d'oiseaux avaient élu domicile dans cette partie du monde. Un drôle de petit frisson me parcourut en lisant, sur le rabat de la jaquette craquelée mais en bon état, que l'auteur du livre que j'avais en main – Merle G. Finster

– avait succombé à une maladie tropicale rare alors qu'il achevait le manuscrit, publié après sa mort.

La découverte du livre de Merle G. Finster donna une nouvelle tournure à mes journées. J'allais toujours me promener avec Walter et me rendais quotidiennement au village avec Leila pour acheter des légumes au marché. Mais à présent, de retour du village, j'installais la boîte d'aquarelles, les beaux pinceaux en martre de Charlotte et un verre d'eau sur une petite table pliante que m'avait installée Luis. Parfois je peignais les fleurs du jardin. Parfois les insectes. Plus souvent, je peignais des oiseaux dont je découvrais les noms dans le livre de Merle Finster. *Grimpar moucheté, trognon de Masséna, colibri féerique, macagua rieur.*

Nous étions assises sur la terrasse avec notre café et finissions notre dessert, une glace aux fruits de la passion et des macarons. De l'autre côté du lac, je distinguais le son lointain des cloches, puis des chants, un office nocturne à l'église, probablement. Devant nous, l'eau léchait les rochers. À la surface, je remarquai un scintillement. D'abord un unique clignotement, puis un autre et d'autres encore.

« Oh, magnifique ! s'exclama Leila. Je savais que le jour approchait. J'espérais les revoir. »

De quoi parlait-elle ?

« Les lucioles. Elles sortent tous les ans à peu près à cette époque. Elles offrent un spectacle incroyable le temps d'une nuit merveilleuse, puis disparaissent. C'est sans doute un bon rappel : rien de ce qui est beau n'est éternel. Il faut trouver la joie dans ce qui croise notre chemin plutôt que pleurer quand c'est terminé. »

## 29

## Une chute

Je vivais à La Llorona depuis un peu plus de quatre semaines. Ce jour-là Leila et moi partions au village, notre marche quotidienne de l'après-midi. Nous gravissions les marches vers la route, quand Leila dut s'asseoir pour reprendre son souffle.

« Ce n'est rien, dit-elle. Le soleil de l'après-midi me donne parfois des vertiges. Continuez sans moi. »

Plus tard dans la journée, de retour de mon excursion en solo au marché avec mon panier de produits que Maria allait transformer en un dîner succulent, j'installai mes godets d'aquarelle avec le projet de peindre un coucher de soleil particulièrement splendide. Leila devait l'avoir remarqué, elle aussi. Vêtue d'une de ses longues robes fluides en soie, elle s'approcha. Debout, nous contemplions toutes deux le ciel au-dessus de l'eau. Je n'avais jamais vu de coucher de soleil aussi flamboyant.

« Vous n'en avez pas fini avec l'amour, dit-elle. Vous ne le savez pas encore, mais ces oiseaux vont guérir votre cœur. »

Je ne répondis pas, ce n'était pas nécessaire. « Beaucoup d'autres chapitres vont venir s'ajouter à votre histoire, poursuivit-elle. Vous ne remplacerez pas ce que vous avez perdu. Mais vous trouverez autre chose. Quelque chose de magnifique. Je soupçonne que c'est en rapport avec l'amour. »

À l'époque, je pensais que l'amour – l'idée de le vivre ou de le chercher – ne figurait plus dans mon univers. Il ne se passait pas une heure sans que je pense à mon fils et à son père. La perspective d'aimer quelqu'un d'autre, donc de m'ouvrir à l'éventualité d'une autre perte, était inimaginable. L'amour que j'avais éprouvé pour un homme, pour un enfant, ressemblait à un repas que je ne pouvais plus consommer, un plat merveilleux auquel j'étais désormais allergique. Même si je me rendis compte plus tard que j'avais déjà commencé à redécouvrir ce que signifiait ouvrir mon cœur à quelqu'un. Je l'avais fait avec Walter et avec Maria. J'avais ouvert mon cœur à Leila.

En contemplation devant le volcan tandis que les derniers rayons du soleil disparaissaient, je me permis d'imaginer le visage de Lenny, l'odeur de son pull quand je posais la tête sur son épaule.

« Il vous faut juste le courage de prendre de nouveau le risque. N'oubliez jamais ça », ajouta-t-elle. Elle me regarda droit dans les yeux.

« Je crois que je vais rentrer. J'ai mal à la tête », dit-elle. Je revis l'image du perroquet, descendant de ceux qui s'étaient échappés de l'animalerie exotique du sud de la Californie, le jour où, perché sur le bord de ma fenêtre, il avait dirigé son regard perçant sur moi à travers la vitre. Comme s'il avait tout compris. Le regard de Leila était le même.

Elle était dans le jardin, à mi-chemin de la maison, quand ses jambes parurent se dérober sous elle.

« Ça alors ! » s'exclama-t-elle, d'une voix plus surprise qu'alarmée. La façon dont elle s'affaissa me rappela les personnages gonflables bizarres disposés devant certains magasins pour attirer les clients – pizzérias, magasins de literie – quand ils se dégonflent brusquement.

Je sus à l'instant où elle s'effondra dans l'herbe qu'elle ne s'était pas simplement évanouie. Sa chute était différente ainsi que la façon dont sa silhouette élégante était allongée dans l'herbe, ses longues boucles blanches déployées en éventail comme un halo autour de sa tête. En la regardant, on comprenait que la vie l'avait quittée.

Je tenais encore mon pinceau quand un héron solitaire d'un blanc immaculé traversa le ciel de fin d'après-midi et disparut.

Je vis Maria sur le seuil, les mains pressées sur ses joues, qui appelait Luis et Elmer. Mirabel arriva en courant de l'endroit où elle étendait les draps, l'angoisse marquant son beau visage. Nous devions tous le savoir avant de nous approcher d'elle.

Leila était morte.

## 30

## Deuil, tardif

Luis et Elmer portèrent son corps dans la maison. Elle m'avait semblé si forte et si volontaire, et je ne m'apercevais que maintenant à quel point elle était maigre, combien peu d'effort il leur fallait pour la soulever.

Ils allèrent jusqu'à sa chambre, où je n'étais jamais entrée. Maria alluma des bougies.

Nous nous sommes assis un moment au salon tous les cinq – Maria, Luis, Mirabel, Elmer et moi. Maria priait. Il n'y avait personne à contacter. Cette situation m'était familière.

Il faisait nuit quand Luis porta son corps dehors. Au clair de lune, dans le jardin, Elmer avait fini de creuser le trou. Là d'où je venais, il y aurait eu des papiers à remplir, un médecin à appeler. Là, à La Esperanza, les gens s'occupaient eux-mêmes de leurs morts.

En regardant le corps de cette femme que je connaissais depuis tout juste un mois être mis en terre, il me vint à l'esprit que je n'avais jamais eu l'occasion de pleurer ma mère. Quelque vingt ans plus tôt, quand je l'avais perdue, il n'y avait eu ni corps, ni service funèbre, ni tombe, et ma grand-mère n'avait jamais parlé d'elle au cours des années suivantes. Maintenant, je pouvais enfin pleurer.

J'étais la fille d'une femme qui, durant le peu de temps que je l'avais connue, s'était montrée incapable de vivre sans un compagnon plus de quarante-huit heures. On pourrait avancer que le besoin incurable de ma mère de s'attacher à un homme l'avait conduite dans le sous-sol de la 84$^{e}$ Rue Est le jour fatal.

Quant à moi, je m'étais débrouillée par mes propres moyens la plus grande partie de ma vie, jusqu'à ma rencontre avec Lenny, mais depuis sa mort je ne savais plus vivre seule. Connaître Leila au moment le plus difficile de mon existence avait été un cadeau inattendu. Elle avait su construire sa vie sans personne dans un pays aussi éloigné du Nebraska qu'il était possible et apprendre une nouvelle langue. Ayant passé du temps avec elle, comme j'avais eu la chance de le faire lors de nos promenades au marché et des soirées sur la terrasse à l'heure où le soleil se couchait et les étoiles apparaissaient, je me mis à envisager une vie dans laquelle je trouverais peut-être le même genre de courage. Ou simplement, une vie.

# 31

## Le dernier chapitre, le premier chapitre

Le lendemain matin, Maria prépara le petit déjeuner, comme d'habitude. Mais rien n'était comme d'habitude, bien sûr.

« Que va-t-il se passer maintenant ? » demandai-je. J'avais dormi exactement vingt-huit nuits à l'hôtel. J'aurais pu faire mes bagages, payer la note, marcher jusqu'au village, prendre la navette pour l'aéroport et partir pour toujours.

« Le notaire vient demain. Il veut vous voir », dit Maria.

Je passai la journée au jardin. Même quand un triste événement se produit, même quand quelqu'un meurt, les oiseaux continuent de chanter.

J'en étais encore à apprendre qui était Leila quand elle avait disparu soudainement. J'éprouvais la même impression que si je lisais un livre merveilleux, un roman très long, très beau qui me tiendrait éveillée toutes les nuits. Et un jour j'aurais beau le chercher partout, je ne le trouverais plus et ce livre inachevé ne réapparaîtrait pas. Mais à la différence de *La Toile de Charlotte*, dont j'avais fini par lire les derniers chapitres, des années après que Daniel l'avait emporté le jour où ma mère et lui avaient rompu, il n'existait qu'un seul exemplaire de cette histoire particulière, celle que me racontait Leila. Je ne saurais jamais comment elle se terminait. Je devrais inventer la fin.

Tard dans la matinée, je sortis la boîte d'aquarelles. J'installai une table sous le jocote et y plaçai une feuille de beau papier épais trouvée dans le bureau de Leila.

Une fleur venait d'éclore, un thunbergia couleur jade. Pas une fleur, en fait, mais une cascade de fleurs venant de bien au-delà de ma tête pour descendre jusqu'au sol, avec une centaine de boutons turquoise et brillants qui s'ouvraient sur une même tige. Juste en dessous, Leila avait construit une vasque. Un petit oiseau gris, pas l'un des plus colorés, était perché sur son rebord.

Je trempai mon pinceau dans l'eau et, en mélangeant du bleu avec une touche de jaune dans la boîte, je fis une tache de couleur dans la coupe à côté de moi.

J'entrais toujours dans un état particulier quand je dessinais d'après nature. Je n'étais plus que main et regard. Souffle aussi peut-être quand certains traits, particulièrement fins, droits ou incroyablement enchevêtrés, exigeaient une main sûre.

Je m'attendais sans cesse à ce que l'oiseau s'envole, mais non. J'ai dû rester assise à peindre trois bonnes heures. Je continuai à travailler jusqu'au moment où j'entendis Maria m'appeler. Le dîner était prêt, mais tout appétit m'avait abandonnée. J'allai dans ma chambre et me mis au lit, essayant de trouver le sommeil, et j'y parvins quelques heures.

Au milieu de la nuit, ou peut-être le matin, je me levai. Je parcourus les pièces de l'hôtel dans une demi-obscurité, observai tout comme pour m'autoriser à poursuivre ma conversation avec Leila. Je lus les titres de tous les livres sur ses étagères : poèmes de

Rûmî, d'Elizabeth Bishop, de Yeats, ainsi que de Pablo Neruda, carnets de Léonard de Vinci. Je trouvai une édition superbe de *Don Quichotte* en espagnol reliée en cuir et *L'Amant* de Marguerite Duras en français.

Je fis courir ma main sur tous les meubles. J'empruntai le long couloir avec ses portes en bois sculpté et m'arrêtai à la sienne. J'hésitai, me demandant si quelqu'un dans ma position avait le droit d'entrer, mais à part Maria, qui d'autre était là ?

Le lit de Leila était fait. Il y avait encore des fleurs dans un vase, un livre ouvert sur les orchidées posé au milieu de la table et une paire de lunettes en écaille que je n'avais jamais vue sur son nez.

Dans la penderie, j'admirai ses robes, son pantalon palazzo en lin et un autre en soie. J'enfouis le visage dans le tissu du corsage qu'elle portait le dernier soir que nous avions passé ensemble. Je sentais encore son parfum.

À côté du lit de Leila, *La Ferme africaine* de Karen Blixen était ouvert presque à la fin – un livre que j'avais toujours voulu lire. Je commençai à la première page.

« J'ai possédé une ferme en Afrique au pied du Ngong[1]. »

1. Traduit par Yvonne Manceron, Gallimard, 1942.

## 32

## Une visite du notaire

Le lendemain matin, pendant que je buvais mon café, Maria apparut.

« Le notaire de la ville est ici », dit-elle en montrant le chemin de pierre qui montait jusqu'à la route, celui que j'avais descendu pour la première fois tout juste un mois plus tôt.

Il portait un très beau costume en lin gris léger, des chaussures mal adaptées à la marche sur des chemins de terre. Il tenait un attaché-case en cuir fin et il était coiffé dans le style adopté par une certaine classe de Latinos. Beaucoup de produit capillaire. Il sentait l'eau de Cologne de qualité.

« Je suis Juan de la Vega. Leila était ma cliente, dit-il. Il est très inhabituel que les détails des dernières volontés et du testament d'une personne soient rendus disponibles si peu de temps après son décès. Cependant ma cliente est demeurée inflexible sur ce point lors de notre dernier échange », expliqua-t-il avec un fort accent, mais dans un anglais parfait.

Il me dit que cette conversation s'était déroulée à peine quelques jours plus tôt. Leila l'avait appelé à son bureau en ville afin qu'il modifie les documents concernant son domaine.

Je demandai à Juan de la Vega s'il savait que Leila était malade et si Leila en était elle-même consciente.

« Vous étiez peut-être au courant de son anévrisme. Elle disait souvent qu'il était à l'affût. Elle a toujours su qu'un jour ou l'autre le caillot allait remonter jusqu'à son cerveau.

— Je ne la connaissais que depuis quelques semaines. » S'il fut surpris, il n'en montra rien.

Maria arriva avec du café et du lait chaud, un sucrier, des petites cuillères en argent, une assiette de macarons. Leila lui avait appris à les préparer il y avait longtemps.

« Je suppose que vous vous demandez ce que je fais ici. J'avoue que ma mission est inattendue. »

Je ne me posais pas la question, en vérité. Plus rien de ce qui se produisait à La Llorona ne me surprenait. J'avais compris que la vie y ressemblait rarement à ce qu'elle était partout ailleurs.

« Le seul bien de ma cliente était cette propriété. Mais il existe un autre aspect qui devient pertinent à présent. Il y a des années, Leila a pris une assurance vie dont le montant s'élève à une somme importante.

« Elle n'avait pas de famille. C'est-à-dire aucune revendiquée. Maria et Luis lui étaient très chers, comme vous avez dû le deviner. Elle a laissé des instructions pour qu'ils touchent leur salaire sur les fonds de cette assurance jusqu'à la fin de leur vie.

« Ma cliente s'inquiétait beaucoup de l'avenir de La Llorona, poursuivit-il. Malgré tout l'amour qu'elle portait à ses employés, ils sont vieux et n'ont pas les compétences pour gérer un hôtel comme celui-ci. L'argent de l'assurance devait garantir que la propriété survivrait à son décès. »

Quelle ironie ! De son vivant, Leila n'avait pas

d'argent pour réparer l'hôtel. Maintenant qu'elle était morte, ce serait possible.

« Je suis contente de l'entendre », dis-je. Je lui tendis l'assiette de macarons. En quoi étais-je concernée par ce qu'il me racontait ?

Juan de la Vega posa une feuille de vélin crème sur la table. Elle était rédigée en espagnol.

« Lors de notre dernier entretien, Leila m'a informé de son désir de vous léguer La Llorona. Elle m'a donné procuration il y a quelques années et je suis donc en mesure d'exécuter ses volontés sur ce point. »

Le notaire me tendit le document d'une main parfaitement manucurée.

Au bas de la page figurait mon nom, connu grâce à ma signature sur le registre le jour de mon arrivée. La date, manuscrite, à l'encre bleu foncé, remontait à quelques jours. J'étudiai le document plus attentivement, essayant de comprendre ce que Juan de la Vega venait de m'annoncer. Cela n'avait aucun sens.

« Cette nouvelle doit vous faire un choc, commenta le notaire. L'annonce d'un héritage inattendu, même s'il s'avère bénéfique, inspire souvent des sentiments mêlés. »

Il avait raison sur ce point, naturellement. Je me souvenais de notre dernière conversation au jardin. Si j'avais souvent dit à Leila combien j'admirais ce qu'elle avait créé à La Llorona, jamais je n'avais fait montre d'un étalage extravagant d'émotion envers elle et elle non plus envers moi. Elle m'avait pris la main une seule fois, mais je ne l'avais jamais étreinte. Un matin, un matin seulement, quand elle m'avait demandé comment s'était passée ma première nuit, j'avais répondu que, pour la première fois depuis des années, je ne m'étais réveillée à aucun moment et ce que cela représentait pour moi.

« Vous devez être très fatiguée. Et pas seulement par le voyage », avait-elle dit en me touchant l'épaule. Rien de plus.

« Je ne comprends pas. Elle me connaissait à peine. Je n'ai aucune idée de la façon de gérer un hôtel, dis-je au notaire.

— Depuis le temps que je représente ma cliente, j'ai pu apprécier son aptitude particulière à juger les gens. » Elle était bonne psychologue, ajouta-t-il. Elle se trompait rarement.

Il y avait étonnamment peu de papiers à signer. Des documents pour les impôts, le titre de propriété (elle couvrait cinq hectares, mais si on m'avait demandé ce que cela représentait, je n'aurais pas su répondre). Il tournait les pages l'une après l'autre et me montrait les lignes qui nécessitaient ma signature. J'avais l'impression de rêver, mais je signais.

« Je pense que nous avons tout vu. N'hésitez pas à m'appeler », conclut Juan de la Vega. Il me tendit une carte de visite, aussi épaisse et luxueuse que le document précédent, sur laquelle figurait son adresse en ville.

Il avait fait trois heures et demie de route pour m'informer. Le bateau qui devait le ramener à sa voiture cessant de naviguer au coucher du soleil, il devait prendre congé. Il me tendit la main. La mienne tremblait encore du choc provoqué par la nouvelle.

« Vous allez avoir une vie intéressante ici », dit-il.

## 33

## Maison à rénover

« *Es tu casa ahora* », dit Walter. C'est ta maison maintenant.

Juste pour quelque temps, lui répondis-je. « Je ne sais pas du tout comment gérer un hôtel ni entretenir un jardin. Je ne suis pas citoyenne de ce pays. Je ne parle pas espagnol. »

Je prononçai ces mots en anglais, comme d'habitude. À ce petit garçon et à personne d'autre je pouvais parler vrai, protégée par l'absence d'une langue commune, même si parfois j'avais l'impression qu'il comprenait ce que je lui disais.

« Ceux qui comptaient le plus pour moi sont morts. »

Walter dut comprendre.

« Moi, je suis là », répondit-il.

Il n'y avait plus rien pour moi à San Francisco, sinon le souvenir, chaque fois que j'arpentais les rues de la ville, du jour le plus terrible de ma vie, et aussi celui de m'être tenue debout sur le Golden Gate avec l'idée d'en finir. Même si je n'avais nulle part où aller, rester à La Esperanza me semblait impossible.

En même temps, qui achèterait une propriété comme celle-ci : un hôtel décrépit croulant sous une montagne de dettes dans un village accessible uniquement après un vol effrayant, un long trajet en bus et une traversée agitée dans un bateau sans gilets de sauvetage à bord ? Qui, à part un promoteur comme Carl Edgar, mettrait de l'argent dans une propriété qui n'avait probablement pas fait de bénéfices depuis dix ans, voire jamais ?

J'allais faire tout ce qui serait en mon pouvoir pour que La Llorona ne tombe pas aux mains de la société des Gros Bonnets. Je me dis qu'il ne me restait qu'à rénover la propriété. Utiliser l'argent que m'avait laissé Leila afin de remettre suffisamment en état La Llorona pour qu'elle attire un acheteur souhaitant préserver la vision de sa propriétaire d'origine plutôt que de tout détruire.

J'allais le faire le plus vite possible et vendre l'hôtel. Puis je monterais dans le bateau et disparaîtrais.

## 34

## Un tilapia particulièrement beau, une longue liste de réparations

Juan de la Vega n'avait pas passé plus d'une demi-heure au total dans la propriété et moins de cinq minutes dans la cuisine avec Maria et Luis avant notre entrevue dans le patio, mais il leur avait manifestement expliqué les détails du projet de Leila. Si j'avais pensé que les employés de Leila, fidèles depuis plus de vingt ans, pourraient m'en vouloir de mon ascension complètement inattendue de cliente de l'hôtel à propriétaire, je me serais trompée. Maria, qui préparait le dîner, avait toujours eu une attitude chaleureuse, mais quelque chose avait changé chez elle. Nous étions devenues partenaires dans la tentative de gestion de l'hôtel.

L'après-midi, Pablito avait apporté un tilapia particulièrement beau qu'il avait harponné juste devant l'hôtel. « Après un grand deuil, il est important de manger. De prendre des forces. Vous en aurez besoin », avait-il dit.

Il y avait tant à faire. Il restait quelques mois avant la saison des pluies. Si le toit n'était pas réparé d'ici là, l'eau entrerait dans toutes les pièces. Le ponton n'existait plus et beaucoup de carreaux en céramique du patio étaient ébréchés. Le jardin, où les couleurs explosaient, était envahi par la végétation. On pouvait ne rien remarquer à première vue, mais maintenant, soudain responsable du domaine, je constatais des problèmes partout où je posais le regard.

Je n'envisageais pas de chercher un bon acheteur tant que nous n'aurions pas réparé ce qui devait absolument l'être. Même un acheteur potentiel tombé amoureux du domaine et respectant son héritage – le genre de personne qu'aurait souhaité Leila pour gérer La Llorona – ne voudrait pas acquérir une propriété avec autant de problèmes d'entretien en suspens. Je ne savais pas du tout par où commencer.

Je demandai à Luis et Maria si nous pouvions en discuter.

« Nous voulons vous aider autant que nous pouvons, dit Maria. Mon mari s'occupera du jardin de tout son cœur. Je serai honorée de cuisiner pour vous. Elmer est prêt à travailler dur. Mirabel aussi. »

J'observai le visage des deux jeunes gens : Elmer, timide et maladroit, Mirabel splendide, tous deux encore adolescents. En dépit de leur dévouement à l'hôtel, il paraissait peu probable que je puisse m'appuyer sur eux pour superviser les travaux. Ils semblaient tous compter sur moi.

Leila était morte un mercredi. Juan de la Vega était venu le vendredi avec la surprenante nouvelle de mon héritage. À 7 h 30 du matin le samedi, tandis que je finissais mon café, Maria m'informa, une fois encore, qu'un homme attendait au portail et souhaitait me voir. Devait-elle le faire entrer ?

« Il s'appelle Gus. Il a travaillé pour Leila. Nous ne l'avons pas revu depuis quelques années », me dit-elle en espagnol.

Elle avait une drôle d'expression. Quelle que soit cette personne, elle paraissait avoir quelques doutes à son sujet.

« Qu'est-ce que vous pensez de lui ? »

Maria secoua la tête. « Ce n'est pas à moi de le dire. Il travaillait pour la señora. Et puis il n'est plus venu. Nous ne l'avons pas revu depuis quelques années.

— Il connaît bien la propriété et il travaille dur. Il pourrait nous aider, dit Luis.

— Faites-le descendre », dis-je à Maria.

## 35

## L'homme de la situation

Gus n'était pas grand, ni même particulièrement athlétique, mais il avait les mains d'un homme habitué au travail physique. Il venait d'Angleterre, de Blackburn, une ville où rien ne comptait autant que le football. Apparemment plus vieux que moi de quelques années, il avait eu une vie plus dure que la mienne. Physiquement parlant, en tout cas.

« Je me suis pas mal bagarré dans le passé. Mais ça, c'est fini. Y a quatre ans, je m'suis trouvé une chouette fille et je m'suis posé. On s'est déniché un petit coin sympa dans la vallée et on a eu un gosse, le soleil de ma vie évidemment, sauf quand j'ai envie de lui en coller une bonne. Le numéro deux est en route. »

La rumeur s'était naturellement répandue que Leila m'avait légué la propriété. Il me présenta ses félicitations. « J'en suis resté baba. Mais Leila était comme ça, elle faisait toujours les choses à sa façon. Je suis pas du genre à pleurnicher, mais quand j'ai su que la pauvre vieille avait passé l'arme à gauche, ça m'a fait un coup, là, vous savez. » Il montra sa poitrine. « J'ai dit à ma bourgeoise : peut-être bien que la petite jeune qui prend la suite va vouloir remettre un peu de vie dans la vieille baraque. Et dans ce cas, je suis l'homme de la situation. »

Il avait apporté un carnet et dressé une liste de ce qu'il appela les première, deuxième, troisième et quatrième priorités. En plus de la réfection du toit, celles-ci comprenaient un examen attentif des fondations de la maison côté lac, car il avait remarqué – même en jetant un coup d'œil rapide quand il passait devant en *lancha* – qu'elles semblaient avoir connu des jours meilleurs. Et puis le ponton était détruit et la moitié des marches de l'allée en pierre qui descendait de la route avaient sérieusement besoin d'être arrangées.

« La pompe a fait son temps », reprit-il. Il le savait parce qu'à la dernière panne on l'avait appelé pour la réparer. « J'ai fait de mon mieux, mais le couplage est pourri et le flotteur est bousillé. Ça serait pas marrant de vous retrouver sans eau, pif paf, en plein milieu de la saison sèche. Les plantes crèveraient en deux jours. »

Gus était un type bavard, mais j'étais rassérénée d'une certaine façon en l'écoutant poursuivre sur les problèmes du câblage électrique de La Llorona (« Y a quatre disjoncteurs qui font le boulot de huit », dit-il, comme si je savais de quoi il parlait) et les moisissures dans les quatre salles de bains de l'hôtel. Et puis il y avait les murs de soutènement à revoir. Il n'y avait pas encore jeté un œil, mais il s'attendait à un tableau peu réjouissant.

Cependant le gros problème – « Accrochez-vous » –, c'était la fosse septique.

« Ma douce moitié, Dora, trouverait une façon plus distinguée d'en parler, moi je le dis carrément : c'est un miracle qu'elle ait pas encore débordé, mais quand ça arrivera, ça puera jusqu'au sommet du volcan. » Il montra du doigt El Fuego, de l'autre côté du lac, au cas où j'aurais oublié où il se dressait.

À l'exception de mes premières années durant lesquelles ma mère, Daniel et moi vivions dans des motels et des terrains de camping, j'avais habité toute ma vie dans des appartements. Je ne savais rien des fosses septiques.

« Y a les waters, y a un tuyau qui va dehors et un réservoir enterré à environ un mètre de profondeur. Quand il se remplit, la merde est censée s'écouler dans le sol, ce qui marche bien si on a trois mètres de sable dans toutes les directions autour de la cuve puante. Même un mètre cinquante peut suffire. Ce qu'il ne faut pas, c'est une fosse septique enterrée près d'un lac. Un lac où les gens se baignent, si vous me suivez. »

Je sentais que le vertige me gagnait, si longue était la liste des travaux nécessaires pour remettre en état La Llorona. Tous urgents.

« Courage, ma belle. On va faire briller tout ça comme un sou neuf. » Cet homme avait quelque chose de réconfortant, même s'il annonçait de mauvaises nouvelles telles que la pourriture sèche ou le câblage rudimentaire. Quels que soient les travaux, il était partant pour les faire.

Heureusement que Leila avait laissé l'argent de l'assurance vie. J'en aurais l'usage jusqu'au dernier sou.

## 36

## Jeunes mariés

Les semaines suivant mon arrivée, je n'avais vu aucun autre client, et Maria n'en avait pas parlé. Un matin, j'eus l'idée d'ouvrir le livre des réservations. Je me demandais sans doute combien de fois des gens avaient séjourné là au cours des derniers mois, ou des dernières années.

Tiens donc ! Un couple était annoncé l'après-midi même.

L'écriture était celle de Leila, naturellement. Je la reconnus grâce aux petits mots qu'elle me laissait avant que je m'installe dans le patio pour le petit déjeuner. Elle espérait que j'avais bien dormi et proposait des idées intéressantes pour la matinée. (Une certaine fleur a éclos dans le jardin à côté de la cascade. Voici un poème de Neruda qui pourrait vous plaire. Est-ce que vous aimez le flan ?)

Comme si elle parlait depuis sa tombe, j'entendais sa voix lire ses notes sur le couple, Harriet et Sam Holloway. Les Holloway vivaient dans le New Hampshire. Ils avaient pris l'avion à Boston et devaient arriver dans l'après-midi.

Leila avait noté « Luna de miel ». Lune de miel.

En dessous, elle avait écrit : « Veulent monter au volcan. »

Ils se présentèrent au portail peu avant le coucher du soleil, comme je l'avais fait, en compagnie de Walter qui portait une très grosse valise Samsonite sur sa tête, en plus d'un sac plus petit d'une main et d'un sac à dos.

Les Holloway étaient très jeunes, une vingtaine d'années environ. Même aux États-Unis, Sam Holloway devait paraître grand, mais là, dans ce pays où peu d'adultes dépassaient le mètre cinquante-cinq ou soixante, il avait l'air d'un géant, d'une vraie perche. Harriet ne mesurait que quelques centimètres de moins que lui, plus d'un mètre quatre-vingts, estimais-je. Elle le regardait avec des yeux fous d'amour.

« Je n'arrive pas à croire que nous sommes ici », dit Sam. Nous nous tenions sur le palier du long escalier de pierre menant à la maison.

« Si vous saviez depuis quand il rêve de ce moment ! » renchérit Harriet.

Il fallut plus de temps qu'à l'accoutumée pour descendre, tant Harriet était transportée par la végétation le long du chemin et les oiseaux qui arrivaient toujours en grand nombre à cette heure du jour. Presque à chaque marche, elle hélait Sam et lui signalait une plante particulièrement étonnante qui lui avait attiré l'œil.

Sam ne partageait pas l'enthousiasme de sa jeune épouse, jusqu'au moment où il arriva au bas de la colline et découvrit le lac devant nous. La terrasse offrait aux Holloway une belle vue sur le volcan, à la différence de celle qu'ils avaient eue en bateau, désespérément cramponnés qu'ils étaient lors de leur traversée agitée. Le coucher de soleil qui l'éclairait par-derrière me coupait toujours le souffle.

« El Fuego, murmura Sam, comme s'il entrait au Vatican ou atterrissait sur la Lune. Deux mille cinq cent quatorze mètres, à quelques centimètres près. »

Ils avaient tous deux grandi dans une petite ville industrielle où l'emploi se concentrait dans l'agriculture et une fabrique d'ampoules pour l'industrie automobile. Sam Holloway avait très tôt développé une passion inattendue pour les volcans.

« Il en dessinait tout le temps, même en CE2 », dit Harriet. Elle et lui se connaissaient depuis toujours.

« Et vous ? » lui demandai-je.

Elle rit. « Je dessinais son nom sur mes cahiers. Son nom et le mien, avec un cœur. »

Son mari ne parut pas entendre sa remarque, toujours fasciné par la vue du volcan de l'autre côté du lac.

« J'avais seulement vu des volcans en photo. Jusqu'à aujourd'hui. »

Cette passion expliquait le choix original de leur voyage de noces. « Nos parents voulaient nous envoyer à Disneyland. Mais Sam… »

Pas besoin d'explications.

Je les précédai dans le couloir jusqu'à la chambre que Leila avait choisie pour eux, avec une poignée sculptée en forme d'iguane.

« Nous servirons le dîner à 19 heures dans le patio. N'hésitez pas à me dire si vous avez besoin de quoi que ce soit. À propos, je m'appelle Amelia. »

Dès le premier soir, Leila avait dîné avec moi, mais pour Sam et Harriet qui arrivaient là deux jours après leur mariage, Maria et moi avions dressé une table de deux couverts, entourée de pétales de rose. Maria avait préparé un ragoût de crabes d'eau douce pêchés dans le lac. J'avais vu le matin un des pêcheurs ramer jusqu'au ponton et les vendre à Luis.

Je dînai à la cuisine avec Maria et Luis. Nous parlions peu et observions à distance respectueuse le jeune couple amoureux qui se regardait. Plus exactement, Harriet regardait Sam. Sam fixait le volcan.

Ils avaient décidé d'y monter deux jours plus tard. Elmer les accompagnerait : cinq heures d'ascension, quatre heures de descente. Mais ils étaient en forme.

J'avais prévu une rencontre de suivi avec Gus le lendemain matin. Il avait promis de me soumettre un budget pour la première phase de réparations et j'espérais que l'argent de l'assurance, moins ce que je devais retenir pour les salaires de Maria et Luis, suffirait.

Je me levai un peu avant 7 heures. Harriet et Sam étaient déjà dehors. Harriet, en courte robe rose achetée sans doute exprès pour le voyage, était accroupie devant un rocher et observait une des petites armées de fourmis qui défilaient parfois sur la pelouse en emportant des miettes ou de minuscules bouts de feuilles mâchonnées. Sam se tenait à l'extrémité de la propriété, immobile devant le lac, une paire de jumelles braquées en plein sur El Fuego.

« Toute la nuit, Sam n'a pas arrêté de parler d'El Fuego », me confia Harriet.

Entendre d'une jeune mariée que l'homme qui partageait avec elle sa lune de miel, sans parler du reste de sa vie, avait passé leur première nuit, dans un des décors les plus romantiques qu'on puisse trouver, à parler d'un volcan n'était peut-être pas une très bonne nouvelle.

« Mon mari est au septième ciel, ajouta-t-elle.
— Et vous ?
— À vrai dire, toute cette histoire de volcan, c'est le rêve de Sam, pas le mien, dit Harriet à voix basse, comme s'il pouvait l'entendre, ce qui était impossible de là où il se trouvait avec ses jumelles. Une randonnée de treize kilomètres sur un chemin en pente raide n'est pas vraiment ma conception d'un bon moment. »

J'aurais pu suggérer qu'elle lui en parle. Mais ils étaient tous deux dans la période amoureuse pleine d'espoir où on ne cherche qu'à rendre heureuse la personne aimée. Je m'en souvenais. Pour Lenny et moi, ce moment n'avait jamais été difficile.

## 37

## Un gros chèque

Tous deux partirent explorer le village après le petit déjeuner. En quittant le bateau, la veille, Harriet avait vu un poncho qui lui plaisait, repéré une devanture proposant un massage crânio-sacral, et elle voulait rapporter un sac à sa grand-mère.

Quelques minutes après leur départ, Gus arriva avec un mètre à ruban, un carnet et une calculette.

« Bon, je sais que le fric, c'est ça qui peut faire mal. Et je veux vous trouver la meilleure offre possible. Je ne vais pas vous mentir. Je me suis un peu disputé avec Dora parce qu'elle trouvait la proposition bien trop basse.

« "Tu sais comme moi que n'importe quel type au village demanderait le double et rajouterait dix pour cent avant d'avoir fini", qu'elle a dit. Comprenez-moi. Dora est une fille bien. Je parie que, quand vous vous rencontrerez, vous deviendrez les meilleures amies du monde et vous laisserez sans doute le pauvre Gus sur la touche. »

J'étais sur le point de faire un commentaire, mais Gus avait quelque chose à ajouter.

« J'ai l'impression qu'on va faire une sacrée équipe, vous et moi.

— Beau projet », dis-je. Je montrai la cafetière. Il fit signe que oui. Je proposai du lait. Peut-être avais-je de la crème ?

Pour les fondations, il fallait compter une équipe de six hommes pendant environ trois semaines, évaluait-il. Les travaux de la fosse septique pouvaient être faits en même temps et demanderaient à peu près le même nombre d'hommes et de jours. Dans le carnet qu'il avait apporté, il avait esquissé des colonnes de gribouillages que je n'arrivais pas bien à déchiffrer et qui concernaient les sacs de ciment, les fers à béton, la livraison de sable.

La facture prévue, tout compris, convertie en chiffres qui avaient un sens pour moi, s'élevait à environ dix mille dollars. La somme couvrirait les premières urgences de la liste. Le reste viendrait plus tard.

« La bonne nouvelle, c'est que, si on fait tout d'un coup, vous n'aurez pas à fermer l'hôtel longtemps. Plus vite vous rouvrirez, plus vite vous commencerez à ramener du fric. »

Il était optimiste. Mon examen du livre de Leila la veille avait révélé qu'à part le séjour d'une semaine de Sam et Harriet, il n'y avait eu aucune réservation les deux mois précédents, sauf celle d'un Australien décrit par Leila dans ses notes comme « pauvre comme Job, mais dit qu'il apportera son didgeridoo ».

J'admirais l'enthousiasme de Gus, son approche positive. Il m'avait déjà donné le nom de l'homme qui vendait le meilleur poulet du village et expliqué où acheter une pierre verte rare qui ferait merveille sur ma façade quand on en viendrait à la réparer. Un camion allait en ville la semaine suivante. « S'il vous faut des trucs au marché, dites-le-moi. On pourra les mettre sur le compte de la maison. »

Quand il eut fini de prendre des mesures sur une autre partie de la propriété dont il décréta qu'il fallait s'occuper immédiatement, il reprit : « Vous savez quoi ? Je vais dire à Dora de nous préparer à dîner demain soir à la maison. On vous mettra à l'aise. Je ne vous l'ai peut-être pas dit, mais elle est prof de yoga. La meilleure du village. Tantrique, mais ça, c'est pour un autre jour. »

En attendant, je lui donnai le feu vert pour toutes les réparations qu'il m'avait énumérées. Les fondations, la fosse septique, les tableaux de fusibles et le câblage, je n'y connaissais rien. Dieu merci, Gus si. Je lui fis un gros chèque.

## 38

## Un dîner, un volcan

Sam et Harriet rentrèrent du village tard dans l'après-midi. Cette fois, c'était le tour de Harriet d'être excitée. Elle avait mis son nouveau poncho et portait un sac tissé. Elle me confia sans que je le lui demande combien elle les avait payés. « Tout est incroyablement peu cher au marché, je me sens coupable. Quand la femme m'a dit le prix du sac, je lui ai donné quelques dollars de plus.

— Pas des dollars. Des *garza* », corrigea Sam, une habitude que j'avais remarquée chez lui. *Garza* était le mot espagnol pour « héron ». Ce pays rendait hommage à ses oiseaux.

Ils avaient déjeuné dans une petite *tienda* et la patronne avait sorti sa collection d'objets mayas déterrés par son grand-père. C'était ce qu'avait cru comprendre Harriet qui ne parlait pas espagnol. Quand elle avait appris que Sam et Harriet venaient de se marier et étaient en voyage de noces, elle avait insisté pour leur donner un de ces objets et Harriet en avait acheté trois autres à un prix ridicule.

« Vous connaissez cet homme dans une petite cabane avec plusieurs chiens devant ? » Cela pouvait correspondre à beaucoup d'hommes, à beaucoup de cabanes. « Celle avec l'enseigne "Astrologie maya" ? »

Andres. Je me souvins que Leila m'avait parlé de lui. *Évitez-le.*

« Il était dehors et dessinait des symboles mayas incroyables. Il portait une chemise avec tout un tas de rubans et de perles. Je lui ai dit "*No habla español*", mais il a secoué la tête, comme si ce n'était pas un problème, et a posé la main sur son cœur. J'avais vraiment envie d'entrer et d'écouter son interprétation, mais Sammy a dit qu'on devait retourner à l'hôtel et nous reposer si nous nous levions à 4 heures pour la randonnée au volcan. »

Sam et Harriet partirent le lendemain pour le volcan avant que je me lève. Maria leur avait préparé du café et un pique-nique. Elmer les attendait devant le portail avec un tuk-tuk qui les emmena au début du sentier. Il monta avec eux la pente raide du volcan.

Gus et l'équipe qu'il avait rassemblée arrivèrent un peu après 7 heures. Je m'assis dans le jardin pour dessiner, pause bien méritée après ma lecture attentive et déroutante des registres fragmentaires de Leila. Je les entendis parler et rire presque toute la journée. Vers midi, un petit groupe de femmes du village en *traje* traditionnel descendirent les marches pour apporter à leurs maris des paniers contenant leur déjeuner : haricots et riz dans de petits pots en céramique, tortillas du jour enveloppées comme des cadeaux dans des torchons tissés main.

J'observais la forme menaçante du volcan de l'autre côté du lac en essayant de deviner où en étaient Sam et Harriet. À 17 heures, ils n'étaient pas encore rentrés. Je savais que Maria n'avait pas besoin d'instructions pour préparer le dîner. Je lui rappelai juste de ne pas fermer à clé le portail. Je partis chez Gus et Dora avec une bouteille de vin prise dans la réserve de Leila.

La plupart des maisons du village construites par les gringos adoptaient un style rustique : toit de chaume, murs irréguliers en adobe formant des angles insolites et recouverts de stuc blanc, vérandas en bois de caféier tordu envahies de plantes grimpantes, carillons accrochés aux arbres. La maison construite par Gus et Dora ne leur ressemblait pas du tout. En dehors du bouquet de bambous et du hamac dans la cour, la conception et les matériaux employés évoquaient un coin dans une petite banlieue ouvrière anonyme habitée par une majorité de fonctionnaires. Si la maison manquait de beauté, j'étais quelque peu rassurée de voir que cet homme construisait des habitations faites pour durer et les rénovait probablement dans le même objectif.

Tandis que je descendais l'allée pavée menant à la porte d'entrée, un enfant aux cheveux bruns sortit et vint à ma rencontre en courant – un petit garçon à peu près de l'âge qu'avait mon fils quand je l'avais perdu. J'aurais pu craindre une épreuve, mais je ne ressentis pas le besoin de prendre mes jambes à mon cou. L'enfant, Luca, était suivi par une femme nettement enceinte qui me tendit la main. Les embrassades n'étaient pas dans le style de Dora.

« J'ai beaucoup entendu parler de vous », dit-elle. Je me demandai comment, car lors de mes rencontres avec Gus j'avais écouté plus souvent que parlé.

Dora avait un accent – elle avait grandi au Chili – mais parlait parfaitement anglais, ce qui dénotait une certaine éducation, à défaut d'argent. Elle n'était pas belle. Pourtant, son visage était de ceux dont on se souvient – petit, étroit –, elle avait des yeux perçants auxquels rien n'échappait, de grandes dents d'une blancheur extraordinaire. J'avais l'impression, en faisant sa connaissance, qu'elle me jaugeait systématiquement, pas seulement mon apparence et mes vêtements, plutôt ce que je faisais là, si j'allais rester, si c'était une bonne ou une mauvaise chose.

Comme chez certaines femmes, seul le ventre rebondi de Dora en forme de ballon de basket caché sous sa chemise révélait sa grossesse. Tout le reste de son corps donnait une impression d'harmonie, confirmée par la parfaite position du lotus qu'elle adopta en passant à table.

On voyait bien que Dora ne portait pas de soutien-gorge et n'en avait pas besoin. En partie à cause de la naissance proche, sans doute (et parce qu'elle allaitait encore leur fils de bientôt trois ans), elle portait une poitrine pleine et magnifique qu'elle semblait considérer comme une source d'émerveillement, ce qu'elle était.

« Mon mari dit que nous allons devenir très bonnes amies. Alors, c'est vrai ? » Leur fils Luca s'installa sous les plis de sa blouse et se mit à téter.

Elle avait préparé un dîner sain : des lentilles et des légumes grillés, ainsi qu'une boisson argentine que je n'avais jamais goûtée, *yerba maté*. Dora me conseilla de la boire à la paille. Elle me parut amère, mais je finis mon verre. Ensuite, Dora posa sur la table un pudding à la caroube et aux graines de lin.

Si elle paraissait sérieuse et intense, Gus au contraire était drôle, enjoué, se moquait de lui-même et faisait volontiers l'éloge des autres, en premier lieu de Dora.

Toutefois Gus réservait sa plus grande admiration au gourou de l'ashram indien qui avait changé sa vie. C'était là qu'ils s'étaient rencontrés.

« Je vais être franc avec toi, ma grande », dit-il en me passant le joint qu'il venait de rouler avec l'herbe qu'il faisait pousser. Dora n'y touchait jamais. « J'étais un vrai voyou dans ma jeunesse. Si je livrais de la bière à un pub et que personne ne m'ait vu, je fauchais un ou deux packs de six. Je me suis retrouvé dans pas mal de bagarres. On peut dire que la prison ça me connaissait. J'y atterrissais si souvent dans ce temps-là que j'ai fini par appeler cette taule le Lancashire County Hotel.

— Qu'est-ce qui a changé ? » demandai-je.

Dora avait fait de lui un autre homme. Ils ne se seraient jamais rencontrés s'il n'avait pas filé à Goa le jour où la police avait présenté un mandat d'arrêt contre lui pour un vol dans un fish and chips. Un salaud de Burnley avait essayé de lui coller sur le dos le casse d'une friterie dans la rue où il habitait. « J'étais pas du tout dans le coin à ce moment-là. Mais qu'est-ce que je pouvais y faire quand celle qui aurait pu me fournir un alibi pour la nuit en question était la mère de mon meilleur ami ? Il faut dire que son mari n'était pas là. »

Une chanson du passé me vint à l'esprit, « Long Black Veil ». Un instant, j'entendis la voix de ma mère. Puis celle de Gus de nouveau.

« Je me suis pointé à l'ashram pour manger gratos. Mais je suis resté à cause d'elle. »

Son regard se porta sur Dora. Toujours sur Dora. Ce n'était pas la première fois qu'elle entendait Gus raconter son histoire. Elle s'adossa contre les coussins, Luca endormi à son sein, et leva les yeux au ciel.

« Au début, elle m'a chassé comme une mouche sur une bouse de vache. Mais j'ai pas lâché. Quand j'ai une idée en tête, on se débarrasse pas de moi comme ça. »

Lorsqu'il apprit que Dora participait à la salutation

au soleil de l'ashram, il s'y rendit pour être avec elle. Des années de travail physique l'avaient rendu fort, mais pas souple. Il pratiqua le yoga à l'ashram avec autant d'ardeur qu'il en avait mis dans le passé à fréquenter le pub Olde King Hank.

« Je connaissais ce genre de type. Beau parleur et vantard. Intéressé par une seule chose, fit remarquer Dora.

— Mais je t'ai montré que j'étais différent, hein, ma chérie ? »

Un couple qui pratiquait l'acroyoga était arrivé à l'ashram. « On était sur la plage et on les regardait. Coucher de soleil, chants, bougies. Ils avaient tous les deux l'air de foutus dieux descendus… d'où donc ? De l'Olympe ?

« On était dix ou quinze, bouche bée, et je te jure, y a pas grand-chose qui me fait la boucler, mais ces deux-là qui virevoltaient en enchaînant les postures de yoga ont révélé mon côté romantique. Le type s'est tourné vers nous et a demandé si quelqu'un se portait volontaire pour soutenir sa partenaire pendant qu'elle volait. »

Gus s'était avancé. « Je veux bien essayer. »

Dora ne se serait pas proposée, mais le moniteur la choisit. « Tu as l'air de savoir ce que tu fais. » À la voir telle qu'elle était aujourd'hui, installée sur une pile de coussins, tenant dans ses bras leur fils endormi, on comprenait qu'il l'ait choisie. Elle donnait une impression de concentration, de détermination et de tolérance restreinte, voire nulle, à l'échec.

« Il en faut beaucoup pour m'ébranler, mais là, allongé sur la natte, les pattes en l'air près de cette femme qui me faisait rêver depuis deux semaines !

Mon palpitant battait si fort qu'il aurait pu noyer les chants des supporters à un match des Rovers. »

L'acroyogi avait expliqué à Dora qu'elle devait se tenir face à Gus, les orteils alignés contre ses doigts à lui, et la plante des pieds nus de Gus contre son ventre à elle – plus bas, en fait, plus près des os du pelvis. Rien que ça, sentir ce corps incroyable sous ses orteils, lui coupait le souffle.

La professeure d'acroyoga dit à Dora de se pencher en avant. *Prends-lui les mains. Lâche le sol.*

Il tendit les jambes. Pas si facile pour un type qui avait laissé tomber l'école à quinze ans et dont les quadriceps avaient beaucoup servi à trimballer des brouettes de ciment et à hisser des poutres. « C'est sûr, j'étais pas souple, physiquement parlant, mais je voulais soulever cette petite dame le plus haut possible. Je voulais qu'elle réalise son rêve. » Pour une fois dans sa vie, il ne s'était pas planté.

Leur mariage fut célébré à l'ashram. Dora portait une belle robe blanche, Gus était aussi en blanc. « Si mes vieux potes du foot à Blackburn m'avaient vu, ils auraient dit que j'étais devenu dingue. Mais j'étais sain d'esprit. Pour la première fois en trente et un ans. J'ai persuadé cette femme de m'épouser. »

Persuader les gens. C'était probablement le plus grand talent de Gus.

## 39

# Lune de miel, interrompue

En rentrant, je pensais à Gus et Dora et à la vie qu'ils avaient construite dans leur petite maison en parpaings et adobe, leur potager devant, les poules qui se promenaient dans la cour, le petit garçon au doux visage et le bébé qui allait naître. J'avais acquis au cours du dîner l'impression indubitable que ces deux personnes possédaient un lien profond, plus profond même que l'amour ou le sexe. Leur objectif commun était de fonder une famille, un foyer. Gus était prêt à tout pour que rien ne l'entrave.

Leur couple pouvait sembler surprenant : Gus, chaleureux, expansif, grande gueule, fanfaron et Dora en retrait, dans un certain détachement distant. Dès cette première soirée en leur compagnie, j'avais remarqué son attitude protectrice envers son mari. Tandis qu'il exposait ses plans pour m'aider à remettre l'hôtel sur pied, j'observais une certaine méfiance chez Dora. Elle connaissait bien la bonne humeur et la générosité de Gus. À elle de s'assurer que je n'en profitais pas.

Mon affection pour Dora n'en était pas ébranlée. Je respectais son souci de l'ordre et de la discipline, et surtout sa loyauté inébranlable envers sa famille, Gus en particulier. S'il m'avait bien fait comprendre lors de sa première visite que je ne devais pas hésiter à l'appeler à n'importe quelle heure du jour ou de la nuit en cas de besoin, Dora m'avait gentiment suggéré ce premier soir de ne jamais téléphoner chez eux après 17 heures. C'était son heure à elle.

Je reconnaissais chez Dora l'habitude de maintenir une distance professionnelle, tandis que Gus s'était déclaré prêt, dès ce premier dîner, à être pour moi le frère que je n'avais jamais eu. En possession de trois pains lors d'une famine, il en donnerait deux et demi. Si une cliente de l'hôtel laissait tomber sa bague de diamant dans les toilettes sèches, Gus n'hésiterait pas à fouiller la crotte pour récupérer le bijou. Dora devrait lui rappeler de me présenter la facture.

Les étoiles étaient apparues. Les lumières dans les rues ou dans les maisons à cette heure étaient quasi absentes et j'avais rarement vu les constellations briller d'un tel éclat.

Je me dis que je pourrais rester un an à La Esperanza. Il faudrait sans doute tout ce temps pour remettre l'hôtel en état. Je pensais à l'histoire de Gus, à la vie qu'il avait menée avant, au choix qu'il avait fait d'en créer une nouvelle sans aucune ressemblance avec celle qui l'avait précédée.

J'ouvris le portail de l'hôtel. En descendant les marches encore peu familières, j'aperçus Harriet assise sur un banc de pierre dans le jardin. Elle pleurait. Je ne savais pas trop si je devais la laisser seule, mais elle leva la tête.

« Je suis désolée », dit-elle. Harriet faisait partie de ces gens qui s'excusent sans arrêt, même lorsqu'ils ne le devraient pas.

« La randonnée au volcan n'est pas une balade tranquille. Pour être honnête, je ne m'y suis pas attaquée, répondis-je.

— Au milieu de l'ascension, je me suis tordu la cheville. Sam a essayé de compatir, mais je savais combien il était déçu. Alors je lui ai dit de continuer sans moi. Je ne croyais pas vraiment qu'il allait me laisser, mais il l'a fait. »

Elmer avait été engagé pour accompagner Sam au sommet. On ne pouvait pas approcher du cratère sans guide.

« Je leur ai dit que ça irait, que je les attendrais. »

Une demi-heure plus tard, un insecte avait piqué Harriet. « J'avais peur que ce soit venimeux, mais ça ne devait pas être le cas parce que au bout d'un moment je n'avais plus aussi mal. » Elle avait compté jusqu'à trois cents en espagnol pour s'entraîner.

L'endroit où le mari de Harriet l'avait laissée avant de continuer vers le sommet du volcan se trouvait au-dessus de la limite des arbres. Ils y étaient arrivés le matin, mais à midi le soleil donnait en plein et Harriet avait oublié son chapeau. Elle avait la peau claire et la crème solaire était restée dans le sac à dos de Sam, ainsi que leur bouteille d'eau de réserve. Elle avait presque fini la sienne.

Des oiseaux tournaient au-dessus d'elle. Elle se demandait s'il s'agissait de vautours. Pour ne pas y penser, elle s'allongea dans l'intention de faire un somme. Quand elle se réveilla, deux hommes tenant des machettes la regardaient.

Ils voulaient peut-être seulement de l'argent, mais quand ils comprendraient qu'elle n'en avait pas (ça aussi, c'était dans le sac à dos de Sam), ils risquaient de passer à bien pire. Elle sentait son cœur battre à tout rompre. Elle imaginait l'un des hommes la maintenant au sol.

Elle essaya de se rappeler ce que son frère lui avait appris quand ils luttaient dans le sous-sol de leur maison – des déplacements utiles même si l'adversaire était plus fort, voire plus grand – et l'idée lui vint, peut-être sa seule chance. Elle se leva, déploya son mètre quatre-vingt-deux devant eux.

Sa mère lui reprochait toujours de se tenir mal, mais cette fois Harriet se dressa de toute sa taille. Elle fixa les hommes droit dans les yeux. Elle les dépassait d'une bonne tête.

Ils la regardèrent une dernière fois et partirent en courant.

Il était presque 18 heures quand Sam et Elmer reparurent à l'endroit où Harriet les attendait. Elle avait pris des coups de soleil et la piqûre d'insecte lui faisait mal, mais moins que sa cheville qui avait commencé à enfler. Avant même qu'elle puisse raconter à son mari ce qui était arrivé, il lui décrivait sa journée.

« J'ai pu voir à l'intérieur du cratère. Ça rougeoyait. Et il y avait de la vapeur qui sortait.

— Des hommes effrayants sont venus. Je les ai fait partir », dit Harriet. À ce moment-là, il aurait dû la prendre dans ses bras, lui dire qu'il s'en voulait de l'avoir laissée, la féliciter pour son courage.

« Bravo », dit-il. Rien de plus. Sur le chemin du retour, il parla de tous les autres volcans qu'il espérait escalader maintenant qu'il était arrivé au sommet de celui-ci.

Le lendemain matin, Harriet resta dans leur chambre. Je trouvai Sam près des bougainvilliers. Pour une fois, il ne contemplait pas le volcan. Il fixait le sol qu'il triturait avec un bâton. Je lui tendis un verre de jus d'orange fraîchement pressée par Maria.

« Même les gens qui s'aiment beaucoup traversent parfois des moments difficiles », lui dis-je.

Une image de Lenny me vint à l'esprit. Nous rentrions un dimanche d'une visite chez ses parents. Ses mains serraient le volant. « J'aimerais bien que tu fasses un peu plus d'efforts pour apprendre à connaître mes parents. Je suis triste de te voir assise sur le canapé sans même essayer de prendre part à la conversation. » Une vague de regret me submergea. Il aurait été si facile de le rendre heureux ce jour-là.

« Je voulais partager ma passion avec Harriet, mais elle ne pensait qu'à redescendre à l'hôtel. Tout à coup, j'ai eu l'impression que je ne la connaissais pas. Elle m'a dit que l'idée de venir ici ne l'avait jamais effleurée. Elle se fichait de voir le volcan. Faire ce voyage avec moi, c'était de la comédie.

— Je n'appellerais pas ça de la comédie. »

J'essayais d'imaginer ce que Leila lui aurait dit. « Il me semble plutôt qu'il s'agit de ce qu'on fait parfois pour rendre heureux la personne qu'on aime. Se montrer plus attentif aux désirs de l'autre qu'aux siens.

— Comment envisager de passer toute sa vie avec quelqu'un qui ne tient pas aux mêmes choses ?

— Elle tient à *vous*. Elle tient à votre relation. » Mais ma voix ne possédait pas l'autorité de celle de Leila.

« On avait des grands projets. Chaque année, pour notre anniversaire de mariage, on devait explorer un nouveau volcan.

— Et son tour viendra quand ?

— Son tour ? » Il parut déconcerté.

Plus tard dans la matinée, j'accompagnai Harriet à l'embarcadère. Elle voulait prendre le bateau et rejoindre le continent. Walter nous accompagnait, portant sur la tête le sac violet à fleurs où figuraient ses nouvelles initiales d'épouse.

« Vous devriez en discuter, suggérai-je une fois encore, alors que la *lancha* arrivait.

— Je veux rentrer, c'est tout. »

Sam passa seul le reste de la semaine à La Llorona, plongé dans les ouvrages de Leila sur les volcans. En partant, il ne retourna pas en ville puis à l'aéroport comme Harriet. Il loua une chambre dans l'une des auberges très bon marché du village. Il avait décidé de rester et de suivre un stage au centre de méditation Las Fuentes.

Les jours suivants – les jours, puis les semaines –, je l'aperçus de temps en temps. Il portait la tunique et le pantalon blancs des stagiaires. J'essayai un jour de lui dire quelques mots sur le chemin, mais il secoua la tête et de la main désigna sa bouche, par un geste qui signifiait clairement qu'il ne pouvait pas parler. Je me souvins alors de l'une des pratiques de Las Fuentes que suivaient les disciples les plus sérieux d'Andromeda, la gourou du centre. Ils observaient une période de silence de quinze jours, suivie d'une semaine durant laquelle on leur donnait une canne, on leur bandait les yeux et où des employés du centre – des indigènes qui devaient trouver cette pratique à peine plus déroutante que tous les autres comportements déroutants de la communauté des gringos – les guidaient dans le village.

Ensuite, je ne revis plus Sam Holloway pendant plus d'un an. Je le sais car, quand je le croisai de nouveau, les travaux de la fosse septique à La Llorona supervisés par Gus étaient terminés, ainsi que le remplacement des parties touchées par la pourriture sèche, le câblage du circuit électrique et la réparation des marches en pierre du portail à l'entrée de l'hôtel, travaux qui occupèrent Gus et ses hommes pendant des mois. Sa facture s'était élevée au double de l'estimation d'origine et il restait des choses à faire, mais je trouvais que j'avais de la chance qu'il soit là et veille à ce qu'on s'occupe bien de tout. Cet homme était comme un frère pour moi.

# 40

## Juste une voyageuse de passage

Deux saisons des pluies passèrent. Grâce à l'argent de l'assurance vie de Leila, il y avait un nouveau portail, des lampes qui fonctionnaient et éclairaient le chemin, de nouveaux carreaux sur le sol de la cuisine, de nouveaux plans de travail, un réfrigérateur qui ne grondait pas. Nous désherbions le jardin, nettoyions le bassin des poissons, taillions les rosiers. La propriété commençait à ressembler à ce qu'elle avait dû être aux plus beaux jours de Leila. Quelques réservations étaient faites et, parfois, des voyageurs qui ne résidaient pas à l'hôtel mais qui avaient entendu parler de la cuisine de Maria venaient dîner. Nous ne roulions pas sur l'or, toutefois je payais mes factures, rémunérais bien mes employés et il me restait un peu d'argent à la fin de chaque mois.

J'avais prévu d'être partie des bords du lac à cette époque, mais chaque fois qu'une des réparations était sur le point de se terminer, Gus trouvait d'autres idées d'amélioration. Bizarrement, cela me convenait. Si je me considérais toujours comme de passage jusqu'à la vente de l'hôtel, les projets de rénovation apparemment sans fin me permettaient de différer le prochain chapitre de ma vie. Le problème se poserait quand il serait finalement temps de me remettre en route, car je n'avais pas la moindre idée d'où j'irais.

Je gardais dans un coin de ma tête le souvenir de l'homme qui avait rendu visite à ma professeure d'art – un agent du FBI, semblait-il. Je n'avais guère de réponses à lui apporter, mais je préférais éviter ses questions.

En allant au village chercher une pièce pour la ponceuse de Gus, je vis Sam, l'ancien jeune marié, assis à une petite table pliante de l'un des stands, sur le chemin. Il avait accroché une enseigne « Excursions au volcan en anglais ». À côté de lui, une indigène très jeune et très jolie, vêtue d'un *huipil* bleu magnifique, jouait apparemment le rôle d'assistante. Son affaire semblait bien marcher, à en croire le nombre de routards que je vis traîner.

En rentrant à l'hôtel, je m'interrogeais sur ce qui permettait à ce jeune homme de faire ce qui m'était impossible : tout recommencer dans une nouvelle langue, dans un village à quatre mille cinq cents kilomètres de chez lui. Sam n'en aurait probablement pas parlé en ces termes si on lui avait posé la question. Pour lui, La Esperanza n'était pas un village à quatre mille cinq cents kilomètres de chez lui. La Esperanza était chez lui, à présent.

Là, on pouvait changer de vie presque du jour au lendemain. Une ascension au sommet d'un volcan et le tour était joué.

Pour moi, ça ne marchait pas comme ça. Où que j'aille, je transportais mon passé, ce qui s'était produit avant. Je pouvais me tenir au bord de ce lac d'un bleu incroyable, admirer la beauté de tout ce qui m'entourait – les oiseaux, les fleurs, le goût d'une mangue parfaite sur mes lèvres et son jus qui coulait sur mon menton –, mais j'avais toujours l'impression d'être une voyageuse, d'être de passage.

Je continuais à me dire qu'au rythme auquel les travaux avançaient à La Llorona, je devrais pouvoir mettre la propriété en vente dans les six mois tout au plus.

# 41

## La question de la famille

Un soir, après avoir débarrassé le dîner – les dernières assiettes rangées, les nappes sales ôtées des tables, des nappes propres sorties pour le petit déjeuner, l'argenterie emballée –, Maria me demanda si nous pouvions nous asseoir et parler.

« J'espère que vous êtes heureuse ici », me dit-elle. Je n'avais plus de difficultés à comprendre son espagnol, mais je restais incapable de lui répondre comme elle le méritait.

« J'ai de la chance. Vous, Luis et Elmer faites un excellent travail.

— Je pense que vous devez vous sentir seule dans ce grand domaine.

— Vous êtes là tous les jours. Ainsi que Luis, Elmer, Mirabel, Walter. Sans parler des clients de l'hôtel. » Nous avions des réservations à présent. Pas pour toutes les chambres, pas tous les soirs, mais plus qu'avant.

« Les clients de l'hôtel ne sont pas votre famille. »

Je ne parlais pas assez bien espagnol pour en dire davantage sur le sujet de la famille.

« C'est bien de travailler dur, mais n'oubliez pas l'amour », dit Maria.

# 42

## Un dossier rempli de lettres

Il y avait un tiroir du bureau de Leila que je ne m'étais jamais risquée à explorer. La première fois que je l'avais ouvert, j'avais été découragée par l'énorme pile de papiers fourrée à l'intérieur, sans ordre apparent : enveloppes adressées à l'hôtel mais jamais ouvertes, lettres apparemment lues mais abandonnées. Un jour, finalement, j'y regardai de plus près.

Un dossier ne contenait que des lettres d'amour, timbrées du Venezuela, d'Australie, d'Italie. Un certain Jasper semblait avoir entretenu une correspondance avec Leila durant plus de dix ans. Ses lettres étaient pleines de souvenirs du temps qu'ils avaient passé ensemble au Panama, à Roatan, à Oaxaca. Il parlait d'un jour où ils avaient nagé avec des dauphins, d'une nuit où ils avaient dormi dans la jungle et étaient tombés nez à nez avec un jaguar.

« Je rêve de toi toutes les nuits », écrivait-il dans une lettre que Leila n'avait manifestement pas ouverte.

Venaient ensuite les courriers de clients potentiels ; plus de vingt ans de demandes de renseignements émanant de voyageurs intéressés par des destinations de vacances insolites, d'agences de voyages, même, qui avaient entendu parler de l'hôtel et exprimaient le désir d'envoyer des clients. D'après ce que je voyais, Leila les avait à peu près tous négligés.

Dans les années quatre-vingt, une femme avait écrit à Leila pour dire qu'elle organisait tous les ans une conférence sur les textiles mayas avec des participants venant du monde entier. Leila envisagerait-elle d'héberger un groupe à l'hôtel ? Un homme appartenant à un département universitaire d'archéologie écrivait qu'il voulait emmener un groupe d'étudiants explorer les ruines récemment découvertes dans le voisinage. Comme les autres, l'enveloppe contenant cette lettre n'avait pas été ouverte.

À mesure que j'examinais le contenu du tiroir, je comprenais pourquoi l'hôtel avait périclité au fil des années. Leila était une artiste dans tous les sens du terme : créatrice d'espaces, de repas, de jardins, de cascades, de vitraux, de mosaïques. Mais en tant que femme d'affaires, elle se révélait catastrophique.

Au fond du tiroir je trouvai un dossier qui avait l'air ancien. Les lettres avaient été ouvertes – ouvertes et, au vu du papier, lues plus d'une fois. Examinées attentivement et souvent, peut-être. Elles concernaient Charlotte, la fille que Leila avait perdue.

Les premières donnaient une description laconique de son développement. « Elle marche. Elle a dit son premier mot. Elle aime les chiens. Elle a l'air d'avoir un don pour la danse. »

Pendant un certain temps, Javier avait, semblait-il, envoyé des nouvelles quelques fois dans l'année. Puis une fois toutes les quelques années. Et plus rien. La dernière lettre du dossier contenait une photo en noir et blanc d'un beau couple, debout à côté de deux très beaux enfants, un garçon d'environ dix ans et une fille d'à peu près douze ans. Il n'y avait que deux phrases sur l'unique feuille que contenait l'enveloppe. *Sofia et moi n'avons pas l'intention de montrer tes lettres à notre fille. S'il te plaît, ne perds pas ton temps à lui écrire.*

Leila avait peut-être continué. En tout cas, aucune réponse n'était arrivée d'Espagne.

La dernière lettre datait de février 1979. Puis plus rien.

## 43

## La Reine des Détritus

Si La Esperanza et ses environs jouissaient d'une grande beauté naturelle, le village faisait face à un gros problème, celui de ses détritus. Dans le passé, avant l'arrivée des étrangers, on n'y connaissait pas le plastique. Quand s'ouvrirent d'autres boutiques, des produits comme le soda à l'orange et le Coca apparurent, ainsi que les paquets de chips et les bonbons. Pour les gens qui n'en avaient jamais consommé, ces produits paraissaient très attirants, au point que même les plus pauvres en achetaient dès qu'ils le pouvaient et en donnaient à leurs enfants.

J'avais observé plus d'une fois la détermination et les bonnes intentions de certains voyageurs de passage. Devant la quantité de détritus qui jonchaient le chemin, ils n'hésitaient pas à faire quelque chose. S'ensuivait invariablement la construction au centre du village d'une belle poubelle assortie d'un panneau rappelant poliment l'importance d'y jeter bouteilles, cannettes et emballages. Chaque fois qu'un de ces visiteurs s'embarquait dans une mission de cet ordre, un discours du maire était requis pour inaugurer la poubelle. Les gens hochaient la tête et souriaient. Le voyageur repartait avec le sentiment d'avoir apporté une contribution très utile à la communauté et, à une échelle moindre mais significative, à la planète.

Quelques jours s'écoulaient. Une semaine. Deux. Les détritus commençaient à déborder et à se répandre à côté de la poubelle flambant neuve, et très vite constituaient un énorme tas qui cachait presque le panneau. Un mois après son inauguration, la poubelle était abandonnée. Les gens recommençaient à jeter partout bouteilles de soda en plastique et paquets de chips.

Les bonnes âmes n'avaient pas pris en compte qu'une fois la poubelle pleine, il manquait un camion pour y vider les déchets ; et, quand bien même, il n'y avait nulle part où transporter le contenu du camion, à part sur les bords d'une autre route qui à son tour serait jonchée d'ordures.

C'est alors que Valentina était arrivée.

Son vrai prénom – comme je l'appris bien plus tard – était en réalité Ingrid, cependant, à l'image de tant d'étrangers qui avaient quitté leur pays de naissance pour s'installer sur ces terres inconnues, exotiques – des gens pour qui vivre à l'ombre du volcan ne signifiait pas seulement changer d'adresse, mais changer d'identité –, elle avait adopté en venant là un nouveau nom. Pour les habitants du village, elle était Valentina.

Cette femme spectaculaire, grande, aux cheveux fous, portait des vêtements qu'elle avait apparemment créés, constellés de perles, de franges et de bouts de soie cousus sur l'ourlet. Ses robes donnaient l'impression d'être constituées de lambeaux d'étoffes assemblés comme si, pour ce faire, ce qui était accroché sur la corde à linge avait été intégralement mis en pièces. Un manteau de toutes les couleurs qui comptait plus de bouts de tissu que celui que chantait Dolly Parton.

Dans le village Valentina était appelée la *Reina de Basura*, la Reine des Détritus.

Valentina était née en Allemagne de l'Est. Elle avait grandi dans un tout petit village. « Nous étions pauvres. On jouait dans la forêt, on construisait des cabanes dans les arbres. Mes frères et moi inventions des pièces et des opéras. Ma mère me faisait mes vêtements et m'a appris à coudre. C'est pourquoi je sais créer des trésors à partir de rien. Donne-moi un tas de chiffons et j'en ferai une robe de reine. »

Activiste dès le début de son adolescence, elle défendait les droits humains et la liberté de parole. Elle fut arrêtée peu avant son vingtième anniversaire.

Emprisonnée à Berlin-Est, elle subit un an d'isolement et de torture : toutes les heures un bruit strident l'atteignait à travers les murs de sa cellule. Elle passa en tout deux années très dures dans cette prison, puis vécut dans une grotte en forêt, incapable de supporter le bruit, la foule et l'activité effrénée. Elle dut rester plus d'un an dans cet endroit sombre et silencieux qu'elle avait repéré au milieu des bois, à proximité de son village natal.

Quand elle se sentit prête à affronter le monde, elle partit pour la ville, où elle trouva du travail dans l'atelier d'un créateur de mode. Elle élaborait des patrons pour les vêtements qu'il dessinait. Très vite, elle dessina ses propres modèles, beaucoup plus originaux que ceux de son employeur. Les clientes appréciaient le travail du créateur, mais il n'avoua jamais que Valentina était à l'origine des modèles.

Les années passées en prison avaient rendu Valentina incapable de supporter le vacarme. La ville était trop bruyante pour elle. Il y avait trop de monde, trop de bus et de voitures. Un jour, elle avait lu dans un magazine un article sur ce lac, ce volcan, ce lieu où les hommes pêchaient dans des barques en bois et où personne n'avait la télévision. Sur la photo, on voyait beaucoup d'oiseaux. Une fois qu'elle avait eu économisé assez d'argent, elle avait acheté un billet pour traverser l'Atlantique et un autre qui l'avait amenée là. Bizarrement, l'endroit lui rappelait son enfance en Allemagne : les petites maisons en adobe pas très différentes de celle où elle avait grandi avec ses parents et ses frères, dans la forêt, les parcelles cultivées en terrasses sur les flancs des collines, les petits enfants courant pieds nus le long de la route, les chiens et les poules. Le volcan était un élément nouveau.

Valentina possédait ce qu'on appelle une « forte personnalité ». Cette femme aux opinions tranchées paraissait n'avoir peur de rien. Visiblement elle ne se préoccupait pas de savoir si on l'aimait et, sans doute, beaucoup ne l'appréciaient pas.

Valentina avait trouvé grâce aux yeux des habitants indigènes du village, des enfants en particulier, elle qui n'en avait pas. On la voyait généralement suivie par une bande hétéroclite d'enfants dont aucun n'avait l'air de dépasser six ans. Tous les jeunes du village connaissaient Valentina et tous l'adoraient.

Comme tout le monde, elle avait noté les problèmes posés par les ordures au village et elle avait imaginé une technique de construction qu'elle appelait l'« écobloc » : il s'agissait de bourrer avec les emballages de malbouffe, tels que chips ou chewing-gum, les bouteilles en plastique jetées et de les refermer avec la capsule d'origine.

Valentina employait de très jeunes enfants, certains de trois ans à peine, pour remplir les bouteilles. Pour chaque éco-bloc créé, elle récompensait l'enfant d'un crayon ou d'une gomme. Dix éco-blocs rapportaient un cahier. Cinquante, une boîte de marqueurs.

Elle rangeait les stocks dans sa propriété, non loin du centre du village. Quand elle en avait réuni un nombre suffisant, elle s'assurait l'aide d'un menuisier qui montait une armature en contreplaqué, dans laquelle étaient empilés les éco-blocs, ce qui lui donnait non seulement de la stabilité, mais aussi l'isolait du vent, de la pluie et du froid. Ces armatures constituaient des murs que Valentina utilisait pour la construction de maisons, de *tiendas*, et même d'une salle de classe et d'un dispensaire, qui distribuait des vitamines aux femmes enceintes.

Valentina avait appelé son organisation Pura Natura. Je devinais qu'au début personne ne s'intéressait beaucoup à son idée folle. Personne, sauf les enfants. Mais son projet de recyclage (mené par une femme et beaucoup d'enfants) avait duré assez longtemps pour que plus d'une douzaine de structures soient créées dans le village, entièrement en éco-blocs. Les écoles de la région avaient commencé à l'inviter pour parler aux élèves, pas seulement du ramassage des détritus et de la manière de garder le lac propre, mais surtout pour leur apprendre les problèmes nutritionnels posés par la consommation de malbouffe sous forme de soda et de chips dans un village où les gens étaient sous-alimentés. Elle avait écrit quelques chansons simples en espagnol sur les bienfaits des légumes et des fruits, une nutrition saine pratiquée par la communauté indigène avant que les produits emballés n'entrent dans leur monde, à l'époque où les gens du village vivaient de riz, de haricots, de maïs et de légumes.

Le mois de novembre suivant mon arrivée

à La Esperanza, Valentina et son équipe de tout petits travailleurs venaient de finir la collecte d'assez de détritus et le remplissage d'un nombre suffisant de bouteilles pour créer un jardin d'enfants, le premier du village. Parfois, en me rendant au marché, je la voyais arpenter le chemin, suivie de son petit cortège, et ramasser les emballages en plastique. Une douzaine d'années après la première construction en éco-blocs de Valentina, bien avant mon arrivée au lac, les rues étaient quasi débarrassées des détritus.

## 44

## Les Hommes-Lézards

Quand Leila était encore là, elle allait tous les après-midi au village acheter pour Maria de quoi préparer le dîner. Je l'avais accompagnée durant les quelques jours précédant son décès. À présent, je me rendais seule au marché.

Tous les jours, en empruntant le chemin, je passais devant une table du café de Harold, occupée par trois gringos vieillissants.

Chuck, Vinnie et John s'étaient rebaptisés Carlos, Vincente et Juan. Ils ne se connaissaient pas avant de débarquer au village une quinzaine d'années plus tôt, mais ils s'étaient vite rapprochés et avaient dû reconnaître chez eux un esprit commun. Des âmes sœurs peut-être, mais dès la première fois que je les vis tous les trois, il me parut évident que, s'il y avait une chose qu'aucun d'eux ne possédait, c'était bien une âme.

Ils vivaient dans des maisons situées à un jet de pierre l'une de l'autre, de grands bâtiments, construits à l'économie mais tape-à-l'œil, peut-être inspirés des villas italiennes ou, plus exactement, des fausses villas italiennes caractéristiques des enclaves résidentielles clôturées qu'on voyait sur certaines parties de la côte de Floride. Sauf qu'à La Esperanza, l'acquisition de l'une d'elles coûtait beaucoup moins cher. Elles avaient toutes une entrée à colonnade, aux statues apparemment inspirées par d'anciennes Playboy Bunnies, une rangée de cèdres taillés bien droit, destinée à ne surtout pas voir les gens du coin passer avec leur fardeau de bois, de parpaings, de légumes et d'enfants.

À certains moments, Carlos, Vincente et Juan avaient été contraints de nouer quelques relations avec la communauté pour engager gardiens et bonnes, meubler leurs grandes maisons de gigantesques canapés en cuir, de matelas king size et de larges écrans de télé. Depuis que je vivais là, l'unique activité de ces trois hommes consistait pratiquement à se retrouver autour de la table du fond au café de Harold, où ils passaient la journée à boire du café jusqu'à midi, puis de la bière.

Un cendrier trônait sur la table, rempli des mégots de leurs cigarettes roulées. Ils devaient avoir la quarantaine à leur arrivée au lac, mais leurs panamas ne les avaient pas protégés des méfaits du soleil. Ils ressemblaient à de vieux reptiles, bruns et couverts d'écailles, assis là toute la journée, avec leurs cigarettes et leurs boissons, sans bouger jusqu'à l'heure de la fermeture. Ils rentraient alors chez eux en titubant, se faisaient griller un steak et allumaient la télé sur CNN.

Je connaissais tous ces détails par Maria, dont la nièce avait brièvement travaillé pour Carlos mais avait démissionné quand, un soir, il avait posé la main sur sa poitrine.

Carlos – Chuck dans son ancienne vie – avait très tôt pris sa retraite de pilote de la TWA. La compagnie l'avait laissé partir après qu'il avait été surpris à boire pendant un vol Seattle-Dallas, me raconta Harold qui tenait l'histoire de Carlos en personne, sous l'influence de nombreux shots de whisky. Sa retraite lui avait suffi pour faire construire la demeure de style italien, avec sa fontaine en ciment à l'entrée d'où l'eau jaillissait des seins d'une femme nue.

Vincente avait été coiffeur pour hommes à Reno, quand il était sans doute connu sous le nom de Vinnie. Le troisième homme du groupe, John – Juan à présent –, avait exercé dans sa vie précédente le métier d'officier de probation en Floride.

Le trio avait la réputation de mal payer leurs employés. « Tu sais comment garder une fille pour faire la cuisine et la vaisselle ? Épouse-la », avais-je entendu Carlos déclarer, un jour que je m'étais arrêtée chez Harold pour boire un smoothie.

« Je préfère les assiettes en papier », avait répondu Juan.

Toute la journée les Hommes-Lézards reluquaient les filles du village qui empruntaient la rue en allant à l'école le matin, en rentrant chez elles l'après-midi, en se rendant au travail si elles en avaient un, servant à table, vendant des fruits ou s'occupant du stand de tacos. Quand une jeune fille du village passait, les trois lézards la suivaient des yeux. Celles de dix ou onze ans ne remarquaient rien, contrairement à celles de treize ans. Elles accéléraient le pas devant chez Harold, comme si une mauvaise odeur émanait du café. Leurs mères, si elles accompagnaient leurs filles, les serraient contre elles plus fort que d'habitude quand elles approchaient de l'endroit où les lézards étaient tapis.

Les lézards ne s'intéressaient pas aux femmes de leur âge, ni même à celles qui, comme moi, n'étaient plus des adolescentes. Ils aimaient la chair tendre, disaient-ils.

Un jour que Vincente avait posé la main sur la poitrine d'une jeune serveuse du café, Valentina

– elle qui avait connu la torture dans une prison d'Allemagne de l'Est – cria aux Hommes-Lézards d'aller se faire foutre. Ils se moquèrent d'elle. Ils auraient pu disparaître sous un caillou toute une journée, tout le monde savait qu'ils seraient de retour à leur place le lendemain.

# 45

## Paperasserie

Un courrier du bureau du gouvernement situé en ville arriva en recommandé. L'enveloppe contenait une épaisse liasse de documents en rapport avec la succession de Leila. Tout était en espagnol, naturellement. Si je parvins à comprendre l'essentiel, beaucoup de détails m'échappaient.

S'y trouvait le titre de propriété de l'hôtel – la *escritura* – qui nécessitait ma signature. Le courrier mentionnait aussi un problème que j'ignorais, à savoir ma capacité, en tant que non-ressortissante du pays, à y posséder une propriété.

Ce n'était pas impossible, mais je devinais, d'après ma lecture du document – ma compréhension du texte s'élevait aux alentours de cinquante pour cent –, que l'enregistrement de mon droit de propriété sur La Llorona à la municipalité exigeait que je désigne un *representante*, une personne en possession de la citoyenneté à qui j'attribuerais certains des droits et pouvoirs d'un mandataire. Leila, bien que citoyenne américaine à son arrivée, avait évidemment renoncé au passeport du pays de sa naissance pour jouir des droits de citoyenneté de son pays d'adoption.

Je pouvais apparemment m'embarquer moi aussi

dans ce processus, mais ce serait considérablement plus compliqué que par le passé. Je saisissais une bonne partie, mais pas l'ensemble du document, écrit non simplement en espagnol, mais en espagnol juridique. Même aux États-Unis, lire les contrats et remplir les déclarations d'impôts n'était pas mon point fort. À présent, les mots dansaient devant mes yeux.

J'appelai le bureau du notaire de Leila, Juan de la Vega, mais il était parti en vacances pour trois semaines. J'emportai donc le document chez Gus et Dora. Dora parlait un espagnol raffiné et élégant ; si ma mémoire ne me trompait pas, elle s'était intéressée aux affaires publiques et avait commencé des études de droit à l'université de Santiago avant de devenir yogi.

À mon arrivée, elle terminait un cours de yoga prénatal dans le jardin pour un petit groupe de gringas épanouies au ventre rond, en posture *shavasana*. M'apercevant au portail, elle me fit signe de m'installer dans la cuisine.

Après le départ des femmes, elle nous prépara une théière de *yerba maté*. Je sortis le contenu de l'enveloppe. Elle étudia plusieurs minutes les papiers avant de lever les yeux.

« Le gouvernement rend les choses très compliquées, dit-elle en secouant la tête. Chaque fois qu'il a l'occasion de noyer les gens dans la paperasse, il ne s'en prive pas. En voici un parfait exemple. » Elle montra un paragraphe que j'avais complètement sauté car son sens m'échappait.

« Ils veulent que tu coches cette case, tu comprends ? Si tu le fais, tu sais à quoi tu consens ? À payer une taxe de cinq mille *garza* pour ce qu'ils appellent le fonds de conservation du lac payable par les résidents étrangers. »

Dora but une gorgée de son *yerba maté* en fronçant les sourcils.

« N'oublie pas que tu vis dans un pays où les individus au pouvoir sont toujours prêts à profiter des autres. Ils comptent sur les étrangers pour ne pas voir ce qu'ils manigancent. Les Américains qui viennent ici ont tendance à sortir leur carnet de chèques dès qu'ils voient un papier avec un timbre officiel et quelques grands mots espagnols.

« Je ne vais pas laisser passer ça, ajouta-t-elle.

— Alors, qu'est-ce que je fais ?

— Tu ne comprends pas comment ça marche ici. Des gens très malveillants aimeraient saisir ta propriété. Ils voient une femme américaine célibataire dont l'espagnol n'est pas très bon. Ils se préparent au coup de grâce. »

Je me pris la tête dans les mains.

« Je pense que je peux faire le déplacement à ta place. Aller au bureau du notaire en tant que ta représentante légale. »

Je lui assurai que je paierais le taxi. « Toi et Gus êtes de si bons amis. » (J'aurais pu ajouter « comme une famille », si j'avais mieux su ce qu'était une famille.) « Je ne sais pas ce que je ferais sans vous. »

Dora partit en ville deux jours plus tard, munie d'un porte-documents datant de sa vie d'étudiante qui contenait le formulaire que nous avions préparé et certifié conforme – en espagnol aussi – donnant à Dora le droit de signer tous les papiers nécessaires en mon nom.

Elle revint au village tard dans la nuit (elle dut rentrer en bateau taxi que je fus tout à fait disposée à payer).

Pour la remercier, j'apportai le lendemain matin

à Gus et Dora un gâteau à la carotte et un portrait de Luca que j'avais crayonné un soir où ils étaient venus dîner, que j'avais placé dans un cadre en bois de caféier.

Dora me rendit l'enveloppe contenant les documents. Je la fourrai dans le tiroir du bureau de Leila avec tous les autres papiers que personne n'avait jamais lus.

## 46

## Coin de paradis

C'était une époque sans connexion Internet au village. Nous ne faisions pas de publicité. L'hôtel ne figurait sur aucun guide. Cela expliquait sans doute en partie le taux d'occupation constamment bas à La Llorona. Si la chance nous souriait, deux chambres étaient réservées, mais presque jamais les quatre, et à la saison des pluies en général aucune.

Grâce au compte en banque que m'avait laissé Leila, je réussissais à payer Maria et Luis, ainsi que Mirabel et Elmer. Mais à cause de tous les travaux que Gus avait entrepris sur la propriété, l'argent de l'assurance vie s'amenuisait et Gus avait annoncé qu'il restait des choses à faire. J'avais l'impression que, chaque fois que son équipe terminait les tâches de sa liste de priorités, d'autres se présentaient. La balustrade en bambou longeant les marches en pierre pourrissait. Les contremarches étaient inégales.

« Vaudrait mieux pas qu'un gars fasse un plongeon et te colle un procès qui te mette à poil, ma grande », me rappela Gus. Ce qui fit surgir la nécessité d'éclairer les marches la nuit. Et si on créait un nouveau tableau de fusibles, on pourrait installer des lampes dans le jardin et une dans le jocote ? Gus imaginait comment les fleurs resplendiraient. Et moi, j'aurais un vrai Covent Garden chez moi. Il mettrait peut-être une ampoule rouge pour faire de l'effet. Et pourquoi pas des haut-parleurs dehors ?

Les lampes du jardin et l'ampoule rouge dans l'arbre se révélèrent un peu plus clinquantes que je ne m'y attendais. Quand j'étais livrée à moi-même, je préférais davantage d'obscurité à la nuit tombée pour admirer les étoiles dans toute leur gloire. Mais Gus aimait tellement cette lumière que je n'avais pas le cœur de lui en parler. La première fois qu'il fit basculer l'interrupteur, je m'émerveillai devant le jardin baigné d'une lumière rougeoyante, tout en prenant note dans ma tête de ne l'actionner que les soirs où lui et Dora viendraient dîner. Nous prenions un repas ensemble au moins une fois par semaine, auquel se joignaient leur fils Luca et leur fille Jade. Avec Maria et Luis, qui n'éprouvaient aucune sympathie pour Gus et Dora, ils étaient devenus pour moi ce qui s'apparentait le plus à une famille.

À présent, quand j'allais au village, je m'arrêtais dire bonjour à la Casa Colibri. J'apportais une noix de coco fraîche à Luca et Jade ou je demandais l'aide de Dora sur une tournure en espagnol nécessaire pour communiquer avec la mairie à propos des impôts fonciers ou avec la banque. Dora ne montrait ni la chaleur ni l'humour de Gus ; mais, étonnamment, l'absence chez elle de la décontraction, de l'amabilité expansive de Gus était pour moi une raison supplémentaire de la respecter. Gus était facile à aimer. Dora plus facile à croire.

Tous les vendredis après-midi depuis plus de trois ans maintenant, depuis que Gus travaillait pour moi, nous nous asseyions pour recenser les heures que son équipe avait effectuées et le coût des matériaux. Il me rappelait que lui-même se contentait d'une somme dérisoire, mais il ne pouvait faire autrement. Il aimait tant donner du travail aux gars du coin, qui avaient plus besoin d'argent que lui. Sans parler du fait (même s'il en parlait régulièrement) qu'il aimait la propriété comme si c'était la sienne. Compte tenu du peu de réservations, je voyais bien que je dépensais plus que je n'aurais dû pour ces améliorations. Mais l'enthousiasme de Gus était contagieux. J'admirais son imagination, sa force de travail et son dévouement aux hommes de son équipe, qui se montraient toujours si heureux et reconnaissants le jour de la paie.

« C'est un bout de paradis que tu as là, ma grande. Ou ça va le devenir », me disait-il.

Nous formions une fine équipe. Il était les muscles, Dora la tête, avec son espagnol parfait qu'elle était toujours prête à mettre à ma disposition quand je devais téléphoner en ville, m'occuper d'une grosse commande de matériaux ou de la banque. Mon rôle était le plus facile : je signais les chèques.

## 47

## Une plante qui rend possible la venue d'un bébé

Je reçus, venant de Chine, une lettre d'une femme qui me demandait si j'avais une chambre disponible à l'hôtel le mois suivant pour un séjour d'une durée indéterminée. Je répondis immédiatement que nous la recevrions.

Deux semaines plus tard, Jun Lan se trouvait devant le portail, accompagnée par Walter, bien sûr, avec deux grosses valises. « Je vais peut-être rester un certain temps », expliqua-t-elle.

Son voyage depuis la Chine avait duré trente-deux heures, mais elle n'avait pourtant pas l'air particulièrement fatiguée. S'il me fallait la décrire le jour de son arrivée, je commencerais par ses yeux, qui semblaient presque luire. Elle avait l'air d'une femme en mission, mais je n'appris que plus tard de quelle mission il s'agissait.

« Votre mari n'est pas venu avec vous, dis-je – un constat, pas une question.

— Il travaille énormément et, de toute façon, il pense que je suis folle de venir ici. »

Je conduisis Jun Lan à sa chambre par le long couloir en passant devant l'un de mes quelques ajouts à la décoration de La Llorona : une série de dessins encadrés, inspirés des oiseaux et des plantes que j'avais trouvés dans le jardin.

« Qui les a faits ? » Personne ne m'avait jamais posé de questions sur mes dessins. Gus et Dora avaient dû venir une centaine de fois sans jamais les regarder.

« J'étais illustratrice. Des manuels de médecine, surtout, mais j'adore dessiner d'après nature.

— Alors vous connaissez les plantes. C'est très bien. »

Elle était la seule cliente de l'hôtel ce soir-là et elle me demanda de me joindre à elle au dîner. « Je devrais peut-être expliquer ce qui m'amène ici. Votre aide pourrait m'être nécessaire. »

Dans un anglais presque parfait, elle me raconta son histoire, du moins ce qu'elle avait vécu jusque-là.

« Vous comprendrez mieux ma mission », dit-elle.

Jun Lan (son nom signifiait « Jolie orchidée ») était née dans un petit village rural proche de Hengshui, au début de la Révolution culturelle.

Ses parents, des gens instruits, occupaient de bons emplois, mais ils avaient été dépouillés de leurs biens et de leur argent à l'époque de Mao Zedong, et s'étaient retrouvés à cultiver du riz et des pommes de terre sur un lopin de terre si petit que dix pas suffisaient pour atteindre la parcelle voisine. La famille vivait dans une cabane d'une seule pièce.

Jun Lan avait cinq ans quand sa mère donna naissance à un fils, Jun Wei – *Wei* signifie « grandeur », mot qui caractérisait l'événement pour ses parents. Ce fut à lui qu'ils offrirent une éducation. Lui qu'ils emmenèrent à Shijiazhuang où ils travaillèrent à l'usine pour payer ses études.

Jun Lan resta à la campagne aux soins de sa grand-mère, Lao Lao. Elles passaient leurs journées à cultiver le petit jardin voisin de leur minuscule maison. Elles partaient presque tous les après-midi dans les collines au-dessus du village. C'est sur ces collines que Lao Lao apprit à Jun Lan à reconnaître les herbes et les plantes médicinales. Un tel savoir lui venait de sa propre grand-mère et des nombreuses générations précédentes, ainsi que du grand ouvrage classique qui servait de bible à toute la médecine chinoise : le *Bencao gangmu*, *La matière médicale classifiée*, ouvrage de Li Shizhen, un médecin du XV<sup>e</sup> siècle.

Lao Lao n'avait pas les moyens d'acheter les plus de cinquante volumes dans lesquels Li Shizhen avait couché le travail d'une vie, mais elle avait un jour emmené Jun Lan chez une femme qui en possédait quelques-uns. Elles avaient passé des heures à étudier les dessins des plantes médicinales identifiées par Li Shizhen comme les plus efficaces.

Lors de leurs nombreux après-midi dans les collines, Jun Lan et sa grand-mère cherchaient ces plantes. Quand elles en dénichaient une, Lao Lao la mettait à bouillir et en faisait une boisson amère qu'elle donnait à Jun Lan pour la rendre forte, courageuse et aider son cerveau à se développer.

Au cours des années suivantes, Jun Lan rendit visite à ses parents et à son frère une seule fois, qui lui suffit pour comprendre qu'elle voulait vivre en ville.

Rentrée chez sa grand-mère, elle continua à cueillir des herbes avec Lao Lao dans les collines. Un fermier du village la payait à ramasser les pierres dans ses champs pour en faciliter la culture. Avec l'argent gagné, Jun Lan acheta une bicyclette, très vieille, dotée d'une seule vitesse et d'une chaîne très rouillée, conçue pour une personne beaucoup plus grande qu'elle. Peu importait. Pour Jun Lan, c'était le véhicule qui allait la transporter vers une nouvelle vie. Elle avait quatorze ans.

Cent vingt kilomètres séparaient le village de Hengshui de Shijiazhuang, reliés par des chemins de terre pleins de creux et de bosses, et parfois très pentus. Au bout d'une journée entière, Jun Lan n'avait accompli que la moitié du trajet. Elle se coucha dans les buissons sur le bord de la route, sa veste de coton en guise de couverture, et s'endormit avec une chanson que lui chantait sa grand-mère quand elle était petite. Elle avait enveloppé quelques raviolis dans un mouchoir pour le voyage.

En arrivant en ville, Jun Lan ne se présenta pas au domicile de ses parents : elle savait qu'elle n'y serait pas la bienvenue. Elle se rendit dans le plus grand hôtel, le Shijiazhung Palace, où elle offrit gratuitement ses services comme guide pour les voyageurs étrangers. Elle ne dit pas au concierge de l'hôtel, à qui elle fit cette proposition, qu'elle n'avait mis qu'une seule fois les pieds dans la ville et qu'elle avait besoin d'une visite guidée plutôt que d'en proposer une.

« Reviens demain, lui dit le concierge. Si des clients sont intéressés, tu pourras leur faire découvrir la ville. »

Elle trouva une petite chambre à louer l'après-midi : un lit dans une chambre à partager avec une autre fille, étudiante à l'université, le rêve de Jun Lan. Tôt le lendemain matin, la fille, Xi Liu, lui montra ce qu'il y avait à voir, assez pour qu'à son tour elle sache quoi proposer à d'éventuels clients.

Les sept mois qui suivirent, Jun Lan passa son temps à se présenter au Shijiazhuang Palace tous les matins et à attendre sur les marches, parfois toute la journée, au cas où quelqu'un aurait envie d'une visite guidée. Elle était disponible pour tous les clients de l'hôtel voulant profiter de ses services, mais elle espérait toujours que les voyageurs seraient américains, ou au moins britanniques. Son objectif : apprendre l'anglais.

Le soir, elle étudiait dans les livres de Xi Liu et, quand elle le pouvait, elle se glissait au fond des amphithéâtres pour écouter les cours des professeurs de sa colocataire. Quand elle se sentit prête, elle passa l'examen, fut reçue et admise à étudier. Quatre ans plus tard, s'étant distinguée avec les honneurs, elle s'inscrivit en école de médecine.

Là, Jun Lan rencontra Lei Kai Wen, plus avancé d'un an dans ses études. Lei Kai Wen (« Tonnerre. Triomphe. Éducation ») était issu d'une famille dont la réussite professionnelle était majeure et qui avait réussi, même durant les années de la Révolution culturelle, à conserver un niveau de vie bien différent de ce qu'avait connu Jun Lan. Lei Kai Wen était un étudiant très sérieux. Il s'aperçut que, même dans cette université pleine d'étudiants ambitieux et très disciplinés, Jun Lan se distinguait par une passion pour l'étude de la médecine qui égalait la sienne.

Après être sortis ensemble un an – l'année où Jun Lan obtint son diplôme de médecine –, ils se marièrent. Pour leur nuit de noces, la mère de Lei Kai Wen avait placé sous les oreillers le cadeau traditionnel qu'on appelait *Zao Sheng*, composé de cacahuètes, de graines et de dattes, censé assurer la fertilité.

Après deux ans de mariage, ils n'avaient pas d'enfant. Jun Lan, honteuse, réfléchissait en silence aux raisons possibles. Elle savait, même si son mari n'avait rien paru remarquer, que durant ces mois et tous ceux qui avaient précédé son mariage, depuis sa jeunesse comme guide touristique de la ville, elle n'avait jamais connu le saignement menstruel des autres jeunes femmes. Quelque chose clochait chez elle. Elle rendit visite en secret à un médecin de l'hôpital où elle et Lei Kai Wen travaillaient.

Jusqu'à cet instant, Jun Lan m'avait raconté son histoire avec calme, sérieux et une précision surprenante, presque clinique. Mais à ce stade de son récit, les larmes lui montèrent aux yeux.

« Vous ne connaîtrez jamais le bonheur d'avoir un enfant. Vous êtes stérile », lui annonça le médecin.

« Mon mari s'absorba dans son travail. Il rentrait de plus en plus tard et ne parlait presque pas. » Abandonner tout espoir de concevoir un enfant, selon le verdict du médecin, était plus que Jun Lan n'en pouvait supporter. Bien qu'ayant passé huit ans à étudier la médecine occidentale – et arrivée major de sa promotion, une fois de plus –, elle se tourna de nouveau vers la sagesse de la médecine chinoise et ses souvenirs des journées passées jadis sur les collines de Hengshui à cueillir des herbes avec sa grand-mère.

Elle annonça à son mari qu'elle devait aller voir Lao Lao. Cette fois, elle fit le voyage en bus, pas à vélo.

Jusqu'alors, elle n'avait parlé à personne des paroles du docteur, mais elle se confia à sa grand-mère autour d'une tasse de thé.

« J'ai tellement honte, dit-elle à Lao Lao. Mon mari m'appelle *Shi Nu.* » « Fille de pierre ».

« N'aie pas honte, répondit Lao Lao. J'ai souffert du même problème autrefois. Je l'ai soigné par des herbes et j'ai donné naissance à ta mère. »

Mais quand elles montèrent dans les collines à la recherche du remède de Lao Lao, la plante avait disparu, ainsi que beaucoup d'autres qu'elles avaient ramassées autrefois. Lao Lao se mit à pleurer.

« Les pesticides. Ils ont éliminé nos plantes les plus précieuses. Il ne reste que des mauvaises herbes », expliqua-t-elle à Jun Lan.

Lao Lao était vieille et Jun Lan savait qu'elle avait peu de chances de la revoir. Avant de reprendre le bus qui la ramènerait près de son mari en ville, elle lui posa une question : « Durant toutes ces années, je n'ai jamais su ton vrai nom. Tu as toujours été Lao Lao.

— Oh ! C'est sans importance. Le nom qu'on m'a donné n'était pas très intéressant. »

À l'époque de sa naissance, une fille avait si peu de valeur dans la famille que rares étaient les parents qui se donnaient la peine de lui trouver un nom. « On m'appelait Ya Tou », dit Lao Lao. Comme presque toutes les filles du village. « Fille ».

Cinq jours plus tard, la nouvelle arriva à l'appartement que Jun Lan partageait avec son mari. Lao Lao avait été trouvée morte sur son lit de coton dans la petite maison en bambou, celle de l'enfance de Jun Lan. L'après-midi, Jun Lan se rendit à la bibliothèque de l'université où elle travaillait. Elle prit de nombreux volumes du *Bencao gangmu* sur les étagères. Elle voulait y examiner un dessin de l'herbe que Lao Lao et elle avaient cherchée dans la colline, l'herbe précieuse qui lui accorderait peut-être la fertilité, si elle réussissait à la trouver.

Penchée sur le livre, munie d'une loupe prêtée par la bibliothèque, Jun Lan lut la description que faisait Li Shizheng de l'herbe qu'elle cherchait. Son nom chinois ne lui servirait pas dans sa quête, mais elle s'intéressa au climat, au terrain, au type de sol, à l'angle du soleil nécessaires pour favoriser son apparition et la faire prospérer.

Elle se mit à la recherche de l'endroit, quelque part sur la planète, où ces conditions seraient réunies. Un lieu se distinguait de tous les autres. Jun Lan y trouverait peut-être la plante médicinale qui exaucerait son rêve de concevoir un enfant.

« L'herbe que je cherche a plus de chances de pousser près d'un lac de haute montagne, dans une région où les pesticides demeurent fort heureusement absents. Elle a besoin d'un sol riche en cendres volcaniques », m'expliqua-t-elle.

L'endroit qu'elle décrivait était La Esperanza. Les montagnes derrière mon hôtel.

Jun Lan acheta donc un billet d'avion. Et elle était là maintenant, à treize mille kilomètres de chez elle, en quête d'une herbe magique qui lui permettrait peut-être de devenir mère.

## 48

## Bottes en caoutchouc dans la montagne

Jun Lan prenait déjà son petit déjeuner quand je sortis dans le patio juste après le lever du soleil. « Vous aimeriez peut-être vous reposer une journée avant qu'Elmer vous emmène dans la montagne ? » lui suggérai-je. Elle secoua la tête.

C'était la saison des pluies, mais ce point lui était égal. Je lui prêtai mes bottes en caoutchouc, un long imperméable jaune et un bâton de marche pour lui éviter de glisser sur le sentier aux endroits où la boue risquait d'être épaisse. Il faisait froid et une couche de brume persistait.

Ils restèrent absents longtemps. En début d'après-midi, Gus arriva avec un nouveau robinet pour l'évier de la cuisine, en remplacement de celui que Leila avait posé des dizaines d'années auparavant. Pour une fois, je lui dis que je préférais ne rien changer.

« Celui-là, tu n'auras pas besoin de le remplacer avant quarante ans, me dit Gus en caressant amoureusement la surface lisse.

— Et c'est bien la mauvaise nouvelle, parce que j'en aurai envie », lui répondis-je.

Gus et moi avions établi une relation qui nous permettait de plaisanter facilement. Il n'abandonnait pas aisément.

« Retourne à ta planche à dessin, ma belle. Si ce modèle ne te tape pas dans l'œil, j'en trouverai un autre qui te plaira.

— Ou pas. » Je ne ressentais vraiment pas le besoin de remplacer le robinet de la cuisine. Que l'argent de Leila n'ait pas été presque épuisé n'y aurait rien changé.

Il remarqua des chaussures inconnues dans l'entrée, celles que Jun Lan avait ôtées pour enfiler mes bottes.

« Qui est la nouvelle cliente ? demanda-t-il.

— Une jeune docteure chinoise. Elle est à la recherche d'une herbe médicinale.

— Une herbe sacrément spéciale, j'imagine. Une fille ne saute pas dans un avion et ne fait pas la moitié du tour de la planète pour ramasser quelques pissenlits, je me trompe ?

— En Chine, la plante a disparu. C'est une herbe exceptionnelle.

— C'est quoi, cette plante qu'elle veut tant dénicher ? »

Mon rôle n'était pas de lui raconter l'histoire de Jun Lan. « Elle en a besoin pour la recherche. Elle s'intéresse à la botanique.

— Je croyais qu'elle était médecin.

— On peut avoir des hobbies. » J'avais rarement vu Gus aussi tenace.

Jun Lan et Elmer revinrent juste avant le coucher du soleil. Malgré mes bottes et mon ciré, Jun Lan était trempée. Ils avaient passé des heures à chercher l'herbe correspondant au dessin du livre médical chinois, mais ils rentraient bredouilles.

Le lendemain matin et le jour suivant, ils repartirent dans la montagne. À leur retour en fin d'après-midi, après des heures à fouiller les pentes boueuses en vain, nous préparions du thé pour notre pensionnaire et chaque soir, à 19 heures, Maria posait une assiette devant elle. Jun Lan ne mangeait presque rien, à part quelques bouchées de riz.

Un soir, je buvais une bière avec Gus au jardin et j'écoutais son nouveau projet pour la propriété : un jacuzzi au bord du lac qui permettrait à mes clients de contempler le volcan tout en trempant dans l'eau bouillonnante. Chauffage solaire. Ça ne me coûterait presque rien.

J'aperçus, par-dessus l'épaule de Gus, Elmer et Jun Lan qui revenaient une fois encore de leur recherche quotidienne dans la montagne. Un simple coup d'œil au visage de Jun Lan et je compris : ils avaient trouvé son herbe magique.

Elle nous rejoignit là où Gus et moi discutions, comme tous les jours, de nos projets d'amélioration. Mon carnet à dessin était posé à côté de moi, Gus tenait son éternelle calculette. « Il y avait une bananeraie. On aurait pu très facilement ne pas les voir. Les plantes poussent plus près du sol que je ne le pensais. Les feuilles sont si délicates », raconta-t-elle.

Je n'avais pas expliqué à Gus les vraies raisons de la quête menée par Jun Lan, mais il lui suffit de la regarder et d'entendre la voix fébrile, presque euphorique, avec laquelle elle décrivait sa découverte pour comprendre l'importance de cette herbe. Quels que soient ses bienfaits, ils devaient être considérables.

« Tant mieux pour vous, ma grande, dit-il en buvant une longue gorgée de bière. Ma femme est aussi un peu horticultrice. Je suis sûr que votre herbe va l'intéresser.

On peut pas dire qu'elle ressemble à grand-chose, mais faut pas se fier aux apparences, hein ? »

Dans la cuisine, après le départ de Gus, nous avons montré à Maria le bouquet de feuilles que Jun Lan avait cueilli. Maria mit de l'eau à bouillir.

« Li Shizhen nous conseille de faire tremper l'herbe cent minutes. Il est important de boire toute la décoction, en une seule fois si possible, puis de se coucher sur le ventre pendant deux heures », me dit Jun Lan.

Une femme désireuse de bénéficier des effets de l'herbe doit répéter ce processus tous les jours sans faute, m'expliqua-t-elle. Je transmis cette information à Maria pour qui ce processus faisait sens. La médecine chinoise traditionnelle différait moins qu'on n'aurait pu le croire de celle que lui avait transmise sa propre culture.

Une fois la décoction prête, Jun Lan disparut dans sa chambre. Elle y passa le reste de la soirée.

Les jours suivants, Jun Lan ne sortit pas de la propriété, préférant rester étendue sur une chaise longue à lire ou à écrire dans son journal. Depuis qu'elle avait trouvé l'herbe, quelque chose avait changé : il émanait d'elle une sérénité, un air de dignité calme que même Gus semblait percevoir.

« J'ai l'impression que notre voyageuse a envie qu'on la laisse tranquille, fit-il remarquer.

— Elle a besoin de repos », dis-je.

Il n'était jamais facile pour Gus d'accepter l'idée qu'on puisse choisir de ne pas bavarder avec lui. « Ce truc avec l'herbe, c'est quoi ?

— Ça ne regarde que Jun Lan », répondis-je.

Jun Lan séjournait à La Llorona depuis trois semaines. L'argent ne semblait guère lui poser de problème, pas plus que l'absence de contact avec son mari resté en Chine. « Il travaille. Il ne pense pas à moi pendant ce temps », dit-elle la seule fois où je lui posai la question.

Un matin, elle apparut dans le patio, radieuse comme si un rayon de soleil avait percé les nuages pour n'éclairer que son visage.

« À mon réveil ce matin, il y avait du sang sur le drap. » En annonçant la nouvelle, elle ne cherchait pas à s'excuser ni ne s'inquiétait de la tache que Mirabel enlèverait assez facilement avec de l'eau froide en frottant fort. C'était une déclaration joyeuse, la preuve que l'herbe avait fait son travail.

Dans l'heure qui suivit, elle réserva au téléphone son vol de retour en Chine. À 15 heures, elle avait fait ses bagages. Walter vint la chercher devant le portail et l'accompagna au bateau.

« Franchement, ta copine a mis les voiles un peu vite. Vous avez eu une prise de bec ? fit remarquer Gus en arrivant le lendemain.

— Elle était prête à partir », répondis-je. Elle avait fait ce qu'elle avait à faire là.

Six semaines plus tard, je reçus une lettre dans une fine enveloppe bleue chargée de timbres qui la couvraient presque entièrement. À l'intérieur, la nouvelle. Jun Lan était enceinte.

## 49

## Des sneakers chic et un sac rempli de ballons de basket

Un couple de Portland dans l'Oregon, qui travaillait pour Nike, revint à l'hôtel. L'année précédente, au cours de leur première visite à La Esperanza, Claudia et Rick avaient été troublés par le fait que les filles du village étaient exclues du terrain de football. En même temps, le couple s'était ému de la passion des jeunes filles pour le basket, alors qu'elles ne connaissaient pas bien les règles du jeu.

À l'université, Claudia et Rick avaient été de très bons joueurs de basket. Rick avait même été brièvement joueur professionnel en Europe. Cette fois, ils arrivèrent au lac chargés de quatre énormes valises pleines de sneakers et de shorts portant le logo *Just Do It* et un sac de ballons de basket réglementaires. Ils accrochèrent quelques affiches annonçant qu'ils allaient animer un cours de basket-ball. Il n'en fallut pas plus.

Rick et Claudia devinrent instantanément les célébrités du village. Ils ne parlaient pas plus de quelques mots d'espagnol, mais peu importait : ils parlaient la langue du basket.

Pendant leur séjour d'une semaine au lac, ils passèrent à peu près tout leur temps sur le terrain au centre du village à apprendre aux filles des déplacements compliqués. Les jeunes garçons se tenaient sur les bords tandis que Rick et Claudia montraient comment réaliser un dribble croisé, dessus et dessous, et comment se placer, toutes choses que même les meilleurs jeunes joueurs de l'équipe masculine ne connaissaient pas. Je pensais qu'en voyant combien les garçons avaient envie d'apprendre de nouveaux déplacements Rick et Claudia les inviteraient à se joindre à l'entraînement, mais ils restèrent fermes. Cette semaine du moins, le basket appartenait aux filles.

Elles jouaient de tout leur cœur. Jusque-là elles portaient sur le terrain des chaussures en plastique moulé achetées au marché. À présent, chacune dans l'équipe arborait des Ultrafly roses, même si, à l'exception de Claudia, elles gardaient leurs jupes longues traditionnelles, tenues par une ceinture tissée, et un *huipil* brodé.

Je n'avais jamais assisté à un match aussi énergique. Au marché et dans la rue, la plupart des filles gloussaient et se voilaient la face si des garçons leur adressaient la parole. Je les avais vues dégager le terrain chaque fois que des joueurs voulaient l'occuper. Cette semaine-là, c'était au tour des garçons de s'asseoir et d'attendre pendant que les filles y couraient à toute vitesse.

Debout sur la touche, je regardais le dernier match de la semaine organisé par Rick et Claudia avec les filles, lorsque je repérai un visage familier. Mirabel. Comme toujours, elle se distinguait des autres. En jupe tissée, retenue à la taille par la ceinture de perles qu'elle avait mis un an à confectionner, sa natte volant dans son dos, elle fonçait à chaque occasion d'intercepter une passe. Quand elle réussit un tir à trois points du milieu du terrain, elle tomba à genoux et fit le signe de croix.

Tout le village semblait réuni pour assister au spectacle. Les femmes plus âgées qui n'avaient jamais posé le pied sur un terrain de basket et ne le feraient probablement jamais, les garçons et les hommes assis à côté de moi, tous regardaient avec stupéfaction et une certaine envie les filles qu'ils avaient plutôt l'habitude de voir réaliser des tortillas que des tirs vicieux.

Dans deux ans, la moitié d'entre elles tiendraient des bébés dans leurs bras ; mais ce jour-là, elles ne connaissaient pas de plus grand amour que le basket. Leur star était la bien-aimée d'Elmer, Mirabel.

## 50

## Une proposition inattendue (deux, en fait)

Au cours des mois, des années maintenant, que j'avais passés à surveiller la liste interminable des projets de rénovation à La Llorona, j'avais scrupuleusement maintenu le rituel consistant à sortir ma boîte d'aquarelles tous les après-midi et à peindre parfois des fleurs ou des arbres, parfois des oiseaux. Tant que j'observais la nature et essayais de la saisir sur le papier, j'arrivais à oublier mon chagrin. Je n'étais jamais aussi heureuse que quand je peignais.

Je m'aperçus que j'avais réalisé quelques centaines d'images et décidai de les exposer au village, dans le restaurant de Rosella. Les prix étaient raisonnables : vingt-cinq ou trente dollars pièce. Il ne s'agissait pas de gagner de l'argent.

C'est alors qu'un homme se présenta devant mon portail. « J'ai vu vos aquarelles. Je suis venu vous faire une proposition.

« Je sais que ça paraît dingue, mais j'ai l'impression que le destin m'a conduit vers vous. Votre façon de peindre révèle une extraordinaire tendresse. Même quand votre sujet n'est rien de plus qu'une feuille ou une fleur en bouton. Je veux faire un livre avec vous, sur les oiseaux. »

Personne, en rencontrant Jerome Sapirstein, ne l'aurait qualifié de bel homme : épaules étroites, teint de quelqu'un qui ne sort pas souvent. Il portait un short kaki qui lui descendait jusqu'aux genoux, de hautes chaussettes blanches, des sandales et un chapeau plus indiqué pour un safari, avec une jugulaire et un bord si large qu'il couvrait la moitié de son visage. Mais je perçus immédiatement une forme de douceur en lui. Ainsi que de l'enthousiasme. « Vous n'avez pas idée à quel point je suis ravi de vous rencontrer. » Je ne voyais pas pourquoi. Il avait autour du cou une paire de jumelles de toute évidence extrêmement coûteuses.

Jerome Sapirstein possédait une maison d'édition à New York. C'était également un ornithologue amateur passionné. Il était venu à Lago La Paz car il avait entendu dire que, nulle part ailleurs dans le monde, on ne trouvait une aussi grande variété d'oiseaux.

Son unique objectif en venant au lac était d'observer les oiseaux et d'ajouter autant d'espèces que possible à la liste qu'il avait constituée durant toute sa vie. Les dix derniers jours, il avait parcouru les sentiers avec un guide (qu'il avait engagé pour l'accompagner), et fait quelques excursions dans la jungle et sur la côte du Pacifique. S'il lui restait à apercevoir un quetzal, oiseau rare et insaisissable qui représentait pour un ornithologue comme lui le nec plus ultra, il avait réussi à observer plus de spécimens exotiques autour du lac qu'au cours des expéditions menées chaque week-end aux États-Unis pendant vingt ans.

Quand Jerome Sapirstein avait vu mes aquarelles d'oiseaux au restaurant de Rosella la veille au soir, l'idée lui était venue d'un livre racontant des histoires étonnantes sur la vie des oiseaux autour du globe, accompagnées de mes peintures.

« Je veux bien entendu inclure quelques-unes de vos superbes images des oiseaux du lac. Mais y figureront aussi des peintures d'oiseaux vivant dans d'autres parties du globe. Des flamants de Bolivie, peut-être. Des pingouins de l'Antarctique. »

Il continua l'énumération : hirondelles de Capistrano… corbeaux de la Tour de Londres…

« Pouvez-vous imaginer plus exaltant que d'observer un couple de *macronus ptilosus* dans leur habitat naturel en Indonésie ? »

Je le pouvais, mais je n'en dis rien.

L'ouvrage auquel pensait Jerome Sapirstein serait ce qu'on appelle un « beau livre » dans le monde de l'édition : grand format, illustrations en couleurs, impression de grande qualité. Sans regarder à la dépense. « Je crois que nous pouvons créer un chef-d'œuvre. » Le budget du projet n'était pas un problème.

Dire que cette idée arrivait de manière impromptue serait en dessous de la vérité. Dix minutes plus tôt, je discutais derrière l'hôtel avec Gus et Luis du remplacement d'une partie des tuiles du toit, et de la meilleure façon d'empêcher les insectes de manger les feuilles d'un des rosiers. J'avais aussi prévu ce jour-là une visite à une pépinière pour voir les roses, un bain anti-puces pour notre chien Cuzmi, une visite à Josephina, une tisserande du village, pour choisir des housses de coussins, et je devais également répondre à quelques demandes de renseignements posées par d'éventuels clients qui formulaient tous les mêmes questions : l'eau était-elle potable ? Fallait-il s'inquiéter des banditos et des kidnappeurs ? (*Eau filtrée. Banditos et kidnappeurs, pas un problème.*)

L'espace de quelques minutes, j'envisageai des voyages à Londres et en Antarctique. Encore plus surprenant, je considérai la possibilité de reprendre le genre de carrière que j'avais imaginée quand je vivais à San Francisco. J'avais fermé cette porte depuis cinq ans. Et voilà que Jerome Sapirstein, avec ses jumelles et son chapeau de safari, l'ouvrait brusquement.

Il m'exposa sa vision des choses tandis que nous étions assis au patio et dégustions l'un des mélanges de jus de fruits de Mirabel.

« J'ai tant à vous dire. Je suis certain que ce sera le début d'une aventure formidable pour nous deux », reprit-il en me demandant de l'appeler Jerome.

Son désir de me voir illustrer un livre m'avait ramenée à une période de ma vie à laquelle je pensais de moins en moins souvent. Pas seulement à mon travail d'illustratrice d'ouvrages médicaux, mais à ma vie avec Lenny et Arlo, quand nous nous promenions à Point Reyes, Arlo dans le porte-bébé, tandis que Lenny inventait des chansons idiotes et s'arrêtait pour examiner toutes les choses intéressantes que nous découvrions sur le sentier : un tapis de mousse sur lequel nous allonger, un champignon poussant sur un arbre, la coquille d'une limule sur la plage. À Vallejo Street, j'observais les conures à la fenêtre et je les dessinais.

Quand des images de cette époque me revenaient à l'esprit, j'avais l'impression de regarder le film de la vie d'une autre personne. À l'exception de ma petite exposition au restaurant de Rosella, seuls les clients de l'hôtel voyaient mes aquarelles. Et voilà que cet homme me remettait en mémoire une partie de moi-même dont j'avais presque perdu la trace.

Je pensais en avoir fini avec tout cela. Des années après la date prévue pour vendre l'hôtel et partir, j'étais toujours plongée dans de nouveaux projets de construction et de rénovation. Payer les factures de bois et de ciment, discuter avec Gus remplissait mes journées. Le matin même, il était passé me soumettre le plan d'un pavillon de massage que, à son avis, nous devrions construire près de l'eau. Une structure simple : quatre pieux en bambou auxquels il proposait de suspendre des rideaux de coton blanc que Dora coudrait en un rien de temps, une sorte d'autel garni de bougies, de fleurs et peut-être (jusqu'à ce que nous installions la chaîne hi-fi dont il rêvait) un magnétophone et des enceintes. Si un autre entrepreneur s'en chargeait, la facture me coûterait les yeux de la tête, mais pour moi, il ne demanderait presque rien. C'était devenu son discours habituel.

« N'en parle pas à ma régulière, elle me ferait la peau d'avoir demandé si peu. » Gus concluait toujours ainsi la proposition d'un devis. Je préférais considérer son attitude comme une partie de son charme.

Un autre homme, très différent, était maintenant assis avec moi dans le patio. Il parlait des oiseaux et de l'art, et il écoutait, captivé, le moindre mot que je prononçais.

Nous parlions depuis des heures. À l'approche du soir, Jerome me demanda si je voulais dîner avec lui au village. « Je sais que c'est très insolite, mais je me disais qu'un changement vous ferait peut-être plaisir. »

Un seul endroit à La Esperanza pouvait rivaliser avec les plats que Maria préparait à l'hôtel : le restaurant de Rosella, Il Piacere. Nous aurions pu prendre un tuk-tuk, mais Jerome proposa d'y aller à pied. C'était mon heure préférée. Le soleil sombrait derrière le volcan, le ciel changeait sans cesse de couleur : rose puis pêche, puis violet. Les collines se paraient d'un éclat doré et les oiseaux frôlaient la surface de l'eau.

À cause de mes responsabilités à La Llorona, je n'avais pas mangé chez Rosella depuis au moins deux ans. La dernière fois que nous nous étions rencontrées dans la rue, chacune avec notre sac en fibre d'agave rempli de légumes, nous nous étions embrassées rapidement avant de vite repartir vers nos tâches respectives.

Ce jour-là j'avais remarqué qu'elle donnait la main à Wade, l'ancien avocat de Chicago devenu propriétaire du restaurant de lapins. Elle était maintenant à peine reconnaissable.

« Je n'aurais jamais pensé tomber de nouveau enceinte à mon âge. Des jumeaux, me dit-elle quand je la félicitai.

— Toi et Wade ?

— Après tant d'années. Qui aurait cru ? »

Je pensais encore à la grossesse de Rosella quand nous nous sommes assis à table, Jerome et moi. La voix de Maria Callas emplissait le jardin – « *O mio babbino caro* ». Puccini. Jerome nous commanda une bouteille de vin, la meilleure de la maison, même si ça ne signifiait pas grand-chose.

« À notre collaboration », dit-il.

Jerome et moi avions probablement passé la majeure partie des huit heures précédentes en échanges animés, mais à mon étonnement nous n'avions pas épuisé tous les sujets, ceux qui avaient peu de chances d'être abordés avec Dora et Gus (art, livres, voyages). Cela faisait du bien de parler d'un projet sans aucun lien avec l'hôtel. À 22 heures, au moment où Rosella fermait, nous étions encore en pleine conversation.

« Je dois vous avouer que j'ai des arrière-pensées. Tout ce que j'ai dit sur votre talent en tant qu'artiste est la vérité, mais je me demandais aussi pourquoi vous n'aviez pas d'homme dans votre vie. J'imagine que j'avais envie de savoir si la place était vacante. »

J'observai son visage. Ses doux yeux gris, ses cheveux dressés dans tous les sens. Il avait mis une chemise propre pour le dîner, tout aussi moche que la précédente.

« Je crois que je pourrais être un très bon compagnon pour vous. »

Qu'est-ce qu'il racontait ? Nous ne nous connaissions pas douze heures plus tôt. Je ne savais pour ainsi dire rien de cet homme. Et lui, encore moins de moi. Je le lui fis remarquer.

« Écoutez, dit-il. Je ne fréquente pas les bars et, même si je le faisais, je ne suis pas du genre à engager une conversation avec une femme. Arrivé à un certain âge, on se demande ce qui compte vraiment dans la vie. Tomber passionnément amoureux est sans doute un conte de fées fabriqué pour les très jeunes gens. Pour moi, le mariage ressemble à une bonne collaboration. Là où j'en suis, je veux passer le reste de ma vie avec une femme que je respecte et qui s'intéresse à certaines des choses me tenant à cœur. Quelqu'un avec qui je peux parler comme nous semblons capables de le faire. »

Je ne savais pas quoi répondre. À vrai dire, j'aimais l'idée de tomber follement, passionnément amoureuse. Je n'avais jamais considéré ma relation avec Lenny comme une bonne collaboration. Du début à la fin, ç'avait été une histoire d'amour.

« N'avez-vous jamais voulu d'enfants ? » demanda-t-il.

Je ne m'autorisais plus à explorer ce sujet, ni avec Jerome ni même dans ma tête. Même si je ne pouvais pas prétendre que la vue de Rosella, enceinte à quarante-cinq ans, ne m'avait pas donné à réfléchir.

« Parce que moi, si. Il me faut juste trouver la femme avec qui les élever. Et je viens peut-être de la trouver. »

Nous avions prévu de travailler le lendemain aux grandes lignes de notre livre sur les oiseaux, mais quand nous nous sommes retrouvés dans le patio le matin suivant, il avait une autre idée.

« J'ai observé le volcan. Vous y êtes déjà montée ? »

Depuis que j'étais là, je n'avais jamais fait l'ascension.

« Je vais vous proposer quelque chose. Passez la journée avec moi. Nous apprendrons à nous connaître. Si vous ne me haïssez pas quand nous redescendrons du volcan, peut-être m'épouserez-vous. »

L'idée était si folle que j'acceptai.

# 51

# Des bébés dans la tête

Normalement, j'aurais engagé Elmer comme guide, mais Luis avait besoin de son aide pour un projet de construction et nous avons pris la décision, Jerome et moi, de monter seuls au volcan. Maria nous prépara un déjeuner et aussi, sachant qu'il nous faudrait sans doute beaucoup de temps, un paquet de noix de macadamia et du chocolat pour nous donner de l'énergie.

Rien dans l'apparence de Jerome Sapirstein ne suggérait un athlète. Il n'était aucunement en surpoids, mais il avait l'air d'un homme qui avait passé la majeure partie de sa vie assis à son bureau. J'avais en fait supposé que la randonnée au volcan durerait une heure ou deux avant que nous fassions demi-tour. Mais au bout de quatre heures, Jerome ne montrait aucun désir d'abandonner.

Il s'avéra que presque tous les week-ends de printemps et d'automne il randonnait dans le parc d'État de Harriman et, l'été, il campait dans les Adirondacks. L'été précédent, avec son frère Elliot, il avait passé cinq nuits dans les White Mountains du New Hampshire.

« Le plus difficile a été le mont Adams. Il n'y avait même pas de sentier, seulement un énorme tas de rochers. Six heures non stop à grimper péniblement sur un tas de rochers.

« Chaque fois que l'un de nous, mon frère ou moi, vit une expérience vraiment difficile, on se montre du doigt et on se dit : "Au moins, on n'est pas au mont Adams." »

Je me surpris cet après-midi-là. Au cours de mes années au lac, j'avais focalisé presque toute mon attention sur ma propriété. Durant presque tout ce temps, je l'avais vécu comme une thérapie. Je ne voulais pas penser à ma vie. À part quelques excursions en ville pour des fournitures, je connaissais à peine la région, pas même les paysages autour du lac, sauf vus du patio, une tasse de café en main. Fait central dans ma vie durant toute cette période : il n'y avait pas de place ni d'intérêt pour une relation. Et maintenant, pour la première fois depuis des années, je me permettais d'envisager la possibilité d'en construire une avec cet homme.

Nous avons atteint le sommet du volcan peu après 15 heures. La météo était de notre côté : vue dégagée sur des kilomètres et pas de vent. De là où nous étions, à bonne distance du cratère, nous distinguions tout de même dans ses profondeurs la lave brûlante et rougeoyante, nous sentions la fumée et les roches en fusion. Jerome avait apporté une boîte de chocolats de luxe achetée sans doute à New York et une bouteille de vin. Je devinais à quel point il essayait de faire de cette excursion une journée exceptionnelle.

Jerome Sapirstein aimait les oiseaux, sauf que la vie au grand air ne lui convenait pas. Les insectes le dérangeaient, comme beaucoup d'autres choses. Mais je dus également reconnaître au cours de notre ascension qu'il était vraiment quelqu'un d'attentionné. Il avait apporté de la crème solaire et me rappela plus d'une fois l'importance d'en appliquer régulièrement. Il avait aussi pris trois bouteilles d'eau, des bâtons de randonnée, une bombe contre les insectes et une lotion à la calamine au cas où nous tomberions sur du sumac vénéneux (qui ne poussait pas dans la région).

« J'espère que ça ne vous dérange pas. J'éprouve un désir irrésistible de prendre soin de vous. »

Je ne prétendrais pas ne pas avoir été touchée par les paroles de Jerome. À l'exception de la brève et merveilleuse période d'à peine plus de quatre ans vécue avec Lenny – et de celle passée auprès de Daniel quand il était le petit ami de ma mère –, j'avais pris soin de moi presque toute ma vie. L'idée qu'un jour un homme s'occupe de nouveau de moi ne m'était pas totalement désagréable.

Mais autre chose me trottait dans la tête tandis que je réfléchissais à la proposition de Jerome Sapirstein.

Après la mort d'Arlo, je m'étais dit que je n'aurais jamais plus d'enfant, cependant les années au lac m'avaient transformée. J'apprenais de nouveau ce que signifiait être heureuse et avoir de l'espoir en l'avenir. La vision de Rosella, enceinte, la veille m'avait ébranlée.

J'avais trente-six ans, donc encore le temps, mais il n'était pas inépuisable. Cet homme correct et gentil semblait prêt à s'engager et à fonder une famille avec moi. L'idée n'était peut-être pas si folle.

Pendant les quelques heures de notre ascension, je me mis à imaginer comment serait la vie avec Jerome. Je me voyais avec un bébé dans les bras, je l'allaitais, je lui chantais les chansons que ma mère me chantait, comme je l'avais fait pour mon fils. (Dans mes fantasmes, le bébé était toujours une fille. Il ne pouvait y avoir qu'un fils, celui que j'avais perdu.)

Une fille, donc. Je nous voyais jouer dans l'herbe, colorier, sortir les peintures, marcher dans la rue (quelle rue ? où ?) en nous tenant par la main tandis qu'elle sautillait. Dans les images qui me venaient à l'esprit, nous étions presque toujours toutes les deux, ce qui révélait sans doute quelque chose sur ce fantasme. Le père de cette enfant rêvée demeurait flou, hors de vue.

À cet instant, Jerome Sapirstein trébucha sur une racine et tomba. Il voulut faire croire qu'il n'y avait rien de grave, mais en se relevant il fit la grimace.

« Je crois que je me suis tordu la cheville. Pour être franc, je ne sais pas comment je vais faire pour redescendre. »

## 52

## Le baiser

Il ne nous restait plus qu'à passer la nuit sur le volcan. Nous avions encore les tortillas emballées par Maria, ainsi que quelques morceaux de fromage et un paquet de noix de macadamia. Le matin, nous avions fourré des sweat-shirts à capuche dans nos sacs en prévision de la fraîcheur de fin d'après-midi, mais je doutais qu'ils suffiraient à nous tenir chaud toute la nuit.

Nous avons trouvé un endroit plat, abrité du vent par un affleurement rocheux. Jerome a étalé un tissu ajouté par Maria comme nappe de pique-nique. Il était de ces hommes qui, même pour dormir à la belle étoile, posent leurs chaussures l'une contre l'autre et leur chapeau à côté. Il garda ses chaussettes.

« J'ai réfléchi à notre livre », dit-il. Ce n'était pas la phrase la plus romantique à prononcer devant une femme sous les étoiles, mais il fallait reconnaître sa sincérité.

« Avez-vous entendu parler des conures exotiques qui se sont échappées d'une animalerie quelque part en Californie il y a des années et se sont installées à San Francisco ? demanda-t-il. Elles sont nombreuses maintenant et vivent sur Telegraph Hill. Nous pourrions y aller ensemble. Vous les peindriez. »

Un instant, j'imaginai retourner à San Francisco avec Jerome et ce que j'éprouverais en revenant dans mon ancien quartier avec cet homme. « J'ai vu ces conures. Il y a longtemps », répondis-je.

Nous étions allongés sur le dos, face aux étoiles. « Est-ce que je peux te prendre dans mes bras ? » demanda Jerome.

Il me récita un poème, un de ses favoris, « The Lake Isle of Innisfree ». J'avais dû le lire un jour en classe, mais jusqu'alors je n'avais pas compris de quoi parlait Yeats : le désir impérieux qu'avait éprouvé le poète de s'échapper dans une cabane près d'un lac où il espérait trouver la paix. Pour moi, cet endroit était La Llorona.

N'ayant pas envisagé de passer la nuit sur le volcan, nous n'avions pas emporté de brosses à dents, mais Jerome avait pensé à prendre des bonbons à la menthe. « Je peux t'embrasser ? » demanda-t-il.

On a beaucoup écrit en littérature et en chanson sur le pouvoir d'un unique baiser, sur la façon dont cet événement a priori mineur peut déclencher l'amour, la passion et la prise de conscience que la personne dont les lèvres sont simplement appuyées sur les vôtres est peut-être celle avec qui vous avez envie de vivre le restant de vos jours. Il est également vrai, mais moins bien documenté, qu'un baiser peut provoquer l'effet inverse.

Comment décrire les défauts d'un baiser ? (Lèvres trop serrées, trop sèches, trop raides ? Langue trop agressive ? Dents gênantes ?) Je compris à l'instant où Jerome Sapirstein m'embrassa que je ne pourrais jamais faire ma vie avec cet homme bien, gentil, intéressant, respectueux de mon art. À vrai dire, ce qu'il avait rejeté comme un fantasme réservé aux jeunes idiots (la passion, l'amour éperdu) était la seule chose qui avait du sens pour moi.

« Je te louerai un atelier pour peindre. » L'argent n'était pas un problème. « Notre livre sur les oiseaux ne sera qu'un début. »

« J'aimerais tant faire un bébé avec toi. Deux, si possible. »

« Je sais que ça paraît un peu fou de dire ça à une femme que je ne connais que depuis deux jours, mais je crois que je peux te rendre heureuse, Amelia. J'imagine clairement notre vie ensemble. Je voudrais que tu rentres à New York avec moi. »

Nous étions allongés sur la nappe de pique-nique, mais je m'assis. Je devais lui faire face pour prononcer ces mots si difficiles.

« Je ne peux pas aller vivre avec toi à New York. » L'idée d'un enfant dans ma vie, de quelqu'un pour qui j'éprouverais de l'amour et qui m'aimerait aussi – mais qui pouvait être sûr de cela ? – m'avait terrifiée. Le problème soulevé par l'idée d'épouser Jerome Sapirstein était toutefois sans rapport avec cette peur. Le problème était Jerome.

« Je veux vivre avec toi. Tu es la femme la plus parfaite que j'aie connue. Pas parfaite ? Bon, parfaite pour moi. »

Il se passait quelque chose en moi pendant qu'il parlait, comme si des nuages s'amassaient à toute vitesse. Comme le grondement lent et lointain qu'on entend à la saison des pluies, juste avant l'orage.

« Tu dois me trouver dingue, je crois que tout cela s'est imposé à mon esprit à l'instant où j'ai posé les yeux sur toi. J'ai eu envie de prendre soin de toi. Je sais prendre soin des gens », poursuivit-il.

C'était sans doute vrai, mais que pouvais-je lui offrir en retour ? Et où était l'amour dans le tableau que Jerome dressait pour nous ? Il n'avait pas prononcé le mot.

Peut-être m'aimait-il ou (plus vraisemblablement) croyait-il m'aimer.

Le problème était que moi, je ne l'aimais pas.

Nous avons passé une nuit triste et chaste, côte à côte sur la nappe de pique-nique, en regardant les étoiles. Au matin, la cheville de Jerome allait mieux et il put redescendre, même s'il avait encore mal. Nous n'avons pas parlé de ce qui avait changé entre nous, mais nous le savions tous deux.

Plus tard dans la journée, Jerome Sapirstein et moi avons monté lentement les marches de La Llorona. Il tenait sa valise sans roulettes d'une main et son chapeau de safari de l'autre. Il ne servait plus à rien, sans doute, de vouloir m'impressionner par sa désinvolture s'il avait eu cette intention en le portant précédemment.

Je l'embrassai sur la joue en lui disant au revoir.

« J'espère que tu trouveras un artiste pour illustrer ton livre, dis-je.

— Ce livre n'avait d'intérêt que parce que je l'aurais fait avec toi. » Il posa son chapeau moche et bizarre sur sa tête et souleva sa valise. « Au moins ce n'était pas le mont Adams », dit-il, et sa silhouette mince et bondissante disparut sur la route.

# 53

## Une fille et deux mères

Une demande de réservation arriva. Une famille cette fois, Helen et Jeff Boggs de Minneapolis et leur fille, Sandra. Il était rare qu'une famille choisisse La Llorona comme destination de voyage. Je n'avais pas l'intention de me renseigner sur leurs motivations, mais Helen me les révéla spontanément.

Les Boggs avaient adopté Sandra cinq ans et demi plus tôt, quand elle avait dix-huit mois, dans un orphelinat en ville. Depuis qu'ils avaient emmené Sandra aux États-Unis, ils n'étaient pas revenus.

« Nous voulons montrer à notre fille d'où elle vient. Lui faire connaître ses racines », m'expliqua Helen. L'adoption était assez courante dans le pays, mais, à mon avis, rares étaient les parents adoptifs qui choisissaient de faire découvrir à leur enfant son pays d'origine. Je confiai à Helen Boggs mon admiration pour la décision qu'elle et son mari avaient prise, et l'assurai que je ferais tout mon possible pour donner du sens à leur voyage.

« Je dois sans doute vous préciser que, l'an dernier, nous avons engagé un enquêteur. Nous l'avons payé pour qu'il tente de trouver la mère biologique de Sandra. Nous n'avions pas beaucoup d'informations, mais nous voulions essayer. »

Trois semaines auparavant, ils avaient reçu des nouvelles de l'enquêteur, Santos. Il avait trouvé la femme qui avait abandonné le bébé portant maintenant le nom de Sandra Boggs. Sept ans plus tôt, elle l'avait laissé sur les marches du minuscule hôpital d'un village où elle vivait toujours, à quinze kilomètres de La Llorona. Voilà pourquoi la famille Boggs avait entrepris ce voyage.

J'étais en train de terminer mon café du matin quand je reçus le coup de téléphone de Helen Boggs. Aussitôt, je me mis à préparer une chambre pour la famille – la chambre des Singes : un lit double et un lit simple, des singes sculptés sur les montants du lit et un fauteuil à bascule sur la petite véranda privée devant les portes-fenêtres. L'enfant serait ravie.

Trois semaines plus tard, ils arrivèrent devant le portail.

Helen Boggs était une femme charmante, à peu près de mon âge, aux cheveux blond vénitien. Jeff, son mari, était un vrai roux.

La fillette, petite, solidement bâtie, ne ressemblait pas du tout à ses parents. Walter aurait pu passer pour un membre de sa famille. Même peau couleur café, mêmes cheveux noir d'encre. Même profil intemporel qu'on retrouvait chez une douzaine de femmes vendant des légumes au marché ou, tout aussi facilement, sur une ancienne pierre sculptée dans les ruines récemment mises au jour dans la jungle, au nord.

La vue de la petite, le premier enfant que j'accueillais comme client de l'hôtel, me prit de court. Elle tenait une poupée American Girl à la peau sombre comme elle, mais ce qui me fit un coup au cœur fut le ballon. Ses parents avaient dû le lui acheter au village et ils avaient enroulé la ficelle à son poignet pour l'empêcher de s'envoler.

« Tu dois être Sandra », dis-je.

Elle adora la chambre des Singes. Elle ne voulait pas utiliser la serviette en forme de cygne posée sur son lit par Mirabel parce qu'il aurait fallu la déplier. Je lui dis que je lui en donnerais une autre.

Les Boggs, seuls clients de l'hôtel cette nuit-là, me demandèrent de me joindre à eux, ce qu'il m'arrivait de faire les soirs calmes. Cette fois, j'hésitai. Je ne m'étais pas encore remise de la vue du ballon.

« Je vais devoir vérifier que tout est prêt pour demain, m'assurer que Maria vous prépare un bon repas en vue du trajet. »

La famille Boggs devait prendre le bateau pour Santa Clara le lendemain matin et retrouver l'enquêteur. De là, partir dans les collines à la rencontre de la mère biologique de Sandra. Je savais par Helen qu'elle était au courant de leur venue et acceptait de les rencontrer, mais loin des gens de son village. Abandonner un bébé comme elle l'avait fait était une terrible source de honte.

Sandra, plus que ses parents, insista pour que je me joigne à eux le soir.

« Tu sais que j'ai été adoptée, non ? dit-elle en faisant tourner sa paille dans la boisson à la mangue que Mirabel avait posée devant elle.

— Ta maman me l'a expliqué. Ce doit être très important pour toi, ce voyage.

— J'ai deux mamans. Je suis sortie du ventre d'une autre maman. Mais ma vraie maman, c'est ma maman. » Elle montra Helen.

« Toi, tu dois avoir une seule maman, dit Sandra.

— Ma maman est morte il y a longtemps. Mais j'avais une mamie.

— La maman qui m'avait dans son ventre ne pouvait pas s'occuper de moi. Elle n'avait pas d'argent pour manger. »

Je croisai le regard de Helen. Je venais de faire la connaissance de cette famille et je ne voulais pas trop m'immiscer. Ils avaient certainement passé des heures à réfléchir à la façon d'aborder le sujet. Ils avaient dû en parler avec un psychologue. De quel droit interviendrais-je ? Mais Helen et Jeff Boggs semblaient accepter le fait que leur fille m'avait incluse dans la conversation, même sur un sujet aussi crucial.

« Elle a sans doute trouvé très difficile de te laisser. Elle devait beaucoup t'aimer, répondis-je à Sandra.

— C'est exactement ce que nous avons dit à notre fille, déclara Jeff.

— Tu as des enfants ? demanda Sandra.

— Pas d'enfants.

— Pas *encore*. On ne sait jamais ce que réserve l'avenir, non ? affirma Sandra.

— Il faut excuser notre fille. Sandy n'a pas l'habitude de rencontrer des inconnus », dit Helen.

Il y avait de la mousse au chocolat avec de la crème fouettée et des fraises au dessert. Ce n'était l'anniversaire de personne, mais j'avais demandé à Maria de planter un cierge magique dans la coupe de Sandra.

« Tu travailles demain ? demanda-t-elle.

— Comme d'habitude, j'imagine.

— Alors il faut que tu viennes avec nous. Tu parles espagnol, non ? Mon papa et ma maman ne savent dire que *hola* et *buenos dias*.

— Je pense que c'est un moment familial et intime pour vous trois. Toi, tes parents et ta maman de naissance, vous voulez probablement être seuls, lui expliquai-je.

— À vrai dire, Jeff et moi sommes assez d'accord

avec elle. Nous n'avons jamais rencontré l'enquêteur. En fait, nous ne vous connaissions pas non plus avant aujourd'hui, mais j'ai l'impression que vous comprenez, dit Helen.

— Je suis d'accord avec Helen. Nous avançons un peu à l'aveuglette ici. Pour tout vous dire, nous avons abordé le sujet quand nous étions au jardin. Votre présence nous ferait du bien, reprit Jeff.

— Mon espagnol est bien meilleur que quand je suis arrivée, mais il est loin d'être parfait.

— Tu parles mieux qu'eux », dit Sandra en pointant sa paille vers ses parents. À cet instant, elle aperçut Cuzmi, le chien de l'hôtel. Elle avait essayé tout l'après-midi de lui faire rapporter des bâtons. Elle fila à sa rencontre.

Sandra partie, j'exposai une fois encore mes réticences à Helen et Jeff. « Êtes-vous certains que ma présence ne vous dérangera pas ?

— Écoutez, tout ça est un peu dérangeant, non ? Nous avons fait tout ce chemin pour présenter l'enfant que nous aimons le plus au monde à la femme qui lui a donné naissance. Une partie de moi pense que nous devrions oublier tout ça et passer la journée de demain à acheter au marché des bracelets de perles et des poupées tracas, vous devez vous en douter. Sauf qu'une autre partie de moi sait qu'un jour notre fille aura beaucoup de questions à nous poser. Tout ce que nous pouvons lui offrir pour l'aider à comprendre son histoire, elle y a droit », dit Helen.

Je leur répondis que je les retrouverais dans le patio après le petit déjeuner. J'avais moi-même une idée de ce qu'on ressentait quand on ne savait pas tout à fait d'où on venait. Ma mère avait explosé quand j'avais six ans et je me retrouvais avec des questions sans réponse.

# 54

## Poupées tracas

Le lendemain matin, nous sommes montés dans le bateau tous les quatre – Jeff, Helen, Sandra et moi – pour le continent, où ils avaient organisé la rencontre avec l'enquêteur. Sandra gambadait devant nous dans l'étroite rue pavée, montrait du doigt sur les étals des objets à vendre qu'elle voulait voir de plus près au retour : une jupe à sa taille avec des quetzals brodés, un collier de minuscules filles en céramique au visage ressemblant au sien, un sac en tissu rempli de poupées tracas. « L'idée, c'est de mettre une de ces poupées sous ton oreiller chaque fois que quelque chose te tracasse. Le matin, le tracas est censé avoir disparu », lui expliquai-je.

Les Boggs avaient organisé la rencontre avec Santos, l'enquêteur, dans un café en face du marché. Je crus tout d'abord qu'il n'était pas encore arrivé, mais quand nous nous sommes dirigés vers notre table, un jeune homme – un gamin, dois-je dire – s'est levé pour nous rejoindre.

Si ce garçon avait seize ans, moi j'en avais vingt. D'après ce que je voyais, il ne se rasait pas encore et, quand il ouvrit la bouche pour nous saluer, sa voix indiquait qu'il n'avait pas encore achevé sa puberté.

Il avait commandé le *plato tipico – huevas rancheros*, avec des *frijoles*, du *queso*, des *platanos* et de la *crema*, ainsi que du jus d'orange et des crêpes en supplément. Avant de nous voir, il était penché sur son repas et sauçait le reste de haricots avec une tortilla. Sur son T-shirt, venant probablement du marché de fripes, je lus « EMBRASSE-MOI, JE SUIS IRLANDAIS ».

J'étais décontenancée par le fait que ce gamin était parvenu à recruter des clients à Minneapolis. Plus remarquable encore, je me demandais comment, parmi les dizaines de milliers de femmes indigènes du pays ayant accouché, seules probablement, dans de petits villages ruraux où personne n'inscrivait leur nom, il avait apparemment réussi à retrouver pour Jeff et Helen Boggs celle qui avait porté leur fille chérie. Quelqu'un de la famille, plus âgé – un oncle ou une tante, sinon un parent –, avait peut-être localisé la mère biologique de Sandra et envoyé Santos accompagner ses clients en tant que traducteur. Il devint vite évident que même ce rôle n'était pas à la portée de Santos. Si sa maîtrise de l'espagnol ne faisait pas de doute, son anglais semblait limité à quelques mots. *Cool*, *got it* et, curieusement, *groovy* lui servaient de base. Il savait aussi très bien attirer l'attention sur le coût des choses.

« Trajet en bus ici, quinze *garza* », tels furent les premiers mots qu'il adressa à Jeff en ouvrant la main. « Voiture. Climatisée. » Deux cents *garza* la journée.

Helen et Jeff étaient impatients de partir, tout comme Sandra. « Tu crois que ma maman de naissance est jolie ? Je lui apporte un dessin de licorne. Peut-être qu'elle a d'autres enfants. Et alors j'aurai des frères et sœurs. Ils ont peut-être un chien, dit Sandra.

— Elle habite sans doute dans une toute petite

maison. Elle n'a pas de cuisine ni de télévision, comme nous. Peut-être qu'elle a faim, prévint Helen.

— Apportons-lui nos toasts. » Sandra saisit les tranches intactes posées sur la table par la serveuse et les tartina généreusement de confiture, puis les enveloppa dans une serviette qu'elle fourra dans son sac à dos. Elle avait aussi apporté son bulletin scolaire de CP et un autre dessin, celui-ci de Céline Dion, sans doute le plus beau qu'elle ait jamais fait, me dit-elle. « Je vais le lui donner. Elle l'accrochera peut-être chez elle.

— Il vaut probablement mieux ne pas trop espérer, dit Jeff avec douceur. Même si Maria sait que nous venons, cette expérience sera sans doute un peu troublante pour elle.

— Pour moi aussi. C'est comme Noël, mais en plus grand, dit Sandra.

— Je ne sais pas pour vous, mais moi je suis prêt. » Une fois la note payée, nous nous sommes dirigés vers la rue où attendait la voiture que Santos nous avait trouvée. Avec l'argent que les Boggs avaient dépensé, on aurait pu espérer au moins une Chevrolet, mais notre véhicule n'était qu'un très vieux pick-up.

Il n'y avait de la place que pour un passager dans la cabine à cause des sacs d'oignons et de quelques choux posés sur la banquette. Jeff, Sandra, Santos et moi sommes montés derrière en nous tenant à l'arceau de sécurité pendant l'heure qu'il nous fallut pour gravir la montagne. De temps en temps, notre chauffeur décidait de dépasser un véhicule plus lent et se déportait sur la voie de circulation en sens inverse sans pouvoir beaucoup accélérer. Jeff frappait alors furieusement sur la vitre, faisait signe au chauffeur de revenir sur notre voie, sans aucun effet.

Il était presque midi, le soleil brûlant devait être

particulièrement insupportable pour les têtes rousses. Partout, les grains de café étaient étalés sur les toits. Ils dégageaient une curieuse odeur rance, sans rapport avec le café une fois grillé.

Le pick-up s'arrêta soudain avec une embardée. Santos sauta à terre et me tendit la main pour m'aider à descendre. Puis ce fut le tour de Jeff qui souleva Sandra et la posa sur le sol aussi délicatement qu'il l'aurait fait pour un œuf.

« Où on va maintenant ? C'est laquelle la maison de mon autre maman ? »

Sans compter l'église, il y avait quatre petites cabanes dans ce village : une *tienda* avec une publicité pour Fanta, et trois autres encore plus petites devant lesquelles quelques poules hirsutes erraient à la recherche de bestioles enfouies dans la terre. Santos nous mena devant la porte ouverte de la plus petite. Jeff suivit, puis Helen qui tenait la main de Sandra. Elle avait cessé de gambader, soudain timide. J'entrai la dernière.

Une femme était assise sur le canapé. Moins un canapé qu'un petit lit couvert d'un vieux drap décoloré à fleurs. Au mur étaient accrochés un portrait de la Vierge Marie et un autre du pape, mais pas l'actuel, si ma mémoire ne me trompait pas. À part cela, la pièce n'était meublée que d'une caisse en bois sur laquelle était posé un poste de télévision dont le cordon tendu du plafond au chambranle menait à l'unique prise de la maison. Il était allumé sur un des nombreux soap operas mexicains.

« C'est Maria », dit Santos en montrant la femme assise sur le lit. Elle portait une robe informe, un vrai sac et pas un des magnifiques *huipiles* brodés à la main qui habillaient les femmes de mon village. Elle était pieds nus. Un bandana couvrait ses cheveux. Si on m'avait demandé de deviner l'âge de Maria, je l'aurais estimé à soixante-cinq ans. Difficile d'imaginer comment elle aurait pu mettre au monde la petite fille de sept ans qui se tenait devant elle, complètement immobile, l'air abasourdi.

J'attendais que Santos en dise plus, mais apparemment il considérait son travail comme terminé. Il était sorti sur ce qu'on aurait pu appeler une véranda si on n'avait jamais vu de véranda auparavant. Il alluma un truc dont l'odeur ressemblait à un joint.

« Voici Helen Boggs. Et Jeff, son mari. Et voici Sandra », dis-je, en espagnol.

Maria leur jeta un coup d'œil, à Jeff d'abord, puis à Helen et enfin à la petite fille. Son regard revint sur son programme de télévision.

« Ils sont venus des États-Unis pour vous voir », dis-je.

Je regardai Helen pour connaître la marche à suivre. Elle et son mari avaient sans aucun doute passé de longues heures à imaginer ce moment, ce qu'ils diraient, les questions qu'ils poseraient, ce qu'ils raconteraient de leur fille à sa mère biologique, ses premiers pas, son premier jour à l'école maternelle, son anniversaire à la patinoire l'hiver précédent : Sandra poussait un pingouin en plastique pour ne pas tomber, puis le laissait glorieusement sur le bord et s'élançait sur la glace toute seule, sur ses petits patins marron.

Nous étions chez Maria depuis quatre minutes, et toute l'expédition paraissait déjà vaine. Sandra était entrée dans la pièce avec enthousiasme, comme quelqu'un qui n'attend que de bonnes choses du monde et seulement des visages amicaux pour l'accueillir.

Elle était à présent collée contre sa mère, une main entortillant la jupe de Helen, trois doigts de l'autre dans la bouche.

« Santos a peut-être mal compris. Vous pourriez demander à Maria de clarifier la situation. Elle pourrait être la grand-mère. Ou une amie de la famille.

— Nous sommes venus voir la femme qui a mis au monde cette enfant », dis-je. Je dévisageais Maria, tout en cherchant une autre pièce, derrière celle-ci, où se serait trouvée une femme de trente ans de moins, au regard plus doux, quelqu'un qui tendrait la main à Sandra et à ses parents.

*J'ai rêvé de ce jour. As-tu toujours cette marque de naissance en forme de cœur sur la jambe ? Sais-tu que la première chose que tu as faite en sortant de mon ventre a été d'ouvrir les yeux et sourire ?* leur raconterait-elle.

Elle tendit la main, en fait. Pas vers Sandra, mais vers Jeff.

« J'ai besoin d'argent », dit-elle.

Inutile de traduire cette phrase pour les Boggs. Jeff prit dans son portefeuille un billet de cent *garza* qu'il mit dans la main de la vieille femme.

« Nous devons partir, maintenant », dit Helen.

Sur les cent mètres qui nous séparaient du pick-up garé sur la route poussiéreuse, Helen tendit la main à Sandra qui ne la prit pas. Elle serrait fort les sangles de son sac à dos contenant son bulletin scolaire, le dessin de Céline Dion et celui de la licorne. Elle marchait moins vite qu'à l'aller.

De retour au village, avant de prendre le bateau, Helen proposa d'aller faire un tour au marché, puisque nous étions tout près. Elle acheta un châle pour elle, un panama pour Jeff qui avait pris des coups de soleil. « On a voulu bien faire, mais on s'est plantés », déclara-t-il. Il coiffa le chapeau sur ses cheveux clairsemés sous lesquels la peau était rose vif, comme son visage. Ils montrèrent à Sandra un certain nombre d'objets susceptibles de l'intéresser, mais à part quelques cadeaux pour ses amies à son retour (une tortue qui hochait la tête faite dans un coquillage, un oiseau en céramique), elle ne choisit pour elle qu'un petit sac en tissu rempli de poupées tracas.

Le lendemain matin, ils reprirent le bateau et rentrèrent dans le Minnesota. Les paroles de Leila prononcées longtemps auparavant me revinrent à l'esprit. « On ne trouve pas forcément ce qu'on cherche en venant au lac, mais on trouve probablement ce dont on a besoin. »

# 55

## Disparitions mystérieuses

Au début de ma vie à La Llorona, dans les mois qui suivirent la mort de Leila, j'avais commencé à remarquer la disparition à l'hôtel d'objets petits mais précieux : un très beau kaléidoscope posé sur le bureau de Leila, une flasque à whisky en argent, un coffret en bois incrusté de perles contenant un jeu de dominos en ivoire, une bouteille de très bon vieux porto, un Walkman que j'avais rapporté de l'une de mes rares excursions en ville.

Tout d'abord, je pensai que j'avais dû les égarer par inadvertance. Dans le cas du porto, je me dis que peut-être un client de La Llorona l'avait emporté dans sa chambre pour une soirée romantique.

Je parlai à Gus des objets manquants.

« Ne me regarde pas comme ça. J'ai même pas piqué un paquet de chips depuis que j'ai rencontré ma petite chérie en Inde. Je suis réformé.

— Je ne t'ai jamais suspecté, Gus. » Cette seule pensée me fit rire. « Je t'ai déjà confié presque tous les aspects de ma vie.

— Tu peux compter sur moi, ma grande. Tu es pour moi la sœur que je n'ai jamais eue, tu sais. »

L'après-midi, tandis qu'Elmer, penché sur le distributeur en céramique dans la cuisine, remplissait une cruche d'eau filtrée pour mes clients, quelque chose tomba de sa poche. Mon Walkman.

« Je crois que tu as quelque chose qui ne t'appartient pas. Il faut que nous parlions. »

À l'époque, Elmer avait seize ans. Il était tellement honteux qu'il avait du mal à sortir un mot.

« Je sais que vous n'allez pas me pardonner. Je n'ai pas d'excuse. J'ai apporté vos affaires à un homme de Santa Clara. Il m'a donné de l'argent.

— Je te faisais confiance.

— J'ai perdu la tête. Je ne pensais qu'à Mirabel. »

Mirabel ? Quel rapport avec Mirabel ?

Ce jour-là, dans le patio, Elmer m'expliqua d'une voix à peine audible ce qui l'avait poussé à commettre ce délit. Il n'avait pas d'excuse, il le savait bien. Mais l'amour l'avait égaré. Son amour pour Mirabel, bien sûr.

Il voulait acheter un petit terrain, objectif qui aurait semblé impossible à la plupart des garçons de son âge. Il économisait depuis ses douze ans. Tous les *garza* que les autres garçons dépensaient en sneakers, tacos ou soda, Elmer les cachait dans une boîte sous son lit. Même ses parents n'étaient pas au courant. Il rêvait en secret qu'un jour, quand l'argent de la boîte suffirait à acheter un bout de terre, juste assez grand pour une maison et un jardin, il irait voir Mirabel avec le titre de propriété à son nom – à son nom et à celui de Mirabel –, et il lui demanderait de l'épouser.

Au bout de quatre ans d'économies, il était encore loin du but, mais il savait qu'il l'atteindrait. Il se produisit alors une chose terrible. Il trouva la boîte vide sous le lit. Impossible de savoir qui avait pris l'argent. N'importe quel voleur à la petite semaine du village en était capable.

« Je suis devenu fou. Je n'arrêtais pas de penser au temps perdu. Et si Mirabel choisissait quelqu'un d'autre pendant que je continuais à travailler pour acheter ce terrain ? »

Il apporta alors mon coupe-papier à l'homme de Santa Clara qui payait comptant les objets volés. « Trouve-moi d'autres objets comme celui-là. Je te donnerai beaucoup d'argent », lui dit l'homme. Il se rendit toutes les semaines à Santa Clara, un jour avec le jeu de dominos ancien en ivoire, une autre fois avec un rang de perles de Leila.

Elmer avait seize ans quand je le mis face à la réalité, mais à ce moment-là, il semblait être un enfant. Il se tenait droit devant moi, comme s'il allait être pendu.

« C'était un honneur de travailler pour vous. Je n'espère pas garder mon emploi. C'est la plus grande honte de ma vie. Si ma mère savait ce que j'ai fait, elle en mourrait. »

Je restai assise un moment, réfléchissant aux actes d'Elmer. Bien que très déçue qu'il ait trahi ma confiance, je ne laissais pas cet incident le définir à mes yeux. Ce jeune homme avait beaucoup compté pour moi. Il restait le même.

« Ce sera notre secret. Je sais que tu ne me voleras plus jamais. Tu peux garder ton travail. »

Elmer croyait néanmoins qu'il devait faire pénitence. En dépit de ce qu'il lui en coûtait, il avait pris sur lui d'avouer son crime à Mirabel, pensant qu'elle verrait là une preuve supplémentaire de son attachement, même si c'était une grave erreur. Mais après cette confession, Mirabel avait refusé de lui parler, conséquence encore plus désastreuse qu'il ne l'avait imaginé. Elmer n'existait plus pour Mirabel.

Par la suite, sa seule mission dans la vie fut de reconquérir le respect de la jeune femme. Je n'eus plus jamais l'occasion de mettre en doute sa loyauté envers moi. Mais Mirabel ne pouvait pas lui pardonner. Quand Elmer traversait la cuisine, elle faisait comme si elle ne le voyait pas. Lui la regardait avec des yeux éperdus d'amour.

# 56

# Un rival

Du jour où je pris Elmer sur le fait, il changea et choisit de vivre encore plus simplement qu'auparavant. Pas de poulet frit acheté au vendeur ambulant, pas de sac à dos neuf, pas de pull avec le nom de son équipe de football favorite. Si ses amis l'invitaient à se joindre à eux lors de la *feria* annuelle, il secouait la tête. Après ses longues heures de travail à La Llorona, il marchait des kilomètres dans le noir chaque soir jusqu'au restaurant de Wade, El Buffo, dont il était gardien. Au lever du soleil, il revenait travailler pour moi à La Llorona. Tout cela dans le but d'économiser de nouveau assez d'argent pour acheter un petit terrain, seule chose pouvant, à son avis, faire fondre le cœur de sa bien-aimée.

Un an après sa confession à Mirabel, ce qu'Elmer redoutait plus que tout se produisit. Un autre garçon du village, Herman, s'était mis à traîner du côté du terrain de basket pour regarder jouer Mirabel. Elmer l'avait vu la raccompagner chez elle. Un matin à l'église, ils étaient assis côte à côte et Elmer reconnaissait bien le regard de Herman contemplant Mirabel : il éprouvait la même chose, en plus intense. Personne ne pouvait aimer Mirabel autant que lui. Mais en observant Herman à côté de la femme qu'il aimait, Elmer mesura non seulement la prévenance du jeune homme à l'égard de Mirabel, mais aussi celle de Mirabel à l'égard de Herman. Quand sa bien-aimée souriait à son rival, un coup de poignard transperçait le cœur d'Elmer. Il savait que, si Mirabel choisissait Herman, lui-même n'aimerait jamais personne d'autre.

Un soir tard, dans la cuisine, Elmer me confia son désespoir. Il m'expliqua qu'il ne pouvait pas prier pour qu'il arrive malheur à Herman. Dieu verrait d'un mauvais œil cette prière. Il espérait pourtant que le garçon se montrerait indigne de Mirabel, en achetant par exemple une bouteille de Quetzalteca et en se soûlant. Il pourrait aussi être attiré par une autre fille du village. Pourtant l'idée qu'une femme puisse détourner de Mirabel l'homme qui avait gagné son affection paraissait inimaginable à Elmer.

Il se produisit alors un événement surprenant, comme il n'aurait pas pu en rêver. La mère de Herman tomba très malade. Elle avait beaucoup de fièvre et aucun médecin ne semblait capable de la soigner. Au plus fort de son désespoir, Herman se rendit à l'église un soir tard pour parler à Dieu. Il fit un vœu : « Si Vous épargnez ma mère, je consacrerai ma vie à Vous servir. »

Le lendemain matin, la fièvre avait disparu. La malade se leva. « Je vais faire des tortillas », dit-elle. Herman se rappela la promesse faite à Dieu la veille et déclara à sa mère qu'il allait devenir prêtre.

C'était de l'histoire ancienne. Elmer avait maintenant vingt-deux ans, Mirabel vingt et un. Herman avait rempli son vœu d'entrer dans les ordres, mais Mirabel n'avait toujours pas pardonné à Elmer. Hormis les échanges les plus élémentaires – apporter une bouteille de propane pour la cuisinière, aller chercher à la bodega un paquet de croquettes pour Cuzmi –, elle ne lui avait pas adressé la parole depuis le jour de sa confession. Elle n'avait montré aucun changement d'attitude depuis ce jour terrible.

Il n'avait pourtant pas renoncé. En continuant à épargner, il avait enfin assez d'argent pour acheter un bout de terrain à son oncle. Herman n'étant plus un prétendant à l'affection de la femme qu'il aimait, Elmer me fit savoir – à moi, avant même ses parents – qu'il était prêt à déclarer son amour à Mirabel. Il avait parlé à son oncle qui était d'accord pour lui céder le terrain. Le jour de la signature, Elmer montrerait à Mirabel le titre de propriété et lui demanderait de l'épouser.

Il avait beaucoup réfléchi, des années en fait. Il avait attendu d'avoir quelque chose de substantiel à déposer devant elle : la promesse d'un foyer, un avenir assuré pour elle et les enfants qu'il espérait voir naître, si Dieu le voulait.

« Le travail de ma mère à la cuisine ne lui est pas pénible, mais mon père est vieux. Il mérite de se reposer. Je rêve que, les années passant, Mirabel et moi prenions soin de mes parents et de son père.

— Je pense que tu ferais un merveilleux mari pour Mirabel. Bien sûr, c'est à elle de décider, lui dis-je.

— Je vais lui demander aujourd'hui. Aujourd'hui, notre vie à deux commence. »

# 57

## Balayer les pierres

Elle refusa. Personne n'eut besoin de me le dire, je vis la tête d'Elmer quand il vint travailler le lendemain. Il commençait toujours la journée en posant sur le comptoir de la cuisine le gros bidon d'eau filtrée qu'il portait sur son dos. Ce bidon ne lui demandait habituellement guère d'effort, mais ce jour-là il se déplaçait comme si c'était un rocher. Ou une croix.

Mirabel arriva une heure plus tard. Elle s'occupa de la lessive, mit des draps propres dans la chambre du Quetzal, posa les serviettes pliées en forme de cygne sur les lits, ajouta les petits savons parfumés à la cardamome et des bougies. Elle était belle, comme toujours. En observant son visage, personne n'aurait pu se douter qu'elle avait brisé le cœur d'un jeune homme à peine quelques heures plus tôt.

Si Maria était au courant, elle n'en laissa rien voir. Elle se mit au travail et prépara un ragoût de tilapia et de crabe. Le dessert du soir serait des soufflés à l'orange servis dans les fruits évidés.

Elmer balayait les marches à côté du patio quand Mirabel posa devant nos clients les soufflés montés à la perfection. Sur la chaîne hi-fi installée récemment par Gus, Rosanna, une chanteuse que j'aimais beaucoup, chantait « Si Tú No Estás Aqui », peut-être la chanson la plus triste de la cassette. *Si tu n'es pas là, je ne veux pas respirer*.

Je regardai Elmer qui repassait avec son balai sur les mêmes pierres. Je me souvins de ce sentiment de perte. Je l'avais connu.

## 58

## Mort d'une autre mère

Gus vint m'apprendre une terrible nouvelle. Les contractions de Rosella s'étaient déclenchées la veille au soir. Wade l'avait emmenée à l'hôpital en bateau.

Il s'avéra que Rosella souffrait d'une pathologie non diagnostiquée, la prééclampsie : une tension artérielle extrêmement élevée provoquant un empoisonnement du sang et des lésions irréversibles aux organes vitaux si elle n'était pas découverte à temps pendant la grossesse. Dans la salle d'accouchement elle avait fait un infarctus massif à la fin du travail et avait succombé. Les jumeaux, un garçon et une fille, avaient survécu.

« Elle était trop vieille, voilà tout. » Gus secoua la tête et but une gorgée de bière. « Y a un temps pour faire des gosses et y a un temps pour raccrocher. Elle aurait dû y renoncer quand elle était en forme. »

Je me représentais les deux bébés orphelins. Je tentais d'imaginer Wade s'occupant du restaurant au milieu des cages à lapins et essayant de prendre soin d'eux. Un avocat de Chicago rayé du barreau devenu éleveur de lapins et restaurateur ne semblait pas un bon candidat pour élever seul deux nouveau-nés.

## 59

## Des gens disent que seuls les garçons peuvent devenir docteurs

L'après-midi, j'allai au village en pensant encore aux jumeaux de Rosella et Wade. Je trouvai Valentina qui cousait dans son jardin, accompagnée de l'une de ses petites filles préférées du village, Clarinda, la plus jeune d'une fratrie de sept enfants. On retrouvait presque tous les matins sa mère, Veronica, couchée ivre morte sur le bord de la route à côté d'une bouteille de Quetzalteca. (Sur l'étiquette, une jolie femme en vêtements traditionnels, cheveux attachés par des rubans, ceinture autour de sa taille mince, tenait une bouteille. Je n'avais rencontré personne ressemblant à cette femme, et certainement pas la mère de Clarinda, parmi les consommateurs – ils étaient nombreux au village, compte tenu de son bas prix.) Rien d'étonnant à ce que Clarinda passât plus de temps dans la petite maison d'une pièce et dans le jardin de Valentina que dans la cabane en adobe de sa mère et de ses frères et sœurs plus âgés. Son père, alcoolique lui aussi, était mort depuis des années.

Valentina et Clarinda cousaient des bonnets pour les jumeaux avec l'idée de les apporter plus tard dans la journée chez Wade, dans la vallée.

« Que va-t-il faire de ces deux bébés ? demandai-je.

— Il va engager une fille pour s'occuper d'eux, naturellement. Deux peut-être. Si elles lui coûtent trop cher, il pourra toujours en épouser une, dit Valentina.

— J'adore les bébés », intervint Clarinda. Elle n'avait pas encore dix ans, mais ses deux sœurs aînées l'avaient déjà recrutée. Devenues mères avant leurs seize ans, elles étaient de nouveau enceintes. Je savais, pour avoir parlé de Clarinda avec Valentina, qu'elle avait comme objectif de faire poursuivre sa scolarité à la petite fille – que nous aimions beaucoup toutes les deux –, loin des garçons, aussi longtemps que possible.

« Tout le monde aime les bébés. Ça ne veut pas dire qu'il te faut en avoir le plus vite possible. Tu vas aller à l'université. »

Je ne voyais pas comment Valentina envisageait de s'y prendre, mais j'imaginais qu'elle trouverait sans doute le moyen. Bien qu'ayant très peu d'argent, elle était étonnamment douée pour réunir les fonds nécessaires à ses projets. Je l'aiderais.

Je demandai à Clarinda ce qu'elle voulait étudier. En m'arrêtant chez Valentina, je m'étais dit que nous parlerions du décès dramatique de Rosella, qui aurait pu être évité, ainsi que du sort des jumeaux. J'étais soulagée de me retrouver en compagnie de cette fillette particulièrement intelligente et vive qui réussissait, malgré les épreuves, à rester entreprenante et joyeuse.

« Je serai docteure.

— Il va falloir que tu travailles beaucoup les sciences. Mais je suis sûre que tu y arriveras », lui dis-je.

Elle me raconta que, quand elle était petite, son frère était tombé malade. Elle passait toute la journée assise près de son lit et s'occupait de lui. Il était brûlant de fièvre. Elle mettait des linges frais sur son front et, quand elle avait de l'argent, elle achetait des glaces à l'eau qu'elle posait sur ses lèvres.

« J'aurais tellement voulu savoir comment le soigner. » Mieux qu'avec des glaces à l'eau.

Elle avait six ans à la mort de Byron. Les derniers jours, il ne pouvait plus rien manger. Elle déposait des gouttes d'eau dans sa bouche – une à la fois, comme pour un oiseau –, mais il n'ouvrait plus les yeux. Elle dormait par terre à côté de lui.

En se réveillant une nuit, elle posa l'oreille sur sa poitrine, en quête des battements de son cœur, mais elle n'entendit rien.

Des hommes vinrent chercher son corps. Il était si maigre qu'elle aurait presque pu le porter elle-même.

« Je veux apprendre comment le corps fonctionne. Je veux savoir comment soigner les malades. Des gens disent que seuls les garçons peuvent devenir docteurs, nous déclara-t-elle.

— Tu peux devenir ce que tu veux. Regarde-moi. J'ai dit que je voulais traverser l'océan et construire ma maison dans un endroit magnifique, près d'un volcan. Et je l'ai fait. J'ai dit qu'on pouvait bâtir une école avec des ordures. Et transformer des vieux bouts de tissu en splendides robes de princesse. Et on l'a fait. »

Clarinda montra Valentina avec son aiguille à broder et me dit en riant : « Tu sais, il y a des gens qui racontent qu'elle est folle.

— Traite-moi de folle si tu veux, mais dis-moi combien de bouteilles de soda vides tu as vues dans la rue en venant ici aujourd'hui. »

Pas une seule.

# 60

## Une visite à l'astrologue maya

Un jeune couple se présenta, mais pas pour passer leur lune de miel, même si, à la façon dont ils se regardaient, on aurait pu le croire. En ces occasions, je demandais à Maria d'éparpiller des pétales de rose autour de la table du dîner et de mettre une cassette d'Andrea Bocelli. Et des bougies, naturellement. Ainsi que du champagne.

Il était hors de question pour moi de déranger Bud et Victoria Albertson, mais le lendemain matin, quand je posai le café à leur table, Victoria m'invita à m'asseoir avec eux.

« Nous cherchons une propriété à acheter ici. » Bud ne quittait presque pas des yeux sa femme en me parlant. « Nous espérons que vous pourrez nous donner quelques conseils. »

Je leur demandai comment cette idée leur était venue, bien sûr. Ce choix semblait inattendu pour un vendeur de voitures de l'Arkansas et sa femme, professeure de piano. Mais ils étaient prêts à changer de vie.

« Après notre mariage, nous avons acheté une petite maison dans la banlieue de Little Rock. J'avais un bon travail chez le concessionnaire Subaru. Vic avait une liste d'attente de parents souhaitant qu'elle donne des cours de piano à leurs enfants. Nos parents vivaient tout près. Nous sortions tous les week-ends avec de nombreux amis. Église tous les dimanches. Nous étions heureux. »

Un soir devant la télévision, en changeant de chaîne, ils étaient tombés sur une émission de *National Geographic* consacrée aux volcans, et El Fuego et Lago La Paz avaient été mentionnés.

« Le lendemain matin, au réveil, nous nous sommes regardés et nous nous sommes dit presque en même temps : "Ce n'est que ça, notre vie ?" Un peu comme si celle que nous avions construite était trop confortable : nos plus grandes aventures avaient été notre voyage de fin d'études à Washington et notre lune de miel à Disney World, expliqua Victoria.

— Nous sommes prêts à vivre plus simplement. Revenir à l'essentiel. Faire la différence, dit Bud. Nous savions ce que nous voulions. Tout vendre. Venir vivre ici. Quand nous parlerons espagnol, Vic pourra enseigner la musique quelque part et moi je ferai du bénévolat. Nous avons de quoi vivre grâce à la vente de notre maison, nous pouvons y aller doucement, évaluer la situation.

— Vous devriez peut-être essayer d'abord. Louer quelque chose pendant un mois, voir comment vous vous sentez ici, suggérai-je.

— Je comprends ce que vous pensez. Nos parents et le pasteur nous ont dit la même chose. Mais parfois il faut se jeter à l'eau. Nous savons qu'il va nous falloir faire un gros travail d'adaptation. Ça fait partie de notre objectif. Si nous avions voulu une vie facile, nous serions restés chez nous, dit Bud.

— Le village est de toute beauté. Effectivement, je n'y vivrais pas moi-même si je ne trouvais pas ce lieu magnifique. Mais c'est compliqué. » Je me rappelais les paroles de Leila à mon arrivée au lac. « Vous vous souvenez du jardin d'Eden ? Chaque paradis a ses serpents », m'avait-elle dit.

« Nous savons que ce ne sera pas facile, reprit Victoria en caressant la main de son mari. On est ensemble et notre amour est assez fort pour nous permettre de faire face à tout. »

Je leur proposai de parler à Gus et Dora. Gus connaissait tout le monde et, si quelqu'un vendait un bien, il serait le premier à le savoir.

Le lendemain, ils se mirent en route juste après le petit déjeuner pour voir Gus. À midi, il leur avait trouvé un terrain à visiter où il pourrait leur construire une jolie *casita* pour un prix si bas que sa douce l'écorcherait vif si elle l'apprenait.

Le terrain que Gus leur montra ne convenait pas aux Albertson. Bien que très beau, il était traversé en son milieu par un profond ravin qui inquiétait Victoria et Bud. « J'aurais toujours peur que quelqu'un tombe dedans et n'arrive pas à en sortir. Un pas de travers et ce serait la mort assurée », dit Bud à Gus.

Après leur visite de la propriété, Victoria et Bud étaient allés déjeuner au village. Ils voulaient faire un tour au marché. Bud avait envie d'une machette comme celle qu'il avait admirée dans les mains de Luis en train de tailler des broussailles. Victoria désirait acheter un sac.

J'appris le reste plus tard. Sur le chemin du retour à l'hôtel, Victoria avait été attirée, comme beaucoup de visiteurs étrangers, par le stand d'Andres, le jeune homme dont l'enseigne annonçait « ASTROLOGIE MAYA ». Souhaitant élargir son horizon au-delà de l'Église presbytérienne et du groupe d'études de la Bible qu'elle avait fréquentés presque toute sa vie, elle avait entamé la conversation avec le maître des lieux. Il semblait posséder un étrange pouvoir.

Plus jeune, Andres avait vécu aux États-Unis et il parlait facilement anglais, presque sans accent. Il était, sans conteste, d'une beauté rare. Sa tignasse noire lui tombait devant les yeux, ce qui donnait encore plus envie de les voir. Et quand on y parvenait, on éprouvait un choc. À la différence d'à peu près tous les yeux des natifs du village, marron presque noir, les siens étaient bleus. Bleu pâle, en fait, comme ceux d'un malamute de l'Alaska. La mise en garde de Leila à mon arrivée au village m'avait poussée à ne jamais lui parler.

Sauf quand il était avec un client, presque toujours une femme, Andres était assis une bonne partie de la journée sur un petit tabouret devant son échoppe, la chemise assez ouverte pour révéler, sur la peau lisse et brune de son torse, un bout d'écorce de noix de coco taillé selon une forme dont j'aurais certainement compris le sens si j'avais mieux connu les symboles mayas.

Il était toujours prêt à engager la conversation avec les touristes de passage, qui commençaient à lui parler en mauvais espagnol, souvent quasi nul, et parfois Andres les laissait faire, sans révéler son anglais presque parfait.

Je me rappelais qu'en diverses occasions plusieurs clientes de La Llorona étaient allées consulter Andres. De retour à l'hôtel, chacune de ces jeunes femmes s'était montrée étrangement silencieuse sur son expérience. Une institutrice en maternelle de Seattle, jeune et très belle, était partie brusquement l'après-midi de sa consultation. Elle n'avait rien dit qui puisse relier son départ à son expérience avec Andres, mais je m'étais posé des questions ; au point que, quand des clientes me demandaient qui consulter parmi les nombreux massothérapeutes, ostéopathes et guérisseurs autoproclamés du village, je ne recommandais jamais Andres.

L'après-midi, quand Bud et Victoria revinrent à l'hôtel, je sus tout de suite que quelque chose n'allait pas. Je les avais vus descendre les marches menant à l'hôtel. Bud entourait Victoria de son bras et elle s'appuyait sur lui comme si elle allait basculer. En atteignant l'entrée, ils passèrent devant Maria et moi sans un mot, allèrent directement dans leur chambre et fermèrent la porte.

Gus arriva quelques minutes plus tard. Il raconta qu'il était tombé sur mes jeunes clients, assis au bord de la route peu avant leur retour à l'hôtel. Quand Gus, devenu leur agent immobilier, leur avait annoncé qu'il avait trouvé une autre maison à leur faire visiter, Victoria n'avait pas même paru le reconnaître.

« Je sais quand une fille en est au moment délicat du mois. Mais là, c'était plus grave. À son expression, on aurait dit que Victoria regardait Margaret Thatcher dans le blanc des yeux. Elle ou ma grand-mère décédée », me déclara Gus.

Le soir, j'appris ce qui s'était passé. Bud voulait accompagner Victoria à sa consultation dans la petite pièce située derrière la devanture de l'astrologue maya, mais Andres lui avait expliqué que, pour accomplir le travail dont elle avait besoin, Victoria devait être seule avec lui, sans être dérangée par le champ vibratoire de quiconque, pas même de Bud qui l'aimait. Bud avait accepté. Il avait donc attendu sa femme, assis sur le tabouret.

La séance avec Andres avait d'abord paru normale.

(Que savaient-ils, l'un et l'autre, d'une consultation d'astrologie maya normale ? En dehors de leur visite à la foire de l'Ohio où, pour rire, ils étaient entrés dans la baraque d'une diseuse de bonne aventure, ils ne s'étaient jamais embarqués dans rien de semblable.)

Il lui avait demandé sa date de naissance. Mois et année, ce qui lui avait permis de déterminer son signe : obsidienne. Animal protecteur : Toucan.

Il lui avait demandé ensuite celle de son mari. Animal protecteur : Crocodile. Sphère d'énergie : fleuves et mers. Pierre : turquoise. Compatibilité avec Toucan : zéro.

« Toi et cet homme, ton mari. Il n'est pas ta destinée. Tu vas le quitter. »

Victoria raconta plus tard à Bud qu'elle avait commencé par en rire, ou essayé d'en rire. Mais Andres hochait la tête. « Je sais. C'est dur à entendre. Toucan veut faire sa vie avec cet homme, ce Crocodile. Tu veux rejeter mes paroles. Mais tu ne peux pas rejeter ta destinée.

— J'aime Bud. Je lui fais plus confiance qu'à n'importe qui d'autre. Tout le monde dans ma famille aime Bud. Ma mère l'adore. »

Andres continuait à hocher la tête. À hocher la tête et chantonner. « Prends ce breuvage. Il t'aidera. »

Il lui avait tendu une tasse d'une mixture épaisse, presque boueuse. Elle avait bu une gorgée.

« Encore. Ne laisse rien dans la tasse.

« Toucan est très fidèle. Fidèle même quand ça lui fait du mal. Elle veut tellement croire. Elle préférerait rester aveugle à la vérité plutôt que faire face à son éclat éblouissant. »

Il y avait quelque chose dans le regard d'Andres pendant qu'il parlait. Comme des rayons laser sortant de ses pupilles et pointés droit sur le cerveau de Victoria.

Que disait-il ? La pièce s'était mise à tourner.

« Tu as peur de ta sexualité, n'est-ce pas, Toucan ? Tu as choisi un homme sûr. Un homme bien, mais pour qui tu ne ressens pas de passion.

— J'aime mon mari. »

*Bien sûr que tu l'aimes. Si tu avais un chien, tu l'aimerais sans doute aussi.*

« Ce n'est pas comme ça. »

*Finis ta boisson.*

« Bud est quelqu'un de merveilleux. »

*Bien sûr. Mais est-ce que tu le respectes ? Est-ce que tu désires son corps ?*

Des images lui étaient revenues, des moments oubliés. Un vendredi soir. Ils étaient sortis avec des amis à Applebee's. Bud en était à sa troisième bière et racontait sa rencontre avec Bill Clinton lors d'une exposition à Little Rock.

« Bonjour, monsieur le Président, avait dit Bud en lui serrant la main.

— Appelez-moi Bill », avait répondu ce dernier. L'histoire s'arrêtait là. Victoria avait dû l'entendre cent fois. Elle se rappelait son embarras, devant leurs amis, quand son mari l'avait répétée. Bud avait eu l'air tellement bête à ce moment-là en se présentant comme quelqu'un qui appelait le Président par son prénom.

Et en d'autres occasions. Certaines choses qu'il faisait et qu'elle avait préféré chasser de son esprit, mais qui tourbillonnaient dans sa tête à présent. Cette chemise idiote qu'il portait : « J'AIME LA FITNESS. LA FITNESS BEER DANS MON VENTRE. » À vrai dire, il avait pris du poids dernièrement. Elle avait fait semblant de ne rien voir, mais ça ne lui plaisait pas.

« Ton mari est peut-être un bon ami, mais il ne t'émeut pas en tant qu'amant », lui avait affirmé l'astrologue.

Elle avait pensé au Kleenex laissé par Bud à côté de la télé sans même l'avoir froissé pour cacher les crottes de nez. Au collier en forme de l'État d'Arkansas offert pour la Saint-Valentin. Trouvait-il vraiment que c'était un cadeau romantique ? Il n'était jamais venu à l'idée de son mari, semblait-il, qu'il pourrait y avoir d'autres manières de faire l'amour et pas seulement en grimpant sur elle.

« Tu as épousé cet homme pour faire plaisir à tes parents, n'est-ce pas ? avait dit Andres.

— Ce n'est pas comme ça », avait-elle répondu.

Ou était-ce vrai ? Les paroles de l'astrologue maya avaient ouvert une porte dans son esprit et, à présent, toutes ces images horribles s'y déversaient. Ainsi que des idées épouvantables : celle de n'avoir pas été aussi certaine de vouloir épouser Bud, en fin de compte, et de l'avoir fait pour plaire à sa mère.

« Il y a peut-être eu quelqu'un d'autre, un autre homme, avait repris Andres. Quelqu'un pour qui tu éprouvais cette passion qui te manque maintenant. Tu savais que tu aurais dû être avec cet autre homme, mais tu ne te l'es pas permis. C'était trop pour toi, trop fort. L'homme qu'il te fallait présenter à tes parents ne devait pas dégager une odeur de sexe. »

Elle avait pensé à Alex, son petit ami à l'université. En deuxième année. Ils avaient couché ensemble. Elle n'en avait jamais parlé à Bud. Pendant tout un semestre, ils n'étaient pour ainsi dire pas sortis du lit. Jusqu'à aujourd'hui, son mari croyait qu'elle était vierge lors de leur nuit de noces.

Une fois, en faisant l'amour avec Bud, elle avait fantasmé qu'elle était avec Alex. Parfois, en jouant du piano, du Chopin, elle évoquait son image.

À ce stade de la consultation d'astrologie, Victoria pleurait. « J'aime mon mari. Je suis tout pour lui. C'est vraiment quelqu'un de bien. Je ne veux pas divorcer, avait-elle dit à Andres.

— Tu voulais quitter tes parents. » La voix d'Andres, qui criait presque jusqu'alors, s'était brusquement muée en chuchotement. Un bouton de plus se détacha sur la chemise d'Andres, déjà ouverte à mi-poitrine. Le torse de Bud était très poilu, comme son dos. La peau d'Andres était aussi lisse que celle d'un bébé. Les yeux bleu glacier de malamute de l'Alaska vrillaient ceux de Victoria. Il murmurait avec une grande douceur tout contre son oreille.

« Tu croyais pouvoir t'échapper en vendant ta maison et en partant très loin dans un autre pays où tu pourrais tout recommencer, n'est-ce pas ?

— Oui », avait répondu Victoria. À présent, elle murmurait aussi. « C'est ce que j'ai pensé. » Venir ici, quitter son travail, renoncer à sa place au championnat de bowling, vendre la Plymouth GS 455 de 1971 qu'il avait restaurée avec son père, devoir apprendre une nouvelle langue, Bud acceptait de faire tout cela pour une seule raison : son amour pour Victoria. Il ferait n'importe quoi pour la rendre heureuse. Et il voyait bien qu'elle n'était pas heureuse. Pas vraiment. Elle s'ennuyait. Durant tout ce temps, elle faisait semblant, comme l'avait dit Andres.

Plus que tout, Bud voulait aider sa femme à réaliser

ses rêves. Et en vérité, si les rêves de Victoria se réalisaient vraiment, il n'en ferait pas partie.

Victoria l'avait compris, allongée sur la table dans la pièce de derrière, au centre d'astrologie maya d'Andres. Elle tremblait à présent de tout son corps et elle pleurait. Elle ne savait plus que croire. Elle ne pouvait plus parler, contrairement à Andres.

« Il y a du poison dans ta tête. De mauvais esprits. De l'énergie sombre », lui avait-il expliqué.

L'astrologue avait peut-être raison. Peut-être n'était-elle pas censée épouser Bud, après tout. Peut-être que toute sa vie était un mensonge.

« Veux-tu que je t'aide ? Veux-tu que je chasse ces démons de ton corps ? »

Il lui avait alors demandé d'ôter ses vêtements. Tous, même ses sous-vêtements. « Je dois te ramener au commencement. Quand tu étais bébé. Nouveau-né. »

Un instant, cette nudité lui avait paru une bonne idée. Même après avoir déposé son soutien-gorge et son slip sur la chaise (« Et ta montre. Ne l'oublie pas. Et ton alliance »), elle avait l'impression que c'était bon pour elle. Comme un médicament au goût atroce, mais qui aide à se sentir mieux.

« Ferme les yeux, petit Toucan, lui dit-il à voix basse, avec tendresse. Tu es sous la cascade. Les eaux de la montagne se déversent sur ta tête. »

Il lui avait fallu un moment pour se rendre compte de ce qui se passait. La main d'Andres était posée à l'intérieur de sa cuisse. Puis elle remonta là où seuls deux hommes l'avaient touchée. Bud et Alex, le premier homme avec qui elle avait couché, à qui elle pensait encore dans le noir, dont elle n'avait pas prononcé le nom depuis le jour où elle avait rompu avec lui, huit ans plus tôt, et jusqu'à aujourd'hui.

Les doigts de l'astrologue maya étaient sur elle, approchaient de son intimité, écartaient ses lèvres, la pénétraient. Elle avait émis un son semblable à celui d'un chiot heurté par une voiture.

« Chut », avait-il dit. Puis plus rien. Ses doigts étaient entrés plus profondément en elle et il s'était remis à fredonner.

« Je suis en train de faire sortir de toi les mauvais esprits. Tu auras moins mal si tu respires. »

Qu'est-ce qu'il faisait sortir ? Qu'y avait-il en elle ?

« C'est l'énergie empoisonnée de Crocodile. Il nous faut l'extraire de ton corps. Tu te sentiras différente ensuite. »

Victoria s'était effectivement sentie différente après. Pas dans le bon sens. Elle se sentait nauséeuse et honteuse. Elle se sentait sale.

Elle s'était assise sur la table ; Andres avait disparu. Elle avait remis son slip et attaché son soutien-gorge. Elle avait enfilé sa blouse. Remonté la fermeture Éclair de sa jupe, bouclé ses sandales. Andres lui avait dit de laisser l'argent sur la chaise. Deux cents *garza*.

Bud l'attendait dehors, le soleil dans les yeux. Il mangeait des chips. « Comment ça s'est passé ? T'a-t-il révélé les mystères de l'univers ? avait-il demandé.

— Pas mal, avait-elle répondu d'une voix sans timbre.

— Je me disais que j'emmènerais bien ma femme boire un smoothie au petit café au bout de la rue.

— Je crois que je préfère rentrer à l'hôtel. Je suis un peu fatiguée. »

En marchant vers La Llorona, Bud observait sa femme. « Tu es sûre que ça va ? »

Ils étaient presque arrivés quand elle avait senti venir un vertige tel qu'elle serait tombée si Bud ne l'avait pas rattrapée. Un vomissement était monté dans sa gorge. Elle en avait le goût dans la bouche. Elle s'était pliée en deux et avait vomi dans la terre.

L'Anglais, Gus, celui qui les avait emmenés voir la propriété dans la montagne le matin, était passé sur la route, allant dans la même direction qu'eux, et les avait salués. Il avait dit quelque chose à propos d'une maison à vendre. Il pouvait les y emmener. Maintenant, si cela les intéressait.

Bud avait secoué la tête. « Ce n'est pas le moment, mon vieux. » Victoria avait de nouveau vomi.

« Oh, ma chérie, avait dit Bud en posant une main sur le ventre de sa femme. Peut-être que nous sommes enceintes. » *Nous*. Pour Bud, il était inconcevable que tout ce qui arrivait ne les concerne pas pareillement tous les deux.

Elle avait secoué la tête.

Et elle lui avait tout raconté. Sans rien cacher. Il fallait accorder une chose à Bud : il n'était peut-être pas l'amant de ses rêves, mais il était indéniablement son meilleur ami.

Plus tard dans la soirée, Bud était descendu me retrouver dans le patio. Victoria dormait dans la chambre.

« Je sais que je ne devrais pas vous embêter avec ça. » Il ne savait pas quoi faire d'autre. Il avait besoin de parler.

Bud Albertson était ainsi. Ce qui le tourmentait dans le récit de sa femme n'était pas l'aveu qu'elle avait couché avec un autre homme avant leur mariage, ni même la vérité plus difficile à admettre qu'elle pensait encore à lui. Il avait trouvé éprouvant de l'entendre faire la liste de toutes les manières dont son comportement l'avait irritée et choquée au cours des années. Il supportait même d'entendre qu'elle s'était demandé si elle l'aimait vraiment ou si elle l'avait épousé seulement pour faire plaisir à sa mère. Victoria n'avait pas omis de parler de son absence de passion sexuelle pour son mari ou du fait qu'il lui arrivait de penser à sa liste de choses à faire le lendemain pendant qu'ils faisaient l'amour.

Tout cela était pénible pour Bud, mais il pouvait le supporter. Il aimait tellement Victoria. « J'ai lu un jour que dans chaque couple l'un est souvent plus amoureux que l'autre. Ça m'est égal d'être le plus amoureux. Je trouve que j'ai de la chance d'être ainsi. Je suis heureux d'aimer autant Victoria. Vouloir être bien pour elle fait de moi un homme meilleur. »

Ce qui tourmentait Bud, et il n'existait pas d'autre mot, c'était la façon dont Andres avait abusé et profité du corps de Victoria. Ce qu'il trouvait insupportable – au point qu'il s'était senti contraint de sortir dans le patio ce soir, tandis que sa femme dormait enfin dans leur lit –, c'était la pensée que la femme qu'il adorait… Bud Albertson avait du mal à prononcer le mot… avait été violée. Andres, le prétendu astrologue maya, avait pris quelque chose à la bien-aimée de Bud. Une chose précieuse et irrécupérable.

Une autre partie du récit empêchait Bud Albertson de dormir. Il avait compris que Victoria n'était pas la première victime d'Andres et, si personne n'agissait, elle ne serait pas la dernière.

« Quelqu'un doit l'obliger à arrêter », me dit Bud.

Il avait raison sur le fait qu'Andres avait manifestement réussi à abuser des femmes pendant des années sans en subir les conséquences. En apprenant ce qui était arrivé à Victoria ce jour-là, je pensai à d'autres clientes de l'hôtel ayant eu recours aux services d'Andres et à l'expression de leur visage ensuite.

Je comprenais aussi pourquoi aucune des femmes qui avaient subi une version ou une autre de la brutalité innommable d'Andres sur leur corps et leur esprit ne s'était sentie capable de porter plainte contre lui auprès des autorités locales. Le village de La Esperanza comptait des policiers et un maire installés sur la colline dans un grand bâtiment blanc en parpaings qu'on appelait le Muni. Mais on disait qu'Andres était sans doute le petit cousin du maire. Même s'il n'avait aucune relation haut placée et n'avait jamais soudoyé personne, il se trouvait que dans ce village les plaintes d'une Américaine, ou de n'importe quel étranger, contre un homme du coin auraient été facilement rejetées.

J'ai versé un verre de mon meilleur rhum à Bud. J'ai posé une main fraternelle sur son bras et lui ai répété l'avertissement que m'avait adressé Leila, des années plus tôt, au même endroit. « Chaque paradis a ses serpents. »

## 61

## Un ravin très profond

Le lendemain matin, Bud se leva tôt, apparemment en meilleure forme, même si je doutais qu'il eût dormi. Il me dit de ne pas attendre Victoria pour le petit déjeuner. Pas de problème. Maria lui apporterait un plateau.

Il m'expliqua qu'il voulait voir Gus, sans me donner de détails. Je lui indiquai comment aller chez lui. Il s'absenta quelques heures. À son retour, je n'aurais pas dit qu'il était le même qu'à son arrivée à l'hôtel, quatre jours plus tôt, plein de projets pour sa nouvelle vie avec la femme qu'il adorait. Mais le poids qui pesait lourd sur les épaules de Bud Albertson la veille au soir semblait levé. Il avait même faim, et nous lui avons préparé un sandwich ainsi qu'un bol de soupe. Quand il monta les marches, tenant sa machette nouvellement achetée, son pas était décidé. Ses épaules n'étaient plus voûtées.

Victoria et lui partirent le lendemain pour l'aéroport. Ils retournaient à Little Rock. Plus question d'acheter un terrain, de s'inscrire à des leçons d'espagnol, de trouver un piano, même si Bud me demanda, en payant la note, si j'avais une opinion sur le livre *Les Joies du sexe*. Il envisageait de s'en procurer un exemplaire. « Je veux rendre ma femme heureuse, me dit-il.

— Achetez-le. »

Ils me dirent au revoir. Victoria était agrippée au bras de son mari.

Après leur départ, Maria vint me voir. « L'Américain a laissé sa nouvelle machette. » Elle en était surprise, se rappelant l'excitation de Bud quand il l'avait achetée. Je lui suggérai de la donner à Luis pour les travaux de jardinage. Il en avait déjà une, bien sûr, comme chaque homme du village, mais la lame de celle de Bud était bien plus tranchante.

Trois jours passèrent avant que j'aie l'occasion de me rendre au village. Un spectacle étrange m'attendait devant l'échoppe d'astrologie maya.

L'enseigne avait disparu. La porte était fermée. Il n'y avait personne sur le banc où on trouvait généralement Andres en train de lire son exemplaire bien usé de *L'Alchimiste* ou de dessiner des symboles mayas.

Je m'arrêtai chez Harold pour boire un smoothie. Je remarquai que les Hommes-Lézards – Vincente, Juan et Carlos – semblaient plus animés que d'habitude. Un policier était passé quelques minutes plus tôt. Il demandait à tout le monde si quelqu'un avait vu Andres au cours des dernières quarante-huit heures. Sa mère avait signalé sa disparition.

« J'ai répondu que je n'étais au courant de rien. Mais on sait tous que c'est un sale type », dit Harold en épluchant une mangue pour mon smoothie.

J'allai ensuite rendre visite à Dora et Gus. Dora était dans le jardin avec les enfants. Gus préparait du ciment pour leur projet d'agrandissement.

« Je suppose que tu es au courant. Victoria et Bud ont changé d'idée. Ils se sont disputés avec Andres et maintenant il a disparu, dis-je.

— Tu crois au karma ? demanda Gus.

— C’est en gros “On récolte ce qu’on a semé”.

— Cet astrologue avait une grosse dette de karma sur son ardoise, dit Gus d’une voix sombre qui ne lui ressemblait pas.

— Tu penses qu’il lui est arrivé malheur ? Que Dieu l’a terrassé ou quelque chose comme ça ?

— Dieu a parfois besoin d’un peu d’aide de notre part, nous pauvres mortels. Mais je ne sais rien de plus que les autres. » Il déversa une pelletée de ciment humide sur le sol.

« Tu connais le problème de la propriété que je leur ai montrée, plus haut dans la vallée ? C’était ce foutu ravin.

« Il paraît qu’il fait plus de six cents mètres de profondeur. La femme, Victoria, y a jeté un coup d’œil et a déclaré qu’elle ne pourrait jamais vivre là parce que, si quelqu’un tombait dans le trou, un enfant par exemple, il serait foutu. Personne ne l’entendrait appeler à l’aide. »

Malgré la chaleur, je me mis à frissonner. « Presque personne ne va là-bas. Ce n’est pas comme si on pouvait y amener quelqu’un contre sa volonté, dis-je.

— Sauf avec une machette appuyée sur ses côtes. » Gus plongea de nouveau sa pelle dans le ciment.

« Tant pis pour l’astrologue », conclut-il.

## 62

## Leçons de natation

On pourrait supposer qu'une femme ayant choisi de vivre au bord de l'une des plus belles et des plus spectaculaires étendues d'eau de la planète y plongerait régulièrement, voire quotidiennement. Mais pas moi. Depuis qu'Indigo, le petit ami de ma mère, m'avait jetée dans une piscine quand j'avais trois ans, j'avais peur de l'eau. Je n'avais jamais appris à nager.

Au fil des années, en de nombreuses occasions, des gens bien intentionnés avaient voulu m'aider à surmonter ma phobie. Le premier fut Daniel. Il fit de nombreuses tentatives durant l'été où nous remontions de Californie vers New York et Woodstock par l'itinéraire le plus tortueux de tous les temps. Dans tous les endroits traversés au cours des trois mois de notre odyssée, je me souvenais surtout des leçons de natation avec Daniel, parfois dans la piscine d'un motel ou d'un camping, parfois dans un trou d'eau, et de temps en temps dans un vrai lac. Nous étions passés à La Nouvelle-Orléans, mais aussi au lac Supérieur, dans les montagnes Rocheuses et les Smokies, au Texas, aux Outer Banks du Maryland et, lors d'un détour complètement dingue, au champ de bataille de Gettysburg.

Mais j'avais surtout retenu les leçons de natation, pas celles d'histoire ou de géographie, ni les petits déjeuners au restaurant, les ombrelles en papier que je collectionnais à nos arrêts pour une occasion spéciale comme mon anniversaire ou celui de ma mère. Chaque fois que nous passions dans un autre État, ma mère lisait tout haut dans l'almanach ce qu'étaient l'oiseau, la fleur, le surnom de l'État (Oklahoma, the Sooner State, l'État des Sooners ; Utah, the Beehive State, l'État de la ruche ; Pennsylvanie, the Keystone State, l'État clé-de-voûte ; New Hampshire, the Granite State, l'État du granite). Puis Daniel annonçait l'endroit le plus proche pour piquer une tête.

Diana savait nager mais s'aventurait rarement dans l'eau, sauf si nous nous trouvions près d'une source chaude où elle pouvait se baigner nue. Pour Daniel, nager était aussi indispensable que respirer, ou presque, et il voulait m'insuffler son amour de l'eau. Il n'y parvint jamais.

Je n'avais pas oublié ce que je ressentais, debout au bord d'une quelconque étendue d'eau, tremblante dans mon maillot à pois trop grand acheté à Goodwill, Daniel à côté de moi ou dans l'eau, insistant pour que je saute dans ses bras tendus ; la terreur au creux du ventre, qui ne me quittait jamais, même quand il me tenait contre sa poitrine ou me sanglait dans un gilet de sauvetage, même quand l'eau ne m'arrivait pas plus haut que la taille.

« Tout va bien. Je ne te lâcherai pas », me disait Daniel. Il l'avait fait pourtant. Non par choix, mais un jour il était là et le lendemain il était parti.

Je commençais juste à vaincre ma peur – j'avais réussi à faire quelques brasses – le jour où Daniel était parti sur la route. Durant le reste de mon enfance, ma grand-mère fut la seule à m'emmener à la piscine, avec son affligeant bonnet rose à fleurs et ses varices. Elle m'emmenait à la piscine municipale de Flushing les samedis d'été et m'équipait de brassards gonflables.

Au collège et au lycée, tout le monde supposait que je savais nager ; il était trop tard pour apprendre. À l'école d'art, je fus invitée à la maison de campagne d'une fille de mon cours de gravure, un week-end où ses parents étaient absents. Nous avions fumé et passions en boucle l'album de Jefferson Airplane. Tout le monde se déshabilla et sauta dans la piscine, sauf moi. Ils pensèrent que je n'osais pas me montrer nue, mais ce n'était pas le problème.

Personne n'a essayé autant que Lenny de m'apprendre à nager. Un week-end, nous sommes allés dans un hôtel de Calistoga pourvu d'une piscine chauffée. « Quand nous rentrerons à la maison, tu seras un vrai poisson », me promit-il. Et même si ce ne fut pas tout à fait vrai, pour la première fois depuis l'époque de Daniel je me sentis en sécurité dans l'eau avec quelqu'un. Durant la première journée, il me fit tenir une frite, mais le deuxième jour, il me dit : « Laisse-la au bord de la piscine. Tu n'en as plus besoin. »

« Je ne te lâcherai pas. » Ce n'était pas non plus sa faute, mais lui aussi partit.

Six mois après la mort de mon mari et de mon fils, j'avais atterri au lac. Tous les matins depuis presque sept ans, je marchais jusqu'au bord de l'eau avec ma tasse de café et je contemplais les hérons et les pêcheurs dans leurs petites barques en bois qui sortaient des crabes de leurs filets. Je regardais mes clients plonger du ponton. Durant toutes ces années, je ne m'étais jamais baignée.

Puis il se passa quelque chose. Je ne sais pas pourquoi j'eus cette idée ce jour-là plus qu'un autre. En arrivant au portail de La Llorona, puis au bas des marches au moment où le soleil descendait sur l'eau et où un pélican s'y posait à la recherche de son dîner, je compris qu'il était temps de surmonter ma peur. Je sentais peut-être le besoin d'une sorte de baptême. Je voulais peut-être simplement me rafraîchir.

Pablito, le pêcheur qui nous apportait ses prises du jour trois fois par semaine, venait de s'arrêter contre le ponton avec un tilapia de cinq livres sur une ficelle et un poisson plus petit, un black bass, dans l'autre main.

De tous les gens du village à qui j'achetais à manger pour l'hôtel, Pablito était mon préféré. Nous n'échangions jamais plus de quelques mots, mais j'en étais venue à attendre avec impatience ses livraisons de poissons et nos brèves conversations quand son petit bateau accostait et que je l'invitais à la cuisine où il vidait mes achats du jour.

Il travaillait comme un chirurgien, fendait le poisson fraîchement harponné, l'ouvrait comme un livre, dégageait l'arête pour la séparer de la chair d'un seul tour du poignet. Il passait le couteau sur les écailles argentées avant de le laver et de le remettre dans son étui.

En travaillant, il me racontait où il avait trouvé ce poisson, à quel endroit du lac, à quelle profondeur. Maria m'apprit que harponner un poisson comme le faisait Pablito, à la manière de *los ancianos*, était dangereux. On pouvait se retrouver pris dans le filet d'un autre pêcheur, coincé entre les rochers ou être si absorbé par sa lutte avec un poisson qu'on calculait mal la quantité d'air restant dans ses poumons et on ne remontait pas à la surface à temps. Si on plongeait plus longtemps que prévu, on risquait de perdre connaissance et d'épuiser l'oxygène restant avant d'avoir réussi à remonter à la surface.

Selon Maria, Elmer avait rêvé de devenir pêcheur au harpon, mais Luis et elle l'avaient supplié de gagner sa vie autrement. La meilleure façon d'attraper le poisson était bien au harpon, mais une seule erreur avec cette arme ou un temps trop long sous l'eau à chasser étaient les moyens les plus sûrs de briser le cœur d'une mère.

Pablito ne faisait pas d'erreurs. Il avait la réputation d'être le meilleur pêcheur du village. Le bruit courait qu'il connaissait le lac comme sa poche, en tout cas les endroits où vivaient les poissons. Il était celui qui plongeait le plus profond, qui restait le plus longtemps sous l'eau, qui trouvait les plus gros poissons. Il n'était plus de première jeunesse, une petite quarantaine d'années, mais, quand il sortait de l'eau, son corps était aussi mince et parfaitement dessiné que celui des garçons du village. Larges épaules, hanches étroites, jambes musclées et bras encore plus puissants. Il souriait facilement, en particulier quand il posait sur mon plan de travail un poisson qu'il venait de harponner.

Ce jour-là, il m'en apportait deux particulièrement beaux. Son sourire illuminait ma cuisine.

Il posa son harpon contre le plan de travail. Une goutte de sang écarlate était encore visible sur la pointe, là où il avait pénétré dans le ventre du poisson.

« Je voulais te poser une question, dis-je en lui mettant dans la main l'argent que je lui devais. Est-ce que tu veux bien m'apprendre à nager ? »

# 63

# Un filou comme ami

« Et vous savez quoi ? Bientôt notre miss sera capable de traverser la Manche ! » s'exclama Gus, quand je lui appris que je prenais des leçons de natation avec Pablito.

Tous trois, Gus, Dora et moi, ainsi que leurs enfants, Luca et Jade, bien sûr, dînions ensemble, comme tous les vendredis, chez eux : un repas vegan sain suivi d'un match de football que Gus avait enregistré plus tôt dans la journée. Même si le match était terminé depuis longtemps au moment où nous nous installions devant le grand écran de télévision pour le regarder, Gus ne s'autorisait jamais à connaître le score final à l'avance. « Ça gâche tout le plaisir. Quand Dora couvait, je ne voulais pas savoir si elle allait nous pondre une fille ou un garçon. Le suspens. Le piment de la vie. »

Dora et moi n'avions jamais parlé de ce que nous inspiraient les soirées football, mais je percevais une compréhension mutuelle. C'était la passion de Gus, pas celle de Dora ni la mienne, et peut-être même pas celle de Luca, même si à neuf ans il ne manquait pas de mettre son maillot des Blackburn Rovers avant de s'asseoir pour le coup d'envoi. À six ans, Jade préférait jouer avec ses poupées.

Dora n'avait pas d'autre choix que de regarder le match. Elle avait épousé un supporter des Blackburn. Mais qu'est-ce qui me poussait, moi, à venir tous les vendredis soir et à me joindre au rituel ? Certainement pas l'amour du football. C'était l'amour de Gus et Dora. Avec Maria et Luis, ils étaient ce qui se rapprochait le plus d'une famille.

« Tu es comme la sœur que je n'ai jamais eue », me disait Gus. (Il me l'avait déjà dit. C'était sa rengaine.) J'aurais pu répondre qu'il était comme un frère.

Et comme pour un frère – ou comme je l'imaginais si j'avais eu un frère – je voyais ses défauts et ses imperfections, sa manière de rogner sur les coûts (même dans son travail à l'hôtel pour moi), sa tendance à gonfler ses prouesses de menuisier et d'électricien, sa facilité à déformer la vérité quand il racontait sa vie à Londres ou ses aventures en Inde, sa façon de vouloir se montrer plus malin que la police ou toute autre forme d'autorité s'il y trouvait un intérêt.

« C'est la loi de la jungle, ma grande », me disait Gus en me montrant comment il détournait le compteur électrique devant sa maison (et la mienne) pour réduire les factures. Gus était un filou et je m'en aperçus vite, mais cela n'empêchait pas mon affection pour lui, presque au contraire.

Je voyais que le côté grande gueule de Gus énervait parfois Dora. S'il racontait une histoire que nous avions déjà entendue, elle levait les yeux au ciel.

Moi, cela ne me gênait pas. Gus ressemblait à un de ces petits garçons de l'école primaire qui inventent des histoires : un père qui a joué avec les Yankees, un château comme demeure, le sauvetage d'un homme qui se noyait, une sélection dans un casting refusée par leur mère. Il me faisait penser à un chiot, pas encore dressé et qui ne le serait peut-être jamais, renversant des choses, mettant parfois la pagaille, mais continuellement enthousiaste et, encore plus important, toujours content de vous voir.

Je n'arrivais jamais chez Gus et Dora sans que Gus me serre fort dans ses bras avant même que j'aie atteint la porte. J'observais Dora par-dessus son épaule ; elle l'aimait, bien sûr, mais elle n'était plus sous son charme, si elle l'avait jamais été. L'admiration et le respect inconditionnels de Gus pour son épouse auraient pu s'expliquer ainsi. Elle était la seule femme – la seule personne peut-être – à ne pas se laisser prendre à ses discours.

Même si je savais qu'il me vendait des salades, je marchais, comme l'aurait fait une sœur face à la mauvaise conduite d'un frère adorable bien qu'irresponsable. Les vantardises de Gus m'inspiraient une sorte d'affection tendre et fraternelle. C'était un filou. Mais c'était *mon* filou. Avoir un filou comme ami (sans parler de l'avoir comme frère) avait ceci de bien : tant que nous étions tous deux du même côté, il filouterait en ma faveur.

## 64

## Une mère improbable

Le lendemain de la mort de Rosella et de la naissance de ses jumeaux Alicia et Mateo, une voyageuse en provenance du nord de la Californie arriva au village. Elle se faisait appeler Raya Sunshine. À sa naissance, Raya se prénommait Susan, mais son nouveau nom figurait sur son passeport et il lui allait bien. À l'exception de Lenny, mon mari, je crois que je n'avais jamais rencontré quelqu'un d'aussi gai en permanence.

Raya avait quelques dents, mais pas celles de devant. Quand elle souriait, ce qui arrivait souvent et facilement, on voyait un grand vide là où elles manquaient. Si Raya n'avait pas beaucoup de dents, elle avait encore moins d'argent.

À la différence de la majorité des voyageurs qui passaient par le village, Raya n'était pas jeune. Elle aurait pu paraître moins ridée si elle n'avait pas été aussi maigre, mais en l'état des choses elle ressemblait un peu à une sorcière, une gentille sorcière. Je l'avais vue au village le jour où elle était descendue du bateau, chargée seulement d'un sac à dos et d'un sac en bandoulière rempli de fils de coton. Elle m'expliqua plus tard qu'elle avait l'intention d'en faire des hauts de bikini, comme ceux qu'elle avait bien vendus lors d'autres haltes. Elle me raconta également qu'elle s'était procuré ces nombreuses pelotes en achetant des pulls très peu chers au marché et en les défaisant pour récupérer la laine.

Raya n'était pas une cliente pour La Llorona. Quand je l'ai croisée, elle cherchait une auberge et m'a demandé laquelle était la moins chère. Je lui ai indiqué l'Iguana Perdida, un peu plus haut dans la vallée.

Elle avait un très vieux sac à dos, rien de plus. Raya voyageait léger.

Ce jour-là, tout le village parlait de la mort de Rosella et de la naissance des jumeaux. Dans de telles circonstances, quand une mère mourait en couches, la famille intervenait et s'occupait du bébé, mais dans le cas de Mateo et Alicia il n'y avait pas de grands-parents dans la région, pas de famille du tout à part Wade, bien sûr, et les autres enfants de Rosella, tous trois adultes et éloignés.

Patrizia, la cuisinière d'El Buffo, le restaurant de lapins, proposa son aide. À l'époque, elle allaitait encore son bébé et elle prévint Wade qu'elle ne pouvait soigner et nourrir qu'un seul autre enfant. Elle choisit Mateo. Restait la question d'Alicia.

Raya logeait dans une chambre minuscule derrière la cuisine et partageait les sanitaires avec les occupants de cinq autres chambres, mais son auberge se trouvait juste au-dessus d'El Buffo. Le lendemain de son arrivée, elle s'y était présentée et avait proposé ses services contre de quoi manger au restaurant.

« Vous savez déshabiller un lapin ? » lui avait demandé Wade. Raya, végétarienne depuis plus de vingt ans, avait secoué la tête.

Elle s'arrêtait cependant au restaurant tous les jours en remontant la longue côte jusqu'à l'auberge.

Elle aimait voir les lapins, même si leur sort l'attristait. Elle se disait qu'elle ferait de son mieux pour rendre leur vie agréable le peu de temps qu'il leur restait.

Lors de l'un de ses arrêts à El Buffo pour rendre visite aux lapins, Raya apprit l'existence des jumeaux. Patrizia avait Mateo au sein. Alicia avait été mise dans une caisse qui ressemblait de manière suspecte à une vieille cage à lapins retournée. Les employés du restaurant, parfois même les clients, se relayaient pour lui donner le biberon. Une fois au moins, alors qu'elle pleurait particulièrement fort, quelqu'un y avait versé de la crème de menthe pour tenter de la calmer. Trois minutes plus tard, elle était dans les vapes.

Raya avait observé tout cela. Le jour de l'incident de la crème de menthe, elle câlinait un lapin. Il semblait tout à fait naturel de proposer de prendre dans ses bras la petite fille de trois jours à la place de l'animal.

À l'heure de la fermeture, elle chercha à savoir qui allait s'occuper d'Alicia cette nuit-là. Patrizia répondit qu'on installait sa caisse dans la cuisine où il faisait plus chaud. « Je pourrais l'emmener à l'auberge », suggéra Raya.

Au bar, Wade mélangeait un dernier cocktail El Buffo, pour lui cette fois. Il accepta. Patrizia tendit à Raya une boîte de lait maternisé et un biberon.

Avant de sortir, elle demanda ce qu'il utilisait comme couches. Wade lui tendit une pile de chiffons et quelques épingles à nourrice.

Le lendemain matin, Raya ramena Alicia à El Buffo, mais personne ne paraissait particulièrement intéressé. Elle passa la matinée avec le bébé dans les bras, tandis que le personnel du restaurant s'affairait, coupait des légumes pour la salade et enroulait les couverts dans les serviettes. Dehors, quelque part, elle savait qu'un garçon tranchait la gorge des lapins du dîner à venir et les dépouillait. Elle ne voulait pas assister à ça et trouvait que ce n'était d'ailleurs pas un endroit pour un bébé.

« Ça vous embête si je la ramène dans ma chambre ? » demanda Raya à Patrizia qui allaitait Mateo à un sein et Silvia, sa fille de dix mois, à l'autre. Wade n'étant nulle part en vue, elle paraissait donc être la personne responsable. Raya ne parlait pas espagnol et posa sa question en anglais, mais Patrizia eut l'air de comprendre. Elle haussa les épaules et lui tendit une autre pile de chiffons.

Le système dura ainsi une quinzaine de jours. Au début, Raya s'occupait surtout d'Alicia dans sa chambre, mais au bout d'un moment elle se dit qu'il serait beaucoup plus agréable non seulement pour elle, mais aussi pour le bébé, de sortir, d'écouter les oiseaux et d'assister à la vie du village. Elles passaient beaucoup de temps assises sur l'embarcadère à contempler le volcan, même si le spectacle préféré de Raya était simplement le visage d'Alicia. Elle connaissait par cœur ses yeux bruns ronds comme des billes, son unique touffe de cheveux presque noirs, la fossette caractéristique de son menton qui, pour Raya, était le seul trait du bébé par lequel elle ressemblait vaguement à son père, ce qui n'était pas sans lui déplaire.

On avait dû dire à Raya que la mère d'Alicia était italienne et, en son honneur, elle lui chantait le seul titre qu'elle connaissait avec quelques mots d'italien, « That's Amore ». Elle se souvenait d'avoir dansé sur cet air avec son petit ami du lycée à Lompoc. La chanson était en grande partie en anglais, mais elle avait une atmosphère italienne et bien sûr le côté *amore*.

En chantant « *Bells will ring, ting a ling, and you'll*

*sing vita bella* », elle agitait un par un les orteils d'Alicia et, même si sa voix ne ressemblait en rien à celle de Dean Martin, Alicia souriait. On dit que les bébés de cet âge ne sourient pas. C'était ne pas connaître celui-là.

Raya adorait s'occuper d'Alicia, mais elle rencontrait un problème : il lui fallait gagner de quoi vivre. Même quand la petite ne buvait pas son biberon, elle aimait être dans les bras. Elle ne pleurait que quand Raya la posait pour faire un peu de crochet. L'ouvrage progressait peu.

Il ne lui restait plus que quelques *garza*. Elle devait trouver une solution. Elle rencontra sur la route Clarinda, la préférée de Valentina, qui s'intéressait beaucoup à Alicia. Raya lui demanda si elle voulait prendre le bébé dans ses bras un moment, et Clarinda accepta. Raya parvint ainsi à réaliser ses hauts de bikini au crochet, qui se vendirent très bien dans ce village plein de jeunes hippies montrant volontiers leur ventre. Les bons jours, elle en vendait cinq, une fois elle en vendit même huit.

Raya n'aurait jamais deviné, en arrivant au village quinze jours plus tôt, qu'elle allait s'occuper d'un nouveau-né. N'ayant pas de quoi payer Clarinda, elle lui tricota un sac au crochet pour ses livres de classe, puis une jupe et un chapeau. Clarinda connaissait aussi peu l'anglais que Patrizia, mais toutes deux comprenaient parfaitement les bébés.

Au bout de presque un mois, Raya décida qu'il était temps de parler sérieusement d'Alicia avec Wade, son père. Une semaine entière s'était écoulée sans qu'elle ait besoin de s'arrêter à El Buffo. La seule raison de le faire, prendre une nouvelle pile de chiffons, avait disparu depuis qu'elle s'était procuré des couches en tissu au marché.

Elle arriva au restaurant en milieu d'après-midi avec Alicia. Elle s'était aussi acheté un châle comme ceux dont se servaient les femmes du village pour porter leur bébé. Alicia dormait à poings fermés et ronflait doucement contre la poitrine de Raya qui regardait les employés du restaurant s'affairer, laver le sol, installer les nappes, emmener des lapins dehors. Elle entendait Mateo pleurer dans la cuisine. Alicia pleurait rarement ainsi. Pourquoi l'aurait-elle fait ? Raya ne la posait presque jamais à présent : grâce à son châle et avec l'aide de Clarinda, Alicia vivait dans les bras attentionnés de l'une ou l'autre. Si elle souriait, ce n'était pas étonnant.

Wade se présenta enfin.

« On dirait que vous vous entendez vraiment bien toutes les deux, dit-il en observant Raya assise à une table contre le mur des lapins, Alicia dans les bras. Chaque fois que je viens jeter un coup d'œil, le petit hurle. Comment vous faites, vous ? » ajouta-t-il.

Elle aurait pu lui dire qu'elle avait appris à placer Alicia à gauche de sa poitrine, dans le châle, pour qu'elle entende le battement régulier de son cœur. Mais cette information semblait trop personnelle, trop intime pour la révéler à un homme comme Wade. Quelque chose la retenait de lui apprendre à quel point l'issue de cette conversation était importante pour elle.

« C'est un bébé facile. Elle ne pose pas de problème, dit Raya.

— Vous avez des enfants ? » Jusqu'alors, personne n'avait montré le moindre intérêt pour l'histoire de Raya, ce qui lui convenait parfaitement.

« Non, je n'en ai jamais eu.

— Je suppose que vous êtes un peu vieille maintenant, non ? dit Wade en buvant une gorgée de bière.

— Si vous êtes d'accord, je pourrais continuer à m'occuper d'elle. Je me disais que je pourrais rester par ici. Ça se passe bien pour moi dans ce village. »

Un chèque devait arriver des États-Unis. Dès qu'elle l'aurait reçu, elle louerait une *casita*.

« Si vous voulez, je pourrais y garder Alicia. Ça ne me dérangerait absolument pas. »

Elle espérait ne pas avoir l'air trop enthousiaste.

« Vous voulez vraiment faire ça ? Les couches, les pleurs ?

— Ça ne me dérange absolument pas, répéta-t-elle en retenant son souffle.

— Ça me va. Pour être honnête, c'est un soulagement. Un gamin, c'est déjà difficile. Deux ? Je n'ose pas y penser. »

Il ouvrit son portefeuille et compta quelques billets.

« Juste un petit quelque chose pour vous dépanner. »

Elle regarda les billets sur la table. Une pile de dix billets de cent *garza*. Toute la semaine, elle avait rationné le beurre de cacahuète. Trois crackers pour le dîner et rien d'autre.

« C'est très gentil. Mais tout va bien. Mes travaux au crochet commencent à se vendre. Servez-vous de cet argent pour son frère », ajouta-t-elle. Ce n'était pas le manque d'argent qui faisait pleurer Mateo. Plutôt le manque d'attention. Alicia n'aurait pas ce problème.

## 65

## Élever un bébé grâce à des hauts de bikini

Raya trouva une maison toute petite, mais Alicia l'était aussi. Elles partageaient l'unique lit.

« Je pensais à tous les mois qu'elle a passés dans le ventre de sa mère, avec son frère toujours pelotonné contre elle, me confia Raya. Elle doit se sentir seule de ne plus l'avoir avec elle. »

Alicia était un bébé heureux. Lorsque je les voyais toutes les deux au village, la petite souriait presque toujours. Raya exposait ses hauts de bikini sur la clôture, Alicia enveloppée dans son châle. Plus tard, Raya lui installa un petit lit de paille qu'elle avait confectionné à partir de tombées de bois, poncées afin d'éviter les échardes.

Le village ne manquait pas de bébés, et parmi les vendeuses qui installaient leurs articles dans la rue étroite menant de l'embarcadère aux deux lieux de culte jumeaux, le terrain de basket et l'église catholique (le terrain de football était un peu plus loin), Raya était loin d'être la seule avec un enfant. La femme qui vendait des ponchos avait presque toujours auprès d'elle trois enfants, aucun de plus de cinq ans, celle proposant du pain à la banane en avait deux. Dans presque chaque *tienda*, il y avait un bébé dans une caisse sous le comptoir ou bien un enfant plus grand en train de grignoter une tortilla, perché sur une caisse d'oignons ou de carottes.

Deux choses distinguaient Raya et Alicia. D'abord l'âge de Raya. À part celles qui nourrissaient leur sixième ou leur septième enfant, la plupart des mères du village avaient l'air d'adolescentes ou de jeunes femmes d'une vingtaine d'années. Quand leur bébé avait faim ou était fatigué, elles le mettaient au sein et continuaient leur travail. Dans le cas de Raya, l'unique option était le biberon.

Tous les autres bébés avaient les cheveux noirs et la peau brune de la communauté indigène. Alicia, bien qu'ayant une vie proche de celle des enfants du village, était une petite gringa. Sa mère écoutait les arias de Maria Callas. Sa grande sœur étudiait en ville à l'université. Quelque part, loin dans son passé, son père avait été reçu au barreau dans l'Illinois.

Le monde d'Alicia ne ressemblait pas à celui des autres enfants. Raya parlait à Alicia en anglais, mais elle voulait qu'elle apprenne l'espagnol. Elle acheta un livre d'expressions espagnoles et, avant même le premier anniversaire d'Alicia, elle les intégra dans sa conversation avec le bébé chaque fois qu'elle le pouvait. Surtout *por favor*, *de nada*, *gracias*. Des touristes avaient laissé une édition espagnole de *Bonsoir Lune – Buenas Noches, Luna* – dans leur chambre d'Iguana Perdida et Israel, le propriétaire, avait offert le livre à Raya qui le lisait plusieurs fois par jour à Alicia. « *En la gran sala verde, habia un telefono y un globo rojo y una pintura de una vaca saltando sobre la luna…* »

Raya avait un très mauvais accent, mais quand elle le lui lisait, Alicia avait toujours l'air contente, comme la plupart du temps d'ailleurs. En les observant, quand je m'arrêtais à l'échoppe de hauts de bikini de Raya, j'étais frappée de constater que, pour l'instant du moins, la vie se déroulait au mieux pour cette enfant et la femme qui s'en occupait. Mieux que dans beaucoup de familles, en fait, même dans celles qui possédaient des maisons, des voitures, des portiques, des jouets, des comptes en banque et des ordinateurs.

Pour le moment, Raya était tout ce dont avait besoin Alicia, et Alicia semblait être tout ce dont avait besoin Raya. Elles ne manquaient de rien.

## 66

## Un poisson sans vélo

Parfois, pour aider sa famille (le père mort depuis longtemps, la mère ivre la plupart du temps), Clarinda vendait aux touristes les sacs qu'elle confectionnait avec Valentina, des sacs insolites, différents de tous ceux proposés le long de la rue. Sur les conseils de Valentina, Clarinda cousait des pierres sur les lanières, les doublait de soie provenant de vêtements déchirés trouvés aux puces, et dans les poches secrètes à l'intérieur elle glissait une pierre, un coquillage ou un bouton remarquable issu également du stock de trésors de Valentina.

« Ne fais pas de cadeau, dit-elle à Clarinda la première fois que la petite fille se mit en route avec une demi-douzaine de sacs au bras. Ne permets à personne de t'estimer trop petite. » Elle voulait dire « de te sous-estimer », mais Valentina ne connaissait pas toujours l'expression correcte. Elle avait lu dans un magazine laissé par quelqu'un au café de Harold un article sur Gloria Steinem où figurait une autre maxime qui lui plaisait : « Une femme sans homme est comme un poisson sans vélo. » Mais elle en avait oublié la fin.

« *Una mujer sin hombre es como un pez* », dit-elle à Clarinda qui hocha solennellement la tête en entendant cette phrase. Une femme sans homme est comme un poisson.

Clarinda aimait les poissons. Elle voulait bien en être un à condition de nager loin du harpon de Pablito.

Novembre. Journées magnifiques après la saison des pluies, vert profond partout, air humide et clair. J'étais venue au village acheter des mangues pour la salsa que Maria préparerait en accompagnement du poisson du dîner.

En entrant au bar à smoothies de Harold, je vis les Hommes-Lézards à leur table habituelle et le cendrier rempli de mégots qui déborderait avant la fin de la journée. Carlos et Vincente faisaient durer leur bière. Juan était passé au rhum-Coca.

Je fus troublée à la vue de la petite debout à côté de leur table qui semblait en conversation animée avec eux. Clarinda. Elle essayait de leur vendre un de ses sacs. Cette scène, bien que banale en apparence, me laissait un mauvais goût dans la bouche, comme si j'avais mordu dans un fruit sans voir qu'il était pourri.

Parmi les enfants du village, Clarinda était ma préférée, comme celle de Valentina. Elle avait l'esprit vif et une façon de parler enjouée qui aurait pu passer pour un flirt chez une femme, mais à son âge ce n'était qu'un jeu.

« *Veinte garza*, annonçait-elle aux hommes en tendant un de ses sacs. *Muy bonito. Muy lindo.* » Elle n'employait que des mots simples, sachant que ces trois-là, quoique vivant là depuis bien avant sa naissance, n'avaient jamais pris la peine d'apprendre l'espagnol. Le prix qu'elle demandait pour son travail, vingt *garza*, équivalait à peine à deux dollars.

« Cinq. C'est mon dernier prix, dit Carlos.

— Je t'en donne cinq et demi », enchérit Vincente.

La différence entre son offre et celle de son ami se montait en gros à trois cents.

Clarinda mit la main sur sa hanche et gloussa.

« *Es arte fino* », dit-elle comme le lui avait appris Valentina. *Ne te sous-estime pas. Tu es une artiste, pas une mendiante. Rappelle-t'en.*

« D'accord. Quatre », dit Carlos. Il était ivre, entre autres choses. Clarinda tint bon.

« Vingt », dit-elle en balançant sa queue-de-cheval. Main sur la hanche. C'était l'attitude de Valentina en face du maire quand elle lui expliquait pourquoi il fallait arrêter de distribuer des échantillons gratuits de poudre au goût de fraise envoyés par Nestlé pour pousser les mères à abandonner l'allaitement.

« Tu es mignonne, tu sais ? Tu as quel âge ? » demanda Vincente.

On ne plaisantait plus. Elle avait neuf ans.

« Sa mère est une pute », dit Carlos. Il s'adressait aux deux autres, mais Clarinda pouvait l'entendre. Il parlait anglais. Elle connaissait leur langue bien mieux qu'eux la sienne.

« Je lui en donne cinq, dit Carlos en flanquant un billet sur la table.

— Je relance à dix », annonça Juan.

Vincente avait les mains sur le sac de Clarinda, avec son fermoir en noix de coco et l'améthyste que Valentina avait trouvée dans une poche à Mexico.

« Je relance à cent », dit-il en jetant une pile de pièces et de billets sur la table, dont une partie tomba par terre. Clarinda, déconcertée, les regarda.

Pendant toute la scène, je me trouvais au comptoir et j'attendais mon smoothie. J'essayais toujours d'éviter ce groupe-là, mais cette fois ce n'était plus possible.

« Laissez-la tranquille, bon sang. » Je dis à Clarinda que je lui achetais son sac.

« Eh ben, *buenos dias*, Mary Poppins », lança Carlos.

Le mixeur tournait encore, mais je ne pensais qu'à m'en aller au plus vite.

« Cette pétasse ne trouverait même pas d'homme si elle était la dernière meuf sur terre. » Carlos toujours.

« *Una mujer sin hombre es como un pez* », chuchota Clarinda, pendant que nous partions.

Deux poissons qui avaient échappé à l'hameçon disparurent à la nage.

## 67

## Cinq étoiles

Il avait fallu sept ans, six de plus que prévu, tout l'argent de l'assurance que m'avait laissé Leila et davantage encore, mais l'hôtel était beau. Mieux que beau. Spectaculaire.

Outre le nouveau toit en tuiles de céramique remplaçant le chaume qui avait abrité tant d'heureuses familles de scorpions, la nouvelle fosse septique, les marches de pierre restaurées menant de la route à l'entrée de La Llorona, la réfection du circuit électrique et les nouveaux éclairages, Gus et son équipe avaient refait le sol de la cuisine et remplacé les vieux plans de travail fissurés en béton. Ils avaient construit un très beau ponton et substitué aux fenêtres de l'hôtel d'immenses doubles vitrages, posé de nouvelles portes, agrandi le patio qui offrait plus d'espace pour le dîner des clients que j'espérais voir venir.

Payer les factures de Gus, le chef de chantier, ainsi que le salaire des autres ouvriers que nous avions engagés pour faire le travail – que Gus semblait de moins en moins enclin à faire lui-même –, avait vidé jusqu'au moindre *garza* les fonds légués par Leila. Les derniers mois de la restauration, l'argent manquait au point que je m'étais mise à peindre et colorer les murs moi-même, ce qui aurait été difficile si nous avions eu davantage de clients. Depuis que je gérais l'hôtel, le taux d'occupation dépassait rarement cinquante pour cent et souvent moins.

C'était un souci. La première question que poserait un éventuel acheteur serait le montant des revenus générés par l'hôtel au cours des dernières années. Il voudrait voir mes comptes et les chiffres ne seraient pas bons.

C'est alors qu'un grand coup de chance se produisit. En janvier, une femme arriva à l'hôtel, qui se présenta comme écrivaine voyageuse. Elle rédigeait une chronique sur les destinations hors des sentiers battus au sud de la frontière des États-Unis. On était aux débuts d'Internet, quand le concept de blog ne faisait pas encore partie du vocabulaire, mais elle publiait une lettre hebdomadaire en ligne pour les lecteurs amateurs de voyages. Elle me dit qu'elle aimerait y faire figurer La Llorona, en supposant que je renoncerais à appliquer le prix habituel de la pension, bien sûr.

L'hôtel étant loin d'être complet, comme à l'accoutumée, j'acceptai la proposition de Caroline Timmons et chargeai Maria et Luis de soigner particulièrement notre pensionnaire, ce qu'ils faisaient toujours. Je la logeai dans la chambre du Jaguar et Mirabel se donna du mal pour plier sa serviette en forme de pingouin, comme elle avait appris récemment à le faire grâce à un article que j'avais découpé dans le magazine *Living* de Martha Stewart vieux de cinq ans, laissé par une cliente. Le soir de son arrivée, Maria servit son crabe farci spécial, un tempura de fleurs de courgettes avec un chili de Cobán à la mangue suivi d'un flan à l'hibiscus arrosé de sirop de grenade.

La voyageuse ne resta qu'une nuit à l'hôtel et ne fit pas de commentaire durant sa visite, sauf qu'elle m'informa d'un problème d'eau chaude à la douche, et me dit avoir trouvé une araignée sur le miroir de la salle de bains et un iguane dans le lavabo. J'avais peur qu'elle n'écrive une mauvaise critique. Je me disais que, avec un peu de chance, elle ne mentionnerait pas son expérience.

Dix jours après le départ de Caroline Timmons, le téléphone se mit à sonner. Cinq réservations en un seul jour. Sept le lendemain. Quand je posais la question habituelle, « Comment avez-vous appris notre existence ? », la réponse était chaque fois la même : « Après avoir lu l'incroyable critique de Caroline Timmons dans *Footloose*, nous ne pouvions pas manquer ça. »

Je lus la critique en question. L'auteure écrivait que les plats de Maria étaient « une révélation, un mélange parfait de cuisine traditionnelle à base d'ingrédients locaux de la plus grande fraîcheur, rehaussés par l'ajout inattendu d'une sensibilité européenne ». Elle mentionnait en particulier les macarons – mon *hommage* à Leila –, « meilleurs que ceux qu'on trouve dans les pâtisseries parisiennes les plus réputées ».

Caroline Timmons nous avait attribué la plus haute note. Cinq étoiles.

Dans les vingt-quatre heures suivant la publication de son article, nous avions plus d'une douzaine de demandes de réservation. Une semaine plus tard, l'hôtel était complet pour les deux mois suivants.

J'engageai une autre employée à la cuisine, puis encore une autre. Il nous fallut créer deux services pour le dîner, un à 18 heures, l'autre à 20 heures.

« Qu'est-ce que je t'avais dit, ma grande ? déclara

Gus lors d'une de ses visites quasi quotidiennes. Dora me disait il y a longtemps, quand on travaillait sur la fosse septique, que tu ramasserais le fric à la pelle dès qu'on t'aurait retapé tout ça. »

Et à propos : il avait eu l'idée d'un pavillon japonais de méditation. Il pouvait le monter en moins de deux. Dora lui ferait la peau si elle apprenait le peu qu'il me le facturerait. Mais nous étions une famille.

## 68

## Un acheteur se présente

On avait dû se passer le mot. Au milieu de la rafale de réservations, je reçus un coup de téléphone d'un certain Gerry Harwich, propriétaire d'une chaîne qu'il qualifiait d'« expériences de vacances dans un boutique-hôtel de luxe ». Gerry Harwich voulait savoir si j'avais l'intention de vendre La Llorona. Dans ce cas, lui et ses associés portaient un grand intérêt à l'acquisition de la propriété. Le moment que j'attendais depuis des années était enfin venu : des acheteurs se présentaient qui me permettraient de remettre ma vie en route, si seulement je savais vers quoi.

« Nous avons étudié les tendances de l'industrie touristique, poursuivit Gerry Harwich. Il y a une nouvelle ligne aérienne vers San Felipe et une compagnie de bus modernes prête à transporter les clients.

« Si vous êtes motivée, nous pouvons aller très vite. »

Trois jours plus tard, Gerry Harwich arriva à La Llorona avec son équipe composée d'un comptable, un spécialiste du marketing et un consultant d'architecture intérieure. Dès leur arrivée au portail, Gerry et ses associés s'extasièrent. (*Oh, mon Dieu. Incroyables ces fleurs turquoise ! Cette cascade ! Regardez donc l'arbre couvert d'orchidées ! L'œuf en pierre sculpté. Les clients vont adorer !*)

Nous avons dîné tous les cinq sur la terrasse, d'un tilapia en croûte à la pistache. Vers la fin du repas, un vol de manakins à col blanc atterrit sur l'arbre au-dessous de nous. Puis Maria nous servit son fabuleux soufflé à l'orange et une assiette de macarons. La soirée n'aurait pu être plus parfaite.

Je n'avais pas oublié le récit de Leila sur la visite à La Llorona de Carl Edgar, l'homme qui voulait transformer la propriété en une luxueuse résidence gardée. J'étais soulagée d'entendre que Gerry Harwich, bien que reconnaissant la nécessité d'agrandir l'hôtel pour héberger plus de quatre clients, semblait vouloir respecter son intégrité selon l'idée qu'avait eue Leila.

Le lendemain matin, au petit déjeuner, l'équipe de Gerry m'attendait avec une offre. La somme proposée dépassait de loin ce que j'avais imaginé. Je leur exposai ma principale condition pour accepter de vendre : les emplois de Luis et Maria, ainsi que d'Elmer et Mirabel, devaient être sauvegardés aussi longtemps qu'ils décideraient de rester. « Pas de problème, dit Gerry. Tant que Maria prépare aussi bien le poisson et les macarons. »

À midi, j'avais signé les papiers. Dès que l'argent serait déposé à ma banque, l'hôtel ne m'appartiendrait plus.

## 69

## Dieu doit être en colère

La nuit, il commença à pleuvoir. D'abord quelques gouttes, mais à minuit j'entendis la pluie tambouriner sur le toit de tuiles et, quand je me réveillai, il tombait des trombes d'eau devant les fenêtres. Il pleuvait si fort qu'on ne voyait plus le lac et encore moins le volcan. Les pêcheurs étaient rentrés depuis longtemps.

J'avais connu sept saisons des pluies, mais je n'avais jamais vu un tel orage. L'eau dévalait la colline, traversait les jardins, noyait mes animaux en céramique au point qu'on aurait dit qu'ils nageaient. Le bruit de l'eau était si fort que je devais crier pour me faire entendre de Maria. Luis était déjà dehors et rentrait le mobilier. Elmer avait décroché les banderas de soie que Valentina avait faites pour décorer le patio. Il me demanda la permission de se rendre au village. Il n'avait pas besoin de me dire pourquoi. Je le regardai lutter pour monter les marches sous le rideau de pluie. Sa chemise déjà trempée lui collait au corps. Il allait chez Mirabel.

Puis le vent se leva avec une telle force qu'une branche de mon précieux jocote atterrit sur le toit de ma *casita* du jardin. Une tempête de pétales de rose tourbillonnait au-dessus du patio.

Les lampes s'éteignirent. Assise dans l'obscurité, je

regardai de l'autre côté du lac en direction du bourg de Santa Clara où pas une seule lumière n'était visible. Le lac tout entier s'était assombri.

Nous ne manquions jamais de bougies à l'hôtel. Je les allumai toutes. Maria décongela ce qui restait dans le freezer, nous fit une soupe sur la cuisinière à gaz, tandis que, dehors, le ciel d'un noir absolu fut soudain embrasé par un éclair surgi derrière le volcan.

Luis dut lutter contre le vent pour ouvrir la porte et se risqua dehors. Maria ne voulait pas qu'il quitte l'abri de la cuisine, mais il était allé chercher sa pelle avec l'idée de créer des chemins pour empêcher l'eau qui dévalait d'emporter un pan de la colline.

Il plut toute la journée et la nuit suivante – des trombes d'eau, le hurlement du vent. N'ayant pas d'électricité, Maria, Luis et moi avons allumé un feu. Maria fit cuire du riz sur la cuisinière. Cuzmi ne nous quittait pas d'une semelle. À un moment, sans doute bien après minuit – mais j'avais perdu la notion du temps –, Elmer finit par rentrer difficilement du village. Quand il était arrivé chez Mirabel, son père l'avait renvoyé.

Le deuxième jour, toujours sans électricité, la tempête atteignit un niveau de férocité que je n'aurais pas cru possible. Le vent se mit à souffler d'une autre direction, de sorte que la pluie frappait les vitres de biais. Le ciel s'assombrit au point de devenir presque noir. Il pleuvait si fort que je me demandais si les tuiles de mon toit n'étaient pas cassées, mais impossible de sortir vérifier leur état. Le vent m'aurait renversée.

Je m'étais habituée au bruit incessant de la pluie sur le toit, du vent battant les murs et les fenêtres, de l'eau dévalant de la colline. Cette nuit-là, un bruit différent de tout ce que j'avais entendu me réveilla.

Pas tout à fait exact. J'avais déjà entendu ce bruit, seulement sur la piste d'un aéroport, quand un avion décollait. Un grondement si fort que s'il y avait eu quelqu'un dans la chambre et que j'aie voulu lui parler, j'aurais dû crier pour être entendue.

En arrivant dans la cuisine, je trouvai Maria et Luis en vêtements de nuit. Luis serrait une bougie et sa machette. Elmer se tenait derrière eux.

Une rivière se ruait le long de la colline. Pas un ruisseau. Une rivière qui n'existait pas vingt-quatre heures ni même une heure plus tôt. Venant de nulle part, fonçant vers la maison. Elle charriait dans ses eaux bouillonnantes des branches et des arbres entiers, et, venant de la bodega près du portail où Luis rangeait ses outils, une bouteille de propane dégringolait les marches, ainsi qu'un tuyau en caoutchouc et un déluge de matériel de construction servant à Luis et Elmer (clous, forets, scie à main, sacs de ciment même).

Nous stockions toujours les jerricans de quarante litres d'eau purifiée dans la bodega en haut des marches. Tous les quelques jours, Luis ou Elmer en hissait un sur son dos et le descendait à la maison pour les clients. À présent, une douzaine de ces gros récipients en plastique rebondissaient sur la pente de la colline en tourbillonnant follement, comme des épaves emportées par les chutes du Niagara.

« Le rocher ! » cria Luis par-dessus le rugissement de l'eau. Je levai la tête juste à temps pour voir un énorme bloc débouler et briser toutes les fenêtres d'un mur. À quinze centimètres près, il écrasait Maria.

Luis et Elmer sortirent vérifier les murs de soutènement construits au bord du lac. S'ils cédaient, l'eau emporterait l'hôtel.

« C'est comme dans la Bible », me dit Maria. Elle priait. « Dieu doit être en colère. »

Nous regardions par la fenêtre Luis et Elmer empiler des blocs de ciment à l'arrière de la maison sous la pluie battante. Un bloc de la taille d'un réfrigérateur s'écrasa à quelques pas de Luis.

Quand des problèmes survenaient à l'hôtel, j'appelais Gus. Le plus souvent, je n'avais même pas besoin de l'appeler, il venait. Cette nuit je compris que lui et Dora avaient eux-mêmes fort à faire. Cette fois nous étions seuls.

# 70

## Les oiseaux chantaient plus fort

Les hommes travaillèrent toute la nuit. Maria et moi étions recroquevillées dans ce qui restait de la cuisine, incapables de bouger. Au matin, le soleil se leva dans un ciel bleu comme nous n'en avions pas vu depuis des jours et nous avons enfin pu regarder autour de nous. Si une bombe avait explosé, elle aurait fait moins de dégâts.

La tempête avait laissé des débris partout. On reconnaissait des outils, des barres d'armature, des toilettes au rebut, une cafetière, entre autres. Des objets venant d'une autre partie du village avaient aussi échoué dans ma propriété : un rouleau de grillage, un ballon de football, trois sneakers dépareillés, une baignoire, tout de provenance inconnue.

Mais surtout, nous étions envahis par la boue. Boue, rochers, branches, arbres entiers. Un rocher avait détruit en tombant le toit en tuiles de céramique ainsi que le carrelage de la terrasse. Dans l'hôtel, quinze centimètres de boue au moins recouvraient les tapis d'Orient de Leila. Ses bibliothèques avaient été renversées et les livres éparpillés. Le tableau que j'aimais, représentant une palette de catastrophes potentielles, avait étonnamment été épargné, mais pas le bureau ni les magnifiques textiles anciens. Au rez-de-chaussée, un mur était détruit et un rocher occupait à présent le centre du patio. Partout, du verre brisé. Les précieuses assiettes bleues de Leila. Les oranges roulant sur le sol.

Il nous restait à découvrir le plus éprouvant dehors. Les jardins que je considérais toujours comme ceux de Leila avaient été ravagés : plantes déracinées, arbustes dépouillés de leurs fleurs. Les arbres fruitiers, les bougainvilliers, deux tonnelles garnies de roses, le kiosque en bambou noir, tous abattus.

Plus tard dans la journée, je me rendis au village. Tout le monde s'accordait à considérer comme un miracle qu'il n'y ait eu qu'une seule victime, un très vieil homme, l'un des derniers connaissant et pratiquant encore l'art des sacs en fibre d'agave comme celui dont je me servais pour porter les pommes de terre achetées au marché. Bartolomeo dormait dans sa modeste maison d'adobe sur la montagne quand la tempête avait frappé de plein fouet. Sa femme raconta par la suite qu'il était sorti dans sa petite cour la nuit, au milieu des éléments déchaînés, afin de récupérer les écheveaux de fibres d'agave. Il allait les rassembler quand la rivière l'avait emporté. Son corps fut retrouvé huit cents mètres plus bas, adossé à un arbre comme s'il dormait.

À part lui, les autres dégâts, bien qu'importants, n'étaient que matériels, pas humains. Beaucoup de *tiendas* étaient démolies, les fenêtres de l'école brisées, la belle oasis de Rosella, Il Piacere, en miettes. La statue qu'elle avait sauvée des années auparavant des ruines de la cathédrale en ville réapparut, tête dans la boue, huit cents mètres plus loin, devant le club de blues de Roberto. Sa cuisinière à bois était tombée dans le lac, près de l'embarcadère. Trois des petites structures pyramidales où Andromeda logeait ses stagiaires dans son centre de méditation flottaient maintenant à la surface. Le terrain de basket où Rick et Claudia avaient appris aux filles du village des tirs et des dribbles compliqués était noyé sous la boue.

Les chiens du village paraissaient tous avoir survécu à *il tormento*, de même la plupart des cochons et des poules. Les oiseaux semblaient juste chanter plus fort après la tempête.

L'église catholique faisait partie des bâtiments ayant le plus souffert. Les pluies avaient amené une rivière jusqu'alors inexistante en plein centre du village, au cœur de l'église. Trois mètres de boue recouvraient les bancs de bois, où les gens venaient prier tous les matins, ainsi que l'autel portant la statue de la Vierge et une autre plus grande de Jésus sur la croix.

Un spectacle, un seul, me réchauffa le cœur. L'inondation avait dû se précipiter dans le restaurant de Wade, El Buffo. Dans tout le village, on voyait des lapins sautiller en liberté au milieu des décombres.

Le lendemain, quand l'électricité fut rétablie ainsi qu'Internet, je trouvai dans ma boîte de réception un courriel de Gerry Harwich, le directeur du consortium de boutiques-hôtels luxueux que j'avais rencontré trois jours plus tôt.

À la suite du récent ouragan et des dégâts subis dans la zone, il m'informait qu'il retirait à regret son offre d'achat de La Llorona. Il me souhaitait bonne chance et espérait que nous « rebondirions » – difficile d'imaginer comment – aussi vite que possible.

En lisant ces mots, je ressentis une étrange émotion. Du soulagement.

Il nous fallut bien sûr annuler toutes les réservations du mois. Dans les premières semaines suivant la tempête, l'étendue des dégâts causés à l'hôtel révéla son ampleur et nous dûmes annuler le reste des réservations jusqu'à la fin de l'année. En l'absence presque complète d'argent à la banque et sans perspective de revenus, je me dis que je ne pouvais pas faire autrement si je voulais assurer les salaires de Maria, Luis, Elmer et Mirabel. Il ne m'était plus possible de faire appel à Gus et, bizarrement, il ne s'était pas manifesté comme je m'y attendais. Je me dis qu'il devait être occupé à réparer sa propre maison. C'était normal.

N'ayant pas de quoi remplacer les tuiles brisées du toit, j'optai pour la solution la moins chère, le chaume. Elmer s'en chargea pendant que Luis s'occupait du mur de la cuisine, des fenêtres brisées et sauvait ce qui pouvait l'être au jardin. Maria et moi enlevions à la pelle la boue dans les chambres à l'étage et nettoyions la saleté à la brosse.

Le lendemain de la tempête, Walter arriva avec un bouquet de callas cueilli dans la montagne. Puis il prit une pelle, lui aussi.

## 71

# Une vendeuse de tortillas sur la route

Restaurer la propriété dans son état d'avant la catastrophe nécessitait de replanter au moins une douzaine d'arbres fruitiers et facilement une centaine de plantes plus petites. Je pouvais commencer à les bouturer, mais il faudrait six bons mois avant que La Llorona retrouve son aspect et des années pour que les arbres poussent. Je pris la décision – étrange, sans doute, pour une femme à qui il restait si peu d'argent – de dépenser mes dernières économies en achetant des fleurs et des arbres. Le jardin, plus que l'hôtel en soi ou le restaurant, était l'âme du lieu. Les fleurs m'apparaissaient comme la seule façon de restaurer La Llorona.

Dès que les routes furent rouvertes, je louai un camion et son chauffeur, Miguel, pour aller en ville. Ce jour-là, je dépensai presque tout ce qu'il me restait en végétaux et en remplis le camion.

Pendant le long trajet du retour, je pensais à l'effet de l'ouragan sur le jardin. Mon choix de parcourir les cent kilomètres jusqu'à la ville pour acheter des plantes pouvait en partie être considéré comme une décision commerciale : un hôtel qui s'enorgueillit de proposer à ses résidents un jardin magnifique ne peut qu'être à la hauteur de sa promesse. Mais il y avait autre chose.

Une chose qui concernait Leila. Même si elle était morte depuis sept ans, elle hantait encore ce terrain et ses bâtiments. Durant le court laps de temps pendant lequel je l'avais connue, j'avais non seulement compris sa passion, mais j'en étais venue à la partager. J'éprouvais l'obligation d'entretenir ce qu'elle avait créé. Un jardin est une chose vivante. Il faut s'en occuper tous les jours.

« Rien n'est immuable. Ni les jardins ni les histoires d'amour. Ni la joie ni le chagrin. Les animaux meurent. Les enfants grandissent. Il faut apprendre à accepter les changements quand ils se produisent. S'en réjouir si c'est possible. Voir ce qu'ils apportent de nouveau à la vie », m'avait dit Leila un jour que nous nous promenions dans les allées de la propriété et que nous nous arrêtions le temps d'examiner certaines de ses plantes préférées.

Il était difficile de considérer le paysage dévasté comme une bonne chose. Mais, tout en remplissant mon Caddie dans l'immense pépinière sous serre de la ville, je ressentis la même excitation que celle que j'avais connue plus jeune dans un magasin de fournitures pour artistes quand je choisissais des crayons de couleur ou quand je fouillais dans un bac de vieux vinyles.

À 15 heures, j'avais payé mes achats. Je repris la route avec Miguel vers La Esperanza, la route terrestre, bien plus accidentée que l'approche par bateau.

À une demi-heure de notre but, tandis que la nuit tombait, notre voyage fut interrompu par une femme qui vendait des tortillas au milieu de la route. Impossible de la contourner.

Miguel descendit du camion et lui demanda de se déplacer. Elle fit signe que non. « Nous devons attendre. Elle ne bougera pas tant qu'elle n'aura pas vendu toutes ses tortillas, dit-il.

— Je les lui achète », dis-je en lui tendant quelques pièces et billets. Une minute plus tard il était de retour et secouait la tête.

« Elle ne veut pas vous les vendre. »

Il était 21 heures quand elle vendit la dernière tortilla et plia sa table, ce qui nous permit de traverser le village et de rentrer. À La Esperanza, les lumières étaient éteintes. Luis, Maria et Elmer étaient allés se coucher. Ils avaient travaillé si dur depuis la tempête que je n'eus pas le cœur de les réveiller.

Miguel devait rendre le véhicule de location à son propriétaire, mais il fallait d'abord décharger les plantes – tout un stock d'arbres et de fleurs –, au minimum quelque deux cents pots qu'il fallait descendre par le long escalier jusqu'à mon jardin plein de cailloux et de boue.

Je regardai Miguel. Il était jeune et costaud, mais il y avait trop de travail pour nous deux.

Une femme passait sur la route en compagnie d'un jeune enfant et d'une autre femme, sans doute sa mère. « Vous voulez du travail ? Rassemblez des gens pour m'aider à décharger ce camion. » Inutile d'en dire plus. L'espoir d'un emploi autre que le ménage dans la maison d'un gringo de temps en temps était rare pour les femmes du village.

Josefa fut de retour dix minutes plus tard en compagnie d'une douzaine de ses amies.

Je n'eus pas à expliquer quoi faire. Les femmes se placèrent à intervalles réguliers le long des marches en pierre, les plus costaudes dans le camion. Elles commencèrent à se passer les plantes une par une, du camion aux mains de la première, puis de la deuxième, jusqu'en bas, où la dernière posait sur l'herbe chaque végétal dans son pot en plastique. Il serait planté le lendemain ou le jour suivant. Un travail à la chaîne.

Elles parlaient et riaient en travaillant. Ces femmes se voyaient à l'église ou au marché, mais jamais dans de telles circonstances, occupées à un travail plus spécifiquement attribué à leur mari. Elles trouvaient ça drôle, excitant. Cette fois, elles étaient payées pour leur peine.

Il était 22 heures passées quand la dernière plante fut déchargée et que je pus envoyer Miguel rendre le camion. De la poche de mon jean, je sortis mes derniers billets. Je donnai un billet de cinquante *garza* à chacune des femmes avant de leur souhaiter bonne nuit. Je les entendis encore parler et rire tout au long de la route.

Il arriva une chose étrange au cours des semaines qui suivirent. J'avais toujours considéré cet endroit comme une étape. Il m'avait fallu beaucoup plus d'années que prévu pour restaurer La Llorona, mais j'avais atteint le but que je m'étais fixé. J'avais même, brièvement, trouvé un acquéreur, mon objectif depuis le début.

Puis la tempête avait frappé. Au lieu de m'abattre ou de me donner envie de tout abandonner et de disparaître, comme je l'avais fait en montant dans le bus à San Francisco, pour la toute première fois je me sentais à ma place. Au cours des semaines passées à poser des tuiles et à clouer des planches, à repeindre les plâtres, à replanter les parterres – d'abord des semaines, puis des mois –, je compris que je n'irais nulle part ailleurs, finalement. J'étais déjà chez moi.

## 72

## Une école faite en bouteilles de soda

Six mois entiers s'écoulèrent avant que le village retrouve son aspect normal, ou presque, car il apparaissait des nouveautés. Une rivière, large de trois bons mètres, le divisait maintenant en deux et nécessitait la construction d'un pont. Plus encore, il fallait creuser un canal pour contenir l'eau. Presque tous les hommes valides, pelles et pioches en main, contribuèrent aux travaux. À Noël, le canal était achevé.

Je devais reconnaître une chose à propos du village : les extrêmes de la météo, de la topographie mettaient en évidence toute une gamme de comportements parmi la population aussi, du pire au meilleur, de la laideur à la beauté.

Quelques jours après la tempête, la rumeur se répandit que certaines personnes, des gringos, pas des locaux, avaient amassé de précieuses réserves de riz, de haricots, de farine et de beurre de cacahuète pour traverser la période de pénurie. L'un des plus riches étrangers était allé en ville, d'où il était revenu le lendemain, sa Land Rover chargée de poulet frit et de chips qu'il vendait cinquante pour cent plus cher que leur prix, ainsi que d'une boisson protéinée en poudre qui, d'après lui, contenait toutes les vitamines nécessaires aux bébés, bien supérieure au lait maternel.

Certaines femmes du village furent sceptiques. D'autres dépensèrent leurs précieux *garza* pour acheter la poudre magique.

Les vents violents amenés par l'ouragan avaient déposé une masse de débris dans les rues. Dès que le soleil revint après la tempête, Valentina, la Reine des Détritus, rameuta les enfants. Son armée miniature était prête. Les petits connaissaient toutes ses chansons, qu'ils entonnaient en rassemblant des montagnes d'ordures, comme jamais auparavant, et en les fourrant dans les bouteilles en plastique. Au Nouvel An, ils montaient dans la cour de l'école les murs de trois nouvelles classes de primaire en éco-blocs remplis de déchets.

Chaque fois que je passais devant la maison de Valentina, au cours des semaines qui suivirent, je constatais que la pile d'éco-blocs avait grandi. En quelques semaines Valentina et sa petite équipe eurent suffisamment de blocs garnis pour reconstruire l'école. Ainsi fonctionnait le village de La Esperanza. Souvent une tragédie se produisait, parfois avec violence, comme dans le tableau accroché au mur de La Llorona. Quand elle était terminée, les gens reprenaient le cours de leur vie, toujours prêts à travailler dur.

À part la rivière qui traversait à présent le village dans le lit du canal creusé de main d'homme pour contenir les crues déclenchées par la tempête, on ne pouvait pas deviner, au moment de la *feria* annuelle, qu'un ouragan était passé.

## 73

## Ça doit être une sacrée plante

Gus était de retour. En descendant les marches pour m'exposer sa dernière idée, il avait pris le courrier. Il me tendit une lettre. Timbres chinois sur l'enveloppe, écriture familière.

À l'intérieur, la photo d'une femme asiatique souriante, un nouveau-né dans les bras, et un autre enfant d'environ deux ans à côté d'elle, ainsi qu'un homme sérieux, la main posée sur son épaule.

J'imagine que je dus paraître plus émue que d'habitude. J'avais peut-être même les larmes aux yeux.

« Pourquoi tu chiales, ma grande ? J'ai pas vu une bouille comme ça depuis que les Rovers ont perdu le tournoi en 96.

— En fait, ce sont de bonnes nouvelles. Tu te rappelles Jun Lan, la Chinoise qui est venue il y a quelques années ?

— Celle qui aimait les plantes ? Comment l'oublier ? La fille qui arpentait le flanc de la montagne en pleine saison des pluies pour trouver… qu'est-ce que c'était ? Je sais pas trop quelle plante ? »

Gus but lentement une longue gorgée de bière en réfléchissant à la quête de Jun Lan. « J'ai eu ma période fumette, ma grande, et je ne dis pas que je ne tire pas encore une taffe de temps en temps. Mais on a pas encore inventé la plante qui me ferait arpenter une colline boueuse en pleine saison des pluies, juste pour déterrer une ou deux racines ou récolter une poignée de graines.

— Il ne s'agissait pas exactement d'une drogue », répondis-je. À l'époque où Jun Lan essayait de tomber enceinte, je considérais sa quête comme une affaire personnelle, mais maintenant qu'elle avait eu un bébé, puis un autre, ainsi que venait de me l'apprendre sa lettre, j'estimais que je pouvais en faire part à Gus.

« Cette plante, elle en avait entendu parler par sa grand-mère. On lui avait dit qu'elle ne pourrait jamais avoir d'enfant, alors elle est venue la chercher ici. Elle m'a écrit pour me dire qu'elle avait donné naissance à son deuxième fils.

— Une sacrée plante. Par hasard, tu sais comment s'appelle cette herbe miraculeuse ? »

Je ne le savais pas.

« Ou tu pourrais m'indiquer où elle pousse », poursuivit-il. Gus ne s'était jamais montré aussi intéressé par la botanique.

« Si tu veux vraiment le savoir, je peux te retrouver un dessin que j'ai fait. » Je suis montée chercher l'un des carnets que j'avais remplis de croquis et d'aquarelles sur les plantes qui poussaient près de La Llorona. J'ai présenté à Gus l'herbe de Jun Lan que j'avais dessinée, avec ses drôles de feuilles duveteuses. « Tu vois ces baies ? Maria les a écrasées et les a fait macérer dans l'eau bouillante pour préparer une tisane spéciale à Jun Lan. Dix mois plus tard, elle a donné naissance à son fils.

— Nom d'un chien ! Tu saurais pas où un gars comme moi pourrait trouver un de ces trucs, ma grande ? » Gus scrutait mon dessin avec l'attention qu'il réservait habituellement aux matchs de football.

Je secouai la tête. Je n'avais pas accompagné une seule fois Jun Lan et Elmer quand ils parcouraient la montagne à la recherche de la plante. « Tout ce que je sais, c'est que d'après Jun Lan, l'herbe qui a soigné sa stérilité ne pousse qu'à un seul endroit.

— Une herbe qui donne le ballon aux femmes quand elles ont plus d'espoir. Ça, c'est une idée qui peut rapporter des millions », dit Gus, l'air songeur.

# 74

## Une amatrice d'art inattendue

Mes leçons de natation avec Pablito se passaient bien. Certains jours il était trop occupé à pêcher au harpon pour venir à La Llorona, mais au moins trois jours par semaine il s'arrêtait en rentrant du secteur où il avait choisi de plonger pour m'accompagner dans l'eau. Les premières fois, je mis un gilet de sauvetage, mais la deuxième semaine je me débrouillais assez bien pour nager la brasse. Mettre le visage dans l'eau ne me faisait plus peur.

Un jour, pendant ma leçon, la pince qui retenait mes cheveux tomba à l'eau. Pablito, comme un dauphin, se souleva juste assez pour créer une dynamique et plonger comme une flèche droit au fond de l'eau. Quelques instants plus tard, il émergea en tenant la pince à bout de bras. Il avait des dents parfaites, un grand sourire. « *El tresor !* » lança-t-il.

Je progressais dans l'apprentissage du crawl, tout en restant toujours près du bord, Pablito à côté de moi, comme le jour où Dora se présenta. Je ne me rappelais pas la dernière fois qu'elle était venue seule à l'hôtel, à la différence de Gus qui passait presque quotidiennement. En dehors des dîners entre nous à l'hôtel, Dora se montrait rarement à La Llorona.

J'étais tellement occupée à nager que je ne la vis pas arriver. Puis, au moment où je reprenais mon souffle, je la découvris : elle se tenait sur le ponton, vêtue d'un pantalon flottant en lin comme elle les affectionnait et d'un très petit haut qui mettait en valeur ses abdominaux impressionnants. Deux accouchements n'avaient nullement altéré sa superbe silhouette.

« Encore cinq minutes et je nous fais une tasse de thé », lui dis-je.

Pour passer le temps, elle prit une pose de yoga parmi les plus compliquées. En la regardant pratiquer ses exercices, ce qu'elle faisait souvent et à tout propos, j'avais toujours trouvé bizarre que, quelle que soit sa superbe posture de méditation, elle ait souvent l'air anxieuse, voire renfrognée. Le style décontracté et je-m'en-foutiste de son mari n'avait pas déteint sur elle.

Après être sortie de l'eau et avoir salué Pablito, qui partit dans son *cayuco*, je nouai une serviette autour de ma taille et allai à la cuisine. Dora m'attendait.

« Je pensais à cette femme asiatique qui a séjourné ici il y a quelques années », dit-elle. Dora n'était pas du genre à se perdre en bavardages. Elle allait droit au but.

« Cette herbe qu'elle a trouvée dans la montagne et qui l'a aidée à tomber enceinte. Gus m'a dit que tu l'avais dessinée. »

Je préparais du thé avec de l'hibiscus du jardin et levai la tête.

« Vous essayez d'en faire un troisième ? lui demandai-je.

— Oh, non ! Je me posais la question. Pour une amie. »

Jamais, depuis le temps que je connaissais Dora et

Gus, ils n'avaient montré le moindre intérêt pour mes dessins. Elle étudia celui-ci un long moment.

« Tu as vraiment du talent. Tu voudrais bien m'en donner un ? »

J'arrachai la page de mon carnet et la lui tendis. Un événement rare se produisit alors. Dora sourit.

## 75

## Un jeu sans les mains

Coup de téléphone de Dora. Elle était à l'hôpital de San Felipe. Il y avait eu un accident. Pouvais-je aller chercher les enfants à l'école ?

Je dis oui, bien sûr. Puis elle me raconta ce qui s'était produit.

Au milieu de la nuit, Gus avait été réveillé par un bruissement dans la cour et le gloussement des poules. Il sortit voir ce qui se passait et trouva Samuel, un homme du village, qui volait le linge de la famille séchant sur la corde. Deux serviettes, un drap, quelques couches, un soutien-gorge de Dora.

Gus savait se battre – il venait de Blackburn – et il empoigna le voleur. Le combat était inégal, non seulement parce que Gus était exceptionnellement costaud, mais aussi parce qu'il était sobre, contrairement à Samuel. Cependant, à l'instant où Gus réussit à plaquer Samuel au sol, le misérable ivrogne riposta de la seule manière qu'il lui restait : il planta les dents dans la main de Gus.

Le choc, sans parler de la douleur, fit reculer Gus, juste assez pour que Samuel en profite. Il fila, alors que Gus restait allongé par terre au milieu du linge quelques instants, puis il rentra dans la maison, se versa un verre de stout et se mit à soigner ses blessures.

C'est alors qu'il la vit. Pas seulement la profonde blessure dans la paume de sa main droite, mais en plein milieu, à la jonction de sa ligne de vie, sortant de la peau, une dent qui avait appartenu encore récemment à son agresseur.

La souffrance redoubla quand il extirpa la dent. Dora dut se réveiller à ce moment-là. Elle lui prépara un remède à base d'herbes et fit bouillir de l'eau pour nettoyer la morsure.

Le lendemain matin, la main de Gus avait la taille d'un gant de base-ball. À la tombée de la nuit, celle d'un ballon de football. Il avait des élancements dans le bras et de la fièvre. « Il faut voir un médecin, lui dit Dora.

— Ça va aller. Je parie que demain ma patte sera en pleine forme. »

Ce ne fut pas le cas. À 9 heures, Gus et Dora prirent le bateau pour San Luis. Dora m'appela un peu après midi. Une infection massive s'était déclarée.

« Le médecin a dit que, si nous avions attendu quelques heures de plus, il aurait perdu le bras. Ils veulent l'amputer de la main. »

Les médecins reconnaissaient que les antibiotiques qu'ils lui avaient administrés pouvaient stopper l'infection, mais impossible de savoir à quelle vitesse elle se propageait. Ils avaient eu le cas assez semblable d'un homme qui avait refusé d'être amputé d'une jambe, et le lendemain il était mort.

Gus était si fiévreux qu'il délirait, parlait de sa mère, de football, d'une certaine Pamela et de son instituteur de CE1 qui l'avait accusé de voler des gommes. On ne pouvait pas lui parler.

« Je ne sais pas quoi faire », dit Dora. Elle m'appelait du couloir devant sa chambre. Je l'avais toujours entendue s'exprimer d'une voix ferme et assurée, mais cette fois je la sentais terrorisée. Les médecins avaient besoin d'une décision rapide s'ils devaient opérer.

« Ce n'est pas à moi de le dire, déclarai-je.

— C'est sa main droite. Et s'il ne me pardonnait jamais ? »

Je pensai alors à ma mère. Si, au lieu de mourir ce jour-là dans la maison de la 84e Rue Est, ma mère n'avait perdu qu'une main ? J'aurais grandi avec elle. Si, dans l'accident qui le tua, Lenny avait seulement perdu un membre ?

« Si c'était moi, je préférerais un mari avec une seule main plutôt que pas de mari du tout. »

Gus rentra chez lui trois jours plus tard. On ne s'apercevait pas tout de suite qu'il lui manquait une main, à cause de son gros pansement. Il prenait des analgésiques très puissants qui le rendaient apathique et donc méconnaissable.

Le soir de son retour, je m'arrêtai chez eux, apportant un ragoût vegan, des brownies et une bouteille de vin. Gus était allongé sur le fauteuil inclinable qu'il adoptait toujours pour regarder les matchs de foot. La télévision était allumée, mais il n'y avait pas de match. Il tenait un joint dans la main gauche. Il paraissait dix ans plus vieux que la dernière fois que je l'avais vu.

« Sale coup, hein ? L'autre mec a juste perdu une dent, me dit-il quand je posai le ragoût sur le plan de travail.

— Je ne vais pas te débiter tout un tas de trucs réconfortants. Je sais à quel point c'est exaspérant dans des moments comme celui-ci.

— Les médecins ont dit qu'on fabrique des prothèses extraordinaires. Dès que Gus sera guéri, nous irons en ville pour qu'il soit appareillé et apprenne à s'en servir », dit Dora.

Gus tira une longue bouffée de son joint.

« Si quelqu'un peut manier ce genre de chose, c'est bien toi, Gus. Tu te rappelles, après l'ouragan ? Comment tu as pratiquement reconstruit toute ta maison ? Et finalement, elle est encore plus belle qu'avant, dis-je.

— Avec une petite différence. À l'époque, j'avais deux mains pour travailler.

— Je suis désolée. » Stop aux propos optimistes.

« Il y a quand même une bonne chose. On joue au football sans les mains », remarqua-t-il.

# 76

## Je suis un poisson

Presque quinze jours s'écoulèrent sans que je voie Gus et Dora. J'envoyai une ou deux fois Walter leur apporter un repas, mais à part ça, je les laissai tranquilles. C'était une période difficile pour leur famille.

La vie continuait à l'hôtel. Grâce à l'article écrit par Caroline Timmons sur Internet – un genre de publicité qui n'existait pratiquement pas quand j'avais pris la direction de La Llorona –, les quatre chambres étaient retenues presque tout le mois. Je n'avais jamais été aussi contente d'être occupée par mon travail.

Je n'étais pas la seule à être triste. Elmer arrivait à l'heure tous les matins et travaillait comme toujours de longues journées, plus que jamais depuis que Gus ne venait plus apporter son aide aux projets les plus exigeants. Tout en travaillant, il gardait une attitude d'acceptation douloureuse. Herman avait choisi de devenir prêtre. Quant à Elmer, à la suite de son rejet par Mirabel, il donnait l'impression que lui aussi aurait pu rejoindre un ordre religieux. Plus il serait strict et demanderait de l'abnégation, mieux ça vaudrait.

Maintenant que je ne rendais plus visite à Dora, c'était Valentina que je voyais surtout au village. Je n'allais même plus au café de Harold depuis le jour où j'avais observé les Hommes-Lézards marchander avec Clarinda son sac fait main, doublé de soie. J'avais tout raconté à Valentina qui ne s'était pas étonnée de leur comportement.

« Des porcs, affirma-t-elle en me tendant un morceau de carambole sur une soucoupe parfaite, bien que fêlée.

— J'ai dit à Clarinda de ne pas s'approcher de ces hommes-là. Je crois qu'elle n'essayera plus de leur vendre un de ses sacs, dis-je.

— Je veux qu'elle fréquente une meilleure école », déclara Valentina. Il suffisait de passer devant l'école primaire du village pour comprendre qu'elle ne proposait pas grand-chose à une enfant aussi intelligente que Clarinda. Chaque fois que je traversais le village, j'entendais l'instituteur lancer les mots de la leçon du jour et les enfants donner à l'unisson la réponse attendue. Les leçons d'anglais étaient les pires.

« *Good morning. How are you today ?* lançait-il avec un fort accent. – *Good morning. I am very fine, thank you*[1] », répondaient-ils en chœur.

« Combien ça coûte d'envoyer un enfant à l'école de San Luis ? » demandai-je à Valentina. Fréquenter une meilleure école signifiait prendre le bateau tous les jours, mais beaucoup d'enfants du village le faisaient. Les enfants gringos.

J'annonçai à Valentina que je paierais les frais de scolarité de Clarinda.

Une semaine plus tard, Clarinda était inscrite à l'Academy of Life de Santa Clara. Valentina avait pris le bateau avec elle quelques jours auparavant pour aller

1. « Bonjour. Comment allez-vous aujourd'hui ? – Bonjour. Je vais très bien, merci. »

acheter les fournitures : un sac à dos, des crayons, des cahiers, une règle à calcul, un dictionnaire. Et puis des chaussures, trois paires de chaussettes blanches avec des nœuds sur les revers, un sachet de barrettes et un uniforme scolaire bleu marine avec une jupe plissée. J'avais proposé d'en acheter deux, mais Clarinda expliqua que, si elle lavait son uniforme tous les après-midi en rentrant, il serait sec le lendemain matin. Un seul suffisait.

À l'école du village, tous les enfants recevaient un bol de riz et de haricots au déjeuner, mais les écoliers de l'Academy devaient apporter leur repas. Valentina et moi savions que Veronica, la mère de Clarinda, ne lui donnerait probablement pas de quoi manger.

« Maria et moi pouvons lui donner quelque chose à emporter. Elle passe devant l'hôtel pour prendre le bateau. Je lui monterai un paquet à la grille. »

Le premier jour, Valentina et moi avons accompagné Clarinda au bateau. Et à 16 heures nous étions sur l'embarcadère pour l'accueillir. Nous voulions l'entendre raconter sa première journée. Vu la famille nombreuse qui vivait dans la petite cabane de la mère de Clarinda – deux pièces pour tous –, il était peu probable que quelqu'un pense à lui poser des questions sur ses études.

Nous étions deux femmes sans enfant attendant une fillette sans mère ou presque. Le bateau accosta. Elle fut la dernière à descendre, ayant laissé passer toutes les vieilles femmes chargées de leurs paniers de *verduras*, le vieil homme et son coq qui poussait ses cocoricos, la jeune fille, tout juste trois ans de plus que Clarinda, semblait-il, et une petite bosse dans son châle indiquant la présence d'un bébé.

Clarinda s'élança sur l'embarcadère à notre rencontre. Ses couettes attachées par des rubans bondissaient avec elle. Elle tenait un plant de haricots – une expérience pour le cours de science, nous dit-elle – et un dessin représentant un jocote aux branches couvertes d'oiseaux.

« J'ai dit à ma maîtresse que je serais docteure. Un garçon de ma classe a rectifié : "Tu veux dire infirmière." J'ai répondu : "Non, docteure." »

En montant vers le village, nous sommes passées devant le café de Harold. Les trois Hommes-Lézards étaient dehors, comme d'habitude. À cette heure de l'après-midi, je savais qu'ils étaient bien imbibés, comme sans doute la mère de Clarinda le serait quand elle rentrerait.

Je lui tenais fermement la main.

« Ils ne peuvent pas te faire de mal, lui chuchotai-je.

— *Soy un pez*. Je suis un poisson », dit-elle en riant.

## 77

## Le Roi Perche

J'étais si occupée par mes clients que quelques semaines passèrent durant lesquelles je dis à Pablito que je n'avais pas le temps d'apprendre à nager. Puis un jour il arriva avec une perche noire plus belle que toutes celles qu'il nous avait jamais apportées.

« Ça faisait trois ans que j'essayais de l'attraper. Mais elle était trop maligne. Chaque fois que je pointais mon harpon sur son ventre, elle filait.

— Comment avez-vous fait pour l'avoir, finalement ?

— Au fond du lac, il y a un endroit que mon père m'a montré voilà bien longtemps, quand il m'apprenait à plonger. Une grotte. Je m'y suis caché et je l'ai attendue. Elle a fini par venir. »

Je savais par nos précédentes conversations, quand nous étions assis au bord de l'eau après ma leçon de natation, que Pablito pouvait retenir son souffle sous l'eau plus longtemps que tous les autres pêcheurs au harpon du lac. Il avait passé des années à améliorer la capacité de ses poumons et à augmenter son temps de survie au fond avant de remonter. Il pouvait maintenant y rester neuf minutes et demie en gardant les dernières vingt secondes pour revenir à la surface.

« Mon père a passé trente ans à chercher cette grotte. Nous connaissions la légende selon laquelle un ancien village maya avait existé au fond du lac. De nombreux plongeurs le recherchaient. C'est mon père, Pablo, qui l'a découvert. J'avais dix ans quand il m'y a emmené.

« Toutes ces années, j'avais l'image de cette grotte dans la tête, poursuivit Pablito. Je me rappelais ce que je ressentais en nageant au fond du lac derrière mon père, dont je suivais les palmes qui bougeaient dans l'eau. Tout autour de nous, il y avait des sculptures rondes, géantes, sur lesquelles étaient inscrits des caractères en langue maya. J'arrivais à en lire certains. »

Quand son père et lui nageaient ensemble sous les eaux, au milieu des sculptures en pierre de l'ancien village, ils ne pouvaient rester que sept minutes. Pablito était très jeune, mais il se souvenait de ces quelques minutes comme si c'était hier : un temple avec un long escalier. Des pots en céramique couchés sur le côté. Quelque chose qui ressemblait aux bacs que les femmes utilisaient encore pour laver les vêtements. Des têtes sculptées représentant des guerriers et des dieux.

Plus tard, de retour au village, le père de Pablito avait contacté quelqu'un à l'université de San Felipe. Une équipe d'anthropologues plongeurs était venue. Ils ne pratiquaient pas la plongée libre comme Pablo et Pablito. Ils avaient des bouteilles sur le dos.

« Ils nous ont dit que les ruines que nous avions trouvées remontaient à plus de trois mille ans. » Pourquoi elles se trouvaient sous l'eau demeurait un mystère, mais les anthropologues pensaient qu'une éruption volcanique avait dû modifier le niveau du lac.

Plus tard, d'autres experts étudièrent le site. Ceux-là

venaient des États-Unis et d'Europe. Un magazine publia un article sur la découverte. Pablito ne lisait pas l'anglais, mais il comprit, en examinant les mots sur la page, que le rôle de son père dans la découverte ne faisait pas partie de l'histoire. On ne parlait que des études menées par les experts. « C'est l'un des apports les plus importants des cent dernières années à l'histoire du monde maya », s'était enthousiasmé l'un d'eux. Cela, Pablito l'avait compris.

Mais l'emplacement des ruines avait été tenu secret pour les protéger du pillage par des amateurs. Peu après la découverte des ruines et de la grotte par Pablo et Pablito, son père était mort dans un accident. « Il a plongé d'une très haute falaise. Il croyait connaître tous les rochers de notre côté du lac, mais pas celui qui l'a tué », me raconta Pablito.

Depuis lors, Pablito cherchait les ruines. Il avait une vague idée de la zone où elles se trouvaient, mais le lac était si étendu – cent kilomètres carrés, d'une profondeur inconnue de tous – que retrouver l'endroit s'était révélé impossible. Jusqu'à ce jour.

« Ce matin, j'ai emmené mon bateau dans un coin où je n'avais jamais plongé. » Elle était là, la cité engloutie. Et parmi les ruines, il fit une autre découverte : celle de la perche géante qu'il chassait avant même la naissance de son fils Pablo.

Il sut en voyant le poisson que le moment était venu. Il se cachait dans la grotte depuis presque quatre minutes – le temps filait – quand la perche passa à portée de son harpon. Un coup, et Pablito attrapa le poisson.

Il voulait m'offrir son trésor. J'étais une bonne cliente, sa meilleure. Mais il y avait plus, me dit-il, en refusant que je le paie.

« Je vous ai apporté le poisson pour vous féliciter de votre ténacité pour apprendre à nager. Beaucoup de gens auraient abandonné, mais pas vous. »

Il vida et écailla le poisson, puis revint à son bateau.

« Je n'ai jamais vu de perche aussi grosse, lui dis-je.

— Eh bien, il y en avait une encore plus grosse qui nageait à côté. Je l'ai ratée, mais maintenant que je sais où aller, je vais y retourner et l'attraper. On fera un repas de fête en famille. »

Le soir, Maria cuisina la Reine Perche, nom que nous avions donné au deuxième plus gros poisson du lac. Elle fit des entailles sur les flancs dans lesquels elle fourra un mélange de persil, coriandre, ail, ciboulette, estragon et *chipilín*. Elle ouvrit une bouteille de bière et la versa presque en entier dans la bouche de la perche, puis elle la mit à cuire dans un bouillon. Elle fit une sauce *chimichurri* et du riz à la noix de coco en accompagnement. Tous déclarèrent qu'ils n'avaient jamais goûté de poisson aussi délicieux.

Trois jours plus tard, je suis entrée dans la cuisine et j'ai trouvé Maria debout devant l'évier au-dessus duquel Luis avait accroché l'arête du poisson géant pour que nous puissions l'admirer.

« Pablito n'est plus », dit-elle.

Sa femme était venue lui raconter que Pablito était retourné là où il avait harponné la Reine Perche, à l'endroit des ruines de la cité engloutie, à cinquante mètres de profondeur. Il avait plongé avec son harpon à la recherche du poisson qu'il avait repéré lors de sa plongée précédente. Le Roi.

Comme la fois d'avant, Pablito s'était caché dans la grotte de la cité en ruine. Nous savions tous que Pablito pouvait rester longtemps sous l'eau. Il devait espérer qu'à un moment, durant ces précieuses minutes, le gros poisson se montrerait.

Tandis qu'il flottait au fond du lac, Pablito dut se trouver empêché de remonter vers la surface. Sa ceinture lestée avait dû s'accrocher quelque part. S'il avait tenté de l'enlever, ses doigts étaient peut-être engourdis par le froid, ou son cerveau fonctionnait au ralenti à mesure que ses poumons atteignaient leur limite.

Il ne remonta pas. Des pêcheurs au harpon de La Esperanza et d'autres de Santa Clara partirent à sa recherche. Dès qu'ils eurent repéré son petit *cayuco*, ils surent où fouiller.

Ils plongèrent de nombreuses fois avant de découvrir le corps de Pablito, coincé entre deux stèles mayas inclinées l'une contre l'autre. À ses pieds, la lame de son harpon était profondément enfoncée dans le ventre du Roi Perche. Ils avaient dû mourir ensemble.

Les hommes rapportèrent le harpon de Pablito à sa femme. « Je vais le garder jusqu'à ce que mon fils Pablo soit prêt », déclara-t-elle à Maria.

Prêt ?

« À devenir pêcheur au harpon. »

## 78

## En remerciement pour services rendus

Cinq semaines passèrent sans nouvelles de Gus et Dora. Les gens du village qui les connaissaient, c'est-à-dire tout le monde, disaient voir Dora de temps en temps, les rares fois où elle venait au marché. Personne n'avait aperçu Gus.

« Le pauvre, ce doit être dur pour lui. Ce n'est pas comme s'il était philosophe, professeur ou banquier. Tout ce que fait Gus, c'est avec ses mains. C'est un manuel, bon sang ! » dit Harold.

*C'était.*

Un homme de loi se présenta à la grille. Pas Juan de la Vega, cette fois. C'était un *abrogado* de San Felipe, un homme peu raffiné d'allure, pas rasé, avec des lunettes de soleil, qui sentait l'eau de Cologne bon marché. Il venait m'apporter des documents de la part de ses clients, Gus et Dora Gulden. Une assignation en justice pour occupation usurpatoire d'une propriété légalement enregistrée à leurs noms.

L'hôtel.

« Il y a erreur. Cette propriété est à moi. Je l'ai héritée de la précédente propriétaire il y a huit ans. Gus et Dora sont mes amis. Comme une famille », dis-je.

L'avocat sortit un document de sa serviette. « Vous devez en avoir une copie », dit-il.

Je m'en souvenais, naturellement. Quand ces papiers avaient été rédigés, je les avais enfouis au milieu des documents non traités par Leila. À l'époque, je lisais très mal l'espagnol, raison pour laquelle j'avais demandé l'aide de Dora au lieu de consulter le notaire de Leila, comme j'aurais dû le faire.

L'homme de loi montra le deuxième paragraphe de la première page. Mon espagnol s'était nettement amélioré depuis que j'avais signé la dernière page et je comprenais maintenant ce que j'avais accepté ce jour-là, dans ma hâte de traiter ces documents.

« Je soussignée attribue à perpétuité à Dora Gulden mes droits sur l'intégralité de ma propriété acquise légalement, terrain et constructions connus comme La Llorona en remerciement pour services rendus en tant que ma représentante légale. »

L'avocat passa à la dernière page. Il montra la signature. La mienne.

Ma propriété n'était pas ma propriété, finalement. Mes amis n'étaient pas mes amis. La Llorona appartenait à Gus et Dora à présent.

# 79
# Le mur

J'ai bien sûr consulté un avocat. Valentina évitait les hommes de loi et tous les personnages officiels, mais elle avait rencontré Mayra à une manifestation en ville contre la distribution, dans la région, de lait maternisé en boîte aux mères qui allaitaient. Elle me donna son nom. Le bureau de Mayra Asuncion se trouvait à Santa Clara. Cette fois je n'hésitai pas à me déplacer en personne.

Mayra étudia longuement les documents que je lui avais apportés. J'observais son visage pendant qu'elle lisait. Quand elle eut terminé, elle leva les yeux, secoua la tête.

« La personne qui a rédigé cela avait une bonne connaissance de la pratique de la loi. La pratique de la loi dans ce pays, en tout cas. Elle vous a bien coincée avec les termes qu'elle a employés.

« On pourrait argumenter que vous ne saviez pas ce que vous signiez. On pourrait faire remarquer que l'espagnol n'est pas votre langue maternelle. Malheureusement, vous avez aussi signé cet autre document. » Elle me tendit le papier que j'avais authentifié avant la visite en ville de Dora. « Dans lequel vous affirmez avoir bien étudié ces documents et où vous nommez

Dora votre représentante légale. Cela ne vous laisse guère d'arguments. Voire aucun, dit-elle.

— Qu'est-ce que vous me recommandez ?

— Je tenterais de négocier. De trouver un accord. Un compromis.

— Trouver un accord avec deux personnes qui usurpent ma propriété ?

— La seule chose positive pour vous en ce moment, c'est que vous occupez physiquement la propriété et pas eux. Ce ne serait pas facile de vous expulser de votre lieu de travail. L'endroit où vous vivez.

— Et ça pourrait me sauver ? Les empêcher de prendre La Llorona ? »

L'avocate secoua la tête une nouvelle fois. « Il y a peu de chances que ces deux-là abandonnent. »

Il restait une petite lueur d'espoir, me dit Mayra. Ce n'était pas une solution à mon problème, mais une clause dans le libellé de l'acte de propriété transmis par Leila concernait ses employés de longue date. Sa formulation protégeait les salaires de Luis et Maria Navichoc ainsi que de leur fils Elmer et de Mirabel jusqu'à la fin de leur vie. La personne qui endossait la propriété de La Llorona endossait également la responsabilité de payer une somme d'argent deux fois par mois à la famille Navichoc.

Quand l'hôtel marchait bien, cela ne posait pas de problème. Mais quand le nombre de réservations s'effondrait, comme c'était le cas à la saison des pluies, après l'ouragan, et comme cela pouvait se produire n'importe quand à l'avenir, Dora et Gus seraient juridiquement contraints de verser leur salaire à Luis, Maria, Elmer et Mirabel, que l'hôtel rapporte ou non de l'argent. Je savais par expérience combien il était parfois difficile d'assumer financièrement cette responsabilité.

« La clause Navichoc vous donne un levier. Même si je ne vois aucun moyen pour que vous conserviez votre propriété. Mais vous pourriez garder le contrôle de l'hôtel en tant que locataire à long terme. »

Locataire d'une propriété qui m'appartenait. Je posai la tête sur le bureau de Mayra.

« Proposez de louer la moitié de la propriété à Dora et Gus. La partie avec l'hôtel. Assumez la responsabilité des salaires de vos employés. Vous obtenez de garder la direction de l'hôtel et d'y vivre. Il ne sera plus à vous, mais au moins vous pourrez continuer à y vivre et vos employés seront protégés. »

On en était donc là. Mon meilleur et seul espoir consistait à couper en deux le jardin conçu par Leila et entretenu depuis tant d'années. Je pensais à certaines plantes et fleurs que j'aimais particulièrement. Ma Suzanne aux yeux noirs couleur de jade. L'aristoloche fleur de pélican. Le jocote.

Je pensais à la cascade que nous avions construite, au bosquet de papayes et de jasmin où j'aimais dessiner. À mon jardin d'herbes aromatiques. Au tronc d'arbre qu'Elmer avait descendu de la montagne, couvert d'orchidées.

« La moitié seulement », dit-elle. Elle étudiait le plan du terrain qui faisait partie du dossier de l'autre avocat. « Heureusement, même si vous en coupez la moitié, il vous restera une jolie petite parcelle pour les clients de l'hôtel. »

L'image de Gus me revint, tel que je l'avais vu la dernière fois que nous nous étions croisés au village, les bandages couvrant son moignon. Cette séparation aussi ressemblait à une amputation.

« Ce que je peux espérer de mieux, c'est couper en deux ma propriété et payer un loyer aux gens qui m'ont escroquée ?

— Je ne prétends pas que ce soit une bonne solution à votre problème, mais c'est mieux que rien », me dit Mayra.

Je sentais ma gorge se serrer, mon visage pâlir. L'unique consolation : les quatre personnes qui faisaient vivre La Llorona n'en pâtiraient pas.

« Je vous suggère vivement de faire votre contre-proposition rapidement, avant que ces deux-là se mettent à exiger davantage. Je peux faire venir un arpenteur la semaine prochaine. Il tracera une ligne délimitant la partie de la propriété que vous devrez louer à ces deux escrocs. »

La ligne fut tracée de sorte que les marches de pierre faisaient partie du terrain que je pourrais encore utiliser, ainsi que le petit bassin miroir qu'Elmer avait peuplé de poissons du lac, avec les nénuphars et la voûte formée par les bougainvilliers. Il m'était très difficile d'abandonner un bosquet de bambous noirs planté peu après ma reprise de l'hôtel, un chemin fait d'une variété particulière de pierre verte avec des carreaux représentant des oiseaux peints à la main et insérés en bordure, ainsi qu'une mosaïque du volcan constituée de fragments d'assiettes mexicaines de Talavera. Chaque fois qu'une assiette était cassée, Leila l'ajoutait à sa mosaïque. Et il n'y avait aucun moyen de contourner mon jocote : Dora et Gus l'auraient sur leur terrain.

En l'apprenant, Elmer, le plus loyal des hommes, voulut abattre l'arbre plutôt que de voir Gus et Dora profiter de ses fruits. Je l'en dissuadai.

L'arpenteur avait tracé une ligne de peinture orange fluo pour délimiter le nouveau périmètre de la propriété que j'allais louer. Le lendemain de son départ, nous nous sommes mis à transplanter les fleurs. En plus de Luis et Maria, j'ai fait appel à Walter. C'était un dimanche et, comme Clarinda n'avait pas cours, elle se joignit à nous. Elmer était là avec sa pelle, mais il était trop distrait pour faire grand-chose, à cause de la présence de Mirabel qui déterrait un parterre de roses blanches.

Valentina vint aider, ainsi que Raya qui amena Alicia.

« Je n'ai jamais vraiment fait confiance à ces deux-là, déclara Valentina en faisant référence à Gus et Dora. La femme m'a toujours rappelé une gardienne de prison qui venait me réveiller au milieu de la nuit en tapant sur les barreaux avec une cuillère dans la seule intention de me rendre folle. »

Raya adopta une approche plus indulgente. « À mon avis, personne ne possède véritablement quoi que ce soit, de toute façon. Nous ne sommes que des résidents temporaires sur la planète. Gus et Dora peuvent croire qu'un bout de papier leur donne une sorte de pouvoir. Mais au bout du compte, nous allons tous au même endroit. »

Elle ramassa une poignée de terre, presque noire après les années de soin de Luis. « Ce qu'ont fait ces deux-là, c'est super moche, du point de vue du karma. Mais ça va aller pour toi, dit-elle.

— Je vais entrer chez lui la nuit et le tabasser, proposa Walter.

— La vengeance n'est jamais une bonne idée. Regarde-moi. Je n'avais jamais pensé devenir mère et Alicia est entrée dans ma vie. Je n'ai aucun papier officiel qui dit que j'en suis la tutrice. Personne n'appartient à personne, pas plus qu'un terrain ou le lever du soleil n'appartient à qui que ce soit. »

Alicia, assise sur une couverture, jouait par terre. Elle leva la tête et sourit.

« Si Wade le voulait, il pourrait sans doute m'enlever cette précieuse petite fille demain. Mais en attendant, je vais me concentrer sur ce jour où nous sommes ensemble. On ne sait jamais quand cela risque de disparaître. On ne peut qu'être reconnaissant de ce qu'on a, aussi longtemps que ça dure. »

Je posai ma pelle un instant. Elles étaient là toutes les deux, une adorable petite fille de trois ans et une femme de cinquante-sept ans qu'elle appelait Mama, penchées sur un ver de terre. J'imaginais ce que Rosella, la mère décédée d'Alicia, penserait de la scène. Alicia, la fille aux yeux marron d'une amatrice d'opéra italienne et d'un avocat radié de l'ordre devenu restaurateur et éleveur de lapins. Si tout s'était passé différemment, si Rosella avait vécu, Raya serait maintenant de retour en Californie et taillerait des plants de marijuana. Alicia passerait tous les mois d'août en Toscane, dans le vignoble des parents de Rosella. En l'état des choses, elle vivait dans une cabane en adobe d'une pièce avec une vendeuse de hauts de bikini faits au crochet, âgée et sans le sou. La vie prenait de drôles de tournures.

Sans autre raison que d'avoir voulu me suicider et de m'être finalement enfuie dans un bus vert à destination de l'Amérique centrale, j'avais été pendant un temps propriétaire du plus beau des hôtels situé au bord du plus beau des lacs, entouré du plus beau des jardins, donnant sur le plus magnifique des volcans. À présent, le jardin ne ferait plus que la moitié de sa taille. À présent, l'hôtel appartenait à quelqu'un d'autre. On pouvait y voir une grande tragédie. Ou, simplement, la vie.

Raya me rappela qu'il ne fallait pas oublier une chose : personne n'était mort. La vie allait continuer. Jusqu'à ce qu'elle s'arrête. Ça aussi, c'était normal.

Au milieu de ce long après-midi de travail, notre groupe se partagea dans le patio une cruche de thé glacé Rosa de Jamaica et une assiette des macarons de Maria. Alicia en choisit un rose. Je sortis mon sac de crayons de couleur et tout le monde se mit à dessiner les animaux en céramique, le colibri buvant le nectar d'une fleur de thunbergia, les nuages au-dessus du volcan.

À l'heure où mes amis partirent, nous avions installé des douzaines de plantes dans ce qui restait de mon jardin. Roses. Gardénias. Jasmin. Eucalyptus. Helxine. Oiseaux de paradis. Pour l'une d'elles en particulier, une variété d'orchidée appelée Doce Apostoles, les douze apôtres, j'avais créé un coin spécial sur la partie du terrain qui appartenait maintenant à Dora et Gus. Le bulbe était si fragile que je l'avais déterré à la main, puis j'avais égalisé le sol où il avait poussé pour rendre son absence moins visible. Avec la petite pelle d'Alicia, Raya lui avait creusé un trou près de la cascade.

Maria, qui était sortie de la cuisine à la fin de notre longue journée de travail pour inspecter les transformations, déclara : « Les belles choses, rapprochées les unes des autres, sont toujours aussi belles. C'est un peu comme faire un *caldo*. On peut verser trois litres d'eau ou un seul dans la casserole, mais ce qui donne le goût, c'est le crabe. Moins il y a d'eau, plus il a de goût. »

Quelques jours plus tard, une petite armée d'ouvriers recrutés par Gus et Dora arrivèrent à la propriété.

Toute la matinée, ils descendirent de la colline des sacs de ciment pour construire un mur. J'avais espéré que mes anciens amis utiliseraient des bambous pour délimiter la propriété, mais ils avaient décidé de bâtir un mur d'affreux parpaings gris, comme quand ils avaient construit leur maison.

En regardant les ouvriers empiler les parpaings et balancer le ciment, j'avais l'impression d'assister à la construction d'une prison. Le mur mesurait au moins trois mètres de haut, de la route jusqu'au lac, avec une rangée de tessons de bouteilles au sommet qui devait rappeler à certaines personnes du village – ceux qui avaient fait le long voyage à travers le Mexique, tenté de passer la frontière du Texas et échoué – les efforts de certains pour les empêcher d'entrer. Personne ne franchirait ce mur.

Valentina, qui passa quelques jours plus tard afin de constater les dégâts, ne parut pas catastrophée. Elle avait grandi du mauvais côté d'un mur en Allemagne. Elle l'avait aussi vu tomber. Pour elle non plus, aucune situation n'était désespérée.

« On va commencer par l'enduire. Puis on peindra une fresque. »

Le soir, quand Maria eut fini de débarrasser le dîner – une soirée calme avec seulement deux clients –, je lui demandai si elle avait quelques minutes.

Elle était naturellement au courant de la division du terrain, mais j'avais préféré ne pas raconter à la famille Navichoc les détails concernant le titre de propriété. Pour Maria et Luis, Gus et Dora avaient simplement annexé une partie du terrain dans le but de construire une maison. Je les avais autorisés à le faire pour une raison incompréhensible.

Une fois les clients de retour dans leur chambre,

j'avais une question à poser à Maria autour d'une tasse de thé sur la terrasse.

« Je me demandais ce que Leila pensait de Gus, l'homme qui venait travailler ici. Et de Dora. Diriez-vous qu'ils étaient amis ? »

Maria changea d'expression, resta pensive un long moment, comme si elle voulait choisir soigneusement ses mots. Maria n'était pas du genre à dire du mal de quelqu'un, sauf d'un client, longtemps auparavant, qui avait fumé un cigare dans sa chambre et renversé du vin rouge sur le beau dessus-de-lit en lin.

« Il venait souvent ici. Puis il n'est plus venu, dit-elle.

— Pourquoi ?

— La señora ne nous en a pas parlé, mais nous avons vu ce qui s'était passé. Elle a compris qu'il l'escroquait. »

Gus avait facturé à Leila un très beau marbre. Il lui avait dit qu'il allait lui faire une table. Un jour, elle était passée chez eux sans prévenir avec un cadeau pour l'anniversaire de leur fils. C'est alors qu'elle avait vu le marbre. Et un service à thé ancien qu'elle avait fait venir de France. Et aussi une carafe à vin en cristal qui avait disparu depuis plus d'un an.

« Elle a été très triste quand elle s'en est aperçue. Elle les aimait beaucoup. Elle croyait qu'ils étaient amis. Si Dora et Gus lui avaient demandé une partie du marbre, elle le leur aurait donné.

« Puis il s'avéra qu'ils avaient pris beaucoup plus. Ils avaient acheté tous les parpaings et les poutres sur son compte pour construire leur maison. Je ne sais pas ce qu'elle a dit à l'Anglais et à sa femme, mais après, il n'est jamais revenu à la propriété. Jusqu'à ce que vous l'engagiez. »

Je comprenais à présent pourquoi Maria et Luis avaient gardé leurs distances avec Gus toutes ces années, quand il venait travailler pour moi. Ils étaient accueillants avec tout le monde, sauf avec lui.

« La señora aimait tellement La Llorona. Elle s'inquiétait de ce qui se passerait quand elle ne serait plus là. Elle en avait parlé à mon mari et à moi. Mais nous sommes vieux. C'est beaucoup de travail de gérer cet endroit, vous le savez. »

Puis j'étais arrivée.

« Ça ne vous a pas semblé étrange que Leila me lègue l'hôtel ? lui demandai-je.

— Pas vraiment, me répondit Maria. Elle m'a dit le lendemain de votre arrivée : "J'aime bien cette fille." »

Leila s'était trompée sur Gus et Dora, mais elle n'avait jamais cessé de faire confiance à son instinct. Les dernières semaines avant sa mort, elle avait parlé de son projet à Luis et Maria.

« Nous savions que vous en prendriez soin », dit Maria.

Et voyez ce qui était arrivé. J'avais échoué. J'avais laissé le domaine adoré de Leila tomber entre les mains des gens qui l'avaient escroquée.

« Quand j'ai engagé Gus pour tous les travaux dans l'hôtel, vous n'avez rien voulu me dire ? lui demandai-je.

— Nous n'étions pas chez nous. C'est vous qui étiez responsable. »

## 80

## Une ampoule rouge

Les mois passant, il me devint plus facile de mettre de côté ma tristesse relative à la perte de ma propriété, à l'amputation de mes jardins. Valentina réalisa une fresque pour recouvrir l'enduit, assistée par Clarinda, qui se révéla une excellente artiste, et une équipe d'enfants plus jeunes issus de son projet « Pura Natura » à base de détritus. Elmer planta une nouvelle rangée de bougainvilliers d'une teinte violette que je n'avais jamais vue. Les plantes prospérèrent, de sorte que dès la fin de la première année elles fleurirent et l'année suivante atteignirent le sommet du mur.

Finalement, le plus dur dans ce que j'appelais le Casse de Dora et Gus, le plus dur en dehors de la trahison de mes amis, fut la façon dont ils traitèrent le terrain que nous avions soigné avec tant d'amour toutes ces années, et Leila auparavant. Lorsque nous avions déplacé toutes les plantes, j'avais eu peur que Dora et Gus ne reviennent vers l'avocat avec une nouvelle série d'exigences, mais mes anciens amis n'accordaient guère d'attention aux fleurs. Ils n'avaient sans doute pas remarqué que je leur en avais pris un certain nombre.

Visible depuis la route, la maison qu'ils avaient

bâtie de l'autre côté du mur était presque identique à celle du village, louée à présent aux touristes. Comme leur première maison et le mur, la nouvelle construction était en parpaings. Ils n'avaient fait aucun effort pour cacher le matériau gris terne et grêlé, pas plus que le ciment entre les blocs. Le toit était en feuilles de plastique. Les fenêtres étaient petites et espacées, alors qu'elles donnaient sur un paysage d'une extraordinaire beauté.

D'après ce que je voyais d'en haut les rares fois que je passais devant la propriété, Dora et Gus avaient pratiquement dépouillé le sol de toute végétation. Ils avaient engagé des hommes pour créer des terrasses, à l'évidence en vue de futures récoltes. Du café, peut-être.

Et puis il y avait autre chose. Gus et Dora avaient installé une lampe dans le jocote, assez puissante pour éclairer un terrain de football, et pour une raison inconnue ils la laissaient allumée toute la nuit. Les nuits sans nuages, je distinguais encore les constellations, mais beaucoup moins nettement qu'auparavant à cause de l'éclairage nocturne.

L'ampoule était rouge…

## 81

## Toujours le volcan

J'avais connu des périodes dans ma vie où le temps semblait presque immobile et où la perspective d'une nouvelle journée paraissait insurmontable. Les étés à Poughkeepsie avec ma grand-mère étaient ainsi : la télévision allumée en continu (*Le Bigdil*, *Hollywood squares*, *Jeopardy*. Et puis les soap operas). Les enfants qui partaient en vacances en famille ou en camp dans le New Hampshire comptaient les jours jusqu'à la fin de l'école, moi je comptais les jours jusqu'à la rentrée. Les mois qui suivirent la mort d'Arlo et Lenny furent les pires. Je me terrais dans notre appartement de Vallejo Street : j'aurais voulu m'endormir et ne me réveiller que dix ans plus tard.

Après mon arrivée à La Esperanza, ma notion du temps changea. Je ne portais jamais de montre et, sauf quand je notais une réservation dans le registre, je ne regardais pas le calendrier et ne savais pas quel jour de la semaine on était. Les premiers mois au bord du lac, j'avais suivi ce qui se passait dans le monde, même si j'apprenais la plupart des nouvelles avec des jours ou des semaines de retard. Au bout d'un moment, cela aussi perdit de son intérêt. Je connaissais encore le nom du président des États-Unis et, durant toutes les années de mon amitié avec Gus, j'avais conservé une connaissance étonnante des meilleures équipes de football de la ligue. À part cela, on pouvait dire que mon univers s'était réduit aux limites d'un lac superbe ou même d'un unique village, et des allées et venues de ses habitants le long d'un seul chemin.

D'un autre côté, d'une manière difficile à expliquer, mon univers s'était élargi.

J'entendais chaque jour une dizaine de langues, le chant de quelques dizaines d'espèces d'oiseaux. Des bébés naissaient. Des gens âgés mouraient. Les hommes plantaient et récoltaient. Les femmes tournaient la pâte de maïs entre leurs mains pour en faire des tortillas et glissaient la navette entre les fils de leur tissage. Elles brodaient des oiseaux sur leur *huipil*. Harold épluchait des mangues qu'il plongeait dans son mixeur. Raya tricotait des hauts de bikini au crochet. Elmer tranchait le haut des noix de coco. Combien de milliers en une vie ?

Les bateaux déposaient les passagers et venaient les chercher. Des hippies passaient, adoptaient des chiots et les abandonnaient trois semaines plus tard quand ils partaient au Rainbow Gathering suivant. Chaque saison, des affichettes punaisées aux arbres annonçaient une technique de soins new age inédite et sensationnelle, un atelier sur la façon dont des gouttelettes d'eau répondaient à la musique classique et au heavy metal, un atelier sur « le pouvoir du champignon » présenté à l'Académie du champignon, un mois de silence coïncidant à la perfection avec les cycles de la lune. Federico, le chaman du cacao, proposait toujours ses cérémonies aux voyageurs, même s'il tenait à présent un site Web et un blog, et vendait son cacao miraculeux à des clients dans le monde entier.

Un couple avait passé l'hiver à prélever une substance rare et magique sur le dos d'une espèce de grenouille qu'on trouvait seulement dans la jungle du Mexique et qui, quand on l'ingérait, permettait de se séparer de son ego, de supprimer tous les blocages au bien-être émotionnel et de ne faire qu'un avec l'univers.

Les enjeux étaient différents dans la communauté indigène. Les femmes ramassaient du bois pour le feu. Les hommes plantaient du maïs. Les enfants allaient à l'école tant que leur famille pouvait se permettre de les y envoyer. Puis ils travaillaient, tout comme l'avaient fait leurs parents. Le jeune Pablo, le fils de Pablito, à peine quatorze ans, plongeait dans le lac avec son harpon pour pêcher la perche noire et le tilapia.

D'un côté les choses changeaient continuellement, de l'autre elles demeuraient, aussi immuables que la silhouette du volcan se détachant sur le ciel. Je n'étais plus propriétaire de La Llorona mais, si on évaluait ma vie à l'aune des jours qui passaient, le bilan était positif. Les clients venaient toujours à l'hôtel, puis repartaient. Des couples se tenaient la main dans mon patio, entourés de pétales de rose, et décidaient de se marier. D'autres couples se séparaient. Parfois, ceux qui s'étaient fiancés à l'hôtel revenaient fêter l'anniversaire ou y amenaient leurs enfants. Une femme veuve revint seule honorer la mémoire de l'homme avec qui elle avait passé sa lune de miel dans la chambre du Jaguar.

Les oiseaux chantaient comme toujours. Même les jours les plus ensoleillés, quand le ciel était d'un bleu limpide, le nuage unique surplombait le sommet d'El Fuego.

Chaque matin, Maria disposait les *huevos*, les *platanos*, les haricots, le fromage, *el plato tipico de desayuno*. Chaque matin, elle pressait des oranges.

Luis, trop vieux pour manier la machette, balayait les marches. Elmer vidait en silence l'eau d'un *garaffón* dans la fontaine d'eau potable. Sa tristesse devant le refus de Mirabel de l'épouser ne quittait pas ses yeux. Cuzmi, très vieux maintenant, était couché au soleil. Veronica, allongée dans la poussière, cuvait la bouteille de Quetzalteca de la veille au soir. Sa fille, Clarinda, prenait le bateau pour l'école. Dans deux mois, elle serait diplômée.

Walter, le premier enfant que j'avais connu en arrivant au village, adolescent à présent, ne traînait plus sur l'embarcadère pour porter les valises des voyageurs sortant du bateau, même si, à part quand je l'engageais pour aider au restaurant si nous avions beaucoup de travail, il n'avait pas trouvé d'emploi régulier. Les trois Hommes-Lézards occupaient la même table au café de Harold. Un peu plus loin, Raya vendait toujours ses hauts de bikini, sauf en octobre, quand elle partait six semaines dans le nord de la Californie tailler les plants de marijuana. Alicia venait alors vivre chez Patrizia et son frère jumeau Mateo.

Au fil des années durant lesquelles elle était pour Alicia ce qui ressemblait le plus à une mère, Raya avait non seulement vieilli, elle était devenue vieille. Je m'en rendais compte à sa manière de marcher jusqu'à son petit étal où elle vendait ses hauts de bikini, au mal qu'elle avait à manier son crochet avec des doigts tordus par l'arthrite. Non seulement les doigts, mais tout son corps avait l'air fatigué. Je m'inquiétais pour l'avenir.

« Je crois qu'Alicia pourrait avoir envie de me quitter bientôt. Je ne sais pas ce que je ferai sans elle. Mais elle doit suivre son chemin », m'avait dit Raya la dernière fois qu'elle était partie pour la Californie.

Mirabel avait vingt-six ans, un âge avancé au village pour une femme célibataire sans enfant. Elle était toujours belle, mais j'avais récemment remarqué un changement chez elle les matins où elle venait travailler à l'hôtel. Son sourire radieux semblait avoir disparu. Un pli amer marquait sa bouche comme si elle avait mordu dans un fruit acide sans pouvoir le cracher. Elle ne jouait plus au basket et j'avais noté que sa taille, toujours la plus mince du village, avait commencé à s'épaissir.

Valentina restait la Reine des Détritus, même si sa petite bande de ramasseurs d'ordures changeait au fil des années. Certains enfants qui l'avaient suivie dans la rue et avaient ramassé des paquets de chips pour remplir des bouteilles avaient maintenant des enfants eux aussi.

Je voyais de temps en temps Luca et Jade, les enfants de Gus et Dora, traîner sur le terrain de basket devant l'école, mais ils se détournaient à ma vue. Quant à Dora et Gus, ils ne quittaient apparemment jamais leur propriété.

Un hiver, un groupe d'archéologues arriva et réserva toutes les chambres de l'hôtel. Ils étaient accompagnés d'une équipe de cinéma et de plongeurs qui devaient réaliser un documentaire sur les ruines mayas englouties. Les archéologues m'expliquèrent que le niveau du lac se trouvait à l'époque plus bas de cinquante mètres. L'un d'eux déclara qu'il était l'auteur de la découverte de l'ancienne cité à l'autre bout du lac. Il ne mentionna pas le pêcheur au harpon qui l'avait trouvée dans les eaux turquoise du Lago La Paz.

Le niveau du lac montait. Le niveau du lac descendait. Mais il était toujours là. Et le volcan serait toujours là. Lui ne changeait jamais.

## 82

## Au plus profond du cœur

Tout à coup, j'avais trente-neuf ans, bientôt quarante. Étonnamment, plus de dix années s'étaient écoulées depuis mon arrivée à La Esperanza.

Jerome Sapirstein m'écrivit. « Je me suis longtemps demandé si c'était une bonne idée d'envoyer cette lettre. Mais je me suis dit que tu devais l'apprendre. Je me suis marié il y a quelque temps. Elle s'appelle Jenny. Elle travaille dans ma maison d'édition. Nous avons eu un bébé l'année dernière. Une fille. En dehors du fait que je ne dors jamais plus de quatre heures d'affilée, je ne voudrais rien changer. »

Jenny, voulant faire une surprise à Jerome pour leur anniversaire de mariage, avait réservé un voyage. Sachant combien il aimait les oiseaux, elle avait cherché sur Google où trouver, dans toute l'Amérique centrale, le plus grand nombre d'espèces. Elle n'avait pas connaissance du bref moment, des années plus tôt, où il avait annoncé son intention de passer sa vie avec moi, la nuit où nous étions allongés côte à côte sur le flanc du volcan. Elle avait réservé cinq nuits à La Llorona.

« Je ne devrais sans doute pas en parler, mais il m'a fallu longtemps pour t'oublier. »

Il annulait donc la réservation. Il voulait juste que

je sache qu'il pensait encore à moi de temps en temps et me souhaitait bonne chance.

« Je me demande si tu te rappelles le poème que je t'ai récité à l'époque, ce vers "J'y serai en paix, car la paix vient lentement". J'espère que tu l'as trouvée. La paix, je veux dire. »

Jerome avait barré la suite. Quelques lignes suivaient au bas de la page.

Il avait écrit tout le poème « L'île du lac d'Innisfree ». Je n'avais jamais bien retenu la poésie, mais je n'avais pas oublié le soir où il me l'avait récité sur le volcan, quand je lui avais dit que je ne pouvais pas vivre avec lui.

Au bout de tout ce temps, je me souvenais encore de la « clairière bourdonnante d'abeilles » et du « soir empli des ailes des linottes ».

La fin du poème me touchait encore plus. « *I hear lake water lapping, with low sounds by the shore.* » Et le dernier vers. « *I hear it in the deep heart's core*[1]. »

Même sans le savoir, d'une certaine manière, j'avais dû chercher ce lac toute ma vie.

1. « J'entends l'eau du lac clapoter, un murmure sur la rive », « Je l'entends au plus profond du cœur. » W. B. Yeats, « The Lake Isle of Innisfree ».

## 83

## Rechercher la famille

Depuis que Gus et Dora avaient pris le contrôle de ma terre – de ce qui avait été ma terre –, je ne les avais pas croisés une seule fois sur la route, dans la rue du village ni au marché. J'avais réglé les choses avec ma banque de San Felipe, de sorte que le loyer que je leur payais pour l'occupation de la propriété qui m'avait appartenu était déposé directement sur leur compte. Cet arrangement m'épargnait au moins de donner moi-même, en personne, l'argent tous les mois à ceux qui m'avaient escroquée.

Les premiers mois qui suivirent la perte de La Llorona, je me réveillais au milieu de la nuit et voyais par la fenêtre l'horrible projecteur rouge pointé droit sur ma chambre. Mais la colère que j'avais éprouvée s'était en grande partie atténuée, comme une vieille douleur dans un os jadis cassé qui ne se réveille que par temps de pluie. J'avais surmonté des pertes plus importantes que celle-ci.

Je m'étais souvent demandé ce que je ferais si je rencontrais Gus et Dora au village. D'après ce que je savais, ils ne voyaient personne et vivaient dans leur bunker en parpaings. Même le jour de la fête annuelle, même quand était organisé un tournoi de basket-ball ou un concert au village, même pour un match de football, Gus et Dora demeuraient notablement absents.

Et puis un jour je les vis remonter la rue, venant de l'embarcadère. Ils devaient revenir de Santa Clara ou de San Felipe. Dora, toujours aussi souple, simplement moins jeune, tenait deux gros cabas. Gus portait un sac à dos et un gros carton contenant un four à micro-ondes. Dora, telle que je l'avais connue, n'aurait jamais laissé entrer un tel objet chez elle. Gus avait dû la convaincre, peut-être parce qu'il était plus facile de faire fonctionner un micro-ondes que de cuisiner d'une seule main.

Mon regard se porta sur le moignon de sa main droite.

Chaque fois que j'imaginais cette scène, je pensais que je me comporterais comme s'ils n'existaient pas. Mais, tandis qu'ils s'approchaient de moi, je regardai Gus droit dans les yeux, à la manière de la conure, ma vieille amie de Vallejo Street.

Dora se raidit. Cramponnée au bras de son mari, elle resserra son étreinte et se pencha vers lui comme pour lui confier une merveilleuse nouvelle très personnelle. Elle souriait, expression inhabituelle chez elle, mais son numéro n'était pas très réussi. Je pris ma respiration et m'arrêtai net en me plantant devant eux.

« Ça fait longtemps », dis-je. Compte tenu de la position où je me trouvais, il ne leur était pas facile de m'ignorer.

« Comment va, ma grande ? Toujours occupée, hein ? Tu as l'air en forme », dit Gus, presque sur le ton du Gus d'avant.

Toutes les nuits où je ne dormais pas et regardais par la fenêtre la lumière rouge des voisins qui brillait, j'avais réfléchi à ce que je voulais leur dire et imaginé les questions que je leur poserais. Comment pouvaient-ils se regarder dans la glace, sachant ce qu'ils avaient fait à une femme qui se croyait leur amie ? Est-ce que ça valait la peine d'avoir un bout de papier confirmant la propriété de ce qui avait été à moi, sachant ce qu'il en avait coûté à leur âme de l'acquérir ?

À présent, en face de mes anciens amis, je ne dis rien de cela. Mais une question me trottait dans la tête depuis le jour où l'homme de loi était apparu à ma porte pour m'apprendre que La Llorona ne m'appartenait plus.

« Je me pose une question à propos des papiers que Dora m'a fait signer, par lesquels j'acceptais de vous donner la propriété. Tout le temps où vous avez fait mine d'être mes amis, vous deviez savoir que j'y avais renoncé. Alors, qu'est-ce qui vous a demandé tant de temps ? Si vous deviez me prendre ma terre, pourquoi ne l'avez-vous pas fait bien avant, quand j'ai signé les papiers ?

— Quelle imbécile signe un document juridique sans le lire ? » dit Dora. Son sourire avait disparu. Elle affichait une sorte d'indignation sincère.

« Quelqu'un qui ne lit pas bien l'espagnol, sans doute. Quelqu'un qui fait confiance à ses amis, dis-je.

— Tu étais toujours tellement occupée par tes projets. Les jardins et tout le reste. Tes dessins d'oiseaux et de petites fleurs qui te plaisaient tant. La construction d'un truc ou d'un autre. Toujours à appeler le bon vieux Gus pour qu'il vienne à ton secours », déclara Gus.

Je compris alors la raison pour laquelle ils avaient attendu si longtemps avant d'assener le coup. J'avais supposé que la date où ils m'avaient raflé ma propriété était en rapport avec l'amputation de Gus et leur besoin subit de trouver une nouvelle source de revenus. Mais ils avaient prévu la date de l'usurpation bien avant la bagarre qui avait coûté sa main à Gus.

Si Gus et Dora avaient fait valoir leur droit sur ma propriété plus tôt, il leur aurait fallu entreprendre eux-mêmes tous les coûteux travaux de rénovation et d'amélioration. Ils auraient dû payer le nouveau toit, les nouvelles marches, le nouveau ponton, les murs de soutènement, la réfection de la cuisine, le pavillon de yoga. Gus aurait été privé de sa meilleure cliente, celle qui lui rapportait le plus d'argent.

« Donc… d'abord vous avez fait en sorte de remettre La Llorona en excellent état, ensuite vous me l'avez fauchée dans mon dos.

— C'est chacun pour soi, ma chérie, dit Gus, le frère que je n'avais jamais eu.

— De toute façon, tu n'aurais jamais dû être propriétaire de cet endroit. À ton avis, qui a travaillé pour Leila pendant des années, qui l'a aidée, avant que tu te pointes et rafles la mise ? dit Dora.

— Leila ne vous aurait jamais légué La Llorona », répondis-je. Leila, la personne la plus sage, la plus perspicace que j'avais jamais rencontrée. Je n'avais pas vu clair dans leur jeu. Leila, elle, avait compris.

Mon ancien ami fit alors un affreux sourire. Sa bouche se tordit en un rictus.

« Si tu n'avais pas été là, elle nous aurait donné l'hôtel. Dora, moi et cette vieille bonne femme ? On était comme ça. » Il leva deux doigts de la main qui lui restait.

« Je crois bien que Leila avait eu quelques problèmes avec toi un certain temps auparavant. Une plaque de marbre qui ne t'appartenait pas ? Entre autres, lui rappelai-je.

— On a eu un petit accrochage. Mais c'était rien. Une petite confusion sur des factures, rien de plus. Je n'ai jamais douté le moins du monde que la vieille avait toujours le projet de nous céder l'hôtel le moment venu. Et puis tu t'es mise dans ses petits papiers. Quand ma bourgeoise et moi avons appris que Leila te léguait la propriété, j'en suis resté sur le cul. Elle aurait dû être à nous depuis le début.

— Nous avons simplement repris notre dû, dit Dora.

— Mis la famille à l'abri. Les enfants et tout le reste. Ça, tu sais pas ce que c'est. La famille. À propos… faut qu'on rentre chez nous », dit Gus.

## 84

## Un singe, libéré

Mirabel vint me trouver après avoir changé les draps pour les nouveaux clients et étendu le linge. Elle voulait savoir si j'avais le temps de parler avec elle.

Je nous ai préparé une tisane d'hibiscus et j'ai posé une assiette de biscuits mexicains préparés par Maria. Depuis qu'elle travaillait pour moi, Mirabel ne m'avait jamais demandé de m'asseoir ainsi avec elle.

« J'ai tellement honte. J'ai fait une chose terrible. J'ai gâché ma vie et celle de ma famille. J'ai commis un péché. »

Je ne lui ai pas demandé de s'expliquer. Elle le ferait quand elle serait prête.

« Il y a un bébé. » Sa main se posa sur son ventre. « Il naîtra au printemps.

— Oh, Mirabel ! » Je mis la main sur la sienne. « Tu peux me dire le nom du père ? »

Elle secoua la tête et baissa les yeux.

« Quel qu'il soit, il doit savoir. Même si tu ne veux pas être avec cet homme, il a une responsabilité et doit t'aider. »

Elle secoua de nouveau la tête. « Ce n'est pas quelqu'un de bien. Je savais que je n'aurais pas dû aller chez lui, mais il m'a proposé beaucoup d'argent.

Mon père était malade, il fallait que j'achète des médicaments. Tout est ma faute.

— Ce n'est pas ta faute. Mais tu aurais pu me demander de t'aider. »

Elle fit signe que non. « Je me suis dit que j'allais me débrouiller toute seule.

« Il m'a engagée pour faire à dîner. J'ai pensé que je ne risquais rien parce que ses amis étaient là. J'ai cru que je serais en sécurité. Puisqu'ils étaient trois. »

Les Hommes-Lézards.

« Le grand au chapeau m'a demandé de venir chez lui. J'ai apporté du poulet et des herbes pour cuisiner, mais à mon arrivée ils se sont mis à rire tous les trois. Ils se fichaient du repas que je préparais. Il y avait de l'alcool sur la table. "Bois un verre", ont-ils dit. Mais je n'ai pas voulu.

« Ils m'ont ordonné de danser pour eux. J'ai refusé. Ils ont déclaré : "D'accord, alors montre-nous comment tu lances un ballon de basket. On t'a vue sur le terrain avec les autres filles. Tu étais la meilleure."

« Je leur ai dit : "Je vais vous préparer le poulet. J'ai juste besoin d'une casserole et d'un couteau pour hacher les herbes.

« — On n'a pas envie de poulet. On veut autre chose.

« — Vous avez vu cette fille ? Elle sait parler anglais, a fait remarquer le gros.

« — Je parie que tu as eu un petit ami américain, je me trompe ? Je parie que son petit ami américain lui a appris plein de choses, dit le grand.

« — Je n'ai pas de petit ami. S'il vous plaît, ne me touchez pas."

Il y avait un poste de télévision gigantesque dans cette maison, me raconta Mirabel. Des femmes nues à l'écran. Un des hommes a mis un chapeau. Un autre a allumé un cigare et le lui a tendu. « "Je ne fume pas", j'ai dit.

« Ils avaient un singe avec un collier, un vrai singe vivant que l'un d'eux avait ramené de la côte. Le collier du singe était attaché à une chaîne enroulée à un arbre dehors. La chaîne était très courte, si courte que le singe ne pouvait pas s'asseoir.

« "Montre-nous les déplacements que tu fais sur le terrain de basket, a demandé l'un d'eux.

« — Je n'ai pas de ballon.

« — Elle a besoin d'un ballon" », a dit un autre. Le premier lui a lancé un œuf. Elle ne s'y attendait pas. Il a atterri sur le carrelage.

« Oh, tu as tout sali. Nettoie », a commandé l'homme au chapeau. Ce qu'elle a fait.

Puis il y a eu d'autres œufs. Les hommes lui ont tous lancé des œufs. Elle a essayé d'en attraper quelques-uns, mais d'autres se sont cassés. Il y avait des œufs et des coquilles partout. Elle était à genoux et essayait de nettoyer, mais personne ne lui a donné de serpillière et elle s'est servie de sa jupe. D'autres œufs pleuvaient sur elle.

« Maintenant tes vêtements sont dégoûtants. Regardez sa jupe. Elle est pleine d'œuf, a dit à ses amis celui au cigare.

— Je me suis toujours demandé comment sont ficelées leurs jupes. Comment elles les enroulent autour de leur ventre, comme du papier toilette ou je ne sais quoi, a émis l'homme au chapeau.

— Je crois que le truc, c'est la ceinture. Si on défait la ceinture, plus rien ne retient la jupe », a affirmé le gros.

Il a posé les mains sur la taille de Mirabel, sur la ceinture de perles qu'elle avait mis toute une année à réaliser, avec les lis callas et les oiseaux. La plupart des filles choisissaient un motif plus simple, mais Mirabel avait voulu que la sienne soit la plus belle, et elle avait réussi.

La ceinture de perles est tombée par terre. Il avait tiré si fort qu'il avait cassé les fils. Les perles se sont répandues sur le carrelage. L'un des hommes tenait le tissu de sa jupe.

« Tourne-toi. Fais comme si tu étais une ballerine. Continue à tourner. »

Chez certaines filles, si elles sont un peu potelées, le tissu de leur jupe ne s'enroule que deux fois autour d'elles. Si elles sont enceintes, peut-être une fois seulement. La jupe de Mirabel, tissée par sa grand-mère, s'enroulait trois fois autour de sa taille. L'homme au chapeau, cigare au bec, devant les autres qui regardaient, l'avait fait tourner trois fois et elle s'était retrouvée en culotte quand le tissu était tombé.

« Je ne peux pas dire ce qui s'est passé ensuite. J'ai trop honte.

— Nous allons à la police », dis-je. Ce n'était pas comme ce qui était arrivé à Bud et Victoria, le jour où, à peine débarqués de Little Rock, ils étaient allés voir Andres, le prétendu astrologue maya. Cette fois, la personne qui avait été agressée, *violée*, était une fille du village, une fille que tout le monde connaissait depuis sa naissance. Les gens s'étaient assis derrière elle à l'église. Ils l'avaient regardée jouer au basket-ball. Ils se rappelaient qu'elle avait été élue la *Princesa de La Esperanza*, à sept ans, quand elle avait dansé sur l'estrade au centre du parc, tandis qu'un orchestre de musiciens locaux jouaient du marimba et de la guitare. Mirabel savait danser. Elle ne voulait simplement pas danser ce jour-là pour les trois vieux Américains.

« J'ai tellement honte, répéta-t-elle, si bas que je l'entendis à peine.

— Tu n'as rien fait de mal », lui affirmai-je. Peu importait combien de fois je lui répéterais ces mots, moi ou n'importe qui d'autre. Elle serait toujours persuadée d'avoir commis un péché.

Si Mirabel avait eu une mère, c'était le moment où elle aurait eu besoin d'elle. Mais la mère de Mirabel était morte.

Elle me demanda si je voulais bien l'accompagner à la police.

Dans le bâtiment municipal, nous nous sommes assises toutes les deux sur un banc de bois en face du bureau du chef de la police. Devant nous, un homme racontait que son voisin avait empoisonné son chien parce qu'il aboyait la nuit, une femme signala que son mari couchait avec sa belle-sœur, un homme prétendait que son voisin lui avait volé une livre de haricots.

Après une heure d'attente, nous sommes entrées dans le bureau du chef. Il était assis sur une chaise en bois au dossier droit. Une très vieille machine à écrire était posée sur son bureau. Il y avait au mur un calendrier, une image de la Vierge Marie et un unique classeur en métal. Il poussa une feuille vers moi et donna un document identique à Mirabel.

Quand nous lui avons rendu le document rempli, le chef de la police a demandé à Mirabel de lui raconter ce qui s'était passé. Elle commença, mais elle éclata bientôt en sanglots et je terminai l'histoire. Chaque fois que j'en narrais un épisode, le chef regardait Mirabel. Chaque fois, elle hochait la tête.

« Connaissez-vous le nom de ces hommes ? Peu importe. Je sais où les trouver », déclara-t-il.

Lentement, nous avons suivi les policiers dans la rue. Je serrais le bras de Mirabel. Elle tremblait de tout son corps.

Ils étaient assis tous les trois à leur table habituelle, quelques bouteilles vides à côté d'eux. Le cendrier, comme toujours, débordait de mégots, l'air puait la fumée du cigare de Vincente. Il ne fallut pas plus de quelques secondes aux Hommes-Lézards pour comprendre ce qui se passait.

« Ce sont ceux-là ? » demanda le chef de la police à Mirabel. Elle hocha la tête.

Carlos changeait déjà d'attitude. Il retrouva la voix et le comportement qui devaient être les siens, des années plus tôt, quand il pilotait des jets, la voix d'un pilote apprenant à ses passagers qu'ils risquaient de traverser quelques turbulences, mais rien d'inquiétant.

« Que se passe-t-il, monsieur l'agent ? » Sourire de pilote de ligne. « *Que pasa ?* »

La minute suivante, les trois hommes étaient menottés. En l'absence d'un véhicule pour les transporter, les policiers escortèrent les hommes dans la rue, à pied, jusqu'au commissariat, sous le regard des gens du village.

« Vous pouvez l'emmener chez elle. Il faudra qu'elle vienne témoigner plus tard, mais nous en savons assez pour les mettre sous les verrous pour l'instant », me dit le chef.

Le temps que je rentre à l'hôtel avec Mirabel, tout le village devait savoir ce qui était arrivé. Trois gringos menottés se dirigeant en pleine rue vers le bâtiment municipal ne passaient pas inaperçus. Au crépuscule, la foule s'était rassemblée devant le *muni*, une centaine de personnes au moins, torches en main, qui scandaient : *Donnez-les-nous. On sait quoi faire de ces salauds.*

Si les Hommes-Lézards avaient été libérés à ce moment-là, la population de La Esperanza les aurait pendus au *ceiba*.

La police les garda. Ce fut là la seule chance dont ils bénéficièrent, la dernière. Tôt le lendemain matin, ils furent transportés en fourgon à la prison dans la montagne en attendant leur procès. Compte tenu du fonctionnement du système judiciaire de ce pays, l'attente pouvait durer longtemps et le verdict ne faisait guère de doute.

En venant travailler le matin, Maria apporta les nouvelles. Elmer transportait du ciment en bas des marches pour réparer un mur de soutènement. Son visage ressemblait à celui d'un guerrier maya, tant il trahissait le chagrin et l'horreur. Un visage de pierre.

Le matin suivant notre visite à la police, Mirabel reparut chez moi.

« Je dois quitter mon travail. Je vais aller vivre chez ma grand-mère de l'autre côté du lac, au pied du volcan », dit-elle.

Inutile d'expliquer pourquoi. Ou d'essayer de la convaincre de renoncer.

La nuit, je me suis souvenue du singe. La grosse villa italienne tape-à-l'œil, construite par Carlos avec l'indemnité de licenciement de la compagnie aérienne, allait être abandonnée. Le singe y serait encore avec, autour du cou, la grosse chaîne attachée à l'arbre.

J'ai réveillé Elmer et lui ai dit d'aller chercher la pince coupante. Il savait où se trouvait la maison de Carlos.

Le lendemain matin, un de ses rares sourires éclairait son visage.

Le singe était libre.

## 85

## Un décès en Californie

Le printemps apporta une bonne et une mauvaise nouvelle.

La mauvaise nouvelle arriva du comté de Humboldt, épicentre du commerce de la marijuana, qui fournissait une partie substantielle de leurs revenus aux gringos de La Esperanza : de vieux hippies faisaient le voyage tous les ans fin septembre pour tailler les plants et revenaient début novembre, à la fin de la saison des pluies, avec assez d'argent en poche pour l'année, d'une certaine manière.

Parmi ceux qui étaient partis pour la Californie cet automne comme tous les automnes depuis les deux ans d'Alicia, il y avait Raya. Une ou deux semaines après son arrivée à la ferme où elle passerait des journées de dix-huit heures à couper les fleurs des plants de marijuana (on l'avait emmenée à la plantation, comme toujours, avec un sac sur la tête, à l'image de ce qu'on faisait pour tous les cueilleurs du groupe, afin d'éviter qu'ils racontent ensuite où ils étaient allés et comment ils y étaient parvenus), Raya avait été terrassée par une douleur au ventre si terrible que deux de ses collègues avaient dû la porter jusqu'à son lit de camp, dans le dortoir aménagé pour les employés de la ferme.

Le médecin qui l'avait examinée à l'hôpital plus tard dans la journée avait découvert dans son ventre une tumeur de la taille d'un pamplemousse et des métastases dans tout son corps. Raya était incapable de revenir au lac pour revoir Alicia une dernière fois. Elle avait téléphoné, mais la communication était très mauvaise et Alicia n'avait pas très bien compris ce qui se passait, sinon que Raya était couchée dans un lit quelque part. Il était difficile d'entendre ce qu'elle disait, à part le mot « amour ». Amour et encore amour. *Tu as été le meilleur de ma vie.*

Elle était morte deux jours plus tard. Patrizia décida alors de recueillir Alicia. Wade l'aiderait financièrement. À vrai dire, depuis un moment Alicia vivait chez elle, derrière El Buffo, au moins aussi souvent que dans la petite cabane de Raya encombrée de hauts de bikini inachevés et de laine de pulls détricotés.

À six ans, Alicia avait déjà perdu deux mères, celle qui l'avait mise au monde et celle qui répugnait tellement à la poser par terre qu'elle la portait dans un châle de l'aube au crépuscule. À présent, Alicia allait vivre avec Patrizia, qui n'était pas non plus sa mère. Mais elle aurait son frère jumeau.

Après avoir entendu la nouvelle, je me suis arrêtée chez Valentina. Elle cousait une robe, faite comme toujours de tissu récupéré dans un marché aux puces, mais celle-ci avait l'air plus classique que ses extravagantes créations habituelles.

« C'est pour la remise de diplôme de Clarinda. Elle reçoit une récompense, car elle est première en sciences et en mathématiques. »

Nous l'avions appris durant la semaine : Clarinda avait obtenu une bourse intégrale pour étudier à l'université de la ville. Elle allait commencer au printemps.

« Qu'est-ce que tu vas faire sans elle ? » demandai-je. J'aurais pu me poser la même question. Chaque matin de la semaine, pendant neuf ans, Clarinda s'était arrêtée en haut des marches de l'hôtel pour prendre le sac en papier kraft contenant le déjeuner que Maria lui avait préparé. Maria ou moi. Parfois, j'ajoutais un chocolat ou un poème en espagnol de Lorca, Neruda ou aussi de Lucía Sánchez Saornil, Rosalía de Castro, parce que je trouvais toujours que c'était une bonne idée de lui montrer l'œuvre d'une femme douée :

« On dit que ni les plantes, ni les sources, ni les oiseaux ne parlent, non plus la vague et ses grondements, ni les astres et leur brillance ; on le dit, mais c'est faux, car toujours, quand je passe, ils murmurent et s'exclament : Voilà la folle[1]... »

Le jour de la remise de diplôme, nous sommes allées toutes les trois à San Luis en bateau. Clarinda avait aussi invité sa mère. Veronica avait annoncé qu'elle viendrait, mais ce matin-là elle était encore ivre. On aurait pu penser, après tant d'années, que Clarinda aurait cessé de chercher la mère qu'elle n'avait pas eue, mais elle n'avait jamais abandonné l'espoir qu'un jour celle-ci se relèverait de la poussière, jetterait la bouteille de Quetzalteca et dirait à sa fille qu'elle était fière d'elle. Ce désir ne l'avait jamais quittée et je la comprenais.

L'hiver marqua aussi le retour surprenant d'une très ancienne cliente, l'une de mes préférées. Elle arriva au portail sans prévenir, sans réservation, se rappelant certainement l'état de La Llorona lors de son dernier séjour, quand l'hôtel était presque vide la plupart du

1. Rosalía de Castro, traduction de Colette Museur.

temps. Elle se présenta cette fois avec son fils d'environ six ans et son deuxième garçon plus jeune de deux ans. Il me fallut un moment pour la reconnaître. Jun Lan.

Elle vivait toujours dans la ville de Shijiazhung avec son mari médecin, mais elle avait abandonné la pratique de la médecine occidentale au profit de la médecine traditionnelle chinoise. Pendant notre dîner dans le patio avec ses fils, Jun Lan m'expliqua que son voyage au lac, il y avait bien longtemps, quand elle arpentait la montagne à la recherche de l'herbe précieuse qui pourrait lui offrir la fertilité, l'avait persuadée d'abandonner la médecine occidentale et de revenir à l'étude des herbes que sa grand-mère lui avait appris à reconnaître dans le village de son enfance. On venait à présent la consulter de toute la Chine. Sa spécialité : aider les femmes qui ne pouvaient pas avoir d'enfant. Elle avait du mal à trouver les plantes utiles. Elle les faisait pousser quand elle pouvait, mais elle se procurait surtout les feuilles séchées sur Internet. Elles coûtaient très cher, naturellement, mais ceux qui voulaient désespérément un enfant étaient prêts à payer.

« Je suis si heureuse que l'herbe ait réussi pour vous. Et que vous puissiez aider tant d'autres femmes », dis-je.

Nous étions assises tranquillement devant notre tisane, écoutant le bruit de l'eau. Les lucioles étaient là : leur sortie annuelle. Les fils de Jun Lan couraient dans le jardin et essayaient d'en attraper avec un bocal.

« Vous avez fait de cet endroit une merveille, me dit-elle, tandis que nous plongions nos cuillères dans le soufflé à l'orange de Maria. Mais j'ai le souvenir que la propriété était plus grande. Il y avait un jardin au bout, avec un arbre extraordinaire.

— Vous n'avez pas tort. Il y a eu… un problème avec les voisins. Mais ça n'a plus d'importance. »

Le lendemain de son arrivée, Jun Lan partit en promenade avec ses deux fils pour leur montrer les environs. À son retour, elle avait une drôle d'information à me communiquer.

« Quelqu'un la fait pousser ici. » Elle prononça d'abord son nom en mandarin. « L'herbe à bébés », comme elle l'appelait. C'était le nom que nous lui avions donné quand Jun Lan l'avait trouvée dans la montagne après de nombreux jours de recherche. Maria lui préparait sa décoction spéciale, tous les jours jusqu'à ce qu'elle fasse son effet.

« Quelqu'un fait pousser l'herbe dans une ferme, il y a des rangées de plantes. Des centaines sur tout le flanc de la colline. Juste à côté de votre hôtel. »

Inutile d'en dire plus. Dora avait toujours été une excellente jardinière. Et une redoutable femme d'affaires.

## 86

## Un homme bien

Je n'eus pas le temps de réfléchir à ce rebondissement. L'après-midi, Elmer vint m'avertir qu'un homme attendait au portail. Pendant des années, Walter avait accompagné la plupart de mes clients à l'hôtel, mais celui-ci avait trouvé le chemin tout seul.

Depuis que je dirigeais La Llorona, nous avions accueilli toute sorte de voyageurs. La plupart correspondaient à un profil ou à un autre : couples romantiques, personnes en quête spirituelle, spécialistes de la culture maya, ou rêvant de changer de vie et fuyant celle qu'elles avaient. Tom Martinez ne semblait entrer dans aucune de ces catégories.

Il paraissait à peine plus vieux que moi, une petite quarantaine d'années, sans doute. Teint mat, cheveux noir de jais. Bien que vêtu d'un pantalon large en coton, d'un T-shirt des Yankees et de sneakers, il donnait l'impression de ne pas avoir tellement l'habitude des tenues décontractées. Il n'était pas très grand, toutefois il avait la carrure d'un lutteur avec ses larges épaules, son torse puissant. On ne pouvait pas le qualifier de lourd, mais le mot « baraqué » lui correspondait.

« Je suis arrivé hier de New York. J'espérais que vous auriez une chambre libre. »

Quand il se fut installé, nous nous sommes retrouvés dans le patio pour boire un verre. Deux autres clients seulement logeaient à La Llorona, mais ils étaient partis toute la journée au marché, dans un village de l'autre côté du lac, et nous étions seuls pour le dîner.

« Vous devez vous demander pourquoi je suis venu ici seul, dit-il en prenant la bière que Maria avait posée devant lui. J'imagine que vous recevez plutôt des couples.

— Il y a un peu plus de dix ans, je suis arrivée seule ici. Je comprends.

— J'ai un travail assez stressant. Il me restait beaucoup de jours de congé à prendre. J'avais besoin de partir. »

Moi qui ne racontais pratiquement rien de ma propre histoire, j'avais pris l'habitude de ne pas poser de questions sur la vie des gens. Je ne demandai donc pas à Tom, comme d'autres l'auraient fait, quel était son travail. Mais lui voulait en savoir plus sur moi.

« Vous vivez seule ? Qu'est-ce qui vous a amenée ici ? »

Depuis que j'accueillais des voyageurs à l'hôtel, je n'en avais jamais dit autant. Quelque chose chez cet homme m'inspirait confiance. J'étais peut-être simplement lasse de trimbaler mes secrets.

« J'ai vécu… un grand deuil. Quelqu'un que j'aimais. Deux personnes, en fait.

— Vos parents ? »

Je secouai la tête. Ce deuil s'était produit des années plus tôt, lui dis-je d'un ton destiné à décourager d'autres questions. « Je n'ai jamais connu mon père. Ma mère est morte quand j'avais six ans. »

Tom Martinez ne prononça pas de paroles de condoléances, seul son visage exprimait sa sympathie.

« J'ai perdu un parent quand j'étais jeune, moi aussi. Mon père. Il y a plus de trente ans. J'ai pourtant parfois l'impression que c'était hier. »

J'aurais pu dire que je comprenais, mais n'en fis rien.

Les jours suivants, étonnamment, Tom et moi avons passé beaucoup de temps ensemble. Ce n'était pas comme quand je suggérais des activités à mes clients ou quand, dans mon rôle d'hôtesse, je me joignais à un groupe de voyageurs au dîner dans le patio. Pour des raisons que j'avais du mal à comprendre, j'éprouvais une sorte d'attirance que je n'avais pas connue depuis le jour où Lenny était entré dans la galerie d'art. Je m'aperçus que j'attendais avec impatience le moment où il sortirait de sa chambre pour le petit déjeuner. J'aimais être près de lui. Les soirs où nous nous retrouvions pour dîner dans le patio, tous les soirs à présent, je faisais mon possible pour me montrer à mon avantage.

Il vivait dans le Queens, non loin de l'adresse où j'avais brièvement habité avec ma grand-mère avant que nous changions de nom et de tout le reste. Il me dit qu'il travaillait pour le gouvernement. Inutile d'entrer dans les détails. (Jamais marié. Il avait un chat, actuellement en pension chez ses voisins, et il jouait au poker avec des collègues le mardi soir. Il aimait beaucoup lire.)

Pour son deuxième jour à l'hôtel, il me demanda si j'avais envie d'aller marcher avec lui. Il me raconta ses étés chez sa grand-mère à Porto Rico et l'année qu'il avait passée là-bas, après le décès de celle-ci, à construire une maison avec ses cousins. On ne pouvait pas le qualifier de charpentier professionnel, mais il aimait travailler de ses mains. Les murs anciens de la propriété le fascinaient par l'attention et le soin apportés au placement de chaque pierre.

« J'aimerais beaucoup travailler avec les hommes d'ici et apprendre leur façon de faire. » Parmi tous les clients qui avaient séjourné à La Llorona, aucun n'avait jamais exprimé un tel désir. « Dans ma prochaine vie, je crois que je serai tailleur de pierre. » Il me parla de ses deux nièces, Carmen et Flora, les filles de sa sœur, là-bas à New York. Tous les dimanches après-midi, il les emmenait au musée d'Histoire naturelle. Son grand regret était de ne pas avoir d'enfants.

« Ayant perdu mon père quand j'étais enfant et connaissant l'impact de ce décès sur notre famille, je crois que j'ai toujours eu peur de ne pas être là pour les miens. Je me suis peut-être imaginé qu'il valait mieux que personne ne compte autant sur moi. C'est dingue, non ?

— Quand on a connu un grand deuil, l'idée d'aimer de nouveau quelqu'un peut sembler terrifiante », répondis-je. Je n'avais jamais formulé une telle remarque devant quiconque. Pas même en moi-même.

Suivre un sentier vers la cascade, aller voir une vieille église au village voisin, repérer un endroit pour un pique-nique de vin et de fromage devint notre habitude de l'après-midi. Tom possédait un esprit posé, plein d'humour envers lui-même et un bon rire spontané. Quand des enfants venaient vers nous, il leur parlait dans un espagnol parfait. Un jour, nous avons trouvé dans un fossé un chiot presque mort de faim. C'était une femelle. Tom l'a portée dans ses bras jusqu'au village, lui a acheté des médicaments et de quoi manger. Il est resté éveillé toute la nuit pour surveiller ses progrès. Nous l'avons appelée Celia, en hommage à Celia Cruz, une chanteuse qu'il adorait.

Un jour, il me demanda comment ma mère était morte, si elle avait été malade longtemps. « C'était un accident », répondis-je.

Il était matinal. Avant même que je me lève, je l'entendais plonger dans le lac, juste après le lever du jour. Il était bon nageur et passait une heure dans l'eau. Il disparaissait dans sa chambre le temps de prendre une douche et d'enfiler l'une des trois chemises cubaines qu'il avait apportées. J'en vins à connaître sa garde-robe, ainsi qu'un nombre étonnant de choses le concernant, mais il savait également si bien écouter que je me surpris à parler plus que je ne l'avais jamais fait.

Nous avons commencé à prendre tous les jours le petit déjeuner ensemble. Il aimait son café avec de la crème et beaucoup de sucre. J'appréciais sa manière respectueuse de parler à Maria quand elle remplissait sa tasse. Si Luis avait du mal à déplacer une grosse pierre, Tom venait lui donner un coup de main. En les regardant travailler côte à côte tous les deux et manier le levier, je prenais note de sa force.

Il passait beaucoup de temps à observer la propriété. Si une fleur s'ouvrait près du patio, il la remarquait et se penchait pour la sentir. Je le voyais parfois étudier la disposition des pierres, accroupi à côté d'un mur. C'était un homme attentif.

« Vous auriez fait un excellent détective. Rien ne vous échappe », lui dis-je un jour. Il parut surpris un bref instant. Puis il se mit à rire.

Après le petit déjeuner, Tom allait au village pendant

que je discutais des menus avec Maria, et des travaux de construction et de réparation avec Elmer et Luis. À son retour, il s'installait dans le hamac avec un exemplaire de *L'Amour aux temps du choléra*, si usé que ce n'était certainement pas la première fois qu'il lisait ce livre. Je le voyais de mon bureau, tandis que je vérifiais les comptes de la propriété, triais les factures et passais des commandes. Parfois, il arrêtait de lire et contemplait le lac. Je me demandais s'il pensait au personnage de García Márquez, Florentino Ariza, qui consacre sa vie entière à l'amour d'une femme. Peut-être la figure la plus romantique de toutes les œuvres de fiction.

On aurait sans doute pu dire que j'étais envoûtée, d'une manière que je n'avais pas connue depuis mes quatorze ou quinze ans, quand je vivais avec ma grand-mère après notre déménagement à Poughkeepsie. J'avais découvert Leonard Cohen et j'allais me coucher tous les soirs en écoutant son premier album sur mon lecteur de cassettes, si bas que j'avais presque l'impression qu'il me chuchotait à l'oreille. Cette obsession, je l'avais aussi vécue des années plus tard, quand j'avais rencontré Lenny.

Maria, dans sa cuisine, remarqua que je portais un intérêt inhabituel aux activités de mon client. « Celui-là, c'est un homme bien. Il a un gentil visage. Je vois comment il vous regarde. Comme un homme sincère. »

« Je me suis dit que je ferais bien l'ascension du volcan. Est-ce que vous recommandez cette expérience ? me demanda Tom un matin au petit déjeuner.

— Ça vous demandera sans doute pas mal d'efforts, mais vu comment vous nagez, je pense que vous avez assez de souffle. »

Je regrettai tout de suite mes paroles. Il savait maintenant que je l'observais. Je voulais peut-être qu'il le sache.

Et si Tom scrutait mes activités aussi attentivement que moi les siennes ? Dans ce cas, il avait remarqué que, contrairement à lui, je ne nageais jamais. Il y avait eu cette période brève, excitante, pendant laquelle Pablito m'avait aidée à entrer dans l'eau et m'avait appris à nager la brasse, mais je n'étais pas retournée dans le lac depuis sa mort.

Et, bien sûr, Tom avait remarqué ce comportement chez moi, comme il semblait remarquer tout le reste.

« Un jour, peut-être, nous irons nager ensemble », suggéra-t-il.

Il ne me parut pas nécessaire d'expliquer que je ne nageais pas dans le lac, ni ailleurs.

« Qui sait ? » répondis-je, et je n'en dis pas plus.

## 87

## J'attends ce jour depuis longtemps

Chaque hiver, les résidents gringos organisaient le festival de l'éveil spirituel, événement qui attirait habituellement des voyageurs plus jeunes, non seulement ceux des villages voisins, mais même de beaucoup plus loin. Depuis des années, je me tenais à l'écart. J'avais du mal à supporter autant de percussions et de danses extatiques. Mon amie Valentina partageait mon point de vue, dans l'ensemble. Mais cette année-là, elle avait écrit et mis en scène un spectacle sur la nutrition comportant une chanson et une danse exécutées par les enfants du village. Elle leur avait fait des déguisements représentant des fruits et des légumes. Harold avait été réquisitionné pour le rôle d'un gros chat de la ville essayant de chasser les légumes dansants pour les remplacer par des produits emballés, joués par des enfants plus grands, anciens disciples des projets passés de Valentina. Une bonne fée arrivait sur la scène juste à temps pour sauver les fruits et les légumes et (quelque peu hors sujet) prononcer un discours sur les propriétés miraculeuses des graines de chia. Ce rôle était bien sûr tenu par Valentina.

Si Valentina n'avait pas réussi à me convaincre de jouer dans son conte, j'avais décidé de faire une apparition au festival, juste le temps de son spectacle.

Je connaissais certains des enfants de la distribution (Mateo et Alicia dans le rôle d'une bouteille de Fanta et d'une barre de Snickers, l'aîné des frères de Clarinda dans celui d'une papaye. Pablo, le fils de Pablito le harponneur, était déguisé en chou de Bruxelles. J'étais curieuse de voir comment Valentina avait réalisé ce costume, même si je ne doutais pas qu'elle ait conçu quelque chose d'extraordinaire). À vrai dire, j'avais été si absorbée par la présence de Tom à l'hôtel que je n'étais pas allée au village depuis son arrivée.

« J'aurais aimé venir avec vous », me dit-il. Mais il attendait un coup de téléphone des États-Unis.

« Je ne resterai pas longtemps », répondis-je.

Le festival se tenait sur le terrain du centre de méditation d'Andromeda. Le spectacle principal se déroulait dans l'espace habituellement réservé au temple du yoga. À mon arrivée, divers musiciens donnaient un concert. Tous sauf un étant anglophones, ils chantaient dans un espagnol rudimentaire les problèmes du changement climatique et de l'environnement.

Un aspect de ces événements créés par les gringos m'avait toujours émue et intriguée : la communauté indigène y participait volontiers, du moins tant qu'on ne leur demandait pas de dépenser leurs *garza*, et en général ils n'avaient pas à le faire. Quoi que puissent penser les natifs du pays des Américains aux yeux bandés, qui trébuchaient dans leur village avec leurs bâtons de marche dans le but d'atteindre une conscience supérieure, des cérémonies du chocolat menées par un Californien roux ou des tours du volcan organisés par un homme originaire du New Hampshire, ils semblaient tout accepter de bonne grâce et avec une certaine curiosité dénuée d'ironie.

Tant que nos comportements ne menaçaient pas

les femmes et les enfants du village – et rien dans nos concerts, percussions, stages de yoga et cérémonies des cristaux ne mettait quiconque en danger –, ils nous accueillaient et nous trouvaient probablement plutôt divertissants. Sans oublier que la population de gringos était devenue indispensable à l'économie de La Esperanza.

Le public de la journée était donc constitué, comme d'habitude, d'un mélange d'Américains et d'Européens grands et bronzés, ainsi que d'un groupe de gens du coin peu nombreux mais enthousiastes qui se tenaient un peu plus loin pour assister au spectacle.

À mon arrivée, Katerina, la chanteuse engagée numéro un, originaire de La Esperanza, chantait une composition originale sur les dangers des engrais chimiques. « Quand vous mettez des produits chimiques dans le sol, vous mettez des larmes dans mes yeux », c'était du moins les paroles que je crus comprendre dans les grésillements de la sono. Une rangée de femmes en *traje* hochaient la tête pour l'encourager.

Après Katerina, une autre femme monta sur scène. Elle avait l'air d'en « avoir bavé », selon l'expression qu'avait un jour employée Wade à propos de Raya Sunshine.

Elle s'appelait Dawn. Elle était arrivée récemment au village. À la voir, on ne s'en serait pas douté, mais Valentina me dit que, quand elle s'était mise à chanter la veille au soir sur la scène ouverte à tous, elle avait laissé le public bouche bée.

Il n'y avait pas plus de trente ou trente-cinq personnes assises dans l'herbe et la plupart paraissaient plus intéressées par les cristaux à vendre et les brownies au cannabis qui circulaient de l'un à l'autre que par la musique sur scène.

Dawn s'approcha du micro d'un air mal assuré, comme si elle ne savait pas très bien où elle était ni ce qu'elle faisait là.

Elle n'avait pas de guitare. Elle était seule sur la plate-forme de yoga, vêtue d'une vieille robe verte, ses longs cheveux gris tombant bien plus bas que ses épaules, les mains pendantes. Elle portait des Keds jaune vif trouvés probablement au marché de fripes. Elle était très maigre. Elle pencha la tête comme si elle essayait de prendre la voix de quelqu'un qui n'était pas réellement là, une voix qui n'habitait peut-être que dans sa tête.

Peu importe ce qui n'allait pas chez cette femme, à l'instant où elle commença à chanter, elle se transforma et parut parfaitement à l'aise sur la plate-forme.

Je connaissais la chanson qu'elle avait choisie, même si plus de trente ans s'étaient écoulés depuis la dernière fois que je l'avais entendue.

Elle n'était ni de Joan Baez, ni de Bob Dylan, ni de Pete Seeger. Elle ne ressemblait guère aux airs que tout le monde reprenait dans les manifestations et les sit-in auxquels nous avions participé quand j'étais trop petite pour voir au-dessus des têtes, à moins que Daniel ne me hisse sur ses épaules. Je connaissais toutes ces chansons, mais celle-ci était différente. Elle n'avait rien de politique. La femme maigre aux cheveux gris qui occupait l'estrade ne se souciait pas aujourd'hui d'enflammer les gens à propos de quelque chose en particulier. Il était évident qu'elle adorait chanter et sa voix était magique.

J'étais probablement la seule personne assise dans l'herbe et sans doute la seule sur les rives du lac à savoir que cette chanson avait été écrite dans les années trente par la Carter Family. Ma mère me la chantait dans notre tente en pinçant les cordes de son autoharpe. La chanson que cette femme avait choisie parlait d'un départ, d'une promesse de retour qui ne se réalisait pas.

*I'm going away to leave you, love*
*I'm going away for a while*
*But I'll return to you someday*
*If I go ten thousand miles*

Dans ce centre de méditation où l'air était saturé par l'odeur de marijuana, de sauge brûlée et de poulet frit, le souvenir me revint d'une nuit dans le nord de l'État de New York, ou peut-être dans le Vermont, alors que Diana m'apprenait les paroles du refrain et les accords.

*The storms are on the ocean*
*The heavens may cease to be*
*This world may lose its motion, love*
*If I prove false to thee*[1]

Sa voix était toujours aussi belle. Au bout de tant d'années, toujours unique.

À la fin de la chanson, elle descendit de l'estrade. Je ne m'avançai pas immédiatement vers elle. Je la regardai retourner s'asseoir sur la couverture à côté de Katerina qui lui tendit quelque chose à manger. D'après sa silhouette, elle ne devait pas manger si souvent.

1. « Les tempêtes agitent l'océan,
Les cieux peuvent disparaître,
Ce monde peut cesser de tourner, mon amour
Si je te trahis ».

Sur la scène, un homme que je ne reconnus pas expliquait l'importance de stériliser les animaux domestiques. Ensuite, une femme parla d'un prochain festival à l'Académie du champignon, d'un atelier de yoga aérien. Une autre décrivit les transformations et les bienfaits apportés par l'utilisation du kambo, sécrétion de la rainette singe géante qu'on trouve dans la jungle du Mexique, appliquée sur des lésions cutanées provoquées par brûlures.

Puis Valentina s'approcha du micro pour évoquer l'importance de bien se nourrir avec des produits naturels. Elle présenta ensuite ses légumes dansants. Normalement, je me serais approchée pour mieux voir, mais j'étais incapable de bouger.

Au bout d'un certain temps, la femme aux cheveux gris se leva. De là où je me trouvais, je voyais qu'il ne lui était pas facile de se redresser. De l'arthrite, peut-être. Ou simplement l'âge. Elle s'approcha lentement de la grille, un sac à dos très usé sur l'épaule.

J'ignorais ce que j'allais dire quand je la rattraperais, mais je me mis à courir. Et si je la perdais de nouveau ?

Cependant elle s'était arrêtée sur le chemin pour allumer une cigarette roulée. Ses doigts étaient très maigres, mais ils avaient quelque chose de familier.

« Tu es ma mère ? »

Elle se retourna vivement. L'expression de son regard, la façon dont ses mains voletaient – comme un des oiseaux qui entraient parfois dans la cuisine de La Llorona quand nous laissions les fenêtres ouvertes et ne trouvaient pas la sortie – montraient un pur et profond effroi.

« J'attends ce jour depuis longtemps », dit-elle.

## 88

## Vinyles

« Je m'appelle Dawn, maintenant. Mais mon vrai nom, c'est Diana », dit-elle.

Elle avait connu Charlie, l'homme qui fabriquait la bombe, sur une aire de repos du New York Thruway le lendemain de son adieu à Daniel. Elle remplissait le réservoir de notre Coccinelle (ce qu'il nous fallait faire tous les jours et qui avait motivé en partie l'empressement du type que nous avions rencontré au concert des Grateful Dead à nous donner la voiture).

Ils avaient commencé à discuter. Le temps de verser un litre d'huile moteur dans le réservoir, Charlie avait écrit au feutre dans la main de Diana l'adresse de la maison de l'Upper East Side où lui et ses copains allaient habiter, et il l'avait invitée à les rejoindre.

« Tu peux venir avec la gamine », dit-il. Moi, en l'occurrence.

La maison appartenait à la famille d'une fille, Carol, dont le père avait gagné beaucoup d'argent dans une affaire industrielle, l'invention d'un carton spécial. Quelque chose comme ça.

Carol et Charlie s'étaient connus à un festival. Il lui avait dit qu'il cherchait un endroit où un groupe de copains pourrait squatter pour organiser une action contre la guerre. « Mes parents sont en Europe. La maison est vide », avait-elle répondu.

Jamal venait d'Oakland. Il avait rompu avec les Black Panthers à cause de différends idéologiques concernant l'usage de la violence par opposition à la désobéissance civile. Il penchait pour la désobéissance civile, mais à son arrivée à New York un policier l'avait arrêté dans la rue et emmené au poste pour prendre part à une séance d'identification. Quelqu'un à la coiffure afro avait dévalisé un magasin de vins et spiritueux sur la 14e Rue. Or Jamal avait le même genre de coiffure. Il n'en fallait pas plus pour qu'un jeune Noir se retrouve à une séance d'identification. Le même soir, il avait rencontré Chris et Carol au Washington Square Park. Ils lui avaient expliqué qu'ils préparaient une action de protestation contre les violences policières à l'égard des activistes anti-guerre. Il les rejoignit.

Diana n'avait jamais participé à ce genre de chose. Elle avait passé sa jeunesse à retrouver les accords des chansons de Joan Baez à la guitare et les vieilles ballades anglaises avaient sa préférence. Un garçon avec qui elle était au lycée, incorporé l'année de l'offensive du Têt, était revenu avec une jambe en moins et la tête à l'envers, ce qui se révéla pire que d'avoir perdu une jambe.

Sur l'aire de repos, Charlie avait donné à ma mère l'adresse de la maison sur la 84e Rue Est. Nous y sommes arrivées le lendemain. Le mobilier était luxueux, mais le sol était jonché de boîtes de pizza et il y avait des mégots partout. Ma mère était allée chercher ses albums dans le coffre de la voiture. Personne ne s'intéressait à Joan Baez et Judy Collins, mais on passait tout le temps Jefferson Airplane et *Are You Experienced ?*, l'album de Jimi Hendrix qui avait appartenu à Daniel et qu'il avait oublié en partant. Peut-être l'avait-il laissé exprès à Diana en souvenir, même si je pense que j'étais celle qui se souvenait le mieux de lui et à qui il manquait le plus.

Nous étions dans la maison depuis un ou deux jours quand Charlie était revenu avec les clous. Diana avait cru qu'ils allaient servir à des travaux de tapisserie. Charlie lui avait alors parlé du sous-sol, des bombes.

Le lendemain, Diana m'avait emmenée chez ma grand-mère. « Je reviens bientôt », m'avait-elle assuré.

*I'm going to leave you now. I'm going away for a while.*

« Je ne veux pas que tu t'en ailles », lui avais-je dit. Je n'avais vu ma grand-mère que deux fois et les deux fois elle avait coupé ma frange beaucoup trop court. Elle sentait la crème Noxzema et regardait tout le temps la télé.

« Je vais revenir », dit ma mère.

*If I go ten thousand miles.*

Ils étaient cinq dans le sous-sol de la maison de la 84ᵉ Rue Est cet après-midi-là : Charlie, Chris, Jamal, Carol et Diana, ma mère. Charlie était censé savoir fabriquer une bombe. Chris avait payé les clous et les explosifs. Carol était la petite amie de Chris.

Tout cela, je le savais. Je l'avais repassé dans ma tête un million de fois. Voir notre VW orange disparaître au bout de la rue à Flushing, ma grand-mère mettre Chef Boyardee à la télé. Moi qui demandais : « Quand est-ce qu'elle revient ? »

À présent, assise avec Dawn à la table du fond au café de Harold, trop abasourdie pour commander mon smoothie habituel (je lui avais demandé si elle voulait quelque chose ; elle avait répondu que non), j'entendis le reste de l'histoire.

« Charlie était de ces gens qui prétendent savoir beaucoup plus de choses qu'ils n'en savent en réalité. Quelqu'un lui avait fait des plans avec des dessins pour montrer où attacher les fils et comment insérer les explosifs. Ce qui m'a vraiment fait flipper, c'était les clous. Je lui ai demandé s'ils devaient conduire l'électricité ou quoi. Je pensais qu'ils servaient peut-être de lest. Il s'est contenté de rire. »

L'idée était d'emporter la bombe à un centre de recrutement de l'armée à Brooklyn. (« En métro, tu imagines ? Ils voulaient transporter ce truc sur la ligne L », dit-elle.)

Charlie devait ensuite entrer et faire comme s'il souhaitait s'engager dans l'armée. Carol avait suggéré que ce serait peut-être une bonne idée qu'il se coupe les cheveux avant, car sa coiffure de l'époque ne donnait pas l'impression qu'il était du genre à vouloir aller se battre au Viêtnam. Mais Charlie avait refusé. Pas question de se couper les cheveux. Il lui avait fallu quatre ans pour les avoir aussi longs.

Une fois sur place, là où se trouvaient les recruteurs, il devait poser la bombe, mais à un endroit où les pauvres mecs qui voulaient intégrer l'armée ne risquaient pas trop d'être touchés. Diana n'avait jamais bien compris comment Charlie pouvait croire que sa bombe ne blesserait ou ne tuerait que les militaires et pas les conscrits, mais il avait paru sûr de lui.

Dès qu'il aurait réussi à placer sous le bureau la bombe cachée dans un sac inoffensif en papier kraft, il filerait à toute allure. Dehors, Jamal se chargerait du détonateur.

« Quand ce truc explosera, les clous vont voler

partout dans ce sinistre bâtiment. Le lendemain matin, tous les jeunes Américains qui envisageaient de s'enrôler reverront leurs plans, avait-il expliqué à Diana.

— Et les appelés ? Ce n'est pas ça le principal problème qu'on essaie de souligner ? La conscription ? Et tous les jeunes Noirs que le gouvernement mobilise parce que les riches achètent leur exemption ? avait demandé Diana.

— Tu ne peux pas comprendre, lui avait-il répondu, bien que Jamal ait été d'accord avec elle. Fais-moi confiance, Chris et moi, on a passé des heures à travailler sur les détails de notre stratégie. J'ai fait des études de sciences politiques. »

Ma mère avait alors pris la décision de quitter la maison de la 84e Rue Est. Ce plan la bouleversait au point qu'elle s'était demandé longtemps si elle allait raconter aux autorités ce qui se tramait dans la maison. Ce qui l'en avait empêchée était le sentiment que Charlie et les autres, peut-être à l'exception de Jamal, étaient trop nuls pour mener à bien l'opération. Elle pensait que tout cela n'était probablement qu'une excuse pour squatter la belle maison, commander des pizzas sur le compte du père de Carol et fumer des joints.

Le lendemain matin, elle avait fourré ses vêtements dans son sac avec l'idée de revenir me chercher dans le Queens. Elle pensait que le Maine serait une bonne destination. Elle chercherait un emploi de serveuse.

Elle avait roulé quelques centaines de mètres quand elle s'était rappelé que ses disques, ses précieux 33-tours, étaient encore dans la maison. Elle avait fait demi-tour. (C'était possible avec une Coccinelle Volkswagen.)

Elle venait de franchir le seuil et se dirigeait vers le salon où se trouvait la platine quand l'explosion s'était produite. Soudain, il n'y avait plus de plancher sous ses pieds et le plafond s'effondrait. De la cuisine, elle avait vu Carol couverte de sang, un clou dans la main, un autre dans la poitrine. La puissance de l'explosion avait dû les enfoncer profondément. Diana avait couru vers elle et avait vu le clou incrusté dans sa tête et d'autres dans son visage.

Il était inutile de descendre au sous-sol découvrir ce qui était arrivé à Charlie. Il n'y avait plus de sous-sol. Plus de Charlie.

Jamal était passé devant elle en courant. Il était couvert de sang, mais Diana ne voyait pas de clous. Chris était plus mal en point. Du sang coulait de son flanc. Il se tenait à l'un des coussins en velours des parents de Carol, qui s'imbibait aussi de sang.

Diana n'avait jamais compris comment les deux garçons avaient réussi à s'enfuir, compte tenu de leurs blessures, de tout ce sang. Elle-même n'avait rien, à part une éraflure au bras, causée par le verre d'une fenêtre brisée.

« Ensuite, j'ai fait quelque chose de très étrange. Je pourrais dire que j'étais sous le choc, et c'était sans doute le cas. Je voyais que Carol était morte, je savais que Charlie devait aussi l'être et que les autres étaient en fuite, même s'ils avaient peu de chances d'aller bien loin », me dit-elle.

Elle s'était approchée de la platine sur laquelle tournait encore l'album d'avant l'explosion. Neil Young, pensait-elle.

Elle avait pris le disque et l'avait glissé dans sa pochette. Elle s'était penchée pour prendre les autres dans la caisse et les avait fourrés dans son sac.

Elle avait dû vider tout ce qu'il contenait pour les y faire entrer, mais elle avait réussi. On aurait pu penser à une stratégie compliquée pour tromper la police et le FBI qui allaient envahir la maison d'ici quelques minutes. (Elle entendait déjà les sirènes.)

Mais ce n'était pas ça. Pas plus qu'elle n'avait pensé que son passeport et son permis de conduire lui seraient inutiles, maintenant et le reste de sa vie.

Elle voulait seulement ses disques. La seule chose qui lui restait de sa vie d'avant.

Il lui restait autre chose, bien sûr. Moi. Là-bas, à Flushing, avec ma grand-mère, la mère de Diana avec qui elle ne s'était jamais entendue.

Personne ne l'avait remarquée quand elle était sortie par la porte de derrière, avait traversé le petit jardin que la mère de Carol avait planté de rosiers, seul endroit de la maison apparemment intact.

Diana avait descendu la rue, son sac à la main. Deux rues plus loin, il y avait un bureau de poste où, quelques mois plus tard, les photos de ses anciens collaborateurs, Jamal et Chris, seraient affichées, et cela pendant des années, parmi les « dix personnes les plus recherchées » par le FBI. Son nom à elle n'apparaîtrait jamais sur le mur pour la simple raison que tout le monde la croyait morte, puisqu'elle avait laissé dans la 84e Rue Est ses vêtements, son passeport, son permis de conduire, sans parler de la Volkswagen orange.

Le corps de Carol avait été facilement identifié. En ce qui concernait Charlie, il ne restait rien de lui. Les enquêteurs devaient imaginer qu'il en allait de même pour Diana. Pulvérisée. Plus tard, ils avaient trouvé un doigt de femme dans la rue. Tout le monde avait pensé qu'il était à elle.

Elle avait acheté un carton d'emballage au bureau de poste. Elle y avait placé les albums qu'elle aimait et avait écrit dessus mon nom et l'adresse de sa mère dans le Queens.

En racontant son histoire, ma mère (Diana ? Dawn ?) montrait une lucidité à laquelle je ne m'attendais pas d'après son allure. Elle avait répété dans sa tête, durant des dizaines d'années, le moment que nous vivions maintenant.

« Je me suis dit que, s'ils pensaient à vérifier, ils croiraient que j'avais voulu donner mes albums à ma fille avant de faire ce truc dingue où j'allais probablement laisser ma peau. Un enquêteur vraiment malin aurait peut-être remarqué, grâce à l'heure figurant sur le timbre, que le colis avait été déposé quarante-cinq bonnes minutes après l'explosion. Mais personne ne parut suivre cette piste. Tout le monde était si certain que j'étais morte que ce n'était pas utile de vérifier. »

Je me souvenais de la suite. L'arrivée du paquet cartonné. Ma grand-mère n'ayant pas de tourne-disque, je dus attendre des années avant d'écouter les albums envoyés ce jour-là, mon unique héritage. Mais j'ai mémorisé les pochettes. Le premier album de Joni Mitchell avec, en couverture, un dessin réalisé par Joni elle-même, montrant le profil d'une femme aux cheveux fous qui flottaient dans son dos et, loin derrière, le soleil qui se couchait sur un lac ou un océan, un vol d'oiseaux et un bateau. James Taylor en chemise bleue, Donovan, Steeleye Span, Joan Baez bien sûr – tous les 45-tours, mais mon préféré, parce que je savais que c'était le préféré de ma mère, était le volume 2, celui où elle chantait « Barbara Allen ».

De si nombreux albums. Elle avait *Yesterday and Today* avec la pochette originale des bébés en sang. Je devais avoir cinq ans quand elle me l'avait montré. Elle m'avait expliqué qu'un jour cet exemplaire vaudrait beaucoup d'argent, à cause de la façon dont la maison de disques avait collé une autre image, moins choquante, sur la première. Elle avait passé l'album à la vapeur pour décoller la nouvelle illustration, mais ce faisant elle avait commis une erreur : elle avait laissé le disque dans la pochette et celui-ci était gondolé, ce qui le rendait impossible à écouter. Elle l'avait tout de même gardé, pour la pochette.

Je n'avais jamais oublié ce qu'elle m'avait raconté. Quand les histoires qu'on connaît ne couvrent que quelques années, chacune d'entre elles devient précieuse.

Sauf que maintenant l'histoire de ma mère et moi ne se terminait pas là, finalement. Tant d'années plus tard, elle était assise en face de moi à une petite table en bois au café de Harold et elle me racontait que pas un jour ne s'était passé sans qu'elle pense à moi.

Mais elle ne m'avait pas cherchée.

« Au début, j'étais terrifiée. Et j'avais honte. Je savais que, si je venais te chercher, je me ferais arrêter, et que de toute façon je ne serais plus avec toi. Je ne voulais pas que tu grandisses en devant rendre visite à ta mère en prison. »

Au moins, j'aurais su qu'elle était vivante. J'aurais eu une mère.

« Le temps passant, il ne devint pas plus facile de revenir. Au contraire. »

Elle avait adopté un nouveau nom. Pas de numéro de sécurité sociale, pas de passé. Elle passait sous les radars, choisissait des emplois qui n'exigeaient pas de fournir des documents. Elle était femme de ménage et, plus tard, elle ôta les ordures du bas-côté d'une route nationale de l'Oregon pendant deux ans. Elle cueillit des pommes et des fraises dans une ferme.

Les cultivateurs avaient un fils très handicapé. Elle et lui s'entendaient bien, la famille engagea ma mère pour s'en occuper. Elle conserva cet emploi presque quinze ans, jusqu'à ce que le cœur du garçon, Ricky, commence à lâcher. À sa mort cinq ans plus tôt, elle avait repris la route.

Ses pérégrinations l'avaient amenée dans le comté de Humboldt. Elle avait été engagée dans une plantation d'herbe où elle coupait les fleurs de marijuana. On y travaillait dur – seize, dix-huit heures par jour, courbé sur de longues tables couvertes d'herbe, à séparer les graines des feuilles et des tiges – mais c'était bien payé, surtout pour quelqu'un comme Dawn qui n'avait pas de papiers.

« On t'emmène là-bas à l'arrière d'un camion avec un sac sur la tête pour que tu ne puisses ni retrouver l'endroit ni divulguer son emplacement. Un peu comme du bétail à l'abattoir, sauf que le bétail, c'était nous. On met les ouvriers dans un grand dortoir. Une hutte Quonset en métal des surplus de l'armée. Il y fait chaud comme dans un four. Tu vis pratiquement dans une boîte de conserve. »

La plupart des cueilleurs étaient jeunes, mais il y avait toujours quelques vieux comme elle. Ils avaient tendance à se serrer les coudes.

« Toutes ces heures à manipuler des feuilles de marijuana, ça monte un peu à la tête. On n'est pas défoncé comme quand on fume. On est plutôt pas tout à fait là. Ce qui pour moi ne posait pas vraiment de problème. »

Une des choses qu'avait apprises Dawn au cours de ses nombreuses années de cavale, c'était d'éviter de se faire des amis. Pas des amis proches, en tout cas. (*Oh oui*, aurais-je pu répondre. *Je sais très bien ce que tu veux dire.*) Si on devient trop proche de quelqu'un, on a envie de lui raconter son histoire et, dans le cas de Dawn, ce n'était pas une bonne idée. L'avantage des années passées à prendre soin de Ricky, c'était qu'il ne pouvait pas lui poser de questions. Elle n'avait jamais eu à lui mentir.

*Comme moi avec Walter*, pensai-je.

À la plantation de marijuana, elle avait rencontré une femme d'à peu près son âge qui chaque année venait d'Amérique centrale pour y travailler, les quatre semaines d'octobre. En un mois, elle gagnait assez pour vivre le reste de l'année dans le village où elle s'était installée. Elle raconta à Dawn qu'elle avait adopté une petite fille qu'elle avait laissée là-bas chez des parents.

Dawn ne demanda jamais de détails. Elle savait seulement que Raya était dingue de la fillette. Dès son arrivée à la plantation, elle ne parlait que de rentrer auprès d'Alicia, l'enfant qu'elle considérait comme sa fille. Cette histoire parla sans aucun doute à Dawn.

Trois années de suite, Dawn et Raya travaillèrent côte à côte pendant le mois d'octobre. Dawn laissait parler Raya la plupart du temps. Un jour, pendant les longues heures qu'elles passaient devant la table de tri, Raya avait fait allusion à une femme qu'elle connaissait et qui tenait un hôtel dans le village où elle vivait.

« C'est drôle. Amelia est ton portrait craché », dit-elle à Dawn. Pas le portrait craché de Dawn telle qu'elle était, mais telle qu'elle avait dû être vingt ans plus tôt.

« Même si ton nom avait changé, j'ai su que c'était toi. Je rêvais souvent que tu vivais près d'un lac. Quand Raya m'a dit que tu dessinais tout le temps avec des crayons de couleur, c'était comme si elle me racontait quelque chose que je savais déjà. Quand tu étais petite, tu faisais de très beaux dessins », me confia Dawn.

Un jour, au milieu de sa journée de travail, Raya s'était pliée de douleur. Dawn était présente quand le médecin lui apprit qu'elle souffrait d'un cancer. Elle était assise à côté du lit quand Raya était morte.

Elle sut ce qu'elle allait faire ensuite. Durant toutes ces années, elle avait eu trop peur pour me rechercher, mais à présent elle avait perdu deux personnes qui comptaient pour elle, les deux seules, en fin de compte. En faisant la connaissance de Raya et en l'entendant évoquer sa vie avec Alicia, quelque chose s'était peut-être ouvert en Dawn. Peu importait la raison, quelque chose avait changé.

Dawn et Raya avaient à peu près le même âge et les femmes d'une soixantaine d'années aux cheveux gris, ayant perdu quelques dents et pesant dans les quarante-cinq kilos, ne sont pas très différentes les unes des autres. Dawn, dont le visage aurait jadis été collé sur les murs des bureaux de poste de tout le pays si le FBI avait su qu'elle était en vie, présenta le passeport de Raya à la frontière et le douanier n'y regarda pas de plus près.

Six jours plus tard (après un long trajet en bus, comme je le savais, puis dans un autre bus et enfin en bateau) elle était arrivée à l'embarcadère de La Esperanza.

En débarquant au village, Dawn avait prévu d'aller voir Alicia et de lui donner une lettre écrite par Raya avant sa mort, ainsi que l'argent gagné durant les onze jours où elle avait réussi à travailler avant d'être admise à l'hôpital – tout ce qu'elle possédait –, plus un collier en argent portant le signe de la paix. Argent et collier constituaient à peu près les seuls biens que Dawn avait trouvés dans le sac de Raya valant la peine d'être transmis, sauf si on y ajoutait son crochet.

Dawn n'avait pas eu de mal à trouver la fillette. Il lui avait été plus difficile d'expliquer à la petite pourquoi elle était venue. Il ne lui avait pas échappé qu'elle aussi avait laissé une enfant orpheline. La veille, devant Alicia, en lui remettant le collier, elle avait eu une pensée – qu'elle ne s'était jamais autorisée jusque-là – pour ce que j'avais dû ressentir, longtemps auparavant, en entendant les mêmes mots à son sujet.

« *Ta mère est morte.* »

L'autre raison importante de son voyage à La Esperanza était de me voir. Ce serait plus difficile. Elle n'aurait aucun mal à me retrouver, mais elle devait d'abord rassembler son courage. C'était ce qu'elle était en train de faire au festival de l'éveil spirituel quand Katerina, qui l'avait entendue chanter la veille au soir, l'avait fait monter sur scène. Chanter ne l'angoissait pas. Elle le faisait naturellement. Ce qui était difficile, c'était cette rencontre.

« Tu veux que je te dise un truc drôle ? Kathy et moi, on était à Berkeley en même temps », dit Dawn.

Il y eut un long silence. Elle tendit la main pour toucher la mienne et je sentis combien la sienne était rugueuse. Sa vie n'avait pas été facile.

« Tu as des enfants ? J'espérais apprendre que j'étais grand-mère.

— Hélas, non », lui répondis-je. Je n'en dis pas plus.

## 89

## Raconte-moi ta vie

Ainsi, après tant d'années pendant lesquelles j'avais cru à la mort de ma mère, je la retrouvais. Je ne la cherchais même pas, et voici qu'elle était là. J'aurais dû être heureuse, mais ce n'était pas si simple.

Je pensais à mon fils Arlo. (Quand ne pensais-je pas à lui ?) J'essayais d'imaginer une situation où j'aurais disparu de sa vie comme ma mère avait disparu de la mienne. Elle avait eu beau expliquer ses raisons, je n'arrivais pas à voir au-delà de l'abandon. Et maintenant, trente-trois ans plus tard, elle voulait de nouveau faire partie de ma vie.

Où était-elle durant toutes ces années ? Elle aurait pu connaître mon mari, mon fils, elle aurait pu dire adieu à ma grand-mère, la femme qui m'avait élevée tout comme elle l'avait élevée, et qui avait passé douze ans, depuis l'explosion de la bombe jusqu'à son décès, à pleurer en silence la mort de sa fille.

« Je veux apprendre à te connaître. J'espère que ce n'est pas trop tard, me dit-elle. Raconte-moi ta vie. » En travaillant avec Raya dans le comté de Humboldt, elle avait appris l'existence de La Llorona. « Je voudrais que tu me montres ton hôtel. » Plus que tout, elle voulait me voir.

D'une voix étrangement froide et sévère, même à mes oreilles, je lui répondis que je l'inviterais. « J'ai besoin d'un peu de temps. C'est un choc », ajoutai-je.

À ces mots, son visage sembla s'affaisser. Elle avait été belle jadis, c'était indéniable, mais elle était marquée comme quelqu'un qui a eu une vie difficile. Elle tripotait sa serviette. Ses mains tremblaient. Ses ongles étaient rongés jusqu'au sang.

« Je comprends », me dit-elle.

En attendant, elle avait pris un job de serveuse au café de Harold. « Tu sais où me trouver. »

Je lui affirmai que je passerais.

## 90

## Une voix magnifique

Depuis des années, je consacrais une partie de l'après-midi à dessiner, seul moment de ma journée qui ne changeait jamais. Je me concentrais parfois sur une plante, une fleur ou encore un oiseau, même si les oiseaux posaient plus de difficultés car ils étaient toujours en mouvement. C'était un genre de méditation, surtout quand le souvenir de mon mari et de mon fils provoquait en moi une vague de chagrin, comme cela se produisait encore, ou que le stress et l'anxiété me submergeaient, par exemple quand j'avais appris que Gus et Dora s'étaient approprié l'hôtel. À ces moments-là, sortir mes aquarelles et me mettre à peindre constituait le meilleur moyen de retrouver réconfort et sérénité, de même que, plus récemment, quand j'essayais de faire le point sur les sentiments que provoquait en moi la réapparition de ma mère.

*Ma mère.* Il m'avait été difficile de faire le lien entre la femme rencontrée au festival de l'éveil spirituel quelques jours plus tôt et la belle jeune femme aux cheveux longs jusqu'à la taille qui me chantait de vieilles ballades dans notre tente. Il y avait maintenant cette personne réelle, cette étrangère maigre, aux cheveux gris, chaussée de Keds, qui fumait des cigarettes roulées. Ce qu'elle m'avait raconté sur les événements survenus tant d'années auparavant, l'histoire qui expliquait pourquoi elle n'était finalement pas morte ce jour-là, était plus difficile à accepter que ne l'avait été celle de sa mort.

C'était une chose de savoir que ma mère était morte dans un tragique accident. (Qu'elle avait commis une erreur. Qu'elle avait été stupide, même, mais jeune.) C'en était une autre de comprendre comment elle avait pu continuer à vivre après, ramassant des cannettes de bière au bord de la nationale pour deux cents la pièce, s'occupant d'un autre enfant pendant les années où elle me manquait le plus. Pas une seule fois, durant tout ce temps, elle ne m'avait cherchée.

Celle qu'elle était pour moi à présent, cette femme qui se faisait appeler Dawn, figurait un triste rappel de tout ce que j'avais perdu enfant, de tout ce dont j'avais dû me passer. Je savais qu'elle était toujours au village. Valentina me l'avait dit. Elle avait loué une couchette à l'auberge (une couchette, pas une chambre) et déposé un mois de loyer d'avance, ce qu'on faisait quand on craignait de ne pas avoir de quoi payer plus tard, comme je l'avais observé.

Je me disais que je devrais être heureuse que Dawn soit en vie. Mais maintenant qu'elle avait reparu, j'éprouvais un nouveau sentiment envers ma mère. De la colère. N'importe quand dans la journée me revenait l'histoire qu'elle m'avait racontée quand nous nous étions retrouvées au festival. Je lui parlais dans ma tête.

*Où es-tu allée après être sortie de la poste ce fameux jour ? Quand tu voyais une fille de sept ans, de dix ans, ou de seize ans dans la rue, est-ce que tu pensais à moi ?*

*Je pensais à toi tous les jours*, avais-je envie de lui dire. *D'abord toute la journée, puis seulement épisodiquement. Plus tard, c'était surtout quand il arrivait quelque chose de grave, ou de terrible, dans les moments où on a besoin de sa mère. Exemple parfait : ce jour, à San Francisco, où l'ambulance est venue pour mon mari et mon fils.*

*J'avais besoin de toi.*

*Je pense à toi quand je regarde les étoiles. Parce que c'était ce que nous faisions toutes les nuits, quand nous campions*, voulais-je lui dire.

*Je pense à toi quand j'entends certaines chansons. Peu importe si le reste est vrai ou pas, tu as toujours eu une voix magnifique.*

Les jours passaient et je n'invitais pas Diana (ou Dawn ?) à La Llorona, comme j'avais dit que je le ferais. Il m'aurait suffi de passer au bar de Harold pour la voir, mais je l'évitais. Je ne savais pas ce que je voulais lui dire. Si elle m'avait beaucoup manqué toutes ces années, maintenant qu'elle était revenue, je voulais qu'elle parte. Du moins je le pensais. Il était plus facile de songer à l'homme avec qui je prenais le petit déjeuner et le dîner dans le patio tous les soirs. Nous n'avions échangé aucune parole sur une relation dépassant l'amitié, mais un sentiment d'un genre nouveau avait grandi en moi pour Tom, un sentiment que je n'avais pas connu depuis des années.

Nous parlions de ma mère, dont il ne soupçonnait pas qu'elle vivait tout près, au village. Tom, qui avait aussi perdu un parent quand il était enfant, me confia qu'il aimerait savoir comment j'avais appris à gérer ce deuil. « Je me demande où votre mère et vous auriez abouti si elle n'était pas morte. Y avait-il une famille en dehors de votre grand-mère ?

— *Non.* »

Je crus un instant qu'il allait me prendre dans ses bras. Je sentais qu'il en avait envie. Mais il ne le fit pas.

# 91

## La version de Gabriel García Márquez

Deux autres semaines passèrent. Je n'avais toujours pas pris contact avec Dawn pour l'inviter à l'hôtel. À cause, en partie, de mes sentiments mitigés à son égard. Mais aussi j'étais de plus en plus égarée. Tom était toujours à l'hôtel, dans la chambre des Singes. Je commençais à me dire que j'étais peut-être en train de tomber amoureuse de lui.

Pendant toute cette période, notre routine, la sienne comme la mienne, ne changeait guère. Il commençait par nager, puis prenait son petit déjeuner, se promenait jusqu'au village, lisait dans le hamac et en fin d'après-midi me rejoignait pour marcher.

À un certain moment, je me mis à raconter à Tom des choses dont je n'avais jamais parlé à personne, sauf à Walter enfant, à qui je pouvais me confier parce qu'il ne comprenait pas.

Tom comprenait. « Ma mère m'a laissée à ma grand-mère, et nous avons appris sa mort à la télévision. »

« J'ai été mariée. Mon mari et mon fils sont morts dans un accident. »

Il ne me serra pas dans ses bras, mais il me prit la main. « Je ne sais pas quoi dire », déclara-t-il.

« À une époque, j'ai voulu me suicider. »

Il prit une expression peinée, sans jugement. Je n'en dis pas plus. Il ne me posa pas de questions.

Après la soirée passée à discuter avec Tom, je débarrassais la table dans le patio, je soufflais les bougies quand soudain, dans l'obscurité, je perçus une lueur sur l'eau. Les lucioles étaient de retour.

Tom montait les marches vers sa chambre quand elles apparurent. Jusqu'alors, je ne disais rien de plus que « Bonne nuit » lorsqu'il se retirait. Et pourtant je pensais beaucoup à lui.

Ce soir-là, je le rappelai.

« Vous aimeriez peut-être voir ça. C'est l'une de mes nuits préférées de l'année.

— Attendez. Je crois qu'il nous faut un bon verre de rhum. Il se trouve que j'en ai dans ma chambre. »

Il reparut une minute après avec la bouteille et deux verres. La nuit était paisible, à part le scintillement des lucioles sur le lac, minuscules étincelles qui nous entouraient.

« Vous savez ce qui arriverait maintenant dans le récit romantique d'un grand écrivain ? » dit-il.

Je ne savais pas quoi répondre et je bus une petite gorgée de rhum.

« Le héros prendrait la femme dans ses bras et la regarderait au fond des yeux. Les étoiles brilleraient dans le ciel au-dessus du couple. Ce qui ressemble beaucoup à l'instant présent. Ou lui ressemblerait si vous vous approchiez de quelques centimètres.

— Je pourrais le faire. »

Il effleura mes cheveux. Plus tôt dans la soirée, en me préparant pour notre dîner à deux, je les avais relevés, mais à présent presque toutes les pinces étaient tombées.

« Je me demandais si je pouvais te prendre dans mes bras », dit-il. Ce qu'il fit.

« Que se passe-t-il ensuite dans le roman ?

— Tu n'as jamais lu García Márquez ?

— L'homme pose sa main sur la joue de la femme. Il dit quelque chose comme : "Je voulais le faire depuis longtemps." Et puis il l'embrasse. »

La conversation s'arrêta là. Les lucioles durent briller encore un moment, de même que les étoiles, mais nous ne nous intéressions plus au ciel nocturne.

## 92

## Une nuit dans la chambre des Singes

Depuis que je gérais l'hôtel, je n'avais jamais passé la nuit dans la chambre des Singes. Je n'avais jamais connu la sensation d'être allongée nue dans des draps tissés de cent fils au centimètre carré. J'étais assise sur le lit pendant que Tom allumait les bougies et me regardait dans le clair de lune. Il montra une pudeur étonnante en déboutonnant sa chemise.

Il avait un beau corps, un corps réel, pas celui d'un homme qui passe son temps au club de gym. Il avait le corps d'un homme qui emploie plusieurs heures dans la journée à lire. Solide, mais réel.

« Il y a longtemps que je n'ai pas fait ces gestes. Je crois que j'avais renoncé à croire à l'amour, lui dis-je.

— On peut en parler plus tard. Et on le fera. Pas pour le moment, je préfère. »

La même concentration intense que j'avais remarquée chez lui quand il lisait *L'Amour aux temps du choléra*, quand tous les soirs, assis sur le ponton, il observait le lac, le volcan, un oiseau ou une fleur, se manifestait à présent dans sa façon de regarder mon corps et de le toucher. Beaucoup plus tard, nous nous sommes endormis. Je n'avais aucune notion de l'heure, mais les colombes avaient commencé à roucouler, ce qui signifiait que le soleil allait bientôt se lever. Je réfléchis un instant à ce que penserait Maria entrant dans la cuisine pour préparer le petit déjeuner, et voyant mes sandales par terre ou le châle que j'avais porté le soir posé sur une chaise. Elle m'avait souvent dit qu'elle priait pour que je trouve l'amour. Cette nuit-là, je crus l'avoir trouvé.

Un peu après le lever du soleil – Tom dormait à côté de moi, son bras autour de mon corps nu –, je me suis levée, j'ai enfilé ma robe et pris le couloir jusqu'à ma chambre.

À mon entrée dans le patio plus tard que d'habitude, après 7 heures, Tom avait déjà fini de nager et il buvait son café à sa place habituelle. Maria servait du jus d'orange. Elle me regarda d'un air entendu. Je décelai un sourire.

« Il faut que tu le saches, dis-je à Tom, je considère ce qui s'est produit la nuit dernière comme un événement incroyable, que je ne m'attends pas à… reproduire.

— Un peu comme l'apparition annuelle des lucioles ? Une fois par an ? Après, on retourne biner le maïs, ramasser du bois ou n'importe quoi d'autre ? Dans ton cas, peindre tes si jolies aquarelles ?

— Je ne voudrais pas que tu croies que… j'espérais ça. »

Il rentrerait à New York, reprendrait son travail, quel qu'il soit. Je redeviendrais une femme de trente-neuf ans directrice d'hôtel.

« Et moi, peut-être que je voudrais espérer ça, dit-il.

— Nous avons des vies complètement différentes. Nous ne nous connaissons pas. Nous avons juste vécu… »

Tom termina ma phrase : « … une nuit parfaite. »

Il me prit la main. « J'en sais plus que tu ne penses, en fait. Cet endroit ressemble à un musée de ce que tu es. Je sais que tu réfléchis à chaque plante ajoutée au jardin, à quelle musique mettre quand Maria sert le dîner et pose une fleur comestible dans ma salade tous les soirs. Je sais que tu crois, comme moi, qu'il n'y a jamais trop de bougies. Je sais que tu as placé un singe sculpté sur ma tête de lit, même si les oreillers le cachent.

— Ce n'est pas moi. C'est celle qui a fait construire l'hôtel. Leila.

— Tu sais ce que je pense ? Tu es une femme qui a grandi sans foyer. Ton œuvre a été d'en créer un. »

Finalement, nous avons cessé de faire comme si nous n'étions pas dingues l'un de l'autre. Si Maria, Luis et Elmer y voyaient un problème, c'était le leur, pas le nôtre. À compter de ce jour, Tom et moi ne nous sommes plus quittés. Nous passions la nuit dans la chambre des Singes et parfois dans la mienne, mais toujours dans les bras l'un de l'autre.

J'imagine que certaines personnes qui tombent amoureuses au stade de leur vie où nous nous trouvions nous-mêmes ressentent le besoin de raconter à l'autre ce qu'il leur est arrivé auparavant, comme si elles ouvraient un livre au milieu.

Avec Tom je n'éprouvais pas l'envie d'expliquer tout ce que j'avais vécu. Il savait que j'avais perdu ma mère à six ans. (Je gardais pour moi la découverte, trois semaines auparavant, qu'elle était toujours vivante.) Il savait que mon mari et mon fils étaient morts dans un accident et que je préférais ne pas en parler. Rien d'autre ne semblait important : ma grand-mère, l'école d'art, mes dessins anatomiques, le perroquet sur le bord de ma fenêtre, l'image du doigt de ma mère qui m'avait hantée toutes ces années. Sauf que je savais à présent que le doigt trouvé dans la rue n'était pas, en réalité, celui de ma mère. Gus, Dora, comment mes prétendus amis m'avaient dépouillée de la moitié de mon terrain… En d'autres circonstances, ces pensées auraient occupé mon esprit. À présent, je n'avais en tête que cet homme, nos journées ensemble, nos nuits.

Je n'aurais jamais pu concevoir qu'après Lenny j'éprouverais pour un autre homme ce que je ressentais à présent pour Tom : le bonheur de me réveiller avec lui tous les matins, la facilité de nos échanges et, en même temps, l'aisance avec laquelle nous étions ensemble sans prononcer un mot. Dès lors que nous nous déshabillions et grimpions dans le lit que nous avions choisi pour la nuit, le monde n'existait plus. Notre lit était le monde.

Un soir, comme souvent, nous étions assis sur le ponton. J'avais posé la tête sur l'épaule de Tom. Il me tenait dans ses bras puissants. En cet instant, j'avais l'impression que rien de mauvais ne pourrait jamais plus arriver.

« Je dois t'avouer quelque chose. Je n'ai jamais pu te révéler qui je suis vraiment. Ce qui m'est arrivé. Tu mérites de le savoir, dis-je.

— Tu peux tout me dire. Rien ne changera mes sentiments pour toi.

— Quand on aime quelqu'un, on ne doit pas garder un secret. Je l'ai fait avec mon mari et je l'ai toujours regretté.

— Moi aussi, j'ai quelque chose à dire. Quelque chose de… difficile.

— C'est à propos de ma mère. Comment elle est morte. Je ne t'ai jamais expliqué toute l'histoire. »

Il fit alors un geste étrange. Il secoua la tête, presque comme s'il avait peur d'entendre mes paroles. Peut-être était-ce bien ça : peur qu'une telle confidence ne change quelque chose entre nous. Que peut-être, plus tard, je ne puisse le regretter. Peut-être avait-il l'impression que, si je lui confiais un secret douloureux, il devrait faire de même. Il ne voulait pas risquer de me perdre.

« Pourquoi ne pas attendre encore pour parler des choses difficiles ? Peu importe le passé. Ce soir, je veux seulement penser à ce que nous sommes en ce moment », dit-il.

Je ne lui expliquai donc pas le début de ma vie sous le nom de Joan, les petits amis de ma mère, la Volkswagen orange, la maison de la 84e Rue Est et ce qui s'était produit ensuite. Je n'arrivais pas à me sortir de la tête la voix de ma grand-mère. *Ne révèle jamais notre secret. Emporte-le dans la tombe.*

Par la suite je n'ai cessé d'attendre le moment opportun pour en parler, mais ce moment n'est jamais venu. Du même coup, j'oubliai l'autre parole prononcée sur le ponton ce même soir : Tom m'avouant que lui aussi avait un secret.

Je crois que nous étions simplement très heureux. Tout était parfait ainsi. Si seulement rien ne changeait plus.

## 93

## Un bout de papier

Valentina se présenta à l'hôtel. « Je suis passée chez Harold. Dawn voulait que je te donne ceci », dit-elle.

Elle me tendit une feuille de papier pliée.

« Je ne t'en veux pas de penser que je t'ai abandonnée. Mais je souhaite tellement que nous parlions. Même une seule fois. » Son écriture était à peine lisible.

Je répondis à Dawn par un mot, confié à Valentina : « Viens à l'hôtel demain après-midi. »

## 94

## Un portefeuille a disparu

Le lendemain matin au petit déjeuner, Tom paraissait préoccupé.

« Je ne veux pas que tu t'inquiètes, mais mon portefeuille a disparu. »

Des années plus tôt, comme je ne trouvais plus certaines de mes affaires, Elmer avait avoué qu'il était le coupable. Ce jour-là, j'appelai Elmer dans mon bureau. Depuis le refus de Mirabel de l'épouser, suivi de son départ quelques mois plus tôt pour vivre sa grossesse chez sa grand-mère, Elmer n'était plus que l'ombre de lui-même.

« Tom, notre client, ne trouve plus son portefeuille. Je ne crois pas que tu l'aies pris, mais je dois te demander si tu as une idée de ce qui a pu se passer. »

Elmer parut terrifié. « Je jure sur la tête de ma mère que je n'ai rien fait. Mais je vais trouver celui qui l'a volé. »

Deux heures plus tard il revint accompagné de Walter, le garçon que j'aimais plus que tous les autres enfants du village. Il avait seize ans maintenant. Son expression me rappela celle d'Elmer le jour où je l'avais confondu pour un vol semblable. Il ne pleurait pas, il avait l'air de vouloir disparaître sous terre.

« J'ai pris le portefeuille de l'Américain, chuchota-t-il. Tu étais partie te promener avec lui. Je suis passé à l'hôtel avec des noix de coco pour Maria et des haricots qu'elle m'avait demandé d'acheter au marché. La porte de la chambre des Singes était ouverte. J'ai vu le portefeuille sur le buffet. Je ne pensais qu'à l'argent qui était dedans. Je suis vraiment désolé, dit-il.

— Tu as trahi ma confiance. Ce n'est pas la première fois que cela m'arrive. Mais je sais aussi qu'un très mauvais choix ne fait pas de toi une mauvaise personne. »

Le portefeuille de Tom était sur la table. Walter tremblait. « Tu as été comme ma mère », dit-il. Sauf que nous savions tous deux qu'il n'en avait pas. S'il ne pleurait pas, il n'en était pas loin.

« Toi, tu as été comme un fils pour moi. » Je lui dis que j'étais terriblement déçue, mais que je savais qu'il ne recommencerait pas.

« Tu dois t'excuser auprès de mon client. »

Je pris le portefeuille de Tom. Je l'ouvris et vis que l'argent y était toujours, bien sûr. Je vis autre chose dans ce portefeuille.

Un badge de policier de New York.

Par quoi commencer pour décrire le choc de la trahison que je reçus en pleine figure ? Le geste de Walter volant le portefeuille de Tom paraissait maintenant bien mineur. Le véritable coup, le coup dévastateur, tenait à ce que le badge de policier me révélait sur Tom.

Pour la première fois, j'avais confié à un homme une partie de la vérité sur mon histoire, alors que lui, dans le même temps, récoltait les informations qu'il cherchait. Je l'avais aimé et j'avais cru qu'il m'aimait.

À présent, tout son comportement, au cours de ces semaines, s'avérait motivé par un unique objectif : rassembler des preuves sur l'explosion. Il me cherchait depuis toujours. Mais pas comme une femme désire qu'un homme la cherche. Comme un policier cherche quelqu'un pour résoudre une affaire.

Pendant tout ce temps, j'avais cru à l'intérêt que me portait Tom qui lui, à l'évidence, cherchait seulement à localiser ma mère.

Le souvenir me revint de la visite, à San Francisco, à ma professeure d'art d'un homme et des questions qu'il avait posées sur ma mère et moi ; ainsi que de l'émission – je l'avais regardée avec Lenny – sur les avancées dans la recherche de criminels grâce à l'ADN. La prise de conscience me rendait malade : l'homme à qui j'avais fait confiance de tout mon cœur ne m'avait jamais aimée. Il ne faisait que son travail.

Tom devait savoir que ma mère n'était pas morte ce jour-là. Il avait suivi ma piste (grâce à Marcy, ma professeure ? Ray, mon père biologique ? Les parents de Lenny, à qui j'avais écrit ? La critique de l'hôtel par un rédacteur touristique qui parlait de moi ?) dans l'espoir que je pourrais l'aider à localiser Diana. Ce qu'il ne savait pas (du moins, j'espérais qu'il ne le savait pas), c'était qu'elle était arrivée récemment au village. En ce moment, tandis qu'il était étendu dans le jardin et lisait son livre (cela aussi était probablement une imposture ; avait-il jamais lu *L'Amour aux temps du choléra* ?), la femme que Tom cherchait depuis tant d'années était sans doute en chemin pour me voir. Et même si cette vieille femme triste m'avait abandonnée, j'éprouvais à présent le besoin urgent de la protéger de l'homme qu'à peine quelques minutes plus tôt je croyais aimer.

Je déchirai une feuille de mon carnet posé sur le bureau et écrivis un mot que je tendis à Walter.

« Nous parlerons de ce que tu as fait plus tard. Pour l'instant, il faut que tu me rendes un service. Tu connais la femme aux cheveux gris qui travaille au café de Harold ? Apporte-lui ce mot. Tout de suite. »

Quand Diana/Dawn lirait ce que j'avais écrit, elle ne viendrait pas à La Llorona. Elle prendrait le premier bateau. Il y avait fort à parier que je ne la reverrais jamais. Plus tard, après avoir compris la vérité sur Tom, je mesurerais combien j'étais triste d'avoir de nouveau perdu ma mère tout juste retrouvée. Cette fois pour toujours, probablement. En dépit de la colère que j'avais éprouvée à cause de la façon dont elle m'avait abandonnée la première fois, je ne pensais pas qu'une femme âgée et brisée méritait d'être ramenée de force aux États-Unis et de passer en jugement pour des événements remontant à plus de trente ans.

Walter ne comprit rien dans cette affaire, évidemment, mais il ne posa pas de questions. Il grimpait déjà quatre à quatre les marches jusqu'à la route tandis que je lui lançai : « Dépêche-toi ! »

Je regardais l'homme que j'avais aimé quelques instants plus tôt entrer dans la maison. Il ignorait la restitution de son portefeuille volé et ses conséquences. Nous avions tous deux cessé de cacher que nous étions follement amoureux, et il passa son bras autour de mes épaules. Chose qu'il ne faisait jamais, il avait plongé de nouveau dans le lac après sa séance de lecture dans le hamac. Ses cheveux étaient mouillés. Il portait un peignoir épais en éponge que je lui avais donné. Je sentis un instant le bien-être familier s'emparer de moi à sa vue, le désir qu'il me touche et se penche pour m'embrasser.

Même si je n'avais pas détourné la tête, il aurait remarqué mon changement d'attitude envers lui. « Que se passe-t-il ? » demanda-t-il.

Tom n'aurait jamais imaginé que les mauvaises nouvelles que j'avais pu apprendre aient le moindre rapport avec lui.

« Elmer a retrouvé ton portefeuille. » Je montrai la table où je l'avais posé après avoir découvert ce qu'il contenait, hormis de l'argent.

Il ne lui fallut qu'un instant pour comprendre. « Le badge. Il faut que je t'en parle.

— Non.

— Ce n'est pas ce que tu penses. Je ne suis pas celui que tu crois.

— Là-dessus, tu as raison. Je te prenais pour un homme amoureux de moi. Je croyais que je t'aimais. Pas que tu étais un policier venu m'espionner.

— Je t'aime. Vraiment. C'est une longue histoire.

— Épargne-moi ça.

— Quoi que j'aie pu envisager en arrivant, ça ne s'est pas terminé comme prévu.

— C'est terminé, effectivement. Tu fais tes valises et tu t'en vas. Je ne veux plus jamais te revoir.

— Je ne t'en veux pas d'être en colère. Je vais t'expliquer.

— Pas besoin d'explications. Tu m'as menti.

— Il y a quelque chose que tu ne sais pas.

— Rien de ce que tu me diras ne changera quoi que ce soit.

— Je n'ai jamais aimé une femme comme je t'aime. »

*Va-t'en.*

Dix minutes plus tard il était dehors, sa valise en main. Il me regarda, se dirigea vers les marches qui montaient vers la route, se retourna encore une fois.

« Tu ne te trompes pas en pensant que je suis venu ici pour trouver ce qu'était devenue ta mère. Mais après t'avoir rencontrée, tout a changé. »

Il me dit qu'il avait commencé ses recherches à cause du doigt, qu'on croyait être celui de ma mère, Diana Landers. Quand le FBI avait fait un test d'ADN – dès que ces tests étaient devenus possibles –, on avait trouvé qu'il correspondait à quelqu'un qui se trouvait dans la rue le jour de l'explosion. Quelqu'un qui avait disparu, mais n'avait rien à voir avec les individus réunis dans la maison, sauf que cette personne avait eu la malchance de passer dans la 84e Rue Est ce jour-là.

« Rechercher la femme en fuite m'obsédait. J'avais absolument besoin de trouver qui elle était, mais quand je t'ai vue, quand j'ai fait ta connaissance, tout a changé. Trouver Diana Landers et la présenter à la justice n'était plus mon objectif. La seule personne qui compte pour moi maintenant, c'est toi. »

J'entendais ce qu'il disait, mais je me détournai. Je rentrai dans la maison. Maria faisait la vaisselle. Elle ne dit rien, mais la tristesse se lisait sur son visage.

Walter dut trouver Diana à temps. Elle ne se montra pas, ni le soir ni le lendemain. En allant au village plus tard dans l'après-midi, je vis Valentina qui m'annonça qu'elle était partie. Qui sait ? elle avait peut-être pris le même bateau que Tom. Curieusement, bien qu'elle fût depuis si longtemps celle qu'il cherchait, il n'avait pas dû la reconnaître.

Je fis ce que j'avais toujours fait. Je repris ma vie.

Je donnai un jour de congé à mes employés. Je voulais être seule. Je défis le lit de Tom et lavai les draps. Je les mis à sécher sur la corde à linge.

Tom avait laissé son exemplaire de *L'Amour aux temps du choléra*, livre que je n'avais jamais pris le temps de lire. Je l'emportai.

Je commençai ma lecture en fin de matinée, dans mon fauteuil, devant le lac, où la veille j'étais assise avec Tom. J'y étais encore au coucher du soleil, je tournais les pages lentement. Parfois, un passage me touchait tellement qu'il me fallait le lire trois fois tout haut. Quand une phrase me parlait particulièrement, je la soulignais.

« Ce fut l'époque où ils s'aimèrent le mieux, sans hâte et sans excès, et tous deux furent plus conscients et plus reconnaissants que jamais de leurs invraisemblables victoires sur l'adversité. La vie devait leur réserver d'autres épreuves mortelles mais peu leur importait : ils étaient sur l'autre rive[1]. »

L'autre rive. Avec Tom, j'avais cru l'avoir atteinte.

« Considérer l'amour comme un état de grâce qui n'était pas un moyen mais bien une origine et une fin en soi. »

Un état de grâce. Pendant quelques semaines, j'avais eu l'impression que nous nous y trouvions.

« Elle éprouva l'abîme du désenchantement. »

Oh oui, je connaissais cet abîme.

Bientôt il n'y eut plus assez de lumière, je rentrai à la maison. Il était minuit passé quand je finis le roman.

1. Traduction d'Annie Morvan, Grasset, 1987.

Je posai le livre à côté de mon lit et descendis. J'avais laissé les draps sur la corde à linge. Je les décrochai dans l'obscurité, les pliai, les lissai et les rangeai tout au fond de l'armoire à linge.

*Une bonne chose de faite.*

Quelques semaines après le départ de Tom de La Llorona, une lettre arriva, avec pour adresse de retour New York. Sachant le temps qu'il fallait au courrier pour atteindre sa destination, je pensais que Tom avait dû l'écrire dans l'avion.

Je la rangeai dans le dernier tiroir du bureau de Leila. Trois jours plus tard, une autre lettre, et la semaine suivante encore une autre. Sur l'enveloppe était écrit :

donne-moi une chance. je t'en prie, lis ceci.

Les lettres continuèrent à arriver. Je n'en ouvris aucune.

## 95

## Le rêve de l'Amérique

Walter vint m'annoncer : « Je m'en vais. Je suis venu dire au revoir. »

Il allait en Amérique. C'est-à-dire en Amérique du Nord. Il partait le lendemain.

Je sentis une boule dans ma gorge. Même s'il m'avait trahie en prenant le portefeuille, j'aimais ce garçon, devenu un jeune homme, de quelques années à peine plus âgé que ne l'aurait été mon fils. Pour moi, il faisait partie de ma famille. Il m'avait déçue, mais cela arrivait parfois aux membres d'une famille. (Ma mère l'avait fait, à l'évidence. Ainsi que ma grand-mère. Même Lenny, d'une certaine façon. Il m'avait déçue en mourant.)

« Tu pars à cause du portefeuille ? Parce que je peux te le pardonner. D'ailleurs, c'est déjà fait. »

Il secoua la tête. « Moi, je ne peux pas. Je dois devenir un homme meilleur. Il n'y a rien pour moi ici. »

Walter n'avait évidemment pas de papiers. Personne ne l'attendait de l'autre côté pour l'aider s'il franchissait la frontière. Il économisait pour son passage depuis ses dix ans, mais comme il n'avait pas trouvé de travail récemment, il ne lui restait pas plus de quelques centaines de *garza* pour manger pendant le voyage.

Dans le cas de Walter, sa décision de partir vers le nord avait été provoquée sans aucun doute par sa disgrâce. Mais il était fréquent que les jeunes du village veuillent aller chercher des perspectives d'avenir aux États-Unis. Depuis que je vivais là, j'avais assisté au départ de nombreux jeunes gens pleins d'espoir, qui caressaient le même rêve. Aucun n'avait de quoi payer d'avance l'homme qui leur promettait de les conduire de l'autre côté de la frontière : il fallait huit mille dollars pour engager un *coyote*. Ils signaient une promesse de paiement, assorti d'intérêts élevés, sur les salaires qu'ils imaginaient recevoir quand ils seraient là-bas.

Certains réussissaient. Beaucoup échouaient. Je connaissais au moins une douzaine de garçons du village qui étaient morts, enfermés à l'arrière d'une camionnette avec vingt autres personnes ou noyés dans le Rio Grande. D'autres avaient été victimes d'un coup de chaleur en tentant de traverser le désert. Au moins la moitié d'entre eux avait été arrêtée et renvoyée au pays. Quoi qu'il arrive, leur dette envers le *coyote* courait toujours. Aucune garantie de remboursement.

Le danger du voyage ne semblait jamais décourager les candidats. Presque aucun ne parlait anglais ou n'avait de famille là où ils se rendaient : Arizona, Texas, Californie. Ils espéraient y trouver un travail qui leur permettrait de rembourser leur dette, d'envoyer de l'argent chez eux et un jour, un jour lointain, de rentrer avec de quoi acheter un bout de terrain, construire une maison et offrir une vie correcte à leurs enfants.

J'aurais dû prévoir que Walter serait attiré par le voyage vers le nord. Il accueillait les clients américains de l'hôtel avant même mon arrivée et connaissait leur aisance financière, leur vie de privilégiés si différente de la sienne. À six ans ce garçon m'avait demandé si, au cours de mes voyages en Amérique, j'avais croisé Spiderman.

Je lui ai proposé de l'argent, dont il n'a pas voulu. Il désirait seulement ma bénédiction. J'avais du mal à la lui donner, sachant ce qui l'attendait. Par le passé, quand un jeune homme du village me parlait de son désir de partir, j'essayais de le décourager ou, du moins, de lui brosser un tableau réaliste. Je lui expliquais que les gens de mon pays le paieraient le moins possible, bien moins qu'un Américain muni de papiers. Il lui serait difficile de trouver du travail s'il n'avait ni véhicule, ni outils, ni connaissance de la langue.

Et il y avait cet obstacle, le plus dur, ou du moins le plus difficile à faire comprendre à quelqu'un qui avait passé toute sa vie dans un petit village : « Tu as l'habitude d'avoir ta famille et tes amis autour de toi. Ta culture. Ta langue, la beauté de la nature. Tu imagines une vie sans lac, sans oiseaux qui chantent tous les matins, sans volcan ? » disais-je à ces garçons qui rêvaient de la Californie.

Là, à La Esperanza, ils connaissaient tout le monde. Quand quelqu'un était malade, toutes les femmes du village lui apportaient de quoi manger. Si un ouragan emportait une maison, les voisins arrivaient avec leur pelle et aidaient à la reconstruire.

« Imagine une vie si loin de ta famille que tu ne peux lui parler que le dimanche avec ton téléphone portable. J'ai vu des hommes venant d'endroits comme celui-ci qui faisaient la queue devant Home Depot le dimanche matin pour trouver du travail. Et d'autres le long de la route nationale. Pour chaque emploi, ils étaient cinquante à espérer, lui dis-je.

— Travailler dur ne me fait pas peur. Je veux travailler. C'est le problème ici. Pas de travail », répondit Walter.

J'aurais voulu avoir un numéro de téléphone à lui donner ou quelqu'un à appeler quand il aurait franchi la frontière. Mais il y avait si longtemps que je ne vivais plus dans le pays où j'étais née que je n'y connaissais plus personne. L'ironie de la situation ne m'échappait pas : l'endroit où Walter souhaitait si désespérément se rendre était celui que j'avais désespérément voulu quitter.

« Je reviendrai un jour. Un jour, ce sera moi qui descendrai du bateau et avancerai sur l'embarcadère avec ma valise », dit-il.

Après son départ, je m'assis sur les marches de pierre. Il y avait bien longtemps, alors que Walter et moi nous promenions ensemble, qu'il me servait de guide et de protecteur (peu importe qu'il ait eu six ans à l'époque), je m'étais promis que je ne me permettrais jamais d'aimer un autre enfant. Je ne voulais pas aimer ce garçon. Mais je l'avais fait.

## 96

## Cinq millions de dollars

Hank et Martha Purcell arrivèrent du Connecticut un après-midi. La quantité de leurs bagages était d'autant plus impressionnante qu'ils avaient prévu de ne rester que deux nuits. Je m'étonnai de leur présence chez moi, car ils avaient plutôt l'air de personnes habituées aux hôtels quatre étoiles d'une grande chaîne – de ceux qui auraient apprécié le projet que Carl Edgar avait présenté à Leila au moment où il tentait de racheter l'hôtel, des années auparavant. Nous n'avions pas descendu la moitié des marches que Martha demanda s'il n'existait pas un moyen plus facile d'accéder à l'hôtel. Un ascenseur extérieur, peut-être ? Un funiculaire ?

« Y a-t-il des araignées ? demanda-t-elle.

— Absolument, mais seulement des inoffensives », répondis-je.

Il s'avéra que le couple était en voyage d'affaires. Hank était directeur d'une importante compagnie pharmaceutique du Connecticut qui investissait dans le développement de nouveaux médicaments et souscrivait aux études nécessaires pour obtenir l'approbation de la Food and Drug Administration. Si improbable que cela puisse paraître, Hank était venu vérifier la possibilité d'acquérir une petite exploitation dont il avait entendu parler, là, à La Esperanza.

Martha l'interrompit : « Ce n'est pas un peu tôt pour en parler, chéri ? Tu sais comment les rumeurs se répandent.

— Je ne suis pas inquiet. Nous avons déjà sécurisé l'option d'acquisition à cent pour cent de l'affaire. Pour une coquette somme, ajouterais-je. Je suis juste venu régler les points de détail avant la signature des actionnaires actuels. »

*Les actionnaires actuels*. J'essayais d'imaginer qui, au village, correspondait à la description d'un actionnaire.

« Nous avons entendu parler de cette herbe vendue sur Internet, destinée aux problèmes d'infertilité. Pour l'instant, c'est une toute petite affaire, mais si l'herbe passe les tests, le potentiel de croissance pourrait crever le plafond.

« Je rencontre le couple demain. Si tout se passe bien, Martha et moi rentrerons à Darien vendredi avec un contrat signé nous garantissant les droits à la vente de cette herbe naturelle. Son exploitation pourrait rapporter des millions de dollars et offrir à des millions de femmes souffrant d'infertilité une chance de devenir mères. Nous l'appellerons YouBeMama. »

Pas difficile de deviner qui était le couple dont parlait Hank. *Les actionnaires*. Ils n'auraient pas à aller bien loin pour leur rendez-vous d'affaires, lui dis-je.

« Ceux que vous cherchez habitent à côté. De l'autre côté du mur. » Je montrai la lampe rouge, allumée nuit et jour.

## 97

## Fin du monde. Presque

Je me demande si mes souvenirs du lendemain matin sont réels ou si je les ai fabriqués après coup, vu ce qui s'est produit ce jour-là et mon besoin de conserver tout ce que je pouvais comme c'était. Avant.

La journée avait commencé par une matinée magnifique, comme presque toujours. Les oiseaux. Le lac. L'odeur du café fraîchement moulu que Maria posa devant moi dans le patio, le vase de roses sur la table. Les roses que j'achetais à San Francisco ne sentaient presque jamais rien, celles qui poussaient dans mon jardin de La Llorona embaumaient. En buvant mon café, je me souvenais des sentiments que j'éprouvais en voyant Tom revenir de sa baignade matinale. Il me prenait dans ses bras.

« *Je devrais d'abord me sécher.*

— *Pas besoin.* »

Le couple du Connecticut n'était pas encore levé. J'étais contente de prendre mon petit déjeuner seule, sans avoir à subir les plaintes de Martha.

Le vent se leva. Les oiseaux s'agitaient, je les revois : d'abord les colombes roucoulant beaucoup plus fort qu'à l'ordinaire, puis tout un vol d'hirondelles, facilement cinq fois plus nombreuses que par un jour normal, qui ne se perchaient pas sur leur arbre habituel mais tournaient autour du lac comme si elles ne savaient pas quoi faire. Les insectes avaient-ils toujours bourdonné ainsi ? Le cri du coulicou à bec noir était-il toujours aussi aigu ?

Sur le lac, les pêcheurs assis dans leur *cayuco* comme toujours, bougeant à peine, attendaient qu'un crabe ou deux se prennent à leurs filets. À côté, dans l'une des maisons en location, quelqu'un jouait de l'accordéon ; dans une autre, je distinguais le son des percussions.

Soudain, il y eut un bruit d'explosion en provenance du village. Cela n'avait rien d'extraordinaire. À La Esperanza on adorait les feux d'artifice. Sauf que celui-ci était plus bruyant que tous ceux que j'avais entendus jusque-là.

D'autres suivirent. Il ne s'agissait plus d'une explosion unique, c'était un grondement sourd qui s'amplifiait de minute en minute. Le souvenir de l'ouragan et du glissement de terrain ne s'était pas estompé au point que j'aie oublié le vacarme des grosses pierres dévalant la colline jusqu'à l'hôtel ; on aurait dit un avion prêt à atterrir, avais-je pensé à l'époque. Aujourd'hui, le tapage qui m'entourait était encore plus fort.

Je voyais à présent les pêcheurs lever les yeux de leurs filets. Maria sortit de la cuisine en courant, sa bible à la main, puis Luis, puis Elmer qui avait saisi sa machette, comme les hommes avaient tendance à le faire aux premiers signes de danger.

Tous regardaient en direction du volcan. Apparemment rien n'avait changé dans son aspect. Ses pentes raides étaient creusées depuis des centaines d'années par les pluies et l'érosion. Là où les arbres s'éclaircissaient, c'était l'endroit où Sam Holloway avait abandonné sa femme, Harriet, pendant leur lune de miel, la laissant sans chapeau ni crème solaire, pour monter admirer le cratère, son rêve de toujours. L'endroit où leur mariage s'était brisé. L'endroit où j'avais dormi avec Jerome Sapirstein.

Depuis que je vivais là, que je contemplais El Fuego, son cratère n'avait été qu'une cuvette sombre et vide. J'avais regardé le soleil disparaître derrière le volcan des milliers de fois depuis dix ans. Je l'avais vu illuminé dans l'obscurité, comme par une lumière stroboscopique géante, quand les éclairs zébraient le ciel à la saison des pluies. Parfois, le brouillard était si épais que la cime disparaissait complètement.

Ce jour-là il était parfaitement visible, mais complètement transformé. Le sommet du volcan luisait d'un feu orange vif. Une fumée s'en échappait.

Les pêcheurs avaient formé un cercle avec leurs bateaux et se concertaient tandis que croissait le grondement venu de l'autre côté du lac.

« *Está en erupción !* » cria Maria. Il est en éruption ! Elle tomba à genoux.

Des années plus tôt, la nuit de l'ouragan, Luis s'était précipité dehors pour protéger la propriété et Elmer pour retrouver la femme qu'il aimait. Cette fois, Luis ne bougeait pas, il se signait seulement.

Pas Elmer. Elmer avait déjà son sac à dos sur l'épaule. « Il faut que j'y aille », dit-il en courant vers la porte.

Un seul mot sur ses lèvres. « Mirabel. »

Depuis cinq mois, aucun de nous ne l'avait vue, mais nous savions qu'elle était chez sa grand-mère en attendant la naissance de son bébé. Elle vivait dans la honte au pied du volcan.

Elmer franchit le portail. Dans le patio, Maria, Luis

et moi ne quittions pas des yeux la lave rougeoyante qui maintenant progressait sur les flancs du volcan massif. Le grondement s'amplifia encore, si possible, on aurait dit que la terre elle-même s'ouvrait. La fumée s'épaississait, mais pas assez pour masquer les flammes orange qui jaillissaient du cratère. La pression, qui depuis quelques milliers d'années montait du centre de la terre, se libérait soudain.

Depuis mon arrivée, je savais que les gens du village conservaient en eux une image plus profondément que n'importe quelle autre. Si on demandait un dessin aux enfants, tous représentaient la même chose : un grand triangle vert s'élevant au-dessus d'un grand lac bleu. L'image avait un caractère inoffensif, amical même. C'était une constante rassurante, comme la photo encadrée du pape sur le mur de chaque maison de ceux qui n'étaient pas évangéliques, ou la représentation du sourire béatifique de la Vierge Marie.

À présent la vieille forme familière semblait sortir de l'eau comme un serpent de mer et s'approcher de nous à grande vitesse.

Le volcan ne bougeait pas. La lave, elle, avançait. Nous observions, immobiles, les coulées que vomissait le cratère. D'abord une seule coulée rougeoyante, puis d'autres. La lave en fusion s'étalait sur les flancs du volcan dans toutes les directions.

Si j'avais imaginé cette scène, ce qui ne m'était jamais arrivé, j'aurais visualisé la lave rampant lentement, suintant, comme l'excrétion étrange d'une grenouille venimeuse dans la jungle. En réalité, la lave coulait très vite, énorme masse de minéraux liquides brûlants et de gaz déversés sur la montagne plus rapidement qu'un coureur ou peut-être même qu'une voiture. Elle traçait son chemin vers la base du volcan et, au-delà, vers les maisons du village, les fermes, l'église, l'école.

La maison de la grand-mère de Mirabel se trouvait en plein sur son parcours.

Le couple du Connecticut finit par apparaître dans le patio. Martha avait évidemment entendu l'explosion. « Je ne sais pas comment les gens d'ici supportent de vivre dans un endroit aussi bruyant », dit-elle.

Un coup d'œil à Maria, Luis et moi, et elle se tut.

« Oh, mon Dieu. Je savais que nous n'aurions jamais dû venir ici », murmura-t-elle.

Je n'avais jamais gravi aussi vite la centaine de marches qui mènent à la route. Inutile d'emporter avec moi mon passeport, mes clés, mon téléphone portable.

Je regardais les gens courir sur la route de terre vers le village. Les femmes en *traje*, leurs bébés enveloppés dans leurs châles et les enfants plus grands accrochés à leurs jupes. Les hommes se criaient : « Ça vient par ici ! »

Presque personne ne possédait de voiture à La Esperanza. Il y avait quelques pick-up chargés à l'arrière d'autant de gens qu'ils peuvent en contenir et plus encore. Un homme amputé d'une jambe. Une femme qu'on disait folle. Les vieux. Le maire.

Les voyageurs se mêlaient aux villageois en fuite : jeunes femmes en débardeurs au crochet et jupes longues, jeunes hommes en pantalons de yoga. Pieds nus, pour la plupart. Certains étaient défoncés. L'un portait un tambour. Un autre, une chienne et trois chiots nouveau-nés. Une femme tirait un cochon au bout d'une corde ; quand il refusa d'avancer, devant l'insistance de ses enfants elle l'abandonna.

Il y avait des tuk-tuks et quelques vélos. Quelques gringos (Alejandro, Roberto, Wade) à moto. Une

Française âgée sur sa Vespa rose. Andromeda dans sa tenue blanche. Juste derrière elle, j'aperçus Valentina, ses cheveux fous encore plus fous que d'habitude, sa robe de gitane tourbillonnant autour d'elle, suivie par une troupe d'enfants de trois ou quatre ans sans doute orphelins. Je remarquai dans le ciel l'unique avion, celui de Federico, le chaman du cacao. Il avait dû décoller du hangar à côté du terrain de football.

La fumée me piquait les yeux et m'empêchait de voir clair, mais je distinguais la coulée de lave se rapprocher inexorablement de nous. À certains endroits, elle changeait de direction sans raison apparente et se déversait sur un champ de maïs ou une *tienda* qu'elle anéantissait. Ceux qui osaient se retourner voyaient des maisons entières démolies sur son passage. J'entendis quelqu'un crier que le terrain de basket n'existait plus, que l'école était enfouie, mais les professeurs avaient réussi à faire sortir tous les enfants avant que la lave la submerge.

Je ne m'enfuis pas. Peut-être le fait que Maria et Luis restaient immobiles en haut des marches, sans aller nulle part, me rendait-il incapable de rejoindre la foule qui augmentait. J'avais l'impression que la terre bougeait sous mes pieds, mais c'était plutôt la poussière et les cailloux soulevés par tous les gens qui couraient.

« Elmer ! Vous avez vu mon fils ? » criait Maria aux amis qui passaient.

Je repérai Alicia, la petite fille élevée jusqu'à ses six ans par Raya, et à côté d'elle Mateo, son frère jumeau. Veronica, la mère de Clarinda, heureusement à l'université, titubait, l'air hébété, une bouteille de Quetzalteca dans les mains, à côté de ses enfants qui la guidaient. Harold emportait son précieux percolateur italien.

Je les regardais tous défiler en courant, criant et pleurant. À côté de moi, Maria scrutait la foule à la recherche de son fils.

Et elle le vit, couvert de cendres au point de ressembler à un fantôme. Il avançait plus lentement que les autres, mais pour une bonne raison. Il portait quelqu'un dans ses bras. Mirabel. Son bras pendait, sa longue natte noire se balançait dans son dos.

« Il faut l'amener à la maison. Il y a beaucoup de sang. Elle ne peut pas aller plus loin », dit-il.

À quoi pensais-je, en descendant les marches jusqu'à l'hôtel, alors que tout le monde fuyait le village ? Qu'est-ce qui me poussait à rester ?

Je le savais, bien sûr. À présent, peu importait que je sois emportée par la coulée de lave, par un tsunami sur le lac, par les émanations de fumée ou par des pierres – ou encore par un minivan tournant trop vite au coin d'une rue, son conducteur pressé de rentrer regarder un match de base-ball.

Je voulais juste être là, à La Llorona, avec les gens que j'aimais autour de moi. Si c'était la fin du monde, autant qu'il finisse là.

À ma grande surprise, l'image qui me vint alors à l'esprit fut celle de Tom, son visage affable, le sentiment de sécurité que j'éprouvais quand il me prenait dans ses bras. Plus que tout, j'aurais voulu qu'il soit là.

Le volcan crachait encore de la fumée et de la lave quand Maria, Luis et moi, Elmer avec Mirabel dans les bras sommes arrivés au bas des marches de pierre. Après avoir observé la scène sur la route, l'exode de presque toute la population de La Esperanza qui fuyait pour rester en vie, l'hôtel paraissait étonnamment paisible. Nous avons allongé Mirabel sur un lit. C'est alors que je me suis souvenue.

« Où est le bébé ?

— Quand je suis arrivé chez sa grand-mère, la maison était détruite. Le corps de la vieille dame était dans la cour. Un arbre a dû l'écraser quand la coulée de lave est passée », dit Elmer.

Un coup d'œil avait suffi à Elmer pour comprendre qu'elle ne pouvait plus être sauvée. Immédiatement, il avait pensé que Mirabel aussi était morte.

Il l'avait trouvée couchée, incohérente, mais elle respirait. Elle avait rampé jusque-là pour se protéger des gravats qui tombaient, du toit qui s'écroulait, de la lave qui coulait, de la fumée et des cendres. Quand Elmer l'avait trouvée, le corps de Mirabel était couvert de cendres. De cendres et de sang.

Elle avait accouché là.

La voix de Mirabel n'était qu'un murmure. Elle était probablement délirante. Elle avait mis vingt-quatre heures à accoucher, accompagnée seulement par sa grand-mère et, après la chute de l'arbre, seule.

Elmer l'avait portée sur la pente raide qui montait jusqu'à la route. Il y avait plus de trois kilomètres jusqu'au village et encore huit cents mètres jusqu'à l'hôtel. Il n'existait qu'une seule explication à son exploit : l'amour.

Nous étions réunis tous les quatre autour du lit de Mirabel dans la chambre du Quetzal. Sa voix était à peine audible.

« Je croyais que j'allais mourir. Je ne pensais qu'à une chose : je ne voulais pas que mon bébé soit enfoui avec moi sous la *pila*. »

Le *cayuco* de son grand-père se trouvait au bord de

l'eau. « Le lac était si tranquille. Tout le reste brûlait », chuchota-t-elle.

Elle avait réussi à ramper jusqu'à l'eau avec son fils âgé de moins d'une heure dans les bras. Elle l'avait embrassé une dernière fois et posé dans le bateau qu'elle avait détaché. Elle espérait peut-être qu'un des pêcheurs du lac le verrait et le ramènerait en sûreté sur la rive. Elle était couchée là, en train de mourir, croyait-elle, et regardait le bateau s'éloigner vers le milieu du lac, dernier endroit qui n'était pas en feu.

C'était là qu'Elmer l'avait trouvée. Vivante, finalement, mais, comme je le savais bien, sans son bébé elle voulait mourir.

Il semblait impossible de retrouver la trace du *cayuco* du grand-père de Mirabel avec son précieux passager, mais quelque chose me poussa à marcher jusqu'au ponton. Je scrutai l'eau.

Les pêcheurs avaient disparu. Les oiseaux aussi. Aucune *lancha* en vue, naturellement. Les touristes dans leurs kayaks étaient partis depuis longtemps.

J'eus d'abord l'impression que le lac était désert. Puis j'aperçus quelque chose, un bateau en bois qui dérivait à quelques centaines de mètres de la rive. Pas de passager visible.

Aussi loin que remontaient mes souvenirs, j'avais eu peur de l'eau. L'image du petit ami de ma mère me lançant dans la piscine du motel quand j'avais trois ans demeurait vivante dans ma mémoire. Je n'avais jamais oublié son rire ni mon soulagement en sentant les mains de Diana qui me remontaient à la surface.

Plus tard, dans une autre piscine de motel, quelqu'un de plus gentil, Daniel, avait passé des flotteurs gonflables à mes bras et m'avait affirmé qu'il resterait à côté de moi dans l'eau. Mais j'étais quand même paralysée par la peur. Je me rappelais un jour à Calistoga avec Lenny. Nous n'étions que tous les deux et nous avions tout le temps devant nous. « Vas-y. Je te promets qu'il ne t'arrivera rien. » Avec Lenny non plus, je n'avais pas réussi à y croire.

J'étais au bord d'un grand lac, près du volcan en pleine éruption, tentant de repérer un bateau en bois qui dansait sur l'eau habituellement turquoise et qui contenait un bébé de quelques heures. Les seules fois où j'étais entrée dans le lac et y avais nagé, le pêcheur au harpon était resté à côté de moi. Nous n'avions jamais avancé très loin.

Je pensais à Lenny qui s'était jeté dans la rue pour sauver notre fils. L'image de Tom me vint à l'esprit : ses mouvements puissants et réguliers quand il revenait au ponton tous les matins pour boire son café avec moi.

J'ai plongé.

Je m'éloignai de la rive. De l'eau dans toutes les directions, un lac de cent kilomètres carrés. Mon corps prit les commandes. Je donnais de grands coups de pied. Je faisais les mouvements de crawl que Pablito m'avait appris.

« *Soy un pez* », disait Clarinda pour se rappeler qu'elle était forte. *Je suis un poisson*.

Je nageais, avec des mouvements étonnamment puissants. Au loin, le volcan continuait à cracher du feu et de la fumée, et la lave coulait toujours. J'avais presque atteint le *cayuco*.

Et si le bateau était vide ? Si le bébé était tombé ou si toute cette histoire faisait partie du délire de Mirabel ?

Si elle croyait avoir placé son fils nouveau-né dans le *cayuco* et l'avoir poussé loin des roseaux de la rive ? Si elle avait tout imaginé et que quelque part dans la maison de sa grand-mère disparue un bébé nouveau-né était coincé sous les ruines d'une petite cabane de parpaings, ou avait été emporté par la coulée de lave en fusion ?

J'atteignis enfin le *cayuco*. Il me restait juste assez de force pour me hisser sur le bord et jeter un coup d'œil à l'intérieur où, à une époque plus clémente, se tenait le grand-père de Mirabel qui ramait à la recherche des crabes.

Dans le bateau il y avait un petit paquet, pas beaucoup plus gros qu'une miche de pain, enveloppé dans du tissu. Il bougeait. Sa mère l'avait langé bien serré, mais une petite main en sortait, ainsi qu'une touffe de cheveux noirs.

Je me hissai à bord du bateau en prenant soin de ne pas le faire chavirer. Il n'y avait pas de rames et je me servis de mes mains pour rejoindre la rive.

Ils m'attendaient tous. Je montai sur le ponton, le bébé dans les bras. Maria. Luis. Elmer. Mirabel.

Elle voulait l'appeler Elmer, comme l'homme qui lui avait sauvé la vie, mais Elmer secoua la tête. Ils le nommèrent Moses.

# 98

## Sauvés par un mur

Maria déclara que le bébé avait été sauvé par la main de Dieu. Dieu avait conduit Elmer là où était couchée Mirabel, en sang. Dieu les avait ramenés tous deux à La Llorona. Elle en était certaine, la main de Dieu m'avait fait nager jusqu'au bébé qu'elle allait appeler son *nieto*, son petit-fils. Peu importait à présent qui l'avait engendré. Ce serait Elmer, Elmer et Mirabel, qui l'élèveraient.

Dieu avait épargné La Llorona, alors que tant de maisons et de *tiendas* du village avaient été détruites par l'éruption.

La coulée de lave et les cendres avaient contourné l'hôtel. Mes jardins – la moitié que j'occupais encore – étaient intacts. C'était d'autant plus remarquable compte tenu de ce qui s'était produit sur le terrain voisin, l'autre moitié de mon ancien jardin devenue exploitation agricole, avec la maison en parpaings de Gus et Dora. Quand la lave avait cessé de progresser, il ne restait rien des herbes qu'ils cultivaient. Je vis plus tard que la lave avait tout recouvert. C'était le mur qu'ils avaient bâti, et dont j'avais tant déploré la construction, qui avait préservé mes jardins et mon hôtel.

Le lendemain de l'éruption, les Purcell, mes clients, réfugiés dans leur chambre et avalant les derniers comprimés de Xanax de Martha, apprirent que la firme pharmaceutique, dirigée par Hank Purcell, avait renoncé à l'acquisition des droits sur la miraculeuse herbe de fertilité cultivée chez mes voisins. D'un seul coup, la valeur de l'entreprise de Gus et Dora était passée de cinq millions de dollars à zéro. Dès la réouverture de la route, Hank et Martha rentrèrent en hâte au Connecticut et on n'entendit plus jamais parler d'eux.

Peu de temps après, Gus, Dora et leurs enfants s'installèrent quelque part en Uruguay où, selon Harold, ils lancèrent un système pyramidal pour vendre des franchises de paintball. Finalement, les anciens délits de Gus étant prescrits, ils se fixèrent à Blackburn, ville natale de Gus, où Dora monta un petit centre de yoga, tandis que Gus tenait un bar.

## 99

## Des lettres pas ouvertes

L'un des nombreux aspects positifs de la vie dans un village comme La Esperanza, où la plupart des habitants ne possèdent pas grand-chose, c'est qu'ils savent très bien vivre de peu, voire de rien. Ceux d'ici étaient résilients et n'avaient pas peur de travailler dur. Ils ne se demandaient pas « Pourquoi moi ? », ils ne réfléchissaient pas aux injustices de la vie. Ce qui arrivait était la volonté de Dieu. L'important était de gagner le paradis au bout du compte.

Si les mois qui suivirent l'éruption d'El Fuego se révélèrent difficiles, les gens du village s'aidèrent mutuellement pour reconstruire. Andromeda organisa une collecte de fonds. La styliste de New York qui avait publié dans les pages de *Vogue* sa collection inspirée des *huipiles* envoya un chèque. Rick et Claudia, le couple qui avait créé la première équipe féminine de basket à La Esperanza, fit un don. Jun Lan et son mari, qui avaient vu un reportage sur l'éruption à la télévision chinoise, en firent un plus important encore.

L'effort de reconstruction sous la responsabilité de Valentina avait permis, un an après le désastre, la création de dizaines de bâtiments. Quand les enfants du village eurent ramassé assez de bouteilles en plastique et de déchets pour fabriquer les cinquante mille éco-blocs nécessaires à l'achèvement du projet, un visiteur aurait eu du mal à trouver dans le village un paquet de chips abandonné, une bouteille de Fanta vide ou tout autre déchet. La présidente du pays en personne vint au village pour offrir une médaille à Valentina et à son équipe de très jeunes ouvriers en reconnaissance des remarquables services rendus à leurs concitoyens et à la planète. Lors de la cérémonie d'accueil de la présidente, les enfants voulurent enfiler leurs costumes de carottes, choux-fleurs, aubergines, brocolis et interpréter leur chanson sur l'importance d'une nourriture saine.

Un an après l'éruption volcanique, une lettre de Clarinda nous apprit qu'elle avait été acceptée à l'école de médecine. L'alcool ayant tué sa mère, et ses frères et sœurs s'étant dispersés, elle n'avait pas de raison particulière de revenir au village. Pourtant, elle écrivait qu'un jour elle viendrait y installer une clinique.

D'autres lettres m'arrivaient de New York. Je continuais à les ranger dans le dernier tiroir, sans les ouvrir. Je ne pouvais pas me résoudre à lire ce qu'écrivait l'expéditeur. Je devais savoir l'effet que ses mots auraient sur moi. J'avais peur de rouvrir mon cœur. Le prix à payer était trop élevé.

Finalement, la fréquence des lettres tomba à une par an, toujours vers la date du retour annuel des lucioles. Puis, cinq ans après le jour où j'avais renvoyé Tom, je m'aperçus que six mois s'étaient écoulés sans l'arrivée d'une nouvelle lettre. Une année passa sans un mot de lui, puis deux ans.

Il me semblait évident que, malgré les déclarations d'amour éternel de Tom Martinez, tout cela était à présent terminé. Il était sans doute passé à autre chose, mais je ne pouvais pas m'empêcher de penser encore à lui.

Parfois aussi je pensais à ma mère. Je me remémorais le bref moment de notre rencontre le jour où je l'avais entendue chanter. L'amertume et la colère accumulées en moi à l'époque avaient disparu. Il me restait le souvenir de sa maigreur, de sa mauvaise mine. J'avais encore en tête le tremblement de ses doigts qui essayaient de rouler une cigarette, mais aussi le son pur, cristallin de sa voix quand elle chantait.

# 100

## Encore une lettre

J'avais maintenant quarante-six ans. Dix-neuf années s'étaient écoulées depuis le jour où j'avais posé le pied à La Llorona pour la première fois. Si mon fils avait été en vie, il aurait terminé ses études secondaires et pris son envol.

Internet était entré dans nos vies. On pouvait trouver La Llorona sur les sites Web consacrés à des destinations de vacances singulières et romantiques. Nous étions notés cinq étoiles. « L'hôtel le plus magique de tous ceux que j'ai visités », écrivit une femme qui s'avéra être une blogueuse spécialisée dans les voyages, dotée de quelques centaines de milliers de followers. Les quatre chambres étaient réservées des mois à l'avance. Bien qu'on m'ait souvent suggéré de m'agrandir, je n'en voyais pas l'intérêt. J'aimais ma vie comme elle était : café dans le patio, balade au village, après-midi au jardin à peindre fleurs et oiseaux.

Je nageais un kilomètre et demi chaque matin. Toute peur envolée.

Sur la colline où se dressait le jocote qui avait jadis appartenu à Leila, puis à moi, enfin à mes anciens amis Gus et Dora, la couche de cendre volcanique qui avait détruit leur plantation d'herbe à bébés miraculeuse (YouBeMama) s'était dissipée, laissant un sol plus fertile que jamais.

Compte tenu de la réputation qu'ils s'étaient faite à la suite de diverses escroqueries, il semblait peu probable que Gus et Dora reviennent au village. On parlait encore de temps en temps de ce qui était arrivé à Andres, le faux astrologue maya. On avait bien remarqué que la dernière fois qu'Andres avait été aperçu, il était en compagnie de Gus. Ils se dirigeaient vers la montagne et le ravin extrêmement profond et dangereux.

Un jour, en nageant, j'eus une idée. Je rendis visite au notaire du village qui avait représenté Gus et Dora quand ils avaient revendiqué leurs droits sur ma propriété. Je lui demandai de joindre ses clients en Angleterre où ils résidaient maintenant.

Gus et Dora acceptèrent la somme que je leur proposais pour racheter le terrain. À mon tour, je signai l'acte de donation au profit d'un groupe de familles du village. Elles appartenaient à la jeune génération dont les parents et les grands-parents avaient été convaincus de vendre leur terre aux gringos. À cette époque, le prix convenu leur semblait une fortune, mais vingt ans plus tard les enfants des anciens propriétaires n'avaient plus aucun terrain à cultiver. Cette partie de la colline leur offrait un endroit pour faire pousser de quoi nourrir leur famille. On y voyait de nouveau du maïs, des haricots et des brocolis. La nouvelle génération construisit un système d'irrigation et un jardin où elle cultivait des fleurs qu'elle vendait au marché. La présence des fleurs attirait de nombreux oiseaux.

Parfois, quand je travaillais dans mon propre jardin, de l'autre côté du mur, j'entendais les voix des fermiers qui pompaient l'eau du lac, binaient les mauvaises herbes, riaient et hélaient leurs enfants qui jouaient entre les rangées. De temps en temps, l'un d'eux m'apportait un panier de jocotes cueillis sur mon vieil arbre.

À sept ans, Moses, le fils de Mirabel et Elmer, était devenu le joueur vedette de l'équipe de football à l'école du village. Lui, ses parents et sa petite sœur Estrella s'étaient installés dans la *casita* derrière l'hôtel avec Maria et Luis. Nous avions ajouté deux chambres pour eux. Mirabel mixait toujours ses extraordinaires boissons de fruits, d'herbes et de lait de coco frais sans alcool. « Si vous les mettiez en bouteille, vous feriez fortune », lui disaient souvent mes clients. Elle se contentait de sourire.

Je continuais à attendre des nouvelles de Walter. Avait-il atteint la Californie ou tout autre endroit où il avait pu trouver du travail ? Rien ne venait. Il avait cru au rêve d'un paradis en Amérique : McDonald's et Disneyland, mais sans volcan et sans éruptions volcaniques. Qui étais-je pour juger de ce qu'il valait mieux : être pauvre dans une région d'une grande beauté naturelle ou avoir de l'argent à la banque en ayant perdu ses attaches ?

Il devait approcher des vingt-cinq ans, quelques années de moins seulement que moi à ma descente du bateau. Ce jour-là il avait déclaré qu'il prendrait soin de moi. Maintenant encore, chaque fois que je voyais une *lancha* s'arrêter à l'embarcadère, les jours où j'allais faire des courses au village, j'observais les voyageurs : les filles pieds nus, avec leurs dreadlocks, les garçons chargés de tambours et de guitares, les cheveux gris qui se rappelaient sans doute leur jeunesse. Ils arrivaient, ils méditaient, ils repartaient et parfois quelques-uns tombaient amoureux du rêve d'une vie simple et enchantée qu'ils voulaient construire à La Esperanza : ils vendraient des cristaux, des hauts tricotés au crochet, du kombucha, ou vivraient grâce au modeste chèque de l'aide sociale. Histoire bien connue pour moi.

Parmi les visages des nouveaux arrivants, je cherchais toujours celui de Walter. Chaque fois que l'interphone sonnait et que je montais ouvrir le portail, il me restait une trace d'espoir de le trouver derrière.

Plus de dix ans après le départ de Tom de La Esperanza et celui de ma mère, suivis par l'éruption du volcan, une autre lettre arriva. L'adresse à New York au dos de l'enveloppe m'était familière. Cette fois, je l'ouvris.

« Depuis la dernière fois où nous nous sommes vus, il ne s'est pas passé un seul jour sans que je pense à toi. Je sais que j'ai trahi ta confiance. Je mérite ta colère. Tu n'as aucune raison de me pardonner de t'avoir trompée comme je l'ai fait. Même si, étonnamment, c'est toi qui m'as appris à pardonner. Te rencontrer et tomber amoureux de toi m'a permis de me libérer de l'amertume qui m'a empoisonné la vie pendant tant d'années. »

Je lisais cette lettre, assise dans le patio, à l'endroit où Tom et moi buvions notre café tous les matins durant la brève période heureuse qui avait précédé la révélation du secret contenu dans son portefeuille.

« J'ai longtemps hésité avant de t'écrire, de peur de rouvrir une vieille blessure. Je ne veux rien faire qui puisse te causer encore du mal. Mais pour des raisons que je vais expliquer, j'ai décidé de t'écrire une dernière fois. Tu m'as fait comprendre par ton silence que tu ne voulais plus entendre parler de moi. Je n'espère plus aujourd'hui de réponse.

« Tu te rappelles, j'en suis sûr, que le jour où nous avons fait connaissance, tu m'as dit avoir perdu ta mère très jeune. Je le savais déjà, mais je te l'ai caché. Je t'ai seulement répondu que moi aussi, j'avais perdu mon père quand j'étais petit.

« Dans les lettres que je t'ai envoyées toutes ces années, j'écrivais combien j'avais envie de te revoir. Je voulais t'expliquer de vive voix ce qui m'avait conduit à te chercher comme je l'ai fait. Il fallait que je te révèle pourquoi j'étais obsédé par l'idée de retrouver ta mère. Avant qu'une autre obsession ne prenne le dessus. Mon amour pour toi.

« Comme je n'espère plus te revoir, je veux te raconter ici, dans cette lettre, le reste de l'histoire que j'aurais dû te confier le jour de notre rencontre. »

Nous y étions. Jusqu'alors, je n'aurais pas pu lire ces mots, maintenant j'étais enfin prête.

« Tu te souviens peut-être de ce nom, Jose Aurelio Martinez, celui du policier mort le jour de l'explosion dans la maison de New York où un groupe de jeunes fabriquait des bombes. L'agent Martinez n'était pas en service à ce moment-là. Il rentrait du travail. Il prévoyait d'emmener son fils de dix ans à un match de base-ball au Yankee Stadium le soir. Ce garçon, c'était moi. *Tomas*. »

L'agent Martinez avait été un des premiers hommes d'origine portoricaine à être recruté par le NYPD. Né à San Jose, il était arrivé en Amérique en 1963. L'idée lui était venue en partie après avoir vu *West Side Story*.

« À part Rita Moreno, il n'y avait pas un seul acteur d'origine portoricaine dans le film. Même si l'histoire était rude, mon père se mit à rêver de venir à New York. Il était persuadé que si davantage de policiers lui ressemblaient, il y aurait peut-être moins de violence dans les gangs. Il sortit de l'école de police en tête du classement.

« Je sais exactement où j'étais quand son coéquipier sonna à la porte pour apprendre à ma mère la mort de mon père. Ma veste des Yankees et mon gant étaient posés sur la table de la cuisine. J'espérais attraper une balle montée en chandelle. Ma mère préparait le dîner. Après la nouvelle, personne ne pensa à éteindre la cuisinière. Je sens encore l'odeur des *tostones* brûlés. »

Sa mère ne s'était jamais remise de la mort de son mari. Aucun n'y parvint, même si, comme moi, sa grand-mère s'était occupée de lui.

Par la suite, Tom était lui aussi entré à l'école de police pour honorer la mémoire de son père, mais il n'avait jamais travaillé dans la rue. « Je m'occupe d'homicides », déclarait-il.

« Tu te souviens peut-être de m'avoir dit il y a longtemps que je ferais un bon détective. Eh bien, j'en suis un. »

Toute la vie de Tom s'était centrée sur l'amertume causée par le crime qui lui avait volé son père, mais pendant longtemps il n'y avait, semblait-il, rien de plus à faire. Les responsables avaient été tués. Ceux qui s'étaient enfuis avaient été arrêtés et condamnés.

Puis vint une découverte capitale dans le domaine de l'ADN appliqué à l'identification des criminels. Grâce à ce nouvel outil, on rouvrit de vieux dossiers. Tom apprit alors que le FBI avait analysé l'ADN du doigt de femme retrouvé dans la rue devant la maison de la 84e Rue Est. Ce doigt, censé appartenir à Diana Landers, n'était finalement pas le sien, ce qui signifiait que Diana Landers était peut-être encore en vie. Dans ce cas, la meilleure façon de la localiser était de trouver sa fille.

Si les agents fédéraux s'occupaient certainement de l'affaire, c'était Tom qui avait suivi ma piste en travaillant seul de son côté la nuit et le week-end. Il se rappelait un vieil épisode de *Columbo* qu'il avait vu gamin (sans aucun doute le même que celui qui avait inspiré ma grand-mère). Une femme en cavale demandait la copie du certificat de naissance d'une personne qu'elle avait connue, à peu près de son âge, et qui était morte.

Des centaines de femmes proches de l'âge de ma grand-mère étaient mortes dans le Queens à peu près à l'époque de l'explosion. Mais Tom s'était dit que le nombre d'enfants décédés enregistrés, correspondant à l'âge de la fille de Diana Landers, devait être faible. Ses recherches aboutirent à trois noms. Deux étaient des garçons. Une fille de six ans, comme la fille de Diana Landers, s'appelait Amelia.

La piste conduisit Tom à San Francisco, où mon nom réapparut, celui que je portais depuis vingt ans. Il me localisa à partir d'une annonce qui exposait le travail d'une personne portant mon nom. Il s'était rendu à l'école d'art, mais ça n'avait rien donné. Peu après, mon nom était apparu de nouveau, cette fois dans la rubrique nécrologique déclarant la mort de mon mari et de mon fils. Ce renseignement le mena chez les parents de Lenny à El Cerrito.

« Ils t'adoraient. S'ils avaient pensé qu'en me révélant où tu étais ils t'attireraient des ennuis, ils n'auraient rien dit. Mais j'ai menti. J'étais assis sur le canapé du salon, entouré de photos de leur fils et de leur petit-fils – et de toi. J'ai prétendu être un vieil ami de l'école d'art. J'essayais de te retrouver pour te présenter mes condoléances et te proposer mon aide. Ils avaient reçu ta lettre quelques années auparavant. Puis plus rien. Ils se faisaient du souci pour toi. Alors ils me montrèrent le timbre sur l'enveloppe. L'indice était mince, mais suffisant pour que je prenne des jours de vacances et monte dans l'avion. »

Dans un bar de San Felipe, Tom avait demandé à la ronde où irait, dans ce pays, une Américaine souhaitant disparaître. Un vieil expatrié à la barbe grise, portant un T-shirt des Grateful Dead, lui avait répondu : « À La Esperanza. Sans hésitation. »

En descendant du bateau, sans savoir encore s'il était au bon endroit ni si j'y vivais, il avait rencontré un homme amputé d'une main qui lui avait demandé s'il cherchait quelque chose. Il avait montré ma photo à Gus. Dix minutes plus tard, il était devant mon portail.

« Mon plan était de t'amener à me parler de ta mère. Je me disais qu'elle vivait peut-être même avec toi, cachée. Et si ce n'était pas le cas, il y avait de bonnes chances que tu saches où la trouver. L'homme que j'étais alors entretenait depuis trente ans une colère qui pesait sur son cœur comme une pierre. J'étais déterminé à trouver la femme que je considérais comme responsable de la mort de mon père.

« Je n'avais pas envisagé la suite. J'ai commencé à tomber amoureux de toi. Il devint plus important pour moi d'être avec toi que d'amener Diana Landers au tribunal. »

Il écrivait qu'il avait voulu me dire la vérité. « Te rappelles-tu le soir, sur le ponton, où tu m'as déclaré que tu voulais me dire quelque chose ? J'ai répondu que moi aussi j'avais quelque chose à t'avouer. Mais je ne l'ai pas fait. J'avais trop peur de te perdre.

« Le badge que tu as trouvé dans mon portefeuille n'était pas le mien. Il appartenait à mon père. Depuis sa mort, je l'ai toujours avec moi. »

À son retour à New York, Tom aurait pu apporter au FBI des informations sur l'affaire qu'il suivait depuis près de trente ans. Il n'avait pas localisé Diana Landers, mais savoir qu'il avait trouvé sa fille intéresserait sans doute l'agence.

« Je n'ai parlé de toi à personne. J'ai décidé de tout abandonner. Ma colère concernant la mort de mon père ne m'a pas quitté, mais j'étais incapable de te faire encore de la peine. J'ai démissionné le printemps suivant. J'enseigne le droit pénal dans une petite université. Je ne suis plus flic.

« Je n'attends pas de réponse de ta part. Je voulais juste que tu saches deux choses.

« Premièrement, mon amour pour toi était réel. Je ne voudrais surtout pas que tu penses que je t'ai menti sur ce point. J'avais toujours cru que l'amour dont parlait Gabriel García Márquez dans son roman était imaginaire. Quand je suis tombé amoureux de toi, j'ai su qu'il était réel. Je comprends maintenant un homme comme Florentino Ariza qui se cramponne pendant cinquante ans à un amour non partagé. Je suis cet homme. Ou je le serai. »

Une chanson de ma mère me revint en mémoire. Le tendre William sur son lit de mort, à cause de son amour pour Barbara Allen.

Tom avait encore une chose à me dire. Une mauvaise nouvelle. Il aurait voulu être là et me serrer dans ses bras pendant que j'en prenais connaissance.

L'année précédente, une femme frêle aux longs cheveux gris, vêtue d'un manteau trop léger, s'était présentée à sa porte. « Vous connaissez mon nom. Je suis une des personnes responsables de la mort de votre père », lui dit-elle.

C'était ma mère, Diana.

Elle lui expliqua qu'elle avait vécu toute sa vie avec la culpabilité liée à son implication dans l'explosion qui avait tué Jose Martinez. Elle avait passé trente ans à fuir et à se cacher. Elle n'en pouvait plus.

Elle lui dit qu'elle était mourante. Cancer du poumon. Il pouvait la livrer au FBI s'il voulait. Ça n'avait plus d'importance. Seule comptait sa visite chez lui. Reconnaître sa culpabilité.

Il était trop tard pour chercher à se faire pardonner par sa propre mère ou par la fille qu'elle avait abandonnée. « Je n'espère pas vraiment votre pardon. Je dois juste vous dire à quel point je suis désolée. »

À ce moment-là, Tom Martinez aurait pu décrocher son téléphone et appeler le FBI. Il préféra lui servir un bol de *sancocho*, la recette de sa mère. Tous deux s'assirent à la cuisine. Ils parlèrent des heures. Elle lui raconta sa vie en cavale, il lui révéla qu'il la cherchait depuis longtemps. Puis il lui confia qu'il avait fait la connaissance de sa fille et était tombé amoureux d'elle.

Tom dit à ma mère ce qui lui importait peut-être plus que tout, la seule chose de mon enfance compliquée dont j'avais gardé un souvenir magnifique. Il lui dit que je me rappelais comment elle chantait pour moi.

Tom demanda à Diana si elle connaissait des chansons en espagnol. Une seule, *Guantanamera*. Là, dans sa cuisine du Queens, elle la chanta pour lui.

« Je vous pardonne », dit-il. Il n'avait pas conscience, avant de prononcer ces mots, du fardeau qu'avait été l'amertume à laquelle il s'accrochait depuis si longtemps.

Qui aurait pu imaginer que le fils du policier mort dans l'explosion rendrait visite chaque semaine à ma mère perdue depuis si longtemps ?

« Après l'avoir cherchée tant d'années, ce n'est pas moi qui ai trouvé ta mère. C'est ta mère qui m'a trouvé », écrivait Tom.

Quand Diana était venue le voir, elle vivait sous son vrai nom dans un refuge pour femmes du Bronx. Tom prit l'habitude d'aller la voir le dimanche. Quand son cancer s'aggrava au point qu'elle ne pouvait plus rester là, il lui rendit visite à l'hôpital. Il l'avait suppliée de lui permettre de m'avertir. Elle avait refusé.

« Elle a fait sa vie loin de moi. Laissez-la tranquille », lui dit-elle. Mais ma mère lui avait fait promettre qu'après sa mort il m'écrirait. Elle conservait peut-être un mince espoir de provoquer ainsi une réconciliation entre les deux personnes encore en vie qui portaient les stigmates de ce jour maudit. Peut-être – même s'il lui avait dit que c'était impossible – trouverions-nous le moyen de nous rejoindre.

« Ta mère est morte la semaine dernière. » Il s'était occupé des obsèques. En écrivant cette lettre, il tenait sa promesse. Cette histoire n'avait pas de fin heureuse, mais elle était terminée. « Je n'espère rien de toi. Je voulais juste que tu saches », écrivait Tom.

## 101

## Le retour des lucioles

Comment faire le deuil d'une mère presque inconnue ? Ce soir-là j'écoutai un très vieil album de Joan Baez après avoir allumé des bougies. J'aurais voulu appeler Daniel, mais j'ignorais où le trouver. C'est terrible de perdre de vue les gens qui comptent pour vous. J'en avais perdu quelques-uns. Moi-même je faisais partie de ces disparus pour quelques rares personnes, dont les parents de Lenny en haut de la liste.

Tant d'années s'étaient écoulées. J'aurais même pu dire que j'étais heureuse à présent, ou assez heureuse. (García Márquez avait aussi des mots pour cet état : « On peut être heureux non seulement sans amour mais en dépit de l'amour. » J'en étais là.)

J'entendis l'interphone sonner en haut des marches. Dans la cuisine, Maria coupait des légumes. Je posai la lettre de Tom sur mon bureau et gravis les marches jusqu'au portail. Une femme se tenait derrière.

« Je n'ai pas de réservation », dit-elle. Elle n'avait pas non plus de valise. Elle portait une veste en velours qui reproduisait parfaitement le bleu de ses yeux. Bien que proche de la soixantaine, elle possédait cette beauté qui n'a pas d'âge. J'avais jadis connu une femme comme elle. Leila. À qui elle ressemblait de façon troublante.

« Vous êtes Amelia. J'ai entendu parler de vous au village. Je sais que vous dirigez l'hôtel. Je n'ai pas besoin d'une chambre, mais je me demandais si je pourrais juste revoir l'endroit », dit-elle dans un anglais parfait, juste avec l'accent de quelqu'un qui vit en Espagne.

Elle s'appelait Charlotte. Sa mère, Leila.

Nous nous sommes assises dans le patio, munies d'une boisson étonnante de Mirabel, tandis que le soleil déclinait.

Toute sa vie, Charlotte avait cru que sa mère était une autre femme, Sofia, l'épouse de son père Javier. Ils vivaient à Barcelone, mais plus tard Charlotte avait déménagé à Paris pour continuer ses études de danse classique. Elle avait dansé à Paris de nombreuses années.

« Votre mère aurait adoré. Avant de tomber amoureuse de cet endroit, elle voulait vivre à Paris. »

Un mois plus tôt, à la mort de son père – sa mère était décédée depuis des années –, elle avait découvert la chemise contenant les lettres de Leila à Javier, le suppliant de lui permettre de venir et de faire partie de la vie de sa fille. « J'ai eu des parents merveilleux et je dois leur pardonner. Mais c'est dur de savoir ce que j'ai raté », dit Charlotte.

Je lui ai tout montré, les jardins créés par sa mère, les sculptures en pierre, les tonnelles, la chaise en bois d'avocat d'où Leila présidait aux repas. « Vous souvenez-vous d'être venue ici quand vous aviez huit ans ? lui ai-je demandé.

— J'essaie de m'en souvenir. Je crois que nous avons dansé dans l'herbe. Leila m'a donné une boîte de peinture, mais mes parents m'ont emmenée avant que nous ayons eu le temps de nous en servir. »

En arrivant dans l'allée où Leila avait caché des animaux en céramique dans les plantations, Charlotte poussa un petit cri. « Je me rappelle ! Ma mère m'avait proposé un jeu : voir combien d'animaux j'arrivais à trouver au milieu des plantes du jardin. Il y avait un lapin, un chameau, une grenouille et un drôle d'œuf en pierre. »

Il était là.

J'avais conservé dans un coffret sur ma coiffeuse les bracelets en argent de Leila, incapable de les porter. Avant le départ de Charlotte, je les lui ai donnés.

Le soir, les lucioles arrivèrent. Ce n'était pas la saison de leur retour, mais j'avais appris que, parfois, certaines choses se produisent sans explication. Le lendemain matin, avant le lever du soleil, je mis quelques affaires dans un sac. Comme Leila me l'avait appris des années auparavant, trois robes suffisaient. Je ne serais pas partie longtemps.

Le bateau m'emmena à San Felipe où je pris un petit avion. Celui-ci m'emmena à un plus gros avion qui, à son tour, m'emmena à l'aéroport JFK, où je pris un taxi. J'atteignis ma destination – le Queens – juste avant la tombée de la nuit.

L'homme qui ouvrit la porte avait l'air beaucoup plus vieux, comme moi, mais son visage m'était familier.

« Nous sommes trop vieux pour attendre cinquante ans, comme les personnages d'un certain roman », dis-je.

J'avais récemment eu quarante-neuf ans. Tom devait approcher des cinquante-trois. Ses cheveux commençaient à grisonner.

Encore une chose. Lors de sa dernière visite à La Llorona, récemment rebaptisée l'hôtel des Oiseaux, Jun Lan m'avait laissé un sachet de son herbe magique. « Je suis beaucoup trop vieille pour faire un bébé, lui avais-je dit. – On ne sait jamais. »

Ça a marché.

# REMERCIEMENTS

Il y a dix ans, ou même cinq, il était fort peu probable qu'un problème soit soulevé par le fait qu'une auteure caucasienne (moi) écrive un roman se déroulant dans un pays d'Amérique centrale. Mais les temps ont changé. À l'automne 2021, quand j'ai proposé le manuscrit de ce roman, il m'a été répété qu'écrire sur le monde dans lequel cette histoire se déroule serait considéré comme une « appropriation culturelle » de la part d'une auteure non indigène, non Latinx comme moi. Même si, à aucun moment du livre, je ne mets en avant de point de vue autre que celui de ma protagoniste expatriée et nord-américaine, le seul fait d'avoir choisi de situer mon histoire dans un pays autre que celui de ma naissance a été jugé inacceptable par beaucoup.

Je ne disserterai pas ici sur toutes les raisons pour lesquelles cette nouvelle mode du culturellement correct me paraît bornée et aberrante. Je ne citerai pas non plus les dizaines (centaines) d'exemples d'ouvrages littéraires qui n'existeraient pas si de telles interdictions avaient été infligées à leurs auteurs. (Un homme ne peut-il plus écrire d'un point de vue féminin ? Une auteure noire doit-elle peupler ses romans uniquement de personnages noirs ? Dois-je être transgenre pour inclure dans un livre de fiction un personnage qui transitionne, comme je l'ai fait dans mon précédent roman ?)

À mes yeux, cette tendance ne relègue pas seulement un écrivain au cadre étroit de son milieu et de son héritage culturel, mais, plus grave, elle limite les qualités mêmes qui occupent le centre d'une bonne fiction : l'imagination, l'invention, la curiosité pour le monde au-delà du sien. Je suis profondément reconnaissante à Mark Gompertz et à l'équipe éditoriale de Skyhorse Publishing pour leur rejet de cette nouvelle mode du quant-à-soi.

Toute ma reconnaissance et tous mes remerciements à mon agente, Laurie Fox, qui a défendu ce livre avec acharnement, comme elle le fait toujours quand nous travaillons ensemble.

Je souhaite aussi exprimer ma grande reconnaissance et mon profond respect à mon éditeur français, Philippe Rey, qui a été le premier à accepter qu'une auteure n'étant ni latino-américaine ni indigène ait encore la possibilité de créer une œuvre de fiction se déroulant au sein d'un pays et d'une culture autres que ceux dont elle est issue. Autant je suis consciente de l'importance de respecter le territoire des artistes de couleur qui revendiquent leur vision spécifique, autant il serait extrêmement triste qu'on exige d'une auteure de limiter son travail de fiction au monde qu'elle habite. N'oublions jamais qu'imaginer des vies autres que la nôtre constitue le travail d'un écrivain. Notre défi consiste à le faire bien et de façon plausible afin de respecter l'héritage de tous.

Dans le monde de l'édition, la réalité veut aujourd'hui que si une auteure souhaite atteindre son public, elle doit être très présente sur les réseaux sociaux. Mais comment y parvenir quand on doit accorder toute son attention à l'écriture ? J'ai une dette envers Judith Swankoski qui s'occupe de ma présence sur les réseaux sociaux avec tant de talent, d'inventivité et un don troublant pour poster ce que j'aurais dit sur Instagram, si seulement je l'avais fait.

Discrètement et sans histoires ni fanfare, ma précieuse assistante et amie, Jenny Rein, m'a dégagé la voie pour que je continue à raconter mes histoires. Elle a pris en charge un grand nombre des tâches qui empêchent une auteure de se concentrer sur son travail. J'ai depuis longtemps perdu le compte de toutes les fois où Jenny a joué les pompiers pour moi et m'a permis de continuer à faire ce que j'aime par-dessus tout. Tous les écrivains devraient avoir quelqu'un comme Jenny dans leur vie, mais il n'y en a probablement pas deux comme elle.

Ce roman a été écrit en grande partie durant les premiers mois de la pandémie, chez moi, à San Marcos La Laguna, sur les rives du lac Atitlán, au Guatemala.

Durant cette période éprouvante, j'ai eu la chance de profiter de la compagnie de deux jeunes femmes, Jennifer Allsopp et Xiren Wang, que j'avais invitées. Tous les jours je travaillais à *L'Hôtel des Oiseaux*. Tous les soirs je leur lisais les dernières pages du manuscrit. Ce sont leur enthousiasme et leur excitation pour cette histoire qui m'ont le plus inspirée. Il me faut remercier Jennifer (britannique de naissance) et Xiren (née en Chine) qui m'ont inspiré la création des personnages de Jun Lan et de Gus, passionné de football. Je dois aussi à Xiren la phrase « S*oy un pez* », prononcée chaque matin au moment de plonger dans le lac. C'est au cours de ce séjour qu'elle a appris à aimer nager.

Pour finir… les gens à qui je dois le plus au moment de terminer ce livre sont les hommes et les femmes de la petite communauté indigène maya de San Marcos La Laguna, au Guatemala, où j'habite une partie du temps depuis plus de vingt ans. Je suis une étrangère dans leur monde et je le resterai toujours. Mais la chaleur, la gentillesse et le soutien que j'y ai rencontrés m'ont insufflé un respect et un attachement profonds. Plus encore : de l'amour.

# TABLE DES MATIÈRES

#lisez! engagé
www.lisez.com
Pour plus d'information :
Imprimé sur du papier issu de forêts gérées durablement.

10/18 – 92 avenue de France, 75013 PARIS

*Imprimé en France par*
CPI Brodard & Taupin

N° d'impression : 3057346
X08218/01